La Ligue des ténèbres

Saison 2 : L'Union des parfaits

Catherine Loiseau

ISBN : 979-10-94812-18-1
Dépôt légal : Novembre 2016

Illustration de couverture : Sylvie Sabater
Mise en page : Aurélien Calonne

REMERCIEMENTS

Une nouvelle fois, je me dois de remercier tous ceux sans qui la Ligue des ténèbres ne serait pas ce qu'elle est aujourd'hui.

Merci à Rachel Fleurotte, Hardkey, Louen, Andréa Deslacs, Roxanne Tardel, Raccoon, Fred Marty et Iphégore Ossenoire pour leurs avis pertinents, leur radar anti-faute (expression ©Rachel Fleurotte) et surtout pour leur aide de tous les instants.

Merci à Sylvie Sabater pour son talent et son investissement.

Un énorme merci à mon compagnon, Aurélien Calonne, qui me soutient (et me supporte !), et est l'auteur de la mise en page de ce livre. Un bisou aussi à Roxanne Tardel pour son expertise Indesign.

Merci à tous les lecteurs qui ont donné sa chance à la Ligue, merci pour vos commentaires, vos mots d'encouragement et votre enthousiasme !

ÉPISODE 9 : L'ÉCOLE DES HÉROS

« Les voyages forment la jeunesse », ai-je souvent entendu dire. Je ne puis qu'acquiescer à cet adage, lorsque je parcours les couloirs du palais et que tous s'inclinent devant moi. J'aime rappeler mon pouvoir.

Bien sûr, la situation n'est pas idyllique. Le roi devient vieux et n'a plus toute sa tête. Il oublie ma réelle identité et ce que sa lignée me doit. Certains dans son entourage jalousent mon influence et voudraient me déchoir. Mais cette fouine de Drael et toute sa clique de courtisans ne m'impressionnent pas. Moi et la Ligue des ténèbres avons connu bien plus redoutable qu'une bande de lèche-bottes.

*

Plusieurs mois avaient passé depuis les évènements de Summerfall et notre rencontre, à Tom et moi, avec notre mère. Nous explorions les mondes au petit bonheur la chance. Pour l'instant, mes compagnons avaient quelque peu laissé de côté leurs velléités de conquête et nous nous contentions de profiter des différents univers qui s'offraient à nous. Mais l'oisiveté complète n'était vraiment pas notre fort. Petit à petit, l'envie d'aventure nous reprit. Notre arrivée à Élysée tomba alors à pic.

Nous venions de quitter une Terre essentiellement aquatique et pourvue de plages paradisiaques. Tom occupait le poste de pilotage. Je devais reconnaître qu'il se débrouillait de mieux en mieux. Nos trajets nous avaient appris que de violents courants agitaient parfois l'Entremonde.

Ginger, bien installée dans un fauteuil, lisait un compte-rendu de voyage, déniché sur l'un des plans que nous avions visités. Lady Astley avait décidé d'élargir son horizon depuis qu'elle avait réalisé que comprendre d'autres civilisations lui permettrait d'arnaquer les autochtones plus facilement.

Le professeur et moi discutions des prochaines modifications pour la *Tédesplen*. Après notre renifleur de météorites, le détecteur de mondes et la sécurité antivol, mon mentor souhaitait améliorer le blindage de la machine. En effet, à plusieurs reprises, j'avais cru apercevoir des ombres se faufiler dans le brouillard de l'Entremonde. Personne n'avait oublié notre combat avec Ishbehel, mieux valait nous montrer prudents.

Je m'échinais à tenter de décoder un schéma particulièrement complexe, lorsqu'un tintement retentit dans l'habitacle et me causa un sursaut. Ginger redressa la tête et étira le cou, lorgnant vers un cadran enchâssé dans le tableau de bord.

— Tiens, on approche d'un monde, nota-t-elle.

— Oui, à trois heures, confirma Thomas.

Il se tourna vers le professeur et moi.

— Que fait-on ? On visite ?

— Pourquoi pas ? déclarai-je.

— De toute manière, ça ne pourra pas me barber plus que le précédent, grommela le savant.

Il n'avait guère aimé les grandes plages de sable fin et le ciel d'un bleu sans partage, ce en quoi je le rejoignais. Tout cela manquait d'inventions farfelues, de défis à relever et de rayon de la mort

— Allons-y, alors, annonça Tom.

Il manœuvra la *Tédesplen* de manière à suivre le point sur le cadran. Au fur et à mesure que nous avancions, le brouillard de l'Entremonde se dissipa. Des formes massives apparurent : des maisons de pierres blanches. La *Tédesplen* toucha le sol avec un léger choc. Je regardai autour. Nous nous trouvions dans une venelle bordée de maisons peintes en blanc. Pas âme qui vive à l'horizon.

Un peu échaudés par nos précédents voyages, et notamment par un atterrissage dans une jungle et une rencontre avec des singes tueurs, nous attendîmes un moment, scrutant les environs. Personne ne se montra, aucune créature assoiffée de sang ne cogna aux vitres de la *Tédesplen*, Thomas jugea qu'il était temps de sortir.

Il déverrouilla la porte, se glissa au-dehors et alla voir au bout de la ruelle.

— Vous devriez venir ! nous appela-t-il. Ça vaut vraiment le détour.

Rien ne menaçait de nous attaquer, aussi nous risquâmes-nous à l'extérieur et rejoignîmes Thomas. Je remarquai le ciel bleu et la chaleur étouffante. Arrivée au bout, la lumière crue m'aveugla. Mes yeux mirent quelques secondes pour s'habituer, mais je dus convenir alors que mon frère avait raison : le spectacle était à couper le souffle. Devant nous s'étalait une esplanade au milieu de laquelle se dressait un immense édifice rond. Des colonnes sur le pourtour délimitaient ses trois étages. Une foule dense se pressait aux entrées et de l'intérieur montait un brouhaha assourdissant.

— On dirait…, commença Ginger.

— Un cirque ! Comme à Rome ! s'écria le professeur.

Et avant que nous ayons pu tenter quoi que ce soit, il se rua en direction du bâtiment. Avec un soupir collectif, nous le suivîmes.

Les premières personnes que nous croisâmes portaient des tuniques de lin clair, dans une mode qui n'était pas sans rappeler les statues grecques et romaines. Elles tournèrent la tête et nous étudièrent avec curiosité, murmurant quelques paroles entre elles. Je pensais vraiment que nous étions revenus dans la Rome antique, quand j'aperçus une silhouette dépasser la cohue : une femme vêtue d'une robe blanche et coiffée d'un casque. Elle tenait un bouclier et une lance. Il émanait d'elle une sorte de lumière dorée. Une idée me frappa : cette inconnue n'était pas humaine.

Je sursautai et lorgnai vers Ginger et Tom, pour obtenir la confirmation qu'ils avaient bien vu comme moi.

— Ça alors ! s'exclama Thomas.

— Regardez ! Des chevaux ailés ! s'écria Ginger.

Elle pointa un char qui venait d'atterrir à l'autre bout de l'esplanade. Le professeur Nutter nous tira de notre contemplation.

— Hého ! Par ici ! appela-t-il.

Il nous fit signe depuis une grille ouverte dans les flancs de l'amphithéâtre.

— J'ai trouvé une entrée !

J'hésitai un instant, mais Tom et Ginger se montrèrent plus rapides que moi. Mon frère m'attrapa par le bras.

— C'est le moyen de rentrer sans payer, souffla-t-il.

Sur les talons du savant, nous nous retrouvâmes dans un souterrain. L'air était agréablement frais et humide. La pénombre des lieux me surprit après la clarté du dehors. J'aperçus une lumière qui brillait au bout du couloir. Nous la suivîmes. La rumeur que j'avais entendue à l'extérieur revint pour gagner en force.

Le passage se terminait par une porte. Un groupe s'y massait. Les hommes étaient torse nu, tandis que les femmes portaient de longues tuniques blanches plissées. L'une d'elles poussa un cri à la vue de Thomas.

— Ils nous ont envoyé un nouveau Persée !

Il ne fallut à Tom qu'une seconde, et une œillade échangée avec Ginger, pour se décider à entrer dans le jeu. Il se para de son plus beau sourire conquérant.

— Eh oui, c'est bien moi. Je ne vous ai pas trop fait attendre ?

Les inconnus se répandirent en exclamations de soulagement. Une très jolie brune se pendit à son cou.

— Tu nous sauves ! soupira-t-elle.

Le sourire de Tom s'élargit, tandis que Ginger se raclait la gorge et le foudroyait du regard. L'un des hommes s'approcha et examina Thomas avec une expression critique.

— Tu n'as pas l'air costaud. Tu viens de quelle école, au juste ? Celle d'Athéna ?

— Oui, celle d'Athéna. Elle a accepté de me prêter pour vous dépanner.

L'autre ne sembla pas convaincu, mais il finit par hocher la tête.

— Enfin, Mercure doit savoir ce qu'il risque. Allez, en piste. Équipe-toi pour le combat.

Le sourire de mon frère mourut. Je lorgnai avec inquiétude vers l'inconnu.

— Le combat ? relevai-je.

— Eh bien oui, contre la Gorgone. J'espère d'ailleurs que tu tiens une forme olympique, le public attend un grand affrontement.

— Mais je…, commença Thomas en reculant de quelques pas.

Deux donzelles l'attrapèrent par le bras.

— Plus tard. Le duel débute.

Sans lui laisser l'occasion de réagir, elles lui ôtèrent ses vêtements.

— Eh !

Cette fois, la protestation venait de Ginger, qui regardait les deux importunes d'un œil noir. Son cri attira l'attention sur nous.

— Vous n'êtes pas habillées, non plus, remarquèrent les femmes.

Avant que j'aie eu le temps de dire quoi que ce soit, elles me saisirent et me poussèrent dans un coin. Malgré mes objections, elles me retirèrent mon pantalon et ma chemise, et me passèrent une tunique blanche similaire à celle qu'elles portaient. Rouge de honte et de colère, je voulus leur exprimer ma manière de penser, mais un pas lourd ébranla le sol, coupant court à toute velléité de contestation. Descendue d'un escalier taillé dans la pierre, une créature massive apparut : un homme puissamment musclé, mais dont la tête était en réalité un mufle de taureau. Ginger m'attrapa la main et la serra fort. Un regard à Tom m'apprit qu'il était aussi blanc que la tunique qu'on venait de lui passer. Nous avions déjà rencontré des individus étranges lors de nos voyages, mais celui-ci tenait clairement le haut du panier. Seul le professeur Nutter ne parut pas impressionné. Il sautillait sur place en détaillant le nouveau venu.

— Un minotaure ! couina-t-il.

La chose nous examina, Ginger, M. Nutter et moi, avant de reporter son attention sur Tom.

— Vous n'êtes pas la personne que nous attendions, déclara-t-elle.

Sa voix grave faisait presque trembler les murs. Je me raidis, tandis que Tom conservait un visage impassible. Ginger jugea bon de s'en mêler.

— Non, en effet, convint-elle.

— Je devrais vous tuer, gronda le minotaure.

Tom lorgna vers la créature massive avec une pointe d'inquiétude. Je me rapprochai du savant, lui pris le bras et me préparai à appliquer l'une de nos techniques favorites : la fuite. Ginger se contenta de hausser les épaules.

— Sans doute. Mais l'affrontement commence, et nous représentons votre seule chance de montrer quelque chose. Au bruit que j'entends, les spectateurs sont venus nombreux. Il serait dommage de les décevoir, n'est-ce pas ?

Quoi ? Elle envoyait mon frère combattre dans cette arène ? Je m'apprêtai à intervenir, lady Astley m'arrêta d'un regard impérieux. Peut-être avait-elle une entière confiance dans l'aptitude de mon frère à se tirer de toutes les situations embarrassantes ou périlleuses. Dans tous les cas, je ne partageais pas son enthousiasme et j'aurais préféré que nous prenions la poudre d'escampette.

Le minotaure étudia Ginger, puis souffla par les naseaux. Je n'aurais su dire s'il s'agissait d'un rire ou d'un témoignage d'agacement.

— J'espère que vous dites vrai. Sinon, il sera toujours temps de vous massacrer.

Il se tourna vers un adolescent appuyé contre un mur et qui tenait un casque.

— Préparez-le.

On équipa mon frère d'un plastron, d'un pagne de cuir et de sandales à lanières. On lui plaça le casque sur le crâne, avant de lui donner une épée à la lame courbe et un bouclier. Thomas protesta, mais l'homme taureau se pencha vers lui :

— Je sais pas qui t'es, gamin, mais t'es sacrément culotté. Ça me plaît. Un conseil, la regarde pas dans les yeux. Allez, que les dieux aient pitié de toi.

D'une violente bourrade, il poussa Thomas à l'extérieur, dans la lumière. Je lâchai un cri. Mon frère risquait de se faire massacrer. Le minotaure pivota vers moi :

— Les deux coureuses de remparts, dans les gradins, tout de suite. Vous avez intérêt à assurer si vous voulez qu'il gagne. Filez rejoindre les autres et tentez de nous mettre le public dans la poche.

Son attention se porta sur le professeur, qui lui sourit.

— J'aime beaucoup votre tête.

La créature opina et posa une main sur l'épaule du savant.

— Je garde ce vieillard avec moi. Comme ça vous avez deux raisons de m'obéir.

Je regrettai de ne pas avoir pris mon rayon de la mort, j'aurais fait ravaler ses paroles à ce malotru. Ginger me tira par la manche.

— Viens, souffla-t-elle.

Elle me désigna l'escalier d'où avait surgi le minotaure et où les autres femmes s'étaient engagées.

Je les suivis. Au fur et à mesure que nous gravissions les marches, la chaleur devenait plus forte et les cris de plus en plus présents. Nous débouchâmes à l'air libre, et le spectacle que je découvris me cloua sur place. Nous nous trouvions dans les gradins de pierre d'un amphithéâtre. Une sorte d'immense voile circulaire tendu au-dessus des gradins protégeait le public des rayons mordants du soleil.

Se massaient là des centaines, non des milliers de personnes. La plupart se tenaient debout, hurlaient et chantaient. Leur attention se dirigeait vers le centre de l'amphithéâtre. Sur un sable d'un blanc aveuglant, je distinguai trois silhouettes. D'abord un homme vêtu d'une toge rouge et brandissant un bâton. Puis une femme en armure étincelante, les yeux cachés par une visière, dont la chevelure s'agitait, comme animée de vie propre. Enfin Tom, qui me parut soudain très petit et fragile. Je serrai la main de Ginger presque à la broyer. Lady Astley laissa échapper une exclamation horrifiée.

— Mon Dieu ! C'est un combat de gladiateurs !

Comme pour ponctuer nos dires, l'inconnu en toge dans l'arène abaissa son bâton.

— Allez ! l'entendis-je rugir.

La gorgone rejeta sa tête en arrière et poussa un feulement à glacer les sangs qui résonna dans les gradins. Un mugissement du public lui répondit et le monstre fonça sur mon frère. Je dévalai les marches et me ruai contre la balustrade qui surplombait le sable.

— Thomas ! m'époumonai-je.

Il demeurait pétrifié. Son ennemi fondit sur lui et releva la visière de son casque.

— Ne la regarde pas !

Tom ferma les yeux et se jeta de côté, évitant la charge de la créature. Faisant pour une fois preuve d'intelligence, il choisit la fuite pour se mettre hors de portée de son ennemie. La méduse siffla de rage, tira une lame à son côté et entreprit de le pourchasser. La foule en délire scandait « Méduse ! Méduse ! ». J'eus envie de les étrangler un par un. Je serrai le parapet à m'en faire mal. Ginger, cramponnée à mon bras, laissa échapper un cri d'horreur.

Tom cavalait en rond, poursuivi par son assaillante. Mais il se fatiguait, alors que le monstre avançait, implacable. Elle finit par l'acculer contre une portion de paroi. Thomas tremblait et était en nage. L'homme en rouge avec le bâton se contentait de suivre les combattants, sans faire mine d'intervenir.

— Cours ! Mais bon sang cours ! hurlai-je.

Il parut m'entendre car, avec l'énergie du désespoir, il se ramassa sur lui-même et bondit. Quelque chose d'étrange se passa alors. Ses sandales émirent un bref éclat blanc et le propulsèrent à plusieurs pieds du sol, bien au-dessus de la gorgone.

Le public rugit en signe d'approbation. Thomas se remit à courir, mais cette fois, grâce au pouvoir de ses chaussures, il distança aisément la méduse. La chose rabaissa la visière de son masque et feula de rage, prenant les spectateurs à témoin. Thomas en profita pour narguer son adversaire. Je m'en serai tapé la tête contre la pierre des gradins. Mais quel imbécile ! Un monstre cherchait à le tuer et il ne trouvait rien de mieux que jouer les m'as-tu-vu ? Ginger me secoua.

— Regarde ! siffla-t-elle.

Elle pointa du doigt la foule en délire en face. À nouveau, j'eus envie d'estourbir ces malotrus qui osaient se réjouir de cette barbarie.

— Mais regarde, insista Ginger.

Je remarquai des demoiselles en blanc comme nous, et d'autres portant des tuniques mauves. Elles haranguaient l'auditoire. J'en repérai deux plus proches de nous et tendis l'oreille. Celles en blanc clamaient le nom de Persée, tandis que celles en mauve incitaient à adorer la méduse. Je saisis alors ce que le minotaure avait voulu dire dans les souterrains et en quoi consistait notre rôle.

— C'est un jeu ! Il faut qu'on mette les gens du côté de Thomas.

Ginger acquiesça. Ses yeux brillaient. Elle se redressa, carra les épaules, lissa ses cheveux et cria.

— Persée ! Persée ! Persée !

Aussitôt, des têtes se tournèrent vers elle. Ginger se para de son plus beau sourire et continua à scander en tapant des mains. Rapidement, d'autres voix se mêlèrent à la sienne. Je n'ai jamais compris comment lady Astley s'y prenait, mais dès qu'elle s'en donnait la peine, elle était capable de magnétiser tous les regards. Thomas risquant sa vie dans cette arène, Ginger déploya toute son énergie pour captiver le public. Bientôt, toutes les personnes suffisamment proches pour la voir louchèrent dans sa direction. Petit à petit, ils chantèrent le nom de Persée en chœur avec elle. Au départ, je joignis ma voix aux leurs, avant de reporter mon attention sur le combat.

Thomas se débrouillait mieux que je ne l'aurais cru. Il profitait de l'avantage conféré par ses chaussures volantes pour faire tourner la méduse en rond. La créature hurlait de rage, courait, chargeait. Son sabre battait l'air, mais Tom évitait encore et toujours. Les gens aimaient le spectacle. Ginger et les autres femmes étaient parvenues à les galvaniser. On n'entendait plus que « Persée ! Persée ! » dans les gradins. L'homme en rouge peinait à suivre Tom dans sa cavalcade.

— Allez, Tom, ne joue pas au plus malin, gémis-je en l'observant poursuivre ses cabrioles.

Il cavalait comme un lapin, mais ne donnait pas mine de porter un coup fatal à la gorgone.

— Bon sang, c'est une épée que tu tiens, pas un cure-dent ! Sers-t'en un peu !

Je commençai à me ronger les ongles d'anxiété. Dans les tribunes, le vacarme m'assourdissait. Les cris résonnaient sur la pierre. Tom réussit une nouvelle parade particulièrement impressionnante.

—Allez, Tom ! Finis ce combat.

Mais mon frère, grisé par les encouragements du public, commit une erreur. Il attendit la méduse, et au dernier moment, tenta d'esquiver. Elle l'avait vu venir et se déporta dans la direction où il partait. Elle parvint à attraper sa cheville et l'amena brutalement au sol. Tom chuta dans la poussière, la foule hurla. Je glapis.

— Tom ! Non ! Remets-toi debout !

La méduse marcha sur lui et releva la visière de son casque. Tom se dissimula derrière son bouclier. Son adversaire hulula de douleur et se protégea les yeux. Mon frère se redressa et, d'un geste désespéré, lança le bouclier à la tête de son ennemie. Il fit mouche. Sonnée, la créature tomba en arrière. Tom brandit son épée et voulut se jeter sur elle pour l'achever. L'homme en toge rouge s'interposa avec son bâton. Thomas se figea. L'autre prit l'une de ses mains et la leva triomphalement.

— Vainqueur, Persée ! clama-t-il.

La foule explosa en vivats et sifflets, si forts que je dus me boucher les oreilles. Ginger me rejoignit.

— Je ne comprends pas, pourquoi il ne l'a pas laissé mettre la méduse à mort ?

Je n'avais pas de réponse à cette question. Une seule pensée occupait mon esprit : Tom était sauf et, quel que soit ce jeu, il l'avait gagné. Le soulagement manqua de me couper les jambes. Je m'assis sur un siège dans les tribunes. Ginger s'effondra à mes côtés.

— On peut dire qu'il nous aura fichu une sacrée frousse.

J'acquiesçai et essuyai la sueur qui me dégoulinait du front. Prise par le combat, j'avais oublié à quel point le soleil cognait, malgré la protection du voile. J'avisai un dais en face, plongé dans une ombre bienvenue et enviai ses chanceux spectateurs.

Les autres femmes en tuniques blanches nous rejoignirent en riant. Elles redescendirent en direction des souterrains. Ginger et moi les suivîmes, il nous tardait de retrouver Tom.Mon frère se permit une entrée triomphante, acclamé par ceux qui se tenaient là. Le professeur Nutter sautait à côté de lui, sans cesser de parler. Je me jetai dans les bras de Tom avant de le frapper.

— Imbécile ! Tout ça parce que tu ne voulais pas payer l'entrée, tu as failli être massacré. Ne refais jamais ça !

— Quoi ? Me battre comme un fauve et remporter le cœur du public ?

Je lui administrai un bon coup de poing dans les côtes pour le réduire au silence.

— Doucement ! protesta-t-il.

Le brouhaha de conversations et de rires mourut soudain et le pas lourd du minotaure ébranla le sol. Je lâchai Tom et m'écartai, pour découvrir que l'homme taureau n'était pas seul. À côté de lui se trouvait un inconnu, d'une taille impressionnante et d'une beauté flamboyante. Inhumaine. Il arborait une masse de cheveux noirs bouclés, qui disparaissait presque sous un casque ailé. Une toge d'un blanc immaculé enserrait son bassin. Des chaussures, semblables à celles de Tom, entouraient ses chevilles et il tenait à la main un bâton où s'enroulaient deux serpents.

— Agenouillez-vous devant Hermès Mercure, dieu des marchands, messager de l'Olympe et maître de cette école de gladiateurs ! tonna le minotaure.

Hommes et femmes obéirent à ce commandement, et la Ligue jugea préférable de les imiter. Hermès Mercure s'arrêta devant Thomas.

— Eh bien, eh bien. De nouvelles têtes… Bienvenue à Élysée, champion. Relève-toi, maintenant, ordonna-t-il.

Mon frère obtempéra, les jambes tremblantes. La divinité l'examina, son visage se fendit d'un sourire qui ne me rassura pas le moins du monde.

— Tu t'es bien battu. Pour un imposteur, ronronna-t-il.

Tom se figea et parvint à conserver une expression neutre.

— Oui, tu as fait honneur à mon école, mais tu ne fais pas partie de mes héros, ni de ceux des ludus de mes rivaux, d'ailleurs. Tout comme tes compagnons. Ce que je veux savoir est très simple : qui êtes-vous et surtout, d'où venez-vous ?

Je gémis. Un dieu s'intéressait à notre cas. Les ennuis commençaient.

*

Surveillés par le minotaure, nous suivîmes Mercure dans les couloirs de l'arène. J'espérai un bref instant que nous puissions lui fausser compagnie afin de gagner l'extérieur et la *Tédesplen*, mais la présence imposante de l'homme taureau nous en empêcha.

— Mes gens ont trouvé votre machine et vont la ramener à ma villa, nous informa Mercure.

Le professeur gémit à ces mots. La *Tédesplen* était toujours sous alarme, personne ne pourrait y entrer sans risquer une déplaisante surprise, mais le savant craignait que des serviteurs peu attentifs n'abîment le blindage.

Mercure nous mena à travers les souterrains, jusqu'à une porte. Dehors, nous retrouvâmes l'esplanade noyée de soleil. Une foule dense se massait là. Des cris de joie célébrèrent l'arrivée de Thomas, qui se prêta au jeu et salua ses admirateurs. Mercure n'était pas en reste, il bomba ostensiblement le torse et carra les épaules.

Je remarquai dans l'attroupement des personnes plus grandes que la moyenne, et qui semblaient émettre leur propre lumière. D'autres dieux. L'une de ces divinités fendit la cohue pour venir à la rencontre d'Hermès Mercure : une femme, vêtue d'une robe moulante de lin blanc, qui s'arrêtait juste sous ses seins. Sa poitrine dénudée ne constituait pas l'élément le plus choquant de son apparence. En guise de visage, elle arborait une tête de chat au museau effilé et aux oreilles pointues.

— Bastet ! la salua Hermès avec chaleur.

Elle s'inclina devant lui.

— Quel beau combat aujourd'hui. J'ai adoré opposer ma Méduse à ton Persée.

Elle s'écarta pour laisser passer la gorgone. Je sursautai et me raidis, avant de me détendre en voyant qu'un épais bandeau camouflait ses yeux. La créature se précipita vers mon frère pour lui serrer la main.

— Je suis ravie d'avoir pu t'affronter, Persée.

Thomas marqua d'abord un mouvement de recul, avant d'aviser le sourire éclatant de son ancienne adversaire.

— Moi aussi je suis enchanté. Il s'agissait d'une expérience unique, bredouilla-t-il.

— Oh, et cette idée de me lancer le bouclier. C'était tellement novateur. Tous les Persée que j'ai rencontrés se contentaient de l'utiliser comme miroir.

— Ah. Heureux que cela t'ait plu, alors, bafouilla Tom.

Lui et la Gorgone continuèrent à se congratuler, tandis que Mercure et Bastet entamaient une discussion animée au sujet des autres dieux. Il était question des différentes affaires de coucherie. Apparemment, il y avait matière à échanger des potins. La scène avait quelque chose d'irréel.

— Je ne comprends pas, dans un combat de gladiateurs, le vainqueur n'était-il pas censé tuer le perdant ? murmurai-je au professeur.

Un rire grave me répondit. Je sursautai. Le minotaure venait de me prouver qu'il avait l'oreille fine et que les taureaux étaient capables de sourire.

— Qu'est-ce que vous imaginez ? Hermès Mercure a payé très cher pour les gladiateurs de son école. Ça prend du temps d'entraîner un athlète pour qu'il puisse lui faire honneur dans l'arène. Vous croyez vraiment que les dieux auraient intérêt à ce que tout ce monde se massacre allégrement ?

Il souffla par les naseaux.

— Ah, les humains. Ça pense toujours tout savoir et être le plus civilisé.

Il nous administra une bourrade moqueuse.

— Allez, avancez, au lieu de dire des bêtises.

Il nous poussa à la suite de Mercure, qui avait pris congé de Bastet et marchait vers un attelage sur l'esplanade. D'une taille impressionnante, de magnifiques chevaux ailés y étaient harnachés. À leur vue, le professeur émit un cri ravi.

— Des pégases ! Merveilleux !

Mercure prit place dans le char et nous fit monter à l'arrière, à ses côtés. Le minotaure saisit les rênes et fouetta les coursiers. Ceux-ci piaffèrent avant d'étirer leurs ailes. L'engin s'ébranla et décolla lentement.

Des badauds saluèrent une dernière fois Thomas, aucun ne parut vraiment surpris par l'équipage volant. Alors que nous nous élevions, je remarquai une douzaine de hautes silhouettes lumineuses dans la foule et m'interrogeai sur le nombre de divinités qui vivaient dans ce monde.

Le char fila loin de l'agora, au-dessus des toits de tuiles rouges de la cité. Je m'attendais à ce que nous grimpions dans le ciel, pour rejoindre un palais dans les nuages. Je fus très étonnée de voir notre attelage prendre la direction des collines qui avoisinaient la ville. Les habitations laissèrent la place à des routes empierrées et à des champs de blé, des vignes et des oliveraies. Les pégases obliquèrent vers une vaste propriété perchée en haut d'une éminence et atterrirent à l'entrée.

Le vent généré par la course m'avait rafraîchie, la chaleur du soleil m'accabla de nouveau dès que je posai le pied à terre. Les mains en visière pour me protéger de la luminosité, j'observai la villa. Il s'agissait d'une grande demeure rectangulaire, aux murs blanchis à la chaux.

Des domestiques en tuniques immaculées sortirent et vinrent à notre rencontre. Ils se prosternèrent devant Mercure, avant de s'affairer à dételer les chevaux. Le dieu apostropha l'un d'eux, un homme à la longue barbe et qui portait une toge au liseré pourpre.

— Intendant, fais préparer une collation dans les jardins. J'ai à parler avec mes invités.

Malgré l'emploi du terme « invités », je me sentais plus prisonnière qu'autre chose. Mercure s'éloigna et les serviteurs nous entourèrent. Pas la peine d'essayer de fuir avec cette escouade autour de nous. Ils se chargèrent de nous guider à travers les couloirs de la villa. Je découvris une vaste maison au luxe discret et raffiné. Passé le porche d'entrée se trouvait une cour où bruissait une fontaine. Nous empruntâmes un corridor à droite qui menait à plusieurs pièces, pour déboucher sur une deuxième cour intérieure, un peu plus grande que la première. Des fresques ornaient les murs, d'agréables volutes d'encens flottaient dans l'air.

Les domestiques nous firent passer par une porte donnant sur un jardin méditerranéen. Poussaient là oliviers, orangers et buissons de lavande odorante. Le chant des cigales résonnait. Mercure était installé sous un dais, sur une sorte de divan, une coupe de bronze à la main. Il nous indiqua d'un geste de prendre place devant lui, bien qu'aucune chaise n'ait été disposée à notre attention. Thomas s'agenouilla. Ginger, le professeur et moi l'imitâmes. Hermès Mercure esquissa un sourire flatté.

— Des voyageurs dimensionnels. Voilà longtemps que je n'en avais pas vus.

Il goûta visiblement notre réaction de surprise.

— Eh bien quoi ? Vous pensiez être les seuls à posséder ce pouvoir ? Moi aussi, j'ai arpenté les mondes, dans ma folle jeunesse. Ne suis-je pas le dieu des voyageurs ? Enfin, cela fait des éons que je réside ici. Le multivers et ses merveilles, c'est bien joli, mais quand on prend de l'âge, on apprécie les plaisirs de la vie, comme une villa, des domestiques et une école des héros florissante.

Satisfait de sa tirade, il but une gorgée de sa coupe.

— Hum, ambroisie. Quoi de meilleur après un combat réussi ?

Il nous sourit.

— Je dois avouer que vous ne manquez pas de souffle.

Débarquer comme ça à l'improviste et vous faire passer pour mes serviteurs… Personne n'a été dupe longtemps de votre manège, cela dit, j'approuve votre roublardise. De plus, votre arrivée est tombée pile au bon moment.

Il se concentra sur Thomas.

— Mon gladiateur phare a disparu hier soir. Sûrement un coup d'un ludus rival. Peut-être même de Bastet elle-même, elle a des manières de minette, mais reste une saleté de chat, retors et madré. Enfin bref, mon combattant vedette s'envole, et la Providence m'en amène un autre.

Hermès Mercure posa sa coupe et se pencha vers nous.

— Que cherchez-vous, voyageurs ? nous demanda-t-il.

Je me raidis. Sous les dehors affables du dieu, je sentais pointer le danger. Ginger et Tom se concertèrent du regard. Lady Astley se prépara pour répondre l'un de ses mensonges habituels, mais qui dans sa bouche prenait les accents de la vérité. Le professeur Nutter se révéla hélas plus rapide.

— Au départ, nous pensions visiter. Mais ce monde me plaît, j'aimerais y demeurer un moment. Alors, nous allons essayer de le conquérir !

Ginger et Tom s'énervaient rarement contre M. Nutter, mais je crus discerner de la fumée sortir de leurs oreilles alors qu'ils décochaient au savant une œillade venimeuse.

— Intéressant…, nota Mercure.

Son sourire s'élargit.

— Je suis néanmoins sceptique. Vous vous êtes montrés très convaincants. Jeune homme, tu te bats bien et tu sembles capable de te faire apprécier très vite.

Il passa à Ginger.

— Je t'ai vue à l'œuvre dans les tribunes. Tu parviens à galvaniser la foule en quelques minutes. Le prestige d'une école de héros se mesure à sa popularité auprès des spectateurs. Tu représenterais un atout non négligeable. Quant à toi, vieil homme, j'ai étudié ta machine. Ton esprit recèle des merveilles.

— Oh oui ! Et les lubies d'un pauvre fou, s'exclama le professeur.

J'étais soulagée d'avoir échappé à l'œil inquisiteur de Mercure. Hélas, celui-ci ne m'avait pas oubliée, et se tourna vers moi.

— Quant à toi, jeune fille à la crinière de feu, tu ne parles pas beaucoup, mais tu observes, tu réfléchis. Tu serais une très bonne espionne.

Il soupira d'un air dramatique.

— Oui, une équipe parfaite. Trop parfaite. Vous pourriez être des cadeaux empoisonnés envoyés par d'autres divinités, chargés de venir voir ce qui se trame dans notre école.

Il darda sur nous un regard dépourvu de toute pitié.

— Je pourrais vous tuer. Je devrais sûrement.

Mon cœur loupa un battement à ces mots. Ginger garda son calme et fixa le dieu.

— Vous n'en êtes pas réellement convaincu, n'est-ce pas ? Vous ne pensez pas que nous sommes des espions.

Hermès Mercure se fendit d'un rictus.

— Disons que tant que je conserve votre machine sous bonne garde, j'ai la garantie de votre loyauté.

Il se leva et effectua quelques pas, nous dominant de toute sa hauteur.

— À partir d'aujourd'hui, vous travaillez pour moi.

J'échangeai un regard avec Tom, et lus dans ses yeux la même anxiété que celle que je ressentais. Lady Astley se para néanmoins d'un sourire charmeur.

— Votre décision nous ravit, et soyez assuré que nous vous servirons avec honneur, déclara-t-elle.

*

Hermès Mercure avait fait ramener la *Tédesplen*, et l'avait enfermée dans un endroit secret de sa villa. Ce n'était pas la première fois qu'on confisquait notre machine, les anciens vampires du Londres alternatif avaient eu la même idée. Cela dit, cela ne nous enchantait guère que notre *Tédesplen* soit ainsi gardée sous clé. Nous fîmes contre mauvaise fortune bon cœur et prétendîmes nous mettre au service de Mercure.

Tout n'était pas si déplaisant. Nous jouissions d'une relative liberté de mouvement, bien que Minos et ses sbires nous surveillassent étroitement. Le professeur bénéficiait d'un laboratoire, nous disposions de nos propres appartements. Nous étions logés et nourris, même si la gastronomie de cet univers pouvait se révéler particulière. J'ai goûté à des mets dont j'ignore encore aujourd'hui la composition exacte, et souhaite rester dans le flou à leur sujet.

Ginger servait de fille d'arène, comme on appelait celles chargées de motiver le public. L'économe de Mercure remarqua rapidement qu'elle possédait de solides notions de calcul et démontrait un instinct sûr pour faire fructifier de l'argent. Il l'embaucha donc comme aide.

Hermès Mercure avait noté les dons du professeur et lui avait commandé un trône volant, ainsi que toute une panoplie d'automates destinés à l'entraînement des gladiateurs. Mon mentor ne s'ennuyait pas, et, vu que ni Mercure ni le minotaure ne paraissaient le juger dangereux, il jouissait d'une certaine liberté de mouvement dans la villa. Bien qu'on refusât toujours de le laisser jouer avec des explosifs, ce dont je me félicitais. Pour ma part, je suivais Ginger ou assistais le savant. Thomas avait quant à lui intégré l'école des héros du dieu.

Je compris vite que diriger l'un de ces fameux ludus témoignait d'un immense prestige. Les combats étaient l'attraction principale d'Élysée. Les humains se pressaient pour admirer ces reconstitutions d'affrontements mythologiques. Persée contre la gorgone, Hercule et le lion de Némée, les Grecs et Romains étaient à l'honneur, bien que les vaillants Nordiques gagnassent en popularité, comme Sigurd et le dragon. On comptait même quelques Anglo-saxons, comme Beowulf et, chose qui me plaisait grandement, les Irlandais étaient représentés. L'un des rivaux de Mercure employait un colosse roux qui jouait à merveille Cuchulain.

Chacun se formait aux arts du combat, mais également à personnifier plusieurs héros. Mon frère apprit qu'outre Persée, il devrait incarner aussi Sigurd et Owain. Les gladiateurs habitués à ces rôles lui battirent froid pour commencer, n'appréciant guère la cote du nouveau venu. Thomas, en habile beau parleur, sut retourner la situation à son avantage et bientôt de nombreux guerriers devinrent ses amis.

L'entraînement s'avéra rude. Même si les affrontements ne se soldaient pas par des mises à mort, les risques de blessures étaient bien réels. En apparence, je gardais une façade de marbre et répétais à l'envi à Thomas que de toute manière, rien de grave ne pourrait arriver à un idiot comme lui. En fait, je m'inquiétais à chaque fois qu'il rentrait dans l'arène.

Les gladiateurs de Mercure étaient aussi supposés connaître les héros qu'ils incarnaient. Tom dut donc fréquenter la bibliothèque de l'école et lire des livres, sûrement pour la première fois depuis qu'il avait quitté notre mère. À qui voulait l'entendre, il proclamait qu'il préférait encore se faire taper dessus à coups de bouclier.

Thomas foula le sable de l'amphithéâtre à plusieurs reprises, endossant le rôle de Persée, contre Méduse et un monstre marin. Il gagna ces combats, malheureusement, quand Mercure lui donna l'identité de Sigurd, les choses se gâtèrent.

Je me trouvais dans les gradins avec Ginger. Comme à l'ordinaire, nous tentions de galvaniser le public pour qu'il prenne fait et cause pour Thomas. Mais quelque chose différait des rencontres précédentes. L'attention se portait ailleurs. Je louchai en direction des dais ombragés, là où comme je l'avais appris s'installaient les dieux. Je distinguai Mercure, et à côté de lui un splendide jeune homme à la crinière d'or, ruisselant en boucles parfaites.

— Balder, m'informa Ginger. Un nouveau venu en ville. Apparemment, il posséderait un dragon qui vaut le détour.

Il se leva et salua la foule, qui lui répondit par des cris. Malgré moi, sa beauté m'éblouit. Il émanait de lui une impression de bonté totale. Derrière lui se tenait un blondinet, probablement l'un de ses serviteurs, qui lui tendit un verre d'ambroisie.

Un sifflement à la fois rauque et strident dans l'arène attira mon attention. Le dragon de Balder venait de rentrer. J'avais déjà vu ces reptiles ailés dans l'arène, la plupart étaient des bêtes immondes et visqueuses. Celui-ci resplendissait d'or. Il inclina sa noble tête devant l'arbitre, puis mon frère. Le combat commença et je sus dès les premiers mouvements que nous nous trouvions dans le pétrin.

La créature bougeait avec une grâce liquide, devançant Thomas à chaque fois. Celui-ci tenta de lui porter quelques frappes maladroites, que le saurien esquiva, avant de répliquer d'un puissant coup de queue qui envoya son adversaire voler contre une des parois. La rencontre s'acheva ainsi.

D'ordinaire, la foule n'aimait guère les affrontements trop courts. Mais là, le public se tenait debout et acclamait Balder et son dragon. Le dieu répondit avec force sourires et saluts des mains. Les visages se tournaient vers lui avec une expression de vénération. À peine arrivé et déjà si populaire… Mercure risquait de ne pas apprécier.

Ginger et moi redescendîmes retrouver Thomas. Mon frère allait bien, malgré deux côtes froissées.

— Il n'y a de la chance que pour la canaille, déclarai-je en le voyant.

Tom, vexé par sa défaite, me décocha une œillade venimeuse. Ginger ne prit pas part à la chamaillerie qui suivit. Son regard restait rivé sur le dragon dans l'arène, et sur Balder dans son dais, qui saluait l'assemblée. Je connaissais suffisamment lady Astley pour savoir ce que cela signifiait : elle avait une idée derrière la tête.

*

Tom resta deux semaines sans pouvoir combattre. Ginger et moi continuâmes à œuvrer pour les combats mais, quand deux autres combattants de Mercure furent blessés à leur tour, nous nous trouvâmes un peu désœuvrées. L'économe sollicita alors lady Astley pour l'aider dans les comptes. Quant à moi, Hermès Mercure décida de mettre mes talents à profit : j'obtins le droit de sortir. Au départ, j'accompagnais les serviteurs au marché pour les emplettes, mais très rapidement, Hermès me donna l'autorisation d'arpenter la ville à ma guise. Ma mission était simple : je devais devenir ses yeux et ses oreilles.

Je m'acquittai avec diligence de cette tâche, sans chercher à m'enfuir. De toute manière, où aurais-je pu aller, sans mes compagnons et sans la *Tédesplen* ? De plus, si nous voulions retourner la situation à notre avantage, je devais amasser le plus d'informations possible sur cet univers.

J'appris donc à connaître Élysée sous toutes ses coutures. Au premier abord, ce nom semblait approprié, en raison de la beauté et du raffinement de la cité. La réputation de son arène touchait le monde entier, et attirait les déités et leurs écoles de héros. Se retrouvaient à Élysée non seulement des divinités grecques, romaines ou égyptiennes, mais aussi des représentants de contrées nordiques, de l'Asie, de l'Afrique et des lointaines Amériques. En cet endroit, on rejouait les combats entre les braves. La foule se pressait pour les acclamer et vénérer les dieux. En apparence, tout allait pour le mieux et les humains se satisfaisaient de leur sort. En apparence.

Je passai pas mal de temps à traîner sur les marchés, je liai connaissance avec les vendeurs et les colporteurs. Je devins une familière des tavernes les plus fréquentées, celles où on échangeait les potins et les ragots. Je m'aventurai dans les quartiers moins recommandables, à la recherche de ceux qui gagnaient leur vie de manière illicite. Bref, je pris le pouls de la ville.

Derrière la belle façade présentée par l'arène et par les dieux, je découvris peur et misère. La grande majorité des humains vivaient dans le dénuement et souffraient de la faim. Les jeux de l'arène constituaient le seul divertissement abordable pour tous. Encore que les pauvres soient relégués dans les gradins du haut, alors que les bonnes places restaient réservées aux riches et bien sûr aux dieux.

Ceux-ci exerçaient sur la population un joug tyrannique, presque toutes les familles devaient déplorer au moins un mort, dû à un caprice d'une divinité. Moi qui avais connu la pauvreté de l'East End londonien, je retrouvais une situation similaire à celle que j'avais quittée.

Pour ajouter au tableau, les dieux se livraient à une guerre larvée entre eux. Alliances se nouaient et se dénouaient quotidiennement. Coups fourrés et trahisons étaient monnaie courante, et cet affrontement se cristallisait dans l'arène. Remporter un combat, et l'adoration de la foule, accroissait le pouvoir. Celui qu'abandonnaient ses fidèles perdait ses biens ; j'assistai en une occasion à la déchéance d'une divinité mineure et au partage de ses possessions et ses serviteurs entre d'autres dieux plus puissants.

Contrairement à ce que j'avais initialement cru, les dieux étaient immortels mais pas invulnérables. Avec les armes adéquates, on pouvait les tuer pour de bon. Les divinités craignaient donc un soulèvement des humains et veillaient à maintenir un contrôle total sur la population. Les jeux participaient à cet équilibre et étaient le théâtre de bien des tractations.

Si l'on ne pouvait tricher sur le sable, à cause des arbitres, créatures artificielles conçues pour garantir le bon déroulement de la rencontre, on pouvait se permettre toutes les manigances une fois sorti de l'amphithéâtre. J'appris d'ailleurs à ce sujet que les hommes de Mercure avaient retrouvé le gladiateur remplacé au pied levé par Thomas égorgé dans une ruelle. Sûrement un coup d'une école rivale.

J'observais, donc, et rapportais à Mercure Hermès ce que je voyais. Il me recevait dans son jardin, à la brune. Il écoutait ce que je lui racontais, en sirotant une coupe d'ambroisie. Il se montrait toujours très courtois avec moi et louait mon esprit ainsi que mon sens du détail. Je n'étais pas dupe de ses dehors affables : moi et mes compagnons ne représentions rien pour le dieu, à part un moyen de gagner plus de pouvoir. Notre position restait précaire, dès que Mercure se serait lassé de nous, ou que nous ne lui donnerions plus satisfaction, il se débarrasserait de nous.

Notre situation changea un après-midi, durant un affrontement. Thomas ne se trouvait pas dans l'arène, mais dans les gradins avec moi et le professeur. Ginger haranguait le public pour soutenir un de nos gladiateurs, qui jouait Bellérophon et rencontrait une chimère, envoyée par Teutates.

Je ne m'inquiétais pas pour le combattant, il avait remporté de nombreuses victoires et son personnage était assez populaire auprès des spectateurs. Aussi, j'observais le déroulement d'un œil. Comme à son habitude, Ginger avait galvanisé l'assemblée qui hurlait le nom de Bellérophon. Je laissai mes pensées dériver, me demandant comment nous allions récupérer la *Tédesplen* et fausser compagnie à Mercure.

Un cri collectif me tira de mes réflexions. La foule s'était dressée d'un bond. Bellérophon gisait à terre et saignait d'une méchante coupure à l'épaule. L'arbitre arrêta le combat et proclama la chimère vainqueur. Je grimaçai. Ginger me rejoignit et m'attrapa par le bras.

— Regarde la tête des gens, me souffla-t-elle à l'oreille.

Je remarquai que le public était comme frappé d'apathie. Certains s'étaient rassis, d'autres restaient là les bras ballants.

J'aperçus un ou deux enfants qui pleuraient. Ils appréciaient Bellérophon, sa défaite portait un coup au moral. Le silence tomba, durant quelques secondes, avant que le brouhaha des conversations ne reprenne. Rapidement, les spectateurs se dirigèrent vers la sortie. Les visages demeuraient fermés et sombres. Une émotion dominait : la colère. Les habitants d'Élysée admiraient Bellérophon. Le voir perdre constituait une déception.

Je réalisai alors à quel point les affrontements dans l'arène servaient d'exutoire. La foule projetait beaucoup sur les gladiateurs. Sans cette soupape de sécurité, qui pouvait deviner comment les humains réagiraient ?

Je me tournai vers Ginger, elle observait la scène d'un air acéré.

— Toi, tu as une idée en tête, déclarai-je.

Elle acquiesça avec un sourire féroce.

— Oh oui ! Je pense savoir comment nous relancer dans la course à la conquête du monde.

*

Mercure nous fixait, le menton appuyé sur ses mains croisées.

— J'ai peur de ne pas avoir bien compris, que voulez-vous au juste ?

Malgré l'ombre de sourire qui étirait ses lèvres, son regard demeurait polaire. Thomas, désigné volontaire pour exposer le plan de la Ligue, se racla la gorge, avant de rassembler son courage et de se camper fermement devant la divinité.

— Vous proposer une association.

Hermès Mercure éclata de rire.

— Vous n'êtes guère en position de négocier, pauvres humains !

— Permettez-nous d'en douter, commença Thomas.

— Je vous ai créé un trône flottant et des automates de

combat pour l'entraînement. Ce n'est pas rien ! enchaîna le professeur. Je peux vous bricoler un sceptre lanceur d'éclairs. Comme ça, Zeus, Teutates et Thor ne seront plus les seuls à pouvoir frimer.

— Moi, je peux retourner une arène en quelques minutes. Et j'ai trouvé un moyen de vous faire économiser les taxes sur les importations de vin, ajouta Ginger.

— Quant à moi, je vous ai rapporté plus d'informations valables que vos derniers espions, conclus-je.

Nous avions répété ces arguments de manière à sonner le plus juste possible. Mercure nous regarda un moment, se grattant le menton, avant de soupirer.

— Bien, admettons que vous soyez plus doués que ce que j'avais initialement pensé. Mais qu'est-ce qui justifierait que moi, un immortel, je m'abaisse à un partenariat avec de vulgaires humains ?

— Nous ne sommes pas de « vulgaires humains », mais des voyageurs planaires, corrigea Tom. Nous pouvons vous apporter des choses que vous ne pouvez obtenir par vous-même.

— Comme quoi ?

— Un plan pour évincer les autres dieux.

Mercure rit de nouveau, mais je crus distinguer une lueur de convoitise dans ses prunelles.

— Je vous écoute. Mais vous avez intérêt à vous montrer convaincants.

Thomas chercha notre appui d'un coup d'œil. Je hochai la tête, pour lui signifier que je lui faisais confiance pour négocier. Même si je tenais mon frère pour un âne bâté, je devais lui reconnaître une certaine compétence dans l'art d'embobiner les gens. Si quelqu'un pouvait réussir, ce serait lui.

— Avec les autres dieux, vous vous livrez une guerre pour garder l'influence sur les humains via les jeux. Mais la population souffre et n'est qu'à un cheveu de la révolte.

— Ridicule, ils n'oseront jamais, trancha Mercure.

Tom me lança un regard et je volai à sa rescousse.

— Et pourtant, vous connaissez comme moi la situation. Vous n'êtes pas aveugle, vous avez vu la déception des gens quand Bellérophon a perdu. Vous avez remarqué leur colère.

— Les mortels sont faibles, ils ne se dresseront jamais contre les miens.

Le ton de sa voix laissait néanmoins entendre qu'il avait envisagé cette possibilité. Certaines rumeurs couraient dans la rue, celles d'une ville lointaine où les habitants avaient évincé, puis tué les dieux qui les régissaient.

— Peut-être, convint Thomas. Mais si jamais l'impensable se produit, de quel côté préféreriez-vous vous trouver ? De celui des oppresseurs ou des libérateurs ?

Hermès ne répondit pas, et mon frère prit son silence pour une invitation à continuer.

— Notre plan est simple : provoquer la révolte.

Mercure haussa un sourcil circonspect.

— N'est-ce pas jouer avec le feu ?

— Certes, mais comme un jongleur.

— Développe, ordonna Mercure.

— La rébellion couve, alors attisons-la. Manœuvrons la colère des gens. Ça ne sera pas difficile de leur faire prendre conscience de leurs conditions de vie misérables. Poussons-les à se soulever. En parallèle, montons les dieux les uns contre les autres. Plus vos rivaux se déchireront, plus le mécontentement des humains grandira.

Mercure afficha une moue dubitative, mais demanda quand même comment nous comptions nous débrouiller, preuve que Thomas avait piqué son intérêt.

— En propageant des rumeurs, en organisant des vols… Les inventions du professeur nous aideront. Et ma sœur sait se montrer très discrète, elle pourra intervenir n'importe où.

Je retins une protestation. Il n'était nullement question de ce genre de mission dans le programme initial ! Une fois encore, Thomas m'envoyait au casse-pipe. Je pris note de lui dire ma manière de penser le plus tôt possible. Mon frère poursuivit la présentation de notre dessein.

— Une fois que la rébellion aura éclaté, vous choisirez le parti des humains et les défendrez. Vous apparaîtrez ainsi comme le protecteur parfait, et vous pourrez chasser les autres divinités.

— Mes confrères demeurent puissants. Ils sont capables de mater une révolte et de m'anéantir au passage.

— Pas si nous semons la zizanie parmi eux d'abord, intervint Ginger. Pas besoin de beaucoup d'efforts, les trois quarts des dieux et déesses se détestent cordialement et ne cherchent qu'un prétexte pour s'étriper. Croyez-moi, nous excellons quand il s'agit de répandre le chaos.

— Je pourrais essayer certaines de mes inventions ! s'exclama alors le professeur Nutter.

Hermès Mercure hocha la tête et regarda un moment dans le vague.

— Oui… Zeus est encore fâché avec sa femme pour une histoire de coucherie. Osiris et Anubis ont conclu une trêve qui reste fragile. Loki vient d'arriver et tente d'ouvrir son école, Thor et Odin lui mettent des bâtons dans les roues. Ça pourrait marcher, marmonna-t-il entre ses dents.

Il se tourna vers nous et nous adressa un sourire malicieux.

— J'aime décidément beaucoup vos idées, mes chers employés.

La Ligue sourit en retour, mais aucun de nous n'était dupe. Hermès Mercure comptait nous utiliser, et se débarrasser de nous à la première occasion. Il convoitait les inventions du professeur ainsi que la *Tédesplen*. Cela dit, j'avais déjà remarqué que le dieu ne nous prenait pas totalement au sérieux et pensait qu'il détenait toujours une longueur d'avance sur nous, pauvres petits mortels. Cela pourrait nous servir pour plus tard.

Nous discutâmes un moment des derniers détails, avant que Mercure ne nous congédie. Nous sortîmes des jardins et

Tom poussa un soupir de soulagement alors que la porte se refermait derrière nous.

— Ça ne s'est pas si mal passé, au final, déclara-t-il.

— Vous réalisez quand même qu'il cherchera à nous éliminer dès qu'il n'aura plus besoin de nous ? fis-je remarquer à mes compagnons.

Ginger haussa les épaules.

— Et alors ? Nous aussi, non ?

— Oui. Certes, reconnus-je.

Lady Astley s'étira avec l'air satisfait d'un chat qui a réussi un vilain tour.

— En tout cas, c'est plaisant de reprendre la conquête du monde. Je commençais à m'encroûter.

Je me contentai d'acquiescer. Le plan de la Ligue n'était pas mauvais, mais je craignais les imprévus, et l'enthousiasme excessif de mes partenaires.

— Ça se tue comment, un dieu ? s'interrogea mon frère.

— Avec un gros rayon de la mort ! s'écria le professeur.

— Je n'en sais rien, soupirai-je. J'ai peur que ce ne soit pas suffisant. Les ragots que j'ai entendus parlaient d'armes magiques.

M. Nutter frappa dans ses mains avec enjouement.

— Chic alors ! Je vais tenter de nouvelles expériences !

*

L'obscurité était tombée sur Élysée. La ville dormait paisiblement, à l'exception des citoyens adeptes des activités illicites. Voleurs, assassins, parieurs, trafiquants. Et moi. Si la chaleur était étouffante dans la journée, la nuit pouvait se révéler fraîche, aussi resserrai-je ma cape avec un frisson.

Je tenais contre moi un petit sac au contenu bien précieux : un splendide bijou dérobé la veille dans la demeure de la déesse Freyja. Je m'apprêtais à exécuter ce soir la seconde partie de ma mission.

Je tirai de ma poche une bague ornée d'une gemme et la passai à mon doigt. Je pris une inspiration et pressai le chaton. Une décharge me parcourut alors que je devenais invisible. Le professeur Nutter avait réussi à utiliser le circuit de la ceinture de lévitation récupérée à Sinik, et les enchantements de Mercure avaient accompli le reste. Pourquoi cette technologie réagissait-elle ainsi à la magie ? Je l'ignorais. Encore un mystère des voyages entre les mondes.

Bien que je sois transparente, j'observai les alentours. Le jardin qui bordait la demeure exhalait des senteurs enivrantes. Devant moi s'ouvrait une porte massive, encadrée de colonnes ouvragées. Des bas-reliefs décoraient les murs et racontaient en scènes stylisées l'histoire de celle qui vivait ici. Isis, divinité égyptienne qui avait élu domicile à Élysée des années auparavant.

Protégée par mon anneau, je me glissai hors de ma cachette pour m'approcher du palais. La déesse était l'une des plus grandes rivales de Mercure car populaire auprès des humains. La Ligue s'apprêtait à remédier à ceci.

Je traversai le porche d'entrée et pénétrai dans l'atrium. Isis avait conservé la forme romaine de la maison, en y adjoignant néanmoins des éléments d'allure égyptienne, comme des statues, ou l'écritoire d'un scribe dans un coin. Je m'abritai derrière l'une des colonnes et attendis. Deux servantes, vêtues de tuniques de lin, la tête coiffée de perruques tressées passèrent devant moi. Elles portaient des jattes de lait. Isis prenait son bain. Parfait. Je sortis de ma cachette et filai dans les couloirs. Hermès m'avait fait mémoriser le plan de la demeure, je n'eus aucun mal à trouver les appartements de la déesse.

Ils étaient heureusement déserts. Je m'y glissai. De l'encens parfumait la pièce. Des tapis de papyrus recouvraient le sol, tandis que des scènes mythologiques ornaient les murs. Je m'accordai quelques instants pour les observer et en déduisis que ces gens avaient un sérieux problème avec la perspective.

Je repérai près du lit entouré d'une moustiquaire une

table basse. Elle croulait sous les coffres à bijoux. Je vidai l'un d'eux et ouvris le sac que je portais. J'en tirai un sublime collier d'or et d'ambre, le Brisingamen, bien le plus précieux de Freyja. Je le déposai au fond du coffre, puis replaçai les bijoux par-dessus.

Satisfaite, je quittai la chambre et me faufilai hors de la propriété. Demain, une source anonyme révélerait à Freyja l'implication d'Isis dans le vol.

Depuis plusieurs semaines, les incidents de ce genre se multipliaient. Les pommes d'Iddun avaient été dérobées et retrouvées chez Loki. Quelqu'un s'était permis d'espionner Artémis au bain, et pire, de la croquer puis de diffuser les esquisses. Des rumeurs circulaient sur le manque de virilité des dieux du tonnerre. Teutates, Thor et Jupiter, persuadés qu'il s'agissait d'un coup de Vénus, Ishtar et Brigit, leur battaient froid.

Bien évidemment, la Ligue des ténèbres était derrière tous ces méfaits et je représentais en quelque sorte le bras armé du groupe. D'abord réticente à remplir cette mission, j'y avais pris goût. Me glisser dans les villas sans être repérée, les monter les uns contre les autres, j'aimais ce rôle de trouble-fête. Je m'amusais comme une folle.

Une fois sortie de chez Isis, je m'éloignai et retirai l'anneau. La demeure se situait dans un quartier résidentiel de la ville désert à cette heure-ci. Je rejoignis une auberge, un petit établissement en extérieur, abrité par une tonnelle de vigne. Si les abords du palais d'Isis baignaient dans le calme, il n'en était rien ici. Une foule bigarrée se pressait là pour goûter le jus de la treille et s'enivrer en priant Dyonisos.

Je zigzaguai entre les buveurs jusqu'au fond de la taverne, où un serviteur de Mercure m'attendait, attablé devant une coupe de vin.

— C'est fait, déclarai-je en m'asseyant à côté de lui.

—Bien. Prenons un verre et rentrons. Le maître sera content.

Il héla une fille de salle, une jolie nymphe, qui s'empressa de me verser un godet. Je le sirotai en m'efforçant de paraître détendue. Rien n'était moins discret que quelqu'un qui ronge son frein dans un troquet. Pour passer le temps, j'observai les clients.

Je remarquai vite un jeune homme blond, discutant avec des joueurs de dés. Je le reconnus : je l'avais déjà aperçu dans le sillage de Balder et Ginger l'avait croisé plusieurs fois en ville. Hvit ou quelque chose comme ça, si l'on partait du principe qu'il s'agissait de son vrai nom et pas d'un alias. Je le vis échanger quelques pièces contre un morceau de papier et s'en aller en saluant les joueurs. J'en fis part à mon camarade.

— Ah, encore des intrigues. Cette fichue ville ne se nourrit que de ça, soupira-t-il.

Nous terminâmes notre verre et partîmes. Le regard de l'inconnu me suivit à travers la pièce. Je frissonnai.

Le valet me ramena à la villa à bord d'une vieille charrette. Sur le chemin, je vis plusieurs groupes habillés de noir, occupés eux aussi à ne pas attirer l'attention. Sans grand succès d'ailleurs.

Depuis que nous avions lancé notre opération, Élysée bouillonnait et les rats sortaient de leurs trous. Partout fleurissaient les conspirateurs de tout poil, et nous n'étions pas les seuls à servir dans l'ombre les dieux. J'essayai de ne pas trop m'inquiéter, en me disant que nous possédions une longueur d'avance. La Ligue avait pas mal baroudé et visité différents univers. Nous avions l'expérience pour nous.

Guillerette, dès que je rentrai à la villa, je filai dans mes quartiers retrouver mes compagnons pour leur expliquer comment s'était déroulée ma soirée. Je découvris avec surprise Mercure assis sur mon lit. Tout ce petit monde discutait allégrement et se tut lorsque j'entrai.

— Samsamsamsamsam ! Tu es de retour ! s'exclama le professeur. Tu as placé le collier ?

— Oui, répondis-je. Comme d'habitude, la bague a bien fonctionné.

— Tu m'en vois ravi, déclara Mercure.

Il tendit la main et j'y déposai le bijou. Notre employeur refusait que je conserve les objets dont je me servais pour pénétrer dans les demeures de ses semblables, de peur que je les utilise contre lui. Il faisait preuve d'un remarquable bon sens à ce sujet. Dommage que le savant ait réussi à en créer une réplique, qu'il gardait toujours sur lui, suspendue à une chaînette.

— Alors ? s'enquit le dieu.

Je racontai mes aventures en quelques mots. Mercure parut satisfait. Il y avait de quoi. La situation tournait à son avantage. Le professeur avait inventé plusieurs armes qui avaient favorisé les gladiateurs de son ludus. Thomas et les autres avaient rencontré les combattants des écoles rivales et, sous couvert de soirées de beuverie, en avaient profité pour vanter les mérites de Mercure. Le bruit circulait maintenant que les employés de Mercure étaient les mieux traités de tout Élysée.

Tous les dieux ne participaient pas au jeu des héros. Certains trouvaient ces affrontements barbares, notamment les déesses de la fertilité et des moissons. Ginger s'était chargée de les séduire. Elle avait mis en place une collecte et une distribution de nourriture pour les nécessiteux. Ses manœuvres, son charme et ses flatteries avaient réussi à nous attirer les bonnes grâces de Cérès, Épona et Lakshmi, une divinité venue d'Inde.

— Samantha, tu vas être très contente, déclara le professeur.

— Nous n'avons pas perdu notre temps, ajouta Ginger.

— Nous avons conçu un nouveau plan ! termina Tom.

J'observai leurs sourires radieux, l'expression rusée de Mercure, et jugeai préférable de m'asseoir. Je n'aimais guère la flamme dans leurs yeux.

— Quoi donc ? m'enquis-je.

— Tes amis m'ont parlé d'un concept fort intéressant, développé par votre drôle de bonhomme sur sa croix : le martyr.

Je retins une réflexion acerbe. Bien que peu pratiquante,

ma mère m'avait élevée dans la conviction que le blasphème était un péché. Vu sa mine détendue, Thomas n'avait pas dû écouter avec autant d'assiduité que moi les enseignements de notre génitrice.

— Cette marotte de souffrir pour le peuple, c'est étonnant, mais ça a l'air de fonctionner.

— Oh oui ! Presque deux mille ans que ça tient, chez nous ! s'exclama le professeur.

— Nous avons eu une merveilleuse idée, qui devrait permettre à ma popularité de grimper. Nous allons organiser une fausse tentative d'assassinat contre moi et faire croire qu'il s'agit d'un coup des autres dieux. Évidemment, j'en réchapperai et je proclamerai haut que mes rivaux m'ont attaqué, car je voulais redonner de la liberté aux humains !

Je restai silencieuse et me contentai de hocher la tête.

— Qui est à l'origine de ce plan ? m'enquis-je.

Mercure haussa les épaules.

— Moi, bien évidemment. Même si tes compagnons m'ont un peu aidé. Pour des humains, vous pouvez vous montrer relativement malins, je dois dire.

À nouveau, j'opinai. Encore un plan sans faille de la Ligue des ténèbres. Je m'inquiétai un peu. J'avais bien compris le dessein secret de mes compagnons : si nous en avions l'occasion, Mercure ne survivrait pas à la tentative et nous prendrions le pouvoir. L'arrogance dont le dieu faisait preuve et sa conviction inébranlable de sa supériorité pourraient même nous faciliter la tâche. Il ne verrait pas le coup venir.

Sur le papier, tout paraissait simple. J'avais néanmoins appris à me méfier des apparences.

— Vous n'avez pas peur que ce soit trop dangereux ? interrogeai-je Mercure.

Il se fendit d'un grand sourire.

— J'ai confiance en notre plan.

J'espérais de tout cœur qu'il ait raison.

*

La Ligue poursuivit son travail de sape. La nuit, je continuais à monter les dieux les uns contre les autres avec leurs manigances. Je réussis à brouiller Lug et Épona, grâce à un soupçon de tricherie pour des courses équestres. Après le vol du collier, Isis insulta Freyja en public. Bref, notre plan marchait au mieux.

En journée, je me déguisais, me grimant parfois en garçon. J'arpentais la ville, je traînais dans les tavernes, mais surtout, j'écoutais les conversations. La tension montait, lentement mais sûrement. Les humains étaient nerveux, les impôts exigés par les démiurges ne leur avaient jamais paru si lourds. Même les combats ne parvenaient plus à les calmer.

On blâmait les divinités les plus importantes : Odin, Jupiter, Belénos… Certains dieux tiraient leur épingle du jeu : Mercure, bien évidemment, mais également Cérès, grâce à notre programme de distribution de nourriture. Au grand déplaisir d'Hermès Mercure, Balder gagnait lui aussi les faveurs de la foule. Il partageait ses richesses, se montrait généreux avec les pauvres, mais surtout, il faisait preuve d'une bonté hors du commun. Il accordait toujours un mot aimable aux serviteurs, se souvenait des suppliants qui venaient quémander son aide. Le blondinet qui traînait avec lui passait beaucoup de temps en ville à réconforter les miséreux. Bref, Balder faisait de l'ombre à Mercure, qui avait une opinion assez tranchée à son sujet.

— Une sacrée pimbêche, celui-là, me déclara-t-il un jour après plusieurs coupes d'ambroisie. Il joue les innocents, mais il est aussi pourri que tout le reste. À tout prendre, je préfère Loki, lui au moins, il affiche clairement la couleur.

Sur les ordres de Mercure, je déployais toute mon habileté pour tenter d'en savoir plus sur lui, sans rien apprendre de vraiment croustillant. Il était aimé de tous, sauf de Loki.

Nous croisâmes Balder sur le marché un jour. Mercure était sorti pour choisir de l'encens. Les pauvres se pressaient autour de lui pour le toucher, obtenir une bénédiction. Hermès Mercure se comportait en grand seigneur, tandis que Ginger et moi demeurions dans son ombre, attentives à ceux qui nous entouraient.

Le murmure qui parcourut la foule nous avertit de l'approche d'un autre dieu. Je tournais la tête et la lumière qui émanait de Balder m'aveugla momentanément. Lorsque ma vision revint à la normale, Balder souriait, et son expression m'emplit d'une joie immense.

— Mercure. Content de te voir ici.

— Moi aussi, Balder.

— J'ai eu vent de tes distributions de nourriture aux démunis. Cela me remplit de joie de constater que je ne suis pas le seul à me soucier du sort de ces gens.

Les humains présents répondirent par des exclamations approbatrices. Balder étendit les bras pour les désigner tous.

— Il faudrait que nous unissions nos forces. Ensemble, nous pourrions changer le monde.

Sur ces paroles, il prit congé. Je notai que le blondinet déjà aperçu se trouvait là. Il nous lança un sourire radieux, à Ginger et moi. La foule se dispersa, une partie suivit Balder, le reste se pressa autour de Mercure. Celui-ci gardait un visage impassible, mais je pouvais sentir à quel point la rencontre le troublait.

— Il m'a presque convaincue de sa bonne foi, soufflai-je à Ginger.

— Moi aussi, avoua ma compagne.

Je lui adressai un regard surpris. Lady Astley fixait le dieu qui s'était arrêté plus loin sur le marché.

— Et si Balder était sincère, et que le danger venait d'autres personnes tapies dans l'ombre ?

— Loki ? risquai-je.

— Peut-être. En tout cas, restons vigilants.

*

Mercure pensait comme nous et surveilla encore plus attentivement Balder ainsi que Loki. Aussi, lorsque l'arène annonça que l'un des héros de Balder, une guerrière irlandaise nommée Aoifa, affronterait l'un des poulains de Loki, Fenrir, un loup monstrueux, il décida que nous irions assister au combat. Mais au lieu de prendre place dans les gradins, comme à notre habitude, le dieu nous mena à sa loge personnelle.

Cela faisait des mois que j'enviais les occupants de ces dais, bien à l'abri à l'ombre, et bénéficiant d'une vue imprenable sur la piste. J'étais heureuse de jouir enfin de ce luxe, même si je restais aux aguets.

Nous nous installâmes dans de luxueux fauteuils tendus de velours, des serviteurs se relayaient pour nous éventer et nous ramener confiseries et rafraîchissements. Le professeur Nutter était aux anges, d'autant plus qu'il venait de découvrir l'existence des loukoums et semblait s'être lancé le défi d'en ingurgiter le plus possible en un minimum de temps. Thomas et Ginger goûtaient le faste et la compagnie de Mercure. Lady Astley resplendissait en soieries roses et pierres précieuses. J'espérais que ces deux compères gardaient à l'esprit que Mercure voulait endormir leur vigilance par ces cadeaux.

D'autres dieux prirent place dans les loges voisines aux nôtres. J'aperçus Bastet, qui devisait allégrement avec Athéna. Loki et son épouse nous adressèrent un signe ironique. Puis arriva Balder qui arborait son éternel sourire solaire. Les humains présents dans les gradins applaudirent en le voyant, il les salua et la foule rugit son nom.

— Il a l'air si parfait, nota Ginger.

— Oui, approuvai-je.

— Ça ne vous donne pas envie de lui casser les jambes ?

— Si, si.

Mercure rit et but une gorgée de sa coupe de nectar. Il était de plus en plus détendu, alors que la date de l'opération « martyr », comme nous l'avions baptisée, approchait. Je ne savais pas comment il s'y prenait, car pour ma part, ma nervosité croissait de jour en jour. Cela tenait peut-être au fait que pour le moment, le professeur n'avait pas découvert de manière satisfaisante de tuer un dieu. Bon au moins, il avait réussi à trouver où Mercure gardait la *Tédesplen* et à désamorcer les protections censées nous empêcher de récupérer notre machine.

Je m'agitai sur mon siège en ruminant ces sombres pensées. Tom perçut mon trouble et me posa une main rassurante sur le bras.

— Ne t'inquiète pas. Nous contrôlons la situation et le grand jour n'est pas pour maintenant. Essaye de te détendre et d'apprécier le spectacle.

J'acquiesçai et me concentrai sur l'arène. Les portes du souterrain qui abritait les combattants venaient de s'ouvrir et, accompagnés de l'arbitre en toge rouge, Aoifa et Fenrir apparurent. Aoifa était vêtue d'une simple robe, son cou s'ornait d'un torque massif et ses poignets de bracelets assortis. Elle portait une épée et un bouclier. Tout de suite, cette guerrière me plut. Peut-être parce qu'elle était rousse et irlandaise comme moi. En tout cas, il émanait d'elle une détermination farouche. Face à elle se tenait Fenrir, un énorme loup au pelage plus sombre qu'une nuit sans lune. De ses crocs longs comme ma main dégoulinait de la bave. Sa vue me causa un frisson.

L'arbitre présenta les participants. Comme à l'ordinaire, les employés des écoles haranguèrent la foule, qui se prêta au jeu. Le match débuta rapidement. J'avais assisté à assez de ces combats pour reconnaître que ces gladiateurs excellaient. Fenrir m'impressionna par sa force et son agilité. Quant à Aoifa, elle attaquait, paraît et esquivait sans relâche. Je fus happée par l'affrontement, je me penchai en avant pour mieux y voir. Même si je répugnais à soutenir Balder, ma préférence allait à la guerrière.

Le loup réussit à acculer Aoifa contre l'une des parois et la chargea. Elle se laissa glisser dans le sable et passa entre ses pattes, pour se relever d'un bond. Fenrir ne réagit pas assez vite. Comme la foule, j'acclamai Aoifa. L'Irlandaise bondit sur le dos de son adversaire et s'accrocha à son échine. Elle leva son épée. L'arbitre brandit son bâton pour interrompre le combat et signifier ainsi la victoire d'Aoifa. J'étais presque debout, accoudée sur la balustrade.

Quelque chose siffla non loin de ma tête. Je sursautai et me jetai en arrière. Un grand cri retentit. Je tournai la tête et vit Balder, dans le dais voisin du nôtre, une flèche plantée dans l'épaule. Il tituba et arracha le projectile. Son sang se mit à couler à flots. Le blond qui ne le quittait jamais d'une semelle poussa une exclamation, déchira un pan de sa tunique pour le presser sur la blessure. Le choc se révéla tel que personne n'osait bouger. Balder remercia son serviteur d'un geste, avant de se redresser et de pointer un endroit dans les gradins. S'y tenait un homme portant un arc, qui irradiait une lumière bleue. Une arme magique, à n'en pas douter.

— Il a tenté de me tuer. Saisissez-vous de lui ! ordonna Balder.

Un cercle se forma autour de l'inconnu.

— Attrapez-le ! tonna Balder.

Des spectateurs réagirent et fondirent sur le tireur. Il se débattit. La foule commença à paniquer. Certains se ruèrent vers les sorties pour fuir le plus vite possible. D'autres restaient figés par la peur et la surprise.

Les volontaires parvinrent à maîtriser l'archer et le traînèrent dans les gradins, en direction du dais de Balder.

—Lâchez-moi ! l'entendis-je hurler. Je ne réponds qu'aux vrais dieux ! Loki ! Arès ! Mercure ! Venez à mon secours !

Un silence de mort tomba à ces mots.

— Hein ? s'exclama Loki en recrachant son verre d'ambroisie.

— Quoi ? s'écria Mercure.

— Oh là là, gémit Ginger.

J'eus soudain un très mauvais pressentiment quant à la suite des évènements. Mes compagnons avaient apparemment eu la même idée, car d'un bel ensemble, nous nous levâmes et commençâmes à reculer en direction de la sortie. Balder pointa un index accusateur vers Loki et Mercure.

— Traîtres ! clama-t-il. Vous saviez que j'allais redonner leur liberté aux humains ! Vous ne l'avez pas supporté et avez essayé de me tuer !

— Quoi ? répéta Mercure, abasourdi.

Sa bouche s'ouvrait et se refermait. Il ne savait visiblement plus comment réagir.

— Eh ! Mais c'était notre plan ! s'indigna le professeur Nutter. Samantha, il nous vole notre idée !

Je lui intimai le silence d'un geste.

— Maudits faux-dieux infâmes ! Indignes de l'adoration que ces gens vous portent ! Vous ne valez rien ! poursuivit Balder. Vous vous fichez du sort des mortels. Tout ce qui vous intéresse, c'est votre profit, vos jeux barbares. Mais je vous le dis ! Ce temps est terminé. Je vais punir les responsables de cet attentat.

— Mais je n'ai rien fait ! se récria Loki. Pour une fois.

Mercure resté figé par la stupeur. Son plan sans faille tombait à l'eau juste sous ses yeux.

— Amis humains ! tonna Balder. Révoltez-vous ! Abattez ces faux dieux et ralliez-vous sous ma bannière !

La Ligue des ténèbres avait de l'expérience concernant les ratages. Nous avions appris à reconnaître les signes avant-coureurs d'un désastre. Une foule grondant de colère, galvanisée par un manipulateur de première en constituait un de choix. Balder était peut-être sincère dans sa volonté de changer le monde, mais j'en doutais beaucoup. D'autant plus que je croisai le regard de son serviteur blond. Il affichait un sourire malveillant de pur triomphe.

Discrètement, nous prîmes la poudre d'escampette. Des domestiques tentèrent bien de nous arrêter, mais Tom les étendit pour le compte. Son entraînement dans l'arène avait fini par porter ses fruits. Nous dévalâmes les escaliers des gradins qui menaient au-dehors. La foule qui s'y pressait était dense. Nous dûmes jouer des coudes pour atteindre l'esplanade extérieure. Derrière nous, la rumeur enflait dangereusement. Il était vraiment temps de mettre les voiles.

Malheureusement, la *Tédesplen* se trouvait toujours dans la villa de Mercure et pas question d'y aller à pied. D'autant plus que la cohue qui se déversait hors de l'arène envahissait l'agora et se répandait dans les rues.

— Il nous faut un moyen de transport ! m'écriai-je.

— Là-bas ! s'exclama Tom.

Il pointa du doigt un char où étaient attelés deux pégases.

— Tu es sûr ? demandai-je.

— Certain !

Nous courûmes dans sa direction. L'homme qui gardait le char nous regarda approcher avec une angoisse croissante.

— Brigades de Mercure ! Je réquisitionne ce véhicule ! lança Tom.

Il administra un coup de poing à l'infortuné employé, avant de prendre les rênes. Nous grimpâmes à bord.

— Tu penses pouvoir conduire ce machin ? interrogeai-je mon frère.

Il haussa les épaules.

— Bof, ça ne doit pas être trop différent de la *Tédesplen*.

Il fouetta les chevaux. Il s'avéra que le pilotage n'avait rien à voir et que même les pires turbulences au sein de l'Entremonde ne nous avaient pas préparés à ce voyage. Le trajet constitua pour moi un long hurlement, entrecoupé de « ohmerdemerdemerdemerdejevaismourir ».

Ginger se cramponna à moi en pleurant. Je m'accrochai tant bien que mal au char, tandis que le professeur riait. Nous percutâmes plusieurs toits, la flèche d'un temple, des fils à linge, un ou deux arbres. Je pense que nous rebondîmes au moins quatre fois sur le sol. Pour finir, un impact plus violent que les autres nous secoua, avant que tout ne s'arrête. J'osai ouvrir les yeux et relever la tête. Nous étions devant la villa de Mercure.

— Nous sommes vivants ?

— Oui, et à bon port, déclara fièrement Tom.

Je sortis du char, les jambes en coton.

— Je crois que je vais vomir.

— Plus tard. Partons, vite, me pressa mon frère.

— Et où pensez-vous filer comme ça ? tonna une voix grave et puissante.

Nous avions oublié le minotaure. Il s'avança vers nous, son pas lourd fit trembler la terre.

— J'ignore à quoi vous jouez, mais ça vous coûtera cher.

Tom, Ginger et moi commençâmes à reculer. Seul le professeur ne bougea pas, et leva vers la créature un visage fendu par un sourire ravi. Il tira de sa poche une petite bille de verre, et la lança. Elle explosa en touchant la poitrine du minotaure et l'enveloppa d'une épaisse fumée bleue. Lorsque celle-ci se dissipa, ne restait plus sur le sol qu'un minuscule bonhomme à tête de taureau qui piaulait :

— Vous allez me le payer !

Le vieil homme se tourna vers nous, l'air extasié.

— Je ne sais peut-être pas tuer un dieu, mais les minotaures, j'en fais mon affaire.

Je congratulai mon mentor, avant que Tom ne nous rappelle l'urgence de la situation. Nous filâmes dans la maison. Aucun des domestiques ne tenta de nous arrêter, tous se cachèrent à notre arrivée. Un vacarme à l'extérieur de la villa nous parvint.

— Nous sommes poursuivis, déclarai-je.

— À la machine, vite, décréta Ginger.

Mercure gardait la *Tédesplen* au fond des jardins, dans un pavillon. Normalement, l'accès était protégé par un sort, mais le professeur avait réussi à bricoler un rayon qui le déjouait. Tom déverrouilla la porte et nous prîmes place à l'intérieur. Le soulagement m'envahit, jusqu'à ce que des cris ne retentissent.

— Ils sont là !

Je tournai la tête. Je m'attendais à voir Mercure et ses sbires. Mais au lieu de cela, je découvris Balder étreignant son épaule blessée, entouré d'une foule d'humains en colère. Le blondinet marchait à ses côtés, une expression de joie mauvaise sur le visage.

— Tom ! Démarre ! le pressa Ginger.

— Il faut que les moteurs chauffent !

— Vite !

La masse déboulait vers nous en hurlant. J'agrippai les accoudoirs de mon fauteuil.

— Allez, ma belle, ne nous lâche pas, murmurai-je à l'attention de la *Tédesplen*.

— C'est bon ! s'écria mon frère.

Il enclencha la *Tédesplen* au moment où les premiers émeutiers fondaient sur nous. Le gris de l'Entremonde commença à nous avaler. Mais avant que nous ne disparaissions, j'eus le temps de voir le serviteur blond de Balder nous adresser un petit salut ironique. Je frissonnai alors que nous laissions Élysée derrière nous.

— Ouf. Tout juste, cette fois, soupira Ginger.

— Oui, dommage, nous y étions presque, se lamenta Thomas.

— J'ai oublié mes outils là-bas, gémit le savant.

J'acquiesçai machinalement. Ginger s'étira.

— Enfin, nous ferons mieux au prochain essai.

Je me tournai vers elle.

— Quoi ? Après ça, vous pensez encore à cette histoire

de conquête du monde ?

— Plus que jamais ! s'écria lady Astley. Cet échec, ce n'était qu'un entraînement. Nous allons repartir de plus belle.

Tom et le professeur lancèrent des exclamations ravies, tandis que je réprimai un grognement. Pas de doute, après une période de calme, les ennuis reprenaient.

ÉPISODE 10 : SUR LE FIL DE L'ÉPÉE

Ce matin, je suis sortie de ma retraite et me suis promenée à travers les couloirs du palais. Mes pas m'ont menée jusqu'à la salle des audiences, déserte à cette heure du jour. J'ai traversé la vaste pièce, pour aller admirer les épées accrochées au mur, derrière le trône du souverain. Ce fichu Drael, conseiller du roi, a hélas ruiné la perfection du moment.

— Eh bien, messire Azorus, m'a-t-il apostrophé en arrivant. Envie de se mettre à l'escrime ?

Je ne suis pas rentrée dans son jeu, et je me suis contentée de sourire. Il ne sait pas qui je suis, ne voit que mon alias « Azorus le sorcier » et ne connaît pas l'existence de Samantha la londonienne derrière ce masque. Tant que je garde cette longueur d'avance sur lui, je demeure en sécurité.

— Que nenni. Je ne suis qu'un modeste magicien. Devenir un bretteur ne m'a jamais attiré.

— Et moi qui croyais pourtant que vous pratiquiez les poignards dans le dos. J'ai dû me tromper.

Il est parti avec son escouade de courtisans, s'esclaffant à mes dépens. J'ai un bref instant songé à lui faire ravaler ses ricanements de manière à ce qu'ils lui ressortent par le fondement. Je me suis retenue. Je préfère que Drael ignore mon identité réelle et surtout de quoi je suis capable.

*

Depuis le fiasco avec Mercure et l'école des héros, je broyais du noir. Je m'inquiétais.

Le blondinet qui avait aidé Balder à faire capoter nos plans m'avait saluée avant que nous nous échappions. Je frissonnais chaque fois que j'y repensais.

Mes compagnons ne nourrissaient pas de telles considérations. Ils avaient oublié leur échec, le considérant comme un entraînement, et souhaitaient ardemment reprendre la conquête d'un monde. De n'importe lequel, en fait. Encore fallait-il trouver un lieu qui nous convienne, car nous sillonnâmes une série d'univers assez étranges : un peuplé par des singes habillés comme des hommes, et où les nôtres étaient asservis ; un autre où tout flottait dans les airs au lieu de reposer sur le sol, et où nous dûmes nous ficeler à la machine avant d'arriver à repartir. Bref, rien qui vaille la peine de se lancer dans une entreprise de conquête.

J'avais perdu le compte des jours et des mondes visités, lorsque nous atteignîmes une nouvelle Terre. Le brouillard de l'Entremonde se dissipa, et nous nous posâmes dans une venelle. Je ne sais pas si une intuition me traversa, ou si quelque chose flottait dans l'air, mais je sentis immédiatement que cet endroit nous plairait.

À travers les vitres de la *Tédesplen*, je distinguai des murs peints dans des tons fauves et des toits de tuiles ocre. Une fine bruine tombait sans discontinuer. Personne en vue pour l'instant.

Comme d'habitude, Tom effectua une première reconnaissance, avant que nous ne le suivions à l'extérieur. Je mis un pied dehors et observai les demeures qui bordaient la rue. Sur plusieurs, j'aperçus des fanions pendant de balcons ou de fenêtres encadrées par des colonnettes. Malgré le mauvais temps, ce lieu dégageait une ambiance méditerranéenne.

— On est revenus à Élysée ? demanda Tom avec une pointe d'inquiétude.

— Non, je ne pense pas, l'architecture ne colle pas, déclara Ginger.

Pas de villas de pierre blanches entourées de jardins d'oliviers, mais un enchevêtrement de maisons qui semblaient vouloir toucher le ciel.

— On dirait l'Italie, nota le professeur.

J'acquiesçai à sa remarque.

— Et si nous visitions ? proposai-je.

Le meilleur moyen pour connaître un monde reste encore de s'y promener. Nous n'étions néanmoins pas totalement inconscients. Avant de partir, le savant plaça la *Tédesplen* sous alarme pour éviter les désagréables surprises, et nous camouflâmes nos habits sous de longues pèlerines noires. Comme nous l'avions appris, les grands manteaux flottant au vent sont un vêtement quasi universel.

Nous empruntâmes des ruelles étroites et finîmes par déboucher sur une artère plus large. J'admirai les vastes demeures. Cette fois, plus de maisons mais des palais, comme en témoignaient les riches décorations aux fenêtres, les élégantes colonnes et frontons sculptés. Devant une porte, un attroupement s'activait à décharger le contenu d'une charrette, des domestiques vu leur mise modeste. Je remarquai néanmoins des vêtures plus luxueuses : un homme qui portait des chausses d'un tissu fin et une sorte de veste rembourrée et ornée de pierres et broderies, deux femmes marchaient à ses côtés, corsetées dans de splendides robes elles aussi agrémentées de perles et de gemmes.

Nous hésitâmes un bref instant, avant de nous engager dans la rue, tendant l'oreille. Les conversations, ragots de valets, ne m'apprirent rien sinon que la signora Pia souffrait de la goutte et que le duc Monte trompait son épouse avec la fille d'un certain Giovanni.

Nous poursuivîmes notre exploration. La nuit tomba et la lumière, déjà faible à cause des nuages, déclina rapidement. Des serviteurs allumèrent des lanternes aux fenêtres des grandes demeures. Alors que nous arrivions à un croisement, des bruits de pas venus d'un passage voisin attirèrent notre attention. Une troupe en armes apparut. Ils portaient des plastrons rutilants au-dessus de doublets rouges. Leurs piques, appuyées sur leurs épaules, se balançaient au rythme de la marche. Celui qui allait en tête gardait la main posée sur la garde de l'épée à son côté gauche. Il nous adressa un regard suspicieux en nous dépassant, auquel Ginger répondit par un sourire innocent.

— Vous croyez qu'il y a un couvre-feu ici ? s'interrogea-t-elle lorsque la patrouille eut disparu.

— Je ne sais pas, mais dans tous les cas, une auberge serait la bienvenue, déclara Tom.

Ginger acquiesça, tapotant une poche cachée dans sa robe où elle gardait toujours un peu d'or, une monnaie universelle. Les tavernes et autres restaurants constituaient une étape obligée pour nos voyages. D'abord parce qu'on ne peut conquérir le monde avec l'estomac vide. Ensuite, car il s'agissait d'un des meilleurs endroits pour obtenir des informations, et parce que tant que le professeur Nutter n'avait pas eu ses sucreries, il était intenable.

Nous reprîmes notre chemin, à la recherche d'une enseigne. Tom marchait en tête. La pluie commençait à imprégner mes vêtements. Je frissonnai, à la fois en raison du froid, et parce que je sentais une sourde menace. Mon frère bifurqua à gauche à un croisement. Surgie de l'obscurité, une silhouette le percuta. Tom chut lourdement en arrière. L'homme qui l'avait bousculé se releva, l'air hagard. Il attrapa Ginger par les bras.

— Gentes dames, nobles seigneurs, aidez-moi je vous en supplie. Ils en veulent à ma vie !

Quatre inconnus encapuchonnés déboulèrent et fondirent sur nous, brandissant des poignards dont l'éclat ne me disait rien qui vaille. Tom, fort de son entraînement de gladiateur, cueillit le premier d'un coup de poing. J'esquivai les coups de couteau du second. Le troisième hésita devant Ginger, distrait par sa beauté. Elle en profita pour lui administrer un coup de pied magistral et particulièrement vicieux. Le professeur recula et tira de sa poche un pistolet à éclairs. Il abattit celui qui s'approchait de lui. Mon agresseur avait réussi à m'acculer contre un mur. Le professeur lui régla son compte d'un tir de rayon de la mort, qui crépita dans les airs.

Le silence retomba dans la rue, seulement troublé par la danse de la victoire de M. Nutter. J'observai les corps qui gisaient là. L'homme que nous avions secouru un peu malgré nous se releva et se précipita vers Thomas, dont il baisa les mains.

— Merci, voyageurs ! Vous m'avez sauvé d'un bien sombre trépas !

— Ce n'est rien, mon brave, déclara Ginger en reprenant ses manières de noble.

Tom se préparait à broder sur le même thème et à essayer de soutirer quelque argent à notre nouvel ami, mais je me montrai plus rapide.

— « Voyageurs », notai-je.

— Eh bien oui, répondit l'inconnu avec une pointe d'indécision. N'êtes-vous pas des visiteurs d'un autre plan ? En tout cas vos armes le laissent supposer.

Il ne fallut pas longtemps à Tom et Ginger pour sauter sur l'occasion.

— Nous sommes effectivement de passage dans votre monde, dit Thomas.

— Nous n'avons pas pu résister à l'appel de la justice, car notre mission demeure avant tout de défendre les innocents ! renchérit Ginger.

— Car nous ne pouvons permettre que de tels méfaits restent impunis !

— Loués soient les Dieux de vous avoir envoyés à moi ! s'écria celui que nous avions sauvé.

— Oui, loués soient-ils de vous avoir placé sur notre

chemin, reprit Ginger. Vous nous voyez heureux de vous avoir secouru, monsieur...

— Signor Benvenutto, de la maison des Lucchesi, pour vous servir, répondit notre interlocuteur avec une révérence.

Je notai alors la cape de velours doublée de satin et bordée de fourrure de l'homme, ainsi que ses vêtements brodés. Apparemment, notre nouvel ami appartenait à la noblesse. Un sourire rusé étira les lèvres de Ginger.

— Dites-moi, signor Benvenutto, sauriez-vous par le plus grand des hasards où nous pourrions manger et passer la nuit ?

*

Benvenutto Lucchesi accepta bien évidemment d'accueillir ses sauveurs dans sa modeste maison. J'étais nerveuse de laisser ainsi la *Tédesplen*, mais les autres me persuadèrent qu'elle ne risquait rien. Notre nouvel ami m'affirma d'ailleurs qu'il dépêcherait des gens et une charrette pour la ramener chez lui. Il nous mena à travers les rues de Casetti, comme nous apprîmes que se nommait la cité où nous nous trouvions.

Il résidait dans un palais qui se dressait au bord d'un canal : une élégante construction de pierre blanche, dont les balcons s'ornaient de drapeaux verts frappés d'un lion argenté tenant une épée. Le seigneur Lucchesi poussa la grille et nous fit entrer. Je m'étonnai qu'aucun serviteur ne vienne l'accueillir, mais je compris mieux pourquoi lorsque je découvris la demeure. Si la façade pouvait encore faire illusion, l'intérieur tombait en décrépitude. Plusieurs dalles de marbre au sol étaient cassées, et une pierre moins noble remplaçait celles manquantes. Les tableaux au mur auraient eu besoin d'un sérieux coup de chiffon, sans parler des lustres qui éclairaient l'endroit. Dans la pénombre, je notai plusieurs carreaux brisés aux fenêtres.

— Ippolita ! appela le maître de maison. Ippolita, où es-tu ?

Le silence lui répondit et il lâcha une exclamation, avant de se tourner vers nous.

— Désolé. Le personnel n'est plus ce qu'il était.

— Vous m'avez mandée, monseigneur ?

Une vieille femme à la peau parcheminée, vêtue d'une robe de lin frappée de l'emblème de la famille apparut, s'essuyant les mains dans un torchon.

— Oui, Ippolita. Fais préparer quatre chambres, nous recevons des voyageurs planaires !

Une lueur s'alluma dans l'œil de la domestique. Elle se redressa et bomba le torse.

— J'y vole, monseigneur ! s'écria-t-elle.

— Oh, et dis à Giancarlo de cuisiner un copieux repas. Nous souperons dans la grande salle à manger.

— Bien, monseigneur !

La servante fila avec une rapidité qu'un lièvre coursé par un renard n'aurait pas renié. Benvenutto se tourna alors vers nous.

— Venez, installons-nous dans le salon en attendant le dîner.

Il nous mena à travers les couloirs de sa sombre demeure. L'éclairage se révéla sommaire, sans doute pour économiser les bougies, mais aussi pour camoufler la décrépitude qui régnait. Une forte odeur de moisissure et d'humidité imprégnait les lieux, je crus distinguer des rongeurs détaler et, vu la couche de poussière sur les meubles, le ménage n'avait pas dû être fait à fond depuis un moment.

Le salon était en réalité une bibliothèque cossue, agrémentée de quelques fauteuils. Benvenutto se chargea d'allumer les chandelles, tandis que je m'approchai d'un lutrin où trônait un énorme volume.

— *L'homme de cour*, lus-je. Qu'est-ce donc ?

— Oh, un traité écrit par un nobliau de campagne et qui prétend enseigner aux gens bien nés comme moi comment se comporter en compagnie des princes, répondit le seigneur Lucchesi avec une pointe de mépris dans la voix.

Cela dit, l'ouvrage figurait en bonne place dans la pièce, et un coup d'œil aux rayonnages m'apprit qu'ils regorgeaient de manuels du même style. Benvenutto Lucchesi s'appliquait à plaire. Je l'étudiai en coin, alors qu'il nous installait dans des fauteuils et filait quérir une bouteille de liqueur dans sa réserve personnelle. Petit, rond, un visage joufflu et affable, ses vêtements laissaient voir des traces d'usure. Si l'on ajoutait à ces indices ce que j'avais observé du palais et de cette bibliothèque, il n'était pas compliqué de deviner la vérité. Notre hôte était un noble désargenté, qui cherchait à maintenir les apparences et à s'attirer les grâces des puissants.

— Je suis si heureux d'accueillir des visiteurs planaires en ma demeure ! s'exclama-t-il en s'asseyant avec nous. Dites-m'en plus sur vos voyages.

Ginger haussa les épaules d'un air évasif.

— Oh, il n'y a rien de bien exotique. Nous nous contentons d'aller là où le vent nous porte.

— Allons, ne vous montrez pas si modestes. Je suis persuadé que vous avez vécu quantité d'aventures.

Des aventures, pour sûr, nous en avions vécu. Mais personne n'avait envie de les raconter à cet inconnu, pas sans savoir ce qu'il voulait exactement.

— De menues broutilles indignes d'amuser un homme de votre qualité, répondit Ginger. Nos plus grandes entreprises restent encore à venir.

Benvenutto accepta la pirouette avec un sourire. Il leva son verre.

— Trinquons, alors.

Nous goûtâmes la liqueur, et la conversation reprit. Je laissai Ginger et Tom se charger des formules de politesse et m'occupai plutôt du professeur, qui s'agitait sur son siège et s'enquerrait régulièrement de l'heure du repas. Pour le calmer, je sollicitai de Benvenutto l'autorisation de lui emprunter un ouvrage de géométrie et d'architecture. Il s'exécuta avec empressement. Ses manières mielleuses m'exaspéraient et m'intriguaient en même temps.

À part Mercure, nous n'avions rencontré personne qui soit au courant de l'existence d'autres mondes ou de voyageurs comme nous. Or, à Casetti, non seulement les habitants connaissaient les nomades dans notre genre, mais en plus les tenaient en haute estime, vu la déférence que notre hôte marquait à notre égard. Thomas et Ginger, qui avaient suivi le même fil de pensée que moi, commencèrent à tirer les vers du nez de notre hôte.

— Voilà longtemps que nous n'avons pas croisé de collègues. De quand date la dernière visite d'un des nôtres à Casetti ? s'enquit Ginger d'un ton innocent.

— Hum, cela doit remonter à un siècle, déclara Benvenutto après un instant de réflexion. Dame Morwen et seigneur Agraver. Ils étaient favoris pour la Succession, mais le condottiere Molino les a finalement battus.

— La Succession ? relevai-je.

La majuscule du mot était presque audible.

— Oui. Celle qui détermine qui gouvernera la cité et la province, nous expliqua Benvenutto.

Il avisa nos mines et une ombre d'indécision traversa son visage.

— Vous venez bien à Casetti pour la Succession ? nous interrogea-t-il.

Ginger réagit avec autant de brio que de promptitude. Elle s'esclaffa en s'éventant de sa main.

— Évidemment. Pour quoi d'autre serions-nous ici ?

Elle se pencha en avant vers notre hôte et murmura :

— Veuillez excuser Samantha, elle se montre plus compétente en mécanique qu'en politique.

Je ravalai une réplique cinglante en me disant que, même

si Ginger me faisait passer pour une andouille, elle avait réussi à rattraper la situation. Je préférais que Benvenutto Lucchesi nous prenne pour de puissants voyageurs, et non pour une bande de vagabonds qui traînaient leurs guêtres de monde en monde.

— Quelles nouvelles pour cette Succession, d'ailleurs ? interrogea lady Astley. Les dernières rumeurs que nous avons entendues à ce sujet étaient pour le moins contradictoires.

— Comme à chaque fois, convint le seigneur Lucchesi. Trois grands partis s'opposent pour le moment : le condottiere Tulli, la comtesse Polidori, et les prêtres de la triple déesse.

— Eh bien. Tant de prétendants ? commenta Ginger. On ne m'avait parlé que de deux factions.

— Oh, les religieux se sont révélés il y a peu. Et la Polidori s'est déclarée voilà une décade, après le trépas regrettable du général Massimo. Retrouvé mort dans une ruelle.

Ginger haussa un sourcil à ces mots.

— Assassiné. Eh bien… nous vous avons tiré d'un mauvais pas, tout à l'heure.

— Indubitablement, reconnut Benvenutto. La Polidori et moi ne sommes pas en très bons termes depuis que j'ai refusé de la parrainer.

— Une bien mauvaise joueuse, nota Ginger. Une chance que nous soyons intervenus.

— Tout à fait, mes seigneurs. Je commençais à désespérer. Entre les prêtres et les intrigants de tout poil, cette Succession s'annonçait mal partie. Heureusement que vous venez relever le niveau.

Ginger lui répondit avec une moue adorable.

— Je ne veux pas préjuger de nos forces, mais avec des appuis dans la cité, nous pourrions changer la donne.

— Ma dame, soyez assurée de mon soutien. Je peux aussi vous garantir que je dispose de l'oreille de mes pairs. Vous obtiendrez le nombre de signatures requises pour vous présenter.

Ginger le remercia d'un sourire. L'arrivée d'Ippolita nous

avertissant que le dîner était servi interrompit la conversation. Je déployai des trésors d'ingéniosité pour décrocher le professeur de son traité de géométrie. Seule la mention d'un faisan rôti aux champignons et d'une timbale de fruits rouges au vin réussit à le tirer de sa lecture.

Le souper se déroula dans une salle à manger attenante au salon. Visiblement, Ippolita s'était dépêchée de la dépoussiérer pour nous recevoir, mais n'avait pu masquer toutes les traces de saleté. La pièce sentait l'humidité, elle était sombre et froide. Ce qui n'empêcha pas Thomas et Ginger de s'extasier devant la beauté des lieux.

Le repas se passa dans le calme. Mon frère et lady Astley jouèrent les grands seigneurs et conversèrent avec notre hôte. J'admirai l'habileté de Ginger qui, par ses questions, parvint à recueillir quantité de renseignements sur Casetti et ses habitants.

La ville était en réalité la capitale d'une vaste province, et une puissance maritime, à la fois militaire et commerciale. Un dirigeant régnait sur la cité, et par conséquent toutes les terres rattachées. Il était nommé pour dix ans, à la suite d'un processus long et complexe : la Succession. Apparemment, pour concourir, il fallait d'abord obtenir le parrainage d'au moins vingt membres de la noblesse de souche de Casetti. Une fois les participants déterminés, un collège se réunissait pour délibérer, et élisait le nouveau prince. Par le passé, plusieurs voyageurs planaires avaient gagné la Succession et gouverné la cité. Au pétillement dans les yeux de Ginger et Thomas, je me doutai que l'idée leur plaisait. Moi, je m'interrogeai sur ces visiteurs. De quels univers venaient-ils ? Et par quel moyen se déplaçaient-ils ?

À la fin du repas, Benvenutto appela Ippolita, qui nous guida à l'étage, vers nos appartements. Je découvris une pièce assez cossue, pourvue d'un immense lit à baldaquin qui me sembla très attirant. Sans être inconfortable, ma couchette à bord de la *Tédesplen* se montrait assez étroite, et ne possédait pas d'édredon en plumes d'oie. Je me laissai tomber sur le matelas avec un soupir de satisfaction à la pensée de la nuit reposante qui s'annonçait. Malheureusement, mes compagnons ne l'entendaient pas de cette oreille. Tom, Ginger et M. Nutter firent irruption dans ma chambre.

— Sam ! N'est-ce pas merveilleux ? s'écria Ginger.

— Moi toutes ces conversations m'ont donné mal à la tête, grommela le savant.

Il avait réussi à récupérer le traité de géométrie qu'il dévorait un peu plus tôt, et s'assit dans un fauteuil pour le lire, l'air renfrogné.

— Allons, professeur. Un monde où d'autres voyageurs sont passés ! N'est-ce pas excitant ? dit Tom.

— Et cette Succession ! J'ai hâte d'en découvrir plus ! ajouta Ginger. Je suis sûre que nous avons nos chances.

— Oh oui ! renchérit Tom. Qu'est-ce que tu en penses, Sam ?

Je me contentai de hausser les épaules. Pour le moment, la fortune nous avait souri, mais j'avais appris à me méfier des apparences. Cette idée d'autres voyageurs m'inquiétait. Et si nous tombions sur un dieu, comme Mercure, et qu'il se mettait dans l'idée d'éliminer cette pitoyable concurrence humaine ?

— À voir. Ça me semble assez compliqué quand même.

— C'est de la politique, déclara Ginger d'un ton docte.

Je ne voulais pas discuter des subtilités de l'exercice du pouvoir avec elle, d'autant plus que les yeux me piquaient et que le lit me paraissait de plus en plus attirant. Je bâillai avec ostentation.

— Ne pourrait-on pas en débattre demain ? proposai-je.

Hélas, ni Thomas ni Ginger n'eurent envie de comprendre mon sous-entendu. Les deux compères commencèrent à échafauder les plans parfaits dont ils avaient le secret, sans pour autant faire mine de bouger. Le professeur était métaphoriquement dans un autre monde, celui des chiffres et diagrammes. Je poussai un soupir, me sentant soudain très seule.

— Et dire que j'étais volontaire pour ça…

*

Le réveil s'avéra aussi difficile que ce que j'avais craint. Et brutal. Ginger était visiblement de bonne humeur et décida que sauter sur mon lit constituait un excellent moyen de communiquer sa joie de vivre. J'ouvris donc les paupières en sursaut, propulsée hors du matelas par une lady Astley en très grande forme.

— Debout, dormeuse ! L'avenir appartient à ceux qui se lèvent tôt.

Je me relevai, calmai les battements de mon cœur affolé, avant d'adresser une œillade venimeuse à Ginger. Je m'arrêtai net en la voyant. Lady Astley était toujours jolie, mais là, je devais trouver un autre terme. Elle portait une splendide robe dans les tons de rouge, brun et ocre. Un corsage conique moulait sa taille, rehaussait sa poitrine, alors qu'une lourde jupe galbait ses hanches et dissimulait ses jambes. Les manches de la toilette, ornées de crevés, laissaient apparaître le blanc d'une chemise de corps. Ginger avait ramené ses cheveux en un chignon bas, caché sous une résille. Une fine chaîne décorée d'une perle ceignait son front, tandis que de longs colliers de corail entouraient son cou. Épinglée à son côté gauche, juste sous le cœur, je remarquai une broche : un cercle percé d'une plume.

— C'est joli, non ? Benvenutto m'a fait cadeau de ces habits. Tu devrais voir ton frère et M. Nutter !

La vision avait chassé les derniers vestiges du sommeil.

— Depuis quand êtes-vous levés ?

— Oh, un moment déjà. Nous n'avons pas chômé.

Ce point-là m'inquiétait particulièrement. Ginger et Tom pouvaient faire preuve d'un enthousiasme débordant, et on ne pouvait guère compter sur le professeur pour jouer la voix de la raison.

— Nous avons commencé par rapatrier la *Tédesplen*, vu que Benvenutto nous offre l'hospitalité le temps de notre séjour à Casetti. Elle est garée dans un des jardins intérieurs.

Je hochai la tête, rassérénée. Je me sentais mieux de savoir la machine à proximité.

— Puis, poursuivit Ginger avec un sourire félin, nous nous sommes rendus au palais pour nous faire enregistrer comme voyageurs planaires.

— Quoi ? m'exclamai-je.

— Du calme, s'empressa de me rassurer Ginger. C'est la coutume ici, et cela nous donne des privilèges. Il faut que tu mettes ça.

Elle me lança un objet que je rattrapai au vol. Il s'agissait d'une broche, copie de celle épinglée à son corsage.

— Je t'ai aussi pris des vêtements.

Elle me jeta un ballot. Je l'ouvris, m'attendant à trouver une jupe ou quelque autre accoutrement dans ce genre. Je découvris avec surprise des chausses, une chemise et un doublet.

— Normalement, les femmes doivent porter des robes et ne se déplacer qu'accompagnées d'un chaperon, mais les voyageuses planaires peuvent choisir la tenue masculine si elles le souhaitent. Elles bénéficient alors des mêmes droits que les hommes et peuvent se rendre où elles le désirent. J'ai pensé que ceux-ci te conviendraient mieux.

Je restai sans voix. La prévenance de Ginger me touchait beaucoup.

— En plus, comme ça, tu pourras te promener en ville et remplir les missions qu'on te confiera, ajouta-t-elle.

Je me retrouvais encore à jouer les commis. Au temps pour la gentillesse.

— Habille-toi vite, nous devons retourner au palais pour la Succession, déclara Ginger.

Elle sortit de la chambre et je m'exécutai, non sans grommeler copieusement. Au final, les chausses m'allaient plutôt bien, et le pourpoint vert sombre rehaussait la teinte fauve de mes cheveux. J'épinglais la broche sur mon côté gauche, chaussai de grandes bottes de cavalier qui me montaient jusqu'aux genoux et sortis.

Je me souvenais à peu près de la disposition des lieux visités la veille. Aussi, avant de rejoindre les autres dans l'entrée, j'effectuai un crochet par le jardin intérieur pour vérifier que la *Tédesplen* se trouvait là. Voir sa carrosserie rutilante me réchauffa le cœur.

Je rejoignis mes compagnons. Tom et le professeur étaient vêtus d'une tenue similaire à la mienne, mais, si les collants et le doublet soulignaient la silhouette découplée de mon frère, il en allait différemment pour M. Nutter.

— Samantha ! gémit-il. J'ai l'air d'un héron déplumé avec ça.

Il était vrai que les chausses révélaient ses jambes grêles, tandis que le pourpoint accentuait la courbe de son ventre, que son habituelle blouse blanche dissimulait.

— Mais non, mentis-je. Vous êtes très beau. Et puis, vous ne serez pas obligé de vous habiller toujours comme ça.

— Une fois que vous aurez remporté la Succession, vous pourrez effectivement édicter les lois qu'il vous plaît, nous informa Benvenutto.

Il s'inclina devant moi.

— Vous êtes très élégante.

— Merci, répondis-je en m'abstenant de lui faire remarquer que ce genre de flatteries ne prenait pas sur moi.

Je notai alors qu'il tenait trois épées qu'il nous distribua.

— Il s'agit de l'apanage de la noblesse. Vous devrez les porter quand vous sortirez.

Mon épée mesurait environ trois pieds de long. La garde était assez travaillée, avec des quillons qui se recourbaient pour former une sorte d'entrelacs. Je devinai que cette forme servait à protéger la main du bretteur. L'ensemble pesait moins que ce que j'aurais cru, à peine plus de deux livres. Je ne pus résister à la curiosité et la tirai du fourreau. La lame était assez large et diablement affûtée. Une arme faite pour tailler comme pour estoquer. Je constatai son équilibre. Je me reculai et effectuai quelques moulinets assez maladroits. Benvenutto applaudit.

— Vous êtes très douée !

Je faillis lui dire ce que je pensais de la flagornerie, un regard de Ginger m'en dissuada. Étonnant de constater que lady Astley n'avait pas besoin d'arme tranchante pour qu'on lui obéisse. Je rangeai la lame dans son fourreau et le bouclai à ma ceinture.

— Allons-y alors, déclarai-je.

Des chaises à porteurs nous attendaient au-dehors. Je les observai, mal à l'aise. J'ai toujours détesté utiliser quelqu'un d'autre pour m'éviter de marcher. Tom me donna un coup de coude pour me signaler de ne pas commettre d'impair. Je soupirai, et pris place dans la cabine. Derrière moi, le professeur maugréait.

— Fichu bout de métal. Pas pratique. J'aurais préféré un rayon de la mort !

Bien que le savant s'empêtrât dans sa cape et son épée, et qu'il trouvât que la chaise à porteurs manquait singulièrement de classe, il accepta d'y grimper et nous nous mîmes en route.

Ce mode de transport bénéficiait quand même d'un avantage : il permettait d'admirer le paysage tout en restant à l'abri. Le jour était levé, contrairement à la veille, la pluie avait cessé et le soleil éclairait les rues. Je découvris Casetti. Un fleuve coupait en deux la cité, à partir duquel serpentait un réseau de canaux. Ils servaient surtout de prétextes aux architectes pour construire de magnifiques ponts aux balustrades ouvragées. Aux maisons plus ou moins modestes succédaient les riches demeures, ainsi que beaucoup d'immenses édifices, couronnés d'un globe argenté et d'un croissant de lune. Des églises de la déesse Lune, à n'en pas douter.

Nous cheminions depuis un moment déjà, quand

j'aperçus un bâtiment encore plus grand que les autres se détacher de la forêt de toits qui composaient la ville : un dôme de tuiles écarlates coiffant des murs de marbre vert et blanc. Il dégageait une impression de force et de majesté. Nous débouchâmes sur une vaste place, là où se dressait le palais. Je restai bouche bée devant la splendeur des lieux. Une dizaine de statues colossales entouraient de gigantesques portes. Des gardes en armure étincelante surveillaient le passage de la foule. Je levai les yeux, la coupole se perdait dans les nuages. Je remarquai alors un balcon, au-dessus de l'entrée, qui occupait toute la largeur de la façade.

— C'est ici que le prince de la cité se présente aux Casettiens, m'expliqua Benvenutto. Venez, maintenant. La réception commence

— La réception ? m'enquis-je.

— Oui, l'un des maîtres peintres de Casetti offre à la ville un superbe tableau. C'est l'occasion de l'admirer.

Et de placer ses pions en vue de la Succession, devinai-je. Je suivis les autres et passai les portes.

Ginger, Tom et le professeur étaient déjà venus au palais pour se faire enregistrer comme voyageurs planaires. Ils savaient ce qu'ils allaient trouver. Ce n'était pas mon cas. Je ne m'attendais pas à déboucher dans un jardin intérieur d'une beauté à couper le souffle, puis à entrer dans une salle d'audience aux dimensions de cathédrale. Rien ne m'avait préparée à découvrir cette immense coupole, ces colonnes ouvragées, ainsi que cette débauche de marbre, de bois précieux, de fresques et fastueuses tapisseries. Une foule dense se massait ici, les nobles de la cité si j'en croyais les épées à leur côté ainsi que la richesse de leurs mises. Les femmes rivalisaient d'élégance dans leurs magnifiques robes brodées de fils d'or et d'argent. Des bijoux plus luxueux ornaient leurs fronts, leurs gorges, leurs poignets.

Lady Astley complétait admirablement le tableau, ses

charmes se mariaient à ceux des autres. Sa chevelure blonde lui attira des regards jaloux, tandis que les chausses serrées de mon frère lui valurent des œillades approbatrices.

Pour ma part, je me trouvais disgracieuse dans ces collants et ce pourpoint. Le professeur Nutter n'était pas à son aise non plus et ne s'éloignait pas de moi.

Les convives se pressaient près d'un mur où s'étalait une immense peinture. Elle montrait deux armées en train de s'affronter dans une plaine.

— La bataille de Casetti contre les marches du Nord, m'informa Benvenutto. La plus écrasante victoire de notre cité.

Effectivement, les nobles présents s'enorgueillissaient de la grandeur de Casetti. D'autres commentaient la fresque en des termes enthousiastes. Je me sentais de plus en plus déplacée. M. Nutter s'approcha de moi et me tira la manche.

— Ma chemise me gratte, se plaignit-il.

— Je sais, répondis-je, mais essayez de rester calme. Ça ne devrait pas durer trop longtemps.

Je me trompais hélas. Benvenutto connaissait apparemment les trois quarts de la ville et voulait à tout prix nous introduire auprès de ses amis. Les habitants de Casetti se montrèrent très sociables. Ils aimaient vraiment parler ! Ginger et Tom naviguaient dans leur élément. Lady Astley avait réussi à berner la bonne société londonienne, ces gens ne représentaient qu'un défi de plus. Mon frère était d'un naturel plutôt rustre, seul il n'aurait jamais pu donner le change. Mais sous l'influence de Ginger, il s'était métamorphosé en un parfait gentilhomme, maniant les compliments, les plaisanteries, la flatterie et les piques comme personne. Ils formaient vraiment un duo parfait.

Le professeur et moi nous contentions de suivre nos camarades. J'écoutais d'une oreille, tandis que le savant s'ennuyait à mourir et paraissait prêt à s'endormir debout. Je compris vite que, sous couvert de nous faire connaître, Benvenutto tâtait le terrain avec ces nobles et tentait d'obtenir des parrainages pour la Succession. Vu le sourire en coin qu'il affichait, ce démarrage de campagne ne se déroulait pas trop mal.

La réception s'étira et me sembla durer une éternité. L'exposition du tableau servait de prétexte pour rassembler tous les grands noms de la cité et qu'ils se livrent au jeu de la Succession. Tom et Ginger prirent le pli des sourires et révérences assez rapidement. Pour ma part, j'acquiesçais de temps à autre et répondais uniquement quand on me parlait. Le savant résuma la situation pour moi alors que Benvenuto nous annonçait au centième parrain potentiel.

— Qu'est-ce qu'on s'ennuie..., gémit-il.

J'opinai en étouffant un bâillement.

— En plus, il n'y a rien à manger, ronchonna-t-il.

Je m'apprêtai à le supplier de patienter encore un peu, quand il releva la tête et fixa un point dans la foule.

— Je crois qu'ils ont des douceurs là-bas ! s'exclama-t-il.

Avant que j'aie pu dire ou tenter quoi que ce soit, il avait filé. Poussant un juron, je me lançai à sa suite. Le professeur avait déjà prouvé que pour un vieil homme, il se montrait assez véloce. Je dus zigzaguer entre les épaisses robes et les pourpoints pour rattraper M. Nutter. Je le trouvai en pleine conversation avec une splendide brune aux yeux noirs. Elle se tourna vers moi, et je me sentis dans la position d'une gazelle qui, au détour d'une mare, tombe sur un lion. Mon malaise ne diminua pas quand je remarquai une autre inconnue à côté de la première. Plus jeune, mince et athlétique, elle arborait une luxuriante chevelure châtain. Ses iris verts perçants se rivèrent sur moi. J'eus l'impression qu'elle s'apprêtait à me bondir à la gorge.

— Du calme, Annamaria, ronronna la première. Cette demoiselle ne me veut aucun mal.

La suivante se détendit à peine. Sa maîtresse me sourit. J'aurais préféré sauter dans la Tamise avec une pierre aux pieds plutôt que de faire confiance à quelqu'un affichant ce genre d'expression. J'attrapai le professeur par le bras.

— Désolée qu'il vous ait dérangées, signora, balbutiai-je.

— Que nenni. Je suis si heureuse de rencontrer les voyageurs planaires.

Nous n'étions arrivés que la veille et cette femme savait déjà ?

— Les nouvelles vont vite, constatai-je.

— Bienvenue à Casetti, répondit mon interlocutrice, non sans ironie. Je suis la comtesse Polidori.

L'une des prétendantes à la Succession. Effectivement, le nom me revenait à l'esprit. Ainsi que la réputation de dangerosité de la dame, soupçonnée d'avoir fait assassiner plus d'une personne pour parvenir à ses fins. Loin de me laisser intimider, je me fendis d'une révérence.

— Samantha Wiseman et Edmund Nutter, pour vous servir.

La signora déploya un éventail et adressa une œillade à sa suivante.

— Qu'en penses-tu, Annamaria ? Depuis combien d'années n'avions-nous pas vu de voyageuse planaire qui porte l'habit masculin ?

Annamaria m'observa, le visage de marbre.

— Je ne sais pas. Des siècles peut-être. Si ma mémoire est bonne, ce comportement n'avait pas porté chance à la dernière.

— Oh oui, cela me revient. Un regrettable incident dans les canaux.

Son regard pivota de nouveau vers moi.

— Eh bien, signora Wiseman, j'espère que vous rencontrerez une meilleure fortune. En tout cas, je suis persuadée que nous sommes amenées à nous recroiser. Si vous voulez bien m'excuser...

Elle s'éloigna d'un pas gracieux et sortit par l'une des portes de la salle d'audience. Avant qu'elle et Annamaria ne disparaissent, j'eus le temps d'apercevoir une vieille femme, engoncée dans une robe noire. Elle me jeta une œillade furieuse, et rabattit la capuche de son manteau pour dissimuler ses traits.

Edmund Nutter leva un visage inquiet vers moi. Je réalisai que je serrais le pommeau de mon épée.

— Que s'est-il passé, Samantha ? m'interrogea-t-il.

— Je crois qu'elles viennent de me menacer de mort, répondis-je d'une voix blanche.

Tom et Ginger choisirent ce moment pour nous rejoindre.

— Ah, vous êtes là, pépia lady Astley. Nous avons manqué quelque chose ?

Je leur résumai brièvement ma rencontre. Benvenutto hocha la tête.

— Ah, ne vous tracassez donc pas. Elle cherche à intimider tous les nouveaux venus. Enfin au moins, elle ne vous a pas servi son laïus du « je ne veux que la grandeur de notre cité, je n'ai pas d'ambition personnelle ». Quelle hypocrite !

Il jeta un coup d'œil à la porte par où elle et sa suivante étaient parties.

— Méfiez-vous quand même de la dénommée Annamaria. Une très fine lame. On raconte que la comtesse l'a fait venir des Marches et qu'elle l'aurait embauchée comme assassin et garde du corps.

Vu le regard qu'elle m'avait lancé, je n'avais pas de mal à le croire.

— Et la vieille femme avec elles ?

— On murmure que c'est une sorcière des marais. Une empoisonneuse.

— De mieux en mieux, grommelai-je.

Thomas passa un bras protecteur autour de mes épaules.

— Ne t'inquiète pas. Ici, c'est normal.

— J'ai l'impression que nous avons mis les pieds dans un nid d'embrouilles, soupirai-je.

— Oh oui ! N'est-ce pas merveilleux ? s'extasia Ginger.

*

La Ligue passa avec succès la première étape de la Succession, récoltant assez de parrains pour s'inscrire sur le registre. Commençait maintenant le morceau compliqué de la partie. Un conclave de quarante personnes, descendants des familles fondatrices de la ville, élisait le nouveau prince. Cette assemblée devait se réunir le mois suivant, il fallait donc agir vite et placer nos pions. Cela signifiait des rencontres, des pots-de-vin et des interventions discrètes. Lady Astley dirigeait les opérations. Je retrouvai ainsi la Ginger qui nous avait tiré des ennuis à Sinik. Tom se conformait à ses instructions et jouait à la perfection son rôle de grand seigneur. Le professeur et moi étions relégués au second plan, ce qui nous convenait parfaitement. Lui bricolait ses inventions, moi je servais de commis.

En public, je râlai et reprochai à Ginger et Tom de m'utiliser pour leurs sales besognes. En réalité, l'idée de redevenir une ombre, comme lorsque je volais pour Mercure, m'excitait beaucoup. J'avais envie d'arpenter les rues de nuit, de me glisser dans les maisons, invisible, pour pouvoir planter de fausses preuves, dérober des objets…

Je déchantai vite. Loin des expéditions haletantes auxquelles je m'étais habituée, le travail auprès des membres du conclave consistait surtout à attendre des heures durant dans des antichambres qu'on veuille bien nous recevoir, boire des liqueurs et manger des friandises en écoutant pérorer de vieux croûtons, leur promettre monts et merveilles pour, au final, repartir non sans laisser un dessous de table. Sans parler de tout l'aspect financier, des comptes à tenir, des gens à payer. J'accompagnai Ginger et Thomas une ou deux fois, avant de renoncer, de peur de périr d'ennui. À partir de là, je me contentai de menues tâches, comme des paquets à livrer ou à aller chercher. Rien de bien excitant.

Je restai un temps dans la demeure du signor Benvenutto. En compagnie du professeur Nutter, que les réunions barbaient autant que moi, j'écumai la bibliothèque. J'en appris beaucoup sur le monde où nous nous trouvions. Apparemment, il possédait l'équivalent de la Chine, de l'Inde et des Amériques. Je dévorai des traités de voyages racontant les merveilles qu'on pouvait rencontrer dans ces contrées lointaines.

M. Nutter avait élu domicile dans la *Tédesplen*, dans le jardin intérieur, délaissant la superbe chambre mise à sa disposition. Je l'aidai un peu dans ses bricolages, mais me lassai vite. J'avais envie de découvrir Casetti par moi-même. Benvenutto Lucchesi jugea cette idée fort judicieuse, mais refusa catégoriquement de me laisser sortir seule. Après tout, il commençait seulement à regagner argent et influence grâce à nous, il ne voulait pas risquer de perdre la poule aux œufs d'or.

— Vous ne comprenez pas, signora Wiseman, les rues ne sont pas sûres.

— Mais enfin, mon statut de voyageuse planaire ne me préserve-t-il pas des attaques ?

— De la plupart, oui, mais vous n'êtes pas à l'abri d'une embuscade commanditée par l'un de vos rivaux, comme la comtesse Polidori.

Je frissonnai en repensant à cette femme et à sa suivante, aux regards qu'elles m'avaient jetés.

— Mais je peux me défendre ! tentai-je d'argumenter.

— Pardonnez mon insolence, mais malgré votre agilité, vous restez une novice à l'épée. Vous ne connaissez rien du poignard, ou du stylet glissé entre les deux omoplates d'un importun.

— J'ai un rayon de la mort, crus-je bon de lui rappeler.

— Dans cette ville, ça ne suffira pas. Voyez-vous, vous ne serez reconnue et appréciée que s'il est de notoriété publique que vous savez manier l'épée.

— Soit. Dénichez-moi quelqu'un qui puisse m'apprendre l'escrime, alors !

C'est ainsi que je rencontrai maître Achille.

Je n'ai jamais su son nom de famille ni d'où il était originaire en réalité. Achille portait la barbe et ne cessait de houspiller ses élèves pour qu'ils progressent. Je passai pour la première fois la porte de sa salle un petit matin d'automne. L'ambiance studieuse me frappa. Une dizaine d'étudiants se trouvaient là, armes à la main, occupés à tenter de reproduire le geste que le maître montrait. Achille fronça les sourcils en me voyant.

— Que voulez-vous ?

— Je viens prendre des cours.

Il secoua la tête.

— Nous n'apprenons pas aux femmes.

J'avançai et pointai la broche à mon pourpoint.

— Je suis une voyageuse planaire.

Il me jaugea.

— Ah. La fameuse.

Je ne sus déceler si son ton était moqueur, méprisant ou simplement curieux.

— Alors ? M'acceptez-vous comme élève ? m'enquis-je.

— Vous disposez de quoi payer ?

Pour toute réponse, je tirai de l'aumônière à ma ceinture une bourse rebondie. Mes compagnons avaient pris l'habitude de piller toutes les richesses qui leur tombaient sous la main. La cale de la *Tédesplen* regorgeait de bijoux, coupes, coffres…, et Ginger se montrait assez douée lorsqu'il s'agissait d'évaluer la valeur d'une monnaie locale. Je lançai la bourse au maître d'armes qui l'attrapa au vol. Il en inspecta le contenu avant de m'adresser un sourire ravi.

— Bienvenue parmi nous. Vous ne regretterez pas votre choix.

— J'en suis persuadée.

La première séance faillit nous faire mentir tous les deux. Je me révélai incapable de marcher correctement en effectuant les mouvements avec mon épée. Je ne parvins pas à placer un seul estoc digne de ce nom, et je ne préfère même pas parler de mes parades, ou de ce malencontreux incident impliquant un banc, un miroir, un balai et une vieille dame qui passait par là.

Le lendemain, je me levai avec l'impression tenace qu'un éléphant m'avait piétinée. Je descendis les escaliers avec la lenteur d'une tortue et l'élégance d'un pingouin. Benvenutto et Tom me virent rentrer, courbée comme une ancêtre. L'horreur se peignit sur leurs traits.

— Sam ! Tu es blessée ? s'écria mon frère.

— Signora Wiseman ! Des marauds vous ont attaquée ? gémit Benvenutto.

— Non, non, j'ai juste pris une leçon d'escrime, maugréai-je.

Tom éclata de rire à ces mots.

— Toi ? Te battre ? Tu n'es pas sérieuse ?

— Au contraire. D'ailleurs j'y vais demain ! rétorquai-je, piquée au vif.

Je tins parole et revins à la salle d'armes dès que je me sentis suffisamment réveillée pour arriver à mettre un pied devant l'autre sans grimacer. La deuxième séance s'avéra moins éprouvante, d'autant plus que je m'entraînai avec un débutant, comme moi. Guillermo, fils de la petite noblesse, comptait quelques leçons de plus que moi, mais semblait incapable de marcher sans s'emmêler les pieds. Nos difficultés nous rapprochèrent, et nous résolûmes de pratiquer ensemble.

Je retournai à la salle le lendemain, puis le surlendemain, pour finir par décréter au maître d'armes qu'il me verrait tous les jours.

Je m'exerçais principalement avec Guillermo et nous progressâmes rapidement. Achille m'apprit l'épée longue, mais également la lance et la hallebarde. J'étudiai le combat au poignard, et la manière d'utiliser ma cape pour me défendre. Sans me vanter, je me révélai une élève assidue et très douée. Moi qui croyais au départ que se battre à l'épée consistait à assommer son adversaire par des coups violents, je découvris l'art de la stratégie, de la feinte, des techniques subtiles et élégantes.

Une fois les cours terminés, je traînais les rues avec Guillermo. Le garçon, un mince jeune homme à la tignasse châtain tirant sur l'auburn, s'avéra un compagnon charmant malgré sa timidité. En sa compagnie, j'explorai les venelles de Casetti, les tavernes, les recoins où l'on jouait aux dés. Tom et Ginger s'absentaient souvent, absorbés par leur campagne. Le professeur bricolait la machine et refusa toutes les invitations à aller se promener, alors je passais le plus clair de mon temps en compagnie de mon nouvel ami. Un matin, après la leçon d'escrime, Guillermo se planta devant moi.

— Samantha, si vous n'avez rien de prévu, je me propose de vous emmener découvrir la rade de Casetti, déclara-t-il.

Je connaissais les abords de la Tamise, ainsi que quelques ports visités au cours de nos voyages, qui ne m'avaient pas laissé de souvenirs impérissables. Vu le reste de la ville, je m'attendais à ce que celui de Casetti soit impressionnant, je ne fus pas déçue. L'anse s'étendait presque à perte de vue. Des centaines de navires étaient amarrés là, bâtiments de guerre, galions marchands, petites frégates, barques de pêche. La plupart des grandes familles possédaient des entrepôts aux alentours, le va-et-vient entre les hangars et les embarcations était continu. Il régnait un tumulte qui me donna le tournis. Guillermo me prit par le bras.

— Allons faire un tour, proposa-t-il.

En compagnie de mon camarade, j'arpentai les quais durant toute la journée. Il me montra les différents bateaux, nous discutâmes avec les marins, certains arrivaient de l'autre bout du monde et avaient vu tant de choses ! Beaucoup se révélèrent impressionnés par mon insigne de voyageuse planaire. On me posa moult questions sur mes aventures et mon univers d'origine. Plusieurs capitaines m'affirmèrent que, si jamais j'en avais envie, je serais la bienvenue sur leur bâtiment.

Alors que le jour déclinait, Guillermo et moi nous arrêtâmes dans une taverne pour y déguster un godet de vin. L'air doux nous permit de nous installer en terrasse. Je bus en silence, perdue dans mes pensées, regardant les embarcations amarrées.

— Vous semblez bien sombre, Samantha, remarqua Guillermo.

Je m'excusai d'un sourire. Je ne devais pas me montrer une convive très agréable.

— Désolée. J'étais absorbée par mes réflexions.

— Au sujet de vos compagnons ? m'interrogea-t-il.

J'acquiesçai. Je me demandai ce que je ferais si Ginger et Tom remportaient effectivement la Succession. Casetti ne me déplaisait pas, mais j'avais envie de voir plus.

— Je suis un cadet de famille, déclara Guillermo. Moi aussi, je songe à prendre la mer pour chercher l'aventure et gagner quelque fortune. De toute manière, ce sera ou la marine, ou la prêtrise.

— Hum, la robe de bure ne vous siérait guère, répondis-je en vidant mon godet.

Guillermo lâcha un bref éclat de rire, qui dissipa mes noires pensées. La journée se termina dans les plaisanteries et les rires. Je rentrai au palais Lucchesi à la nuit tombée. Tom et Ginger se trouvaient dans le petit salon avec notre hôte. Leur mine était soucieuse.

— Un problème ? m'enquis-je.

— La comtesse Polidori nous met des bâtons dans les roues, répliqua Tom. Elle a réussi à acheter plusieurs votants. Elle est douée !

— Elle est riche, corrigea Ginger. Mais nous aussi. Je suis sûre qu'il y a un moyen de la contrer.

— Elle prépare un mauvais coup, grommela Tom.

— Il est vrai que mes espions ont rapporté des mouvements chez elle et ses conseillers, convint Benvenutto. Mais rien de bien inhabituel.

— Et des mauvais coups, nous sommes capables d'en mijoter également. Alors, concentre-toi un peu s'il te plaît, Tom.

Je les laissai là, occupés à discuter manigances politiques. Je fauchai un morceau de pain et une tranche de jambon en cuisine, je passai voir comment allait le professeur, avant de monter me coucher. Je m'endormis avec des images de navires et de mer.

*

Quelques jours plus tard, en compagnie de Guillermo, je découvris la grande foire de Casetti. Une fois par an, marchands de tissus, d'épices, de parfums et autres envahissaient la ville. Ses rues se paraient d'étals colorés, qui se déversaient sur les places et menaçaient même de s'étendre aux faubourgs périphériques.

Après notre leçon d'escrime, je partis en exploration avec Guillermo. Nous commençâmes par les artères autour de la salle d'armes.

— Vous allez adorer le marché ! me dit mon camarade alors que nous nous engagions dans une traverse.

Il n'avait pas menti. Orfèvres, maîtres parfumeurs, couturiers, forgerons… la tête me tournait devant tant de beauté. Alors que nous passions un pont qui nous menait à un autre quartier, je songeai à amener ici le professeur Nutter. Il se montrerait si heureux !

Nous atteignîmes une portion réservée aux négociants en soie. Comme pour ma Terre d'origine, ce tissu précieux venait du lointain orient. Je m'arrêtai devant un étal et admirai le lustre et la brillance de l'étoffe.

— Quelque chose vous tente, Samantha ? s'enquit Guillermo. Peut-être de quoi vous confectionner une robe ?

Je lui lançai un regard polaire.

— Je suis persuadé que ce coupon rose vous siérait à ravir, continua-t-il. Une femme digne de ce nom devrait porter des toilettes raffinées et de jolies couleurs pastel, pas ces chausses et ce pourpoint.

À son sourire réprimé, je vis qu'il se payait ma tête. Je me campai et posai la main sur la garde de mon épée, dans une attitude arrogante.

— Monsieur, si vous poursuivez, vous en répondrez par les armes !

— Ma foi, je suis terrifié, ricana Guillermo.

— Cela dit, je dois reconnaître que vous avez raison : cette soie rose est splendide, et je connais une personne à qui elle ira parfaitement.

Je me tournai vers le vendeur et désignai le rouleau en question. Ginger serait contente, elle qui répétait sans cesse qu'elle cherchait une nouvelle robe pour leur prochaine apparition en public.

— Combien pour ce…, commençai-je.

Des éclats de voix m'interrompirent. Je me retournai juste à temps pour qu'une jeune fille me percute. Je manquai de tomber à la renverse et me rattrapai à l'étal, retenant la donzelle. Guillermo était resté figé. Un homme fort en colère fendit la foule et pointa la fille du doigt. Guillermo s'écarta.

— Viens ici, petite garce ! s'exclama le maraud.

La pauvrette lâcha un cri de terreur et m'agrippa le bras.

— S'il vous plaît ! Aidez-moi.

Il ne me fallut qu'une seconde pour prendre ma décision. Je m'interposai entre la demoiselle et son agresseur. Je ne pouvais pas laisser une jeune femme se faire ainsi maltraiter. Et le fait que le malotru ressemblât comme deux gouttes d'eau à M. Pecl, mon ancien employeur, n'eut rien à voir dans mon choix.

— Pas un pas de plus, monsieur !

Celui que j'avais apostrophé s'arrêta net, écumant de rage.

— Écartez-vous, je vais lui apprendre les bonnes manières.

— Pas question. Dites-moi d'abord ce que vous lui voulez.

— Mes affaires ne vous concernent pas, jeune impudent !

Le fait d'être prise pour un garçon rajouta à mon agacement.

— Samantha, vous devriez…, risqua Guillermo.

Je ne l'écoutai pas et me plantai devant le rustre.

— Elles me concernent si elles impliquent de molester en public une femme qui s'est placée sous ma protection ! lui assénai-je.

L'autre plissa les yeux de colère. Nous nous jaugeâmes un instant du regard.

— Fort bien, grondant le grossier personnage.

D'un geste vif, il se débarrassa de sa cape et me la lança à la tête. J'avais vu venir l'attaque et je connaissais la suite. Mes réflexes acquis à l'entraînement prirent le relais. J'esquivai le vêtement et dégainai mon épée. L'homme frappa le vide là où je me trouvais. Je répliquai d'un coup qui érafla son bras. Il poussa un grognement et riposta. Comme mon maître d'armes me l'avait appris, je parai et contrai. Un beau coup de taille bien net. Achille aurait été fier de moi. La lame entailla son cou bien proprement, non sans une certaine grâce. Je me figeai. Mon assaillant porta la main à sa gorge. Le sang perla entre ses doigts. Il s'effondra dans un gargouillis.

La foule recula avec un cri d'horreur. Guillermo n'avait pas bougé. Il me contempla en secouant la tête. Un très mauvais pressentiment m'envahit. La cohue s'écarta pour laisser passer un cortège. Plusieurs hommes et femmes richement vêtus s'arrêtèrent. L'une d'elles hurla en voyant le corps, et me pointa.

— Elle a tué Marcello !

— Il m'a attaqué le premier ! Et il s'apprêtait à molester cette jeune fille !

Je me retournai pour prendre ma protégée à témoin. Je découvris qu'elle avait disparu. Un désagréable frisson me parcourut. Je fixai les nouveaux arrivants. L'un d'eux me toisa avec dureté.

— Ma dame, vous venez d'occire mon bien aimé frère. Eussiez-vous été une citoyenne de cette ville, je me serai contenté d'excuses publiques et de l'exil. Mais je vois à cet insigne que vous êtes une voyageuse planaire. En ce cas…

Il retira ses gants, avança vers moi et, avant que j'aie pu tenter quoi que ce soit, me cingla le visage.

— En vertu des lois de Casetti, je vous défie en duel à mort !

La stupeur m'empêcha de réagir. L'homme se tourna alors vers son escorte.

— Comtesse Polidori, je vous prends à témoin !

Un étau se referma sur ma poitrine lorsque je vis la comtesse s'approcher, et s'incliner gracieusement. Derrière elle se tenait sa suivante, Annamaria, qui m'observait avec un air carnassier.

— Je prends note de la provocation, signor Michele.

Elle m'étudia, avec une lueur prédatrice dans les yeux. Je regardai vers Guillermo pour chercher son appui. Mon compagnon d'escrime me fixa et secoua le chef. Puis, à pas lents, il se dirigea vers la Polidori, et se plaça derrière elle. Annamaria le gratifia d'un hochement de tête satisfait. J'ouvris la bouche pour poser le flot de questions qui m'envahissait. Aucun son ne sortit. Je compris alors ce qui venait de se passer : la Polidori m'avait piégée.

*

Jamais la salle à manger du palais Lucchesi ne m'avait semblé aussi sinistre. Les quelques lumières tremblotantes allumées à la hâte par les domestiques renforçaient les ombres qui se mouvaient dans la pièce. Installée en bout de table, j'avais l'impression de me trouver au banc des accusés. Les autres me fixaient sans mot dire.

— Bon sang, Sam, ce n'est pas possible ! tempêta mon frère quand j'eus fini mon récit.

Il tapa du poing sur l'accoudoir de sa chaise. Je sursautai et me recroquevillai sur moi-même.

— Le signor Michele. Catastrophe ! gémit Benvenutto en se tordant les mains. Il s'agit de l'une des plus fines lames de la cité. Vous n'avez aucune chance.

— Merci pour le soutien, grommelai-je.

— Sans vous offenser, je le connais bien. Il sert la Polidori et compte une dizaine de duels à son actif.

L'homme semblait encore plus nerveux que moi, comme s'il avait déjà entériné mon trépas, l'échec de la Ligue et qu'il commençait à lorgner vers de nouveaux protecteurs. Je poussai un soupir et m'enfonçai dans mon siège, pour y disparaître. Le professeur me jeta une œillade inquiète, avant de se tourner vers Ginger et Thomas.

— Samantha va mourir ? demanda-t-il.

— Mais non ! m'exclamai-je.

Le démenti des autres se montra moins prompt et véhément. J'observai leurs mines sombres.

— Bon, dites-moi ce que je ne sais pas, maugréai-je.

Tom, Ginger et Benvenutto échangèrent un regard. Ce dernier se dévoua pour répondre.

— La Polidori a trouvé le moyen parfait pour vous atteindre. Ce Guillermo a cherché votre compagnie uniquement pour se renseigner sur vous. Il aura repéré vos habitudes, étudié votre caractère et vu que vous laissez rarement une injustice impunie si vous en êtes témoin. La Polidori n'a plus eu qu'à tendre son piège.

Un désagréable nœud se forma dans mon estomac. Moi qui avais cru en son amitié… J'en étais quitte pour une cruelle désillusion. Je résolus de me montrer moins naïve la prochaine fois. Enfin, si prochaine fois il y avait.

— Si par miracle vous gagnez, un autre des Michele vous défiera pour laver son honneur, poursuivit Benvenutto.

Décidément, la perspective d'une « prochaine fois » s'amenuisait.

— Et si je meurs ?

— Il appartiendra à l'un des vôtres de vous venger.

— Et si ni Thomas ni le professeur ne veulent se battre ?

— Ils peuvent refuser, mais au prix de leur réputation. Et cela anéantira leurs chances de remporter la Succession.

Le silence tomba dans la salle à manger, morose.

— De quelle solution je dispose ? demandai-je.

— Vous pouvez renoncer au duel, mais le clan Michele obtiendra alors tous vos biens. Y compris votre machine.

— Ah ça non ! s'exclama M. Nutter.

— Des recours administratifs ?

— La grâce princière, ou que la famille retire sa plainte. Sinon, il existe peut-être quelques failles juridiques, mais hélas je ne les connais pas, avoua Benvenutto.

La situation semblait désespérée.

— Ne t'inquiète pas, Sam, me rassura Ginger. Nous trouverons un moyen.

J'exhalai un soupir excédé. Elle m'agaçait avec son attitude calme. Ce n'était pas elle qu'on venait de défier dans un combat à mort !

— Tu as agi de manière très stupide en te battant contre cet homme, mais ce n'est pas grave, dit Thomas. Nous arrangerons ça.

— Comment ? m'énervai-je. À part si nous partons, ils ne nous lâcheront pas !

Tom et Ginger échangèrent un regard lourd de sens. L'idée de fuir ne les avait même pas effleurés. Leur jeu politique les absorbait bien trop. J'eus soudain envie de pleurer. Mon frère me saisit les mains.

— Nous ne sommes pas sans appui, ici. Nous tenterons tout ce qui est entre notre pouvoir pour casser ce duel.

Je hochai la tête, mais sans être convaincue. Le professeur me prit par les épaules.

— Ne t'inquiète pas. Je te fabriquerai une épée rayon de la mort. Avec ça, tu ne pourras pas perdre !

— Hum, des juges homologueront les armes de l'affrontement, crut nécessaire d'intervenir Benvenutto.

J'eus l'impression que mes derniers espoirs venaient de sombrer. Je me levai et adressai à l'assemblée un salut théâtral.

— Bon, je vous laisse, j'ai une mort à aller préparer.

*

Achille pratiquait seul devant la glace de la salle d'armes. J'entrai doucement pour ne pas le déranger. Je l'observai enchaîner les coups, essayer ses feintes et ses estocs. J'admirai la fluidité et la précision de ses mouvements. D'abord concentré, il finit par remarquer ma présence et se tourna vers moi.

— Eh bien, Samantha, vous savez vous montrer très furtive.

J'acceptai le compliment d'un haussement d'épaules déprimé. À quoi allait me servir la discrétion contre Michele ? Achille avisa ma mine dépitée.

— Que me vaut l'honneur d'une telle visite tardive ? Envie de cours supplémentaires ?

— Cela dépend. Vous vous y connaissez en combat à mort ? Achille arqua un sourcil.

— Un duel à mort ? Ma foi, Samantha, vous êtes en passe de devenir une véritable citoyenne de Casetti ! Contre qui ?

— Le seigneur Michele.

— Oh.

Le ton, plus que le mot, était éloquent. Je me laissai tomber sur un banc de la salle.

— Je suis fichue.

— Ne dites pas cela. Vous êtes l'une des plus prometteuses élèves qu'il m'ait été donné d'instruire. Vous possédez vos chances si je m'occupe de vous.

Je relevai la tête.

— C'est vrai ?

— Mais oui ! Le Signor Michele était certes le meilleur il y a dix ans, mais il s'est quelque peu empâté ces dernières années. Une demoiselle vive comme vous pourrait le battre. Et puis, imaginez le prestige pour mon école d'avoir entraîné une combattante ayant survécu aux Michele.

Les motivations étaient loin de l'altruisme que j'avais espéré, mais il me faudrait composer avec. Je me levai.

— Commençons.

*

La convocation au duel arriva le jour suivant. Des coups sourds retentirent à la porte principale de la villa Lucchesi. Les domestiques de Benvenutto se dépêchèrent d'ouvrir, tandis que j'accourais dans l'entrée, le professeur Nutter sur mes talons. Mon frère et Ginger déboulèrent du rez-de-chaussée.Une escouade de gardes vêtus de la livrée rouge du palais princier portant piques et hallebardes fit irruption. Un homme avec un pourpoint écarlate se planta devant moi et déroula un parchemin.

— Dame Samantha Wiseman, voyageuse planaire. Selon les lois de notre cité, le signor Michele a invoqué à votre encontre le droit du sang pour venger la mort d'un parent. Le duel aura lieu à la décade prochaine, à moins que vous consentiez à des excuses publiques et à abandonner tous vos biens à la famille Michele.

— Hors de question, décrétai-je.

— Bien, en ce cas, selon les textes qui régissent notre cité, nous devons nous saisir de votre moyen de transport, veuillez m'indiquer sa localisation.

Le professeur se cramponna à moi à ces mots.

— Samantha, ne les laisse pas prendre ma *Tédesplen* ! s'exclama-t-il.

— Je crois que nous ne disposions guère d'autre choix, Edmund, murmura Ginger.

Mon frère passa le bras autour de mes épaules, tandis que lady Astley agrippait le savant. Benvenutto mena les soldats jusqu'au jardin intérieur. Ils tiraient un grand chariot, dont je devinai qu'on l'avait fabriqué spécialement pour transporter notre machine. Quand ils revinrent, la *Tédesplen* y était chargée. Je les regardais avec un plaisir malsain peiner à lui faire traverser la porte, lorsqu'une silhouette connue attira mon attention. Annamaria, l'âme damnée de la Polidori, se tenait là. Elle observait la manœuvre. Je me raidis.

— Alors c'est elle ? commenta Thomas.

J'acquiesçai. J'avisai une deuxième silhouette en retrait et ma main se crispa sur la garde de mon épée. Guillermo. Le traître. Thomas m'empêcha de me ruer sur lui.

— Du calme, ils cherchent à te déstabiliser.

Manifestement, la technique fonctionnait. Les domestiques refermèrent les battants du palais. Toute retraite m'était donc coupée. Je devais gagner. J'avais dix jours pour me préparer.

Tom et Ginger disparurent, occupés à rameuter leurs soutiens pour casser ce combat. Lorsqu'ils revenaient à la demeure de Benvenutto, ils m'assuraient que la situation s'améliorait, et qu'ils avaient trouvé une solution pour nous tirer de ce mauvais pas. Je voyais bien à leur mine qu'ils mentaient. L'attitude désolée de Benvenutto n'arrangeait en rien les choses, lui et ses quelques serviteurs me traitaient comme si j'étais morte.

L'annonce du duel et la confiscation de la *Tédesplen* avaient produit un drôle d'effet sur le professeur. Lui qui nageait déjà dans le délire au quotidien se mit à divaguer. Il dormait dans le jardin, refusait de se laver et passait des heures à bricoler des objets à partir de branches et de feuilles.

La traîtrise de Guillermo me toucha bien plus que ce que j'aurais pu imaginer. J'aurais bien eu besoin d'un ami en ces temps troublés. Heureusement qu'Achille croyait en moi. J'emménageai presque dans son école. J'occupais mes journées à m'entraîner. Le soir, il m'emmenait en ville pour me changer les idées. J'aimais traîner sur le port et regarder les bateaux. J'envisageai plusieurs fois de me faufiler à bord de l'un d'eux pour m'enfuir. Je ne mis jamais ce projet à exécution. Peut-être à cause de la peur de l'inconnu, ou parce que je ne voulais pas abandonner le professeur, Ginger et mon frère. Ou peut-être car au fond de moi, une étincelle me disait que je pouvais gagner.

*

Le jour du duel arriva. J'étais convoquée au petit matin. Je passai la nuit à la salle d'armes, à revoir les mouvements qu'Achille m'avait appris. Ma main ne tremblait pas, mais mon cœur battait à tout rompre. Achille vint me chercher.

— C'est l'heure, déclara-t-il.

J'enfilai des chausses et un pourpoint, et le suivis. L'air était frais, le soleil pointait et illuminait les toits d'une lumière dorée. Un beau jour pour mourir. Une chaise à porteurs m'attendait et m'amena sur la place au palais. On y avait dressé une lice sous le balcon princier. Les spectateurs de marque étaient installés sur des fauteuils disposés pour l'occasion. Tout autour se massait une foule dense, attirée par la perspective du duel.

J'avançai, on s'écarta devant moi dans un concert de murmures. Tout le monde me connaissait maintenant. Je gagnai les abords de l'arène et cherchai mon frère, Ginger et le professeur du regard. Ils m'avaient affirmé qu'ils viendraient, mais je ne les trouvai pas. Mon cœur se serra. Benvenutto accourut, par contre, et m'accueillit avec un mélange étrange de chaleur et de nervosité. Il semblait se sentir coupable de quelque chose et transpirait à grosses gouttes.

— Ne vous inquiétez pas. Ils arrivent, me souffla-t-il.

J'acquiesçai, mais je savais la vérité. Ils n'avaient pas

envie de me voir mourir. Deux hommes en livrée du palais me débarrassèrent de ma cape et m'amenèrent dans la lice : un cercle entouré par des barrières. Mon adversaire se tenait là, accompagné de sa clique. Il semblait parfaitement détendu et plaisantait avec l'un de ses parents accoudé sur la balustrade

— Allez, que la déesse Lune vous garde ! annonça le juge.

Le combat débuta et mon esprit devint clair comme jamais. Michele attaqua le premier, je parai aisément et contrai. Je me fendis pour le toucher, il esquiva. Nous échangeâmes quelques coups, destinés à tester nos forces et faiblesses respectives, puis le jeu sérieux commença. Michele se montrait puissant et rapide. Très offensif, il me força à reculer. Il parvint à m'atteindre au bras. Heureusement, les épaisses manches de mon pourpoint me protégèrent. Je luttai un moment, avant de remarquer que, si mon adversaire était robuste, il ne semblait guère très endurant. Comme Achille me l'avait dit, Michele avait abusé du bon vin et des venaisons ces dernières années. Au bout de quelques passes, il était en nage, le souffle rauque. Une idée me frappa : il ne tiendrait pas longtemps. Je pouvais le battre, il me suffisait de l'épuiser.

Je virevoltai autour de lui, le provoquant pour l'amener à m'attaquer, avant d'esquiver. La stratégie ne manquait pas de risque. Je récoltai une belle estafilade au bras gauche, et évitai de justesse un coup au genou.

Mais Michele perdait des forces. Il se fatiguait doucement. Sa défense s'avérait moins efficace. Je réussis à placer un estoc qui ne loupa son visage que d'un cheveu. Une énergie phénoménale m'envahit et je me mis à le harceler.

Je feintai à la tête pour tailler ses jambes. La manœuvre réussit et je touchai sa cuisse. Il poussa un cri. La pointe de son épée ne me menaçait plus. Je me ruai sur lui pour lui porter l'estocade finale. Une décharge parcourut mon corps. Je voulus hurler, j'étais paralysée. Je vis avec horreur Michele se relever. Derrière lui, un nouveau venu pointait sur moi un objet. Cette crinière blonde !

C'était celui qui secondait toujours Balder à Élysée. Par les fesses de Victoria ! C'était bien un voyageur comme nous. Il avait monté Balder contre Mercure. J'avais raison !

Annamaria apparut dans mon champ de vision et posa la main sur l'épaule de l'homme. Guillermo la rejoignit, accompagné de la vieille femme à l'air mauvais. Quatre voyageurs planaires, semblait-il. La situation se révélait encore pire que ce que j'imaginais. D'autant plus que j'allais mourir.

Je fermai les yeux. Un éclair blanc explosa derrière mes paupières closes. J'entendis des cris et un grondement. Puis un rire dément que j'aurais reconnu entre mille. J'ouvris les yeux. La force qui m'immobilisait cessa, juste à temps pour que je puisse parer l'attaque de Michele. Je me préparai à riposter, mais il tomba, foudroyé par une décharge violette. M. Nutter arriva vers moi en courant.

— Sam ? Tu vas bien ?

— Je… oui, je crois.

Une nouvelle détonation ébranla l'air. De la fumée montait d'un des édifices qui bordait la place. La foule éclatait en îlots hurlants qui tentaient de fuir le plus loin possible. Le chaos était complet, le vacarme assourdissant.

— Ah, je vois que Tom et lady Astley ont récupéré la machine ! s'exclama le professeur.

— Mais qu'est-ce qui se passe ici au juste ? éructai-je.

— Plus tard, me dit le savant.

Il se retourna. Les quatre voyageurs planaires étaient remis de leur surprise. La vieille femme sortit de sous sa robe un pistolet biscornu, que n'aurait pas renié M. Nutter.

— Vous allez mourir ! cracha-t-elle.

Elle fit feu. J'attrapai mon mentor et me jetai au sol, évitant le tir. M. Nutter se releva.

— Ah, c'est comme ça !

Il brandit son rayon et pressa la détente.

— Docteur Amok ! s'écria Annamaria.

Ce fut à son tour d'écarter la folle de notre ligne de mire. Celle-ci prépara de nouveau son arme et je traînai M. Nutter derrière des sièges abandonnés par leurs occupants.

— Rendez-vous ! Vous n'avez aucune chance ! cria Annamaria.

— Bien envoyé, miss Sharp ! caqueta Amok.

— Dans vos rêves ! beugla le professeur Nutter.

Il extirpa d'une aumônière des grenades qu'il lança sur les autres. Je lorgnai hors de ma cachette. Amok leva une sorte de parapluie, qui déploya une barrière invisible, sur laquelle les projectiles rebondirent. Une partie de la foule avait déjà fui, mais des explosifs parvinrent à toucher des groupes trop lents. Le reste décrivit une jolie parabole avant d'aller s'écraser sur les façades des bâtiments autour de la place, causant un peu plus de panique. Une épaisse fumée commença à envahir les lieux.

Le blond brandit à son tour des objets ressemblant à des bombes et les projeta en notre direction. J'attrapai le professeur et nous courûmes nous abriter derrière une statue. La déflagration faillit me jeter à terre.

— Bien joué, lord White, commenta Amok.

— Merci, docteur. Ann ? À toi l'honneur.

— Volontiers, déclara celle qui se présentait comme Annamaria.

Je saisis le rayon de la mort du savant et sortis la tête de mon refuge. Je lâchai une salve de tirs. Aucun ne toucha nos assaillants, mais au moins, ils les forcèrent à se mettre à couvert. La riposte ne tarda pas et des impacts ébranlèrent le marbre derrière lequel nous nous retranchions.

— Qu'est-ce qu'on fait ? demandai-je à mon mentor.

— On attend.

— Quoi ?

— Ça.

Un grondement emplit les lieux, un souffle de vent se leva et dissipa la fumée. Je découvris la *Tédesplen*, lévitant au-dessus de la place. Tom pilotait, Ginger se tenait dans l'embrasure de la porte et brandissait un fusil au calibre impressionnant. Elle le braquait sur nos quatre agresseurs, dissimulés eux aussi derrière une statue.

— Sortez les mains en l'air ou je vous vaporise ! hurla-t-elle.

Je vis apparaître nos quatre ennemis, obéissant bien sagement à Ginger. Lord White, Ann Sharp, docteur Amok et Guillermo. Une bouffée de haine m'envahit. Ils avaient essayé de me tuer ! Ils regardèrent la *Tédesplen*, puis se tournèrent vers notre refuge.

— Ligue des ténèbres ! cria le docteur. Votre règne s'arrête ici ! Nous, l'Union des parfaits, nous dresserons sur votre chemin, afin que le Bien triomphe du Mal ! Nous n'en avons pas fini avec vous !

Dans un bel ensemble, ils pressèrent un bracelet ouvragé sur leur poignet droit et disparurent avec un éclair blanc.

— Machine portable ! J'aurais dû y penser ! grommela le professeur.

Un semblant de calme revint sur la place. La *Tédesplen* se posa et nous nous risquâmes hors de notre cachette. Je courus me jeter dans les bras de Tom dès qu'il sortit. Je me mis à sangloter.

— J'ai cru que vous m'aviez abandonnée, bégayai-je.

— Allons, ne sois pas stupide. Jamais je ne t'aurais laissée te faire tuer par ces rustres, me gronda Thomas.

— Mais avoue que nous avons bien joué notre rôle, lança Ginger avec une certaine satisfaction.

J'étais trop soulagée et épuisée pour m'emporter contre elle.

— Expliquez-moi. Que s'est-il passé ?

J'avisai leurs expressions un brin coupables.

— Vous saviez depuis le début et vous m'avez utilisée ! sifflai-je.

— Sam, ne t'énerve pas, commença Tom.

— Je m'énerve si je veux !

— Nous nous doutions que la Polidori tenterait quelque chose contre nous. Nous attaquer se révélait difficile, mais toi qui te promenais tout le temps dans la ville sans obéir à rien ni personne, tu représentais la cible rêvée. Nous pensions qu'elle essaierait de te compromettre, ou de te corrompre, pas de t'impliquer dans un combat à mort, expliqua Ginger.

— Dans tous les cas, nous n'aurions jamais laissé quoi que ce soit t'arriver, renchérit Tom. Dès l'instant où nous avons appris pour ce duel, nous avons cherché un moyen de te tirer de ce mauvais pas.

— Mais pourquoi ne rien m'avoir dit ? m'écriai-je.

— À cause de Benvenutto, répondit Ginger.

— Hein ?

— Il était à la solde de la Polidori et de l'Union, sûrement depuis le début.

Voilà qui expliquait nombre de coïncidences, notamment pourquoi nous l'avions rencontré dès le premier soir et qu'il avait tout de suite reconnu en nous des voyageurs planaires. Nos ennemis savaient que nous arrivions et avaient préparé un piège dans lequel nous avions failli tomber. Je commençai à reconstituer l'enchaînement des faits et certaines révélations ne me plaisaient qu'à moitié.

— Vous m'avez persuadée que je devrais me battre, pour que je donne mieux le change.

— Tout à fait. Ne le prends pas mal, Sam, mais tu es une menteuse exécrable, m'asséna mon frère.

Je ne relevai pas et poursuivis :

— Vous avez fait avaler à Benvenutto que vous alliez jouer la carte administrative, alors qu'en vérité, vous prépariez un arsenal pour me défendre.

— J'ai réussi à construire un rayon de la mort dans le noir, tout seul, dans le jardin, durant la nuit ! s'exclama le professeur.

Ginger et Tom acquiescèrent.

— Personne ne devait être au courant de ce que nous tramions, sinon, ils nous auraient éliminés. Et puis, nous commencions à nous douter que la Polidori n'était que le pantin de bien plus redoutables adversaires. Nous voulions qu'ils se sentent en confiance pour apparaître au grand jour.

Je réalisai que j'avais échappé à un péril plus grand que je ne l'imaginais, et que seule l'intelligence de Ginger et son instinct en matière d'embrouilles et de manipulations m'avaient sauvée. Mes jambes se dérobèrent sous moi à cette pensée. Tom me rattrapa.

— Ça va, Sam ?

— Oui, mais ne me mentez plus jamais !

— Juré ! répondirent en chœur Ginger et Thomas.

J'observai leurs visages et sus qu'ils ne me disaient pas la vérité. Je soupirai. J'étais bien trop fatiguée pour me battre.

— Et cette Union des parfaits, qui sont-ils ? demandai-je pour changer de sujet.

Mes camarades secouèrent la tête. Le professeur gronda.

— Nos Némésis autoproclamées. Et si je retrouve cette harpie, je l'écharpe !

J'acquiesçai et pris conscience d'un brouhaha lointain.

— Oh oh, gémit Ginger.

Je rassemblai mes forces et me tournai dans la direction qu'elle fixait. La place était en ruines, plusieurs maisons détruites. Une épaisse fumée s'élevait de la pierre noircie et certains foyers brûlaient toujours.

Je distinguai des silhouettes qui avançaient entre les panaches. De là où je me trouvais, cela ressemblait à une troupe d'habitants plutôt remontés. Ils ne semblaient pas d'humeur à entendre des explications sur le chaos qui régnait ici.

— Oh non, commentai-je.

— Ils portent des fourches et des torches, nota Thomas.

— Quoi ? Encore ? soupira le professeur Nutter.

Nous échangeâmes un regard.

— Et si nous poursuivions cette discussion ailleurs ? proposa Ginger.

— Bonne idée, oui, dit Tom.

Nous filâmes dans la machine aussi vite que possible. Une multitude d'objets encombrait le poste de pilotage : coupes, vaisselles, coffres, tableaux. Je lorgnai vers Ginger. Elle haussa les épaules d'un air innocent.

— Quoi ? J'estime qu'on aurait gagné la Succession si ces idiots ne s'étaient pas manifestés. C'est comme une avance sur l'argent qu'on aurait touché.

Une manière de voir les choses… Mais je n'étais pas d'humeur à argumenter avec Ginger. Il me tardait de quitter cet endroit. Thomas se sangla sur son siège et actionna les moteurs. Alors que le gris de l'Entremonde se refermait sur nous, je songeai à ces nouveaux adversaires. L'Union des parfaits. Je me demandais bien ce qu'ils nous réservaient.

ÉPISODE 11 :
LA LUMIÈRE
SUR DEVIL'S PEAK

L'Union des Parfaits… Chaque fois que je croise le conseiller Drael, je songe à cette bande et aux tourments qu'ils nous ont infligés. Cette fouine croit me causer du tort par ses manigances. Je le laisse s'agiter, je m'amuse à contrer ses pathétiques plans. De temps à autre, je lui permets de remporter une menue victoire, afin qu'il me fiche la paix. Bien évidemment, je le fais surveiller par les quelques personnes qui me restent vraiment fidèles. J'ai emprunté cette technique à une amie, Faith Murphy, rencontrée au cours d'un de nos voyages. Je me demande d'ailleurs ce qu'elle aurait pensé de tout ça.

*

La nuit venait de tomber sur le monde où nous atterrîmes, comme en témoignaient les quelques traces de couleur qui subsistaient à l'horizon. Le brouillard de l'Entremonde se dissipa, j'aperçus des toits et des maisons. La *Tédesplen* s'immobilisa. Nous nous trouvions dans une ruelle étroite, éclairée par de drôles de lampes qui émettaient une lueur jaune orangé. Comme d'habitude nous vérifiâmes que personne ne se promenait aux alentours avant de sortir.

— Oh non… Encore une ville, soupira Ginger en avisant les baraques sordides qui bordaient l'impasse où nous avions surgi.

— Il semblerait, déclarai-je.

— On ne pourrait pas essayer de se poser à la campagne, pour changer ? grommela-t-elle.

— Je pensais que tu détestais la campagne, répliqua Tom en s'extirpant de l'habitacle de la *Tédesplen*.

Ginger haussa les épaules.

— C'est le cas, mais je ne cracherai pas sur des vacances au vert. Loin de ce quatuor de malheur.

J'opinai à ces mots, mais ne baissai pas ma garde pour autant.

— Avant de discuter, assurons-nous qu'*ils* ne se trouvent pas là.

Je regardai autour de moi. Vu l'odeur nauséabonde qui montait, la ruelle servait aussi de dépôt d'ordures et de commodités pour les ivrognes. Je tendis l'oreille. Des rumeurs lointaines me parvinrent : musiques, moteurs, sirènes. J'en déduisis que nous étions arrivés dans une ville plutôt vaste, et sûrement plus avancée que notre Londres d'origine.

Restait à résoudre deux questions maintenant : à quoi ressemblait cette nouvelle cité, et où se cachaient nos ennemis ?

— La vieille peau est en vue ? cracha Edmund Nutter en pointant son nez à la porte de la *Tédesplen*.

— Pas pour l'instant, professeur, répondit Ginger.

Il sortit avec méfiance. Depuis l'épisode de Casetti où nous avions découvert l'identité de nos Némésis, il refusait de s'aventurer au-dehors sans au moins trois rayons de la mort. Au cas où, disait-il.

Le docteur Amok, inventrice folle, Ann Sharp, tueuse implacable, lord White, fourbe et manipulateur, et ce traître de Guillermo, dont j'ignorais encore le vrai nom, formaient l'Union des parfaits, qui avait juré notre perte.

Ils se dressaient systématiquement sur notre chemin. M. Nutter pensait que leur bracelet de téléportation leur garantissait un voyage rapide et direct, et donc un temps d'avance, tandis que nous subissions des phénomènes de dilatation temporelle au sein de l'Entremonde.

Toujours était-il que ces sinistres individus possédaient un coup d'avance sur nous à chaque fois. Ils montaient contre nous les populations, sabotaient nos plans et gâchaient les vacances que nous décidions de nous accorder. Nous avions visité douze mondes depuis Casetti, et la situation n'avait pas changé. Où que nous nous trouvions, l'Union était déjà là. Leur haine à notre égard se révélait assez tenace, et à ce sujet, nous n'avions plus obtenir de réponse plus circonstanciée que : « nous luttons pour le Bien et vous pour le Mal ».

— Quel est le programme ? demanda Ginger. Dormir un moment et partir explorer quand le jour sera levé ?

Pour toute réponse, l'estomac de M. Nutter gargouilla. Nous nous regardâmes.

— Il nous reste de quoi manger ? s'enquit lady Astley.

— Quelques biscuits dans la cuisine, sûrement, dis-je.

M. Nutter adopta un air coupable. Je soupirai.

— Bon, oublions les biscuits.

— Cherchons un endroit où nous restaurer, maugréa Ginger.

Nous nous équipâmes avant de nous mettre en route. Ne sachant pas trop à quoi nous attendre, nous avions opté pour de longs cache-poussière noirs, qui dissimulaient nos vêtements d'origine victorienne. Nous peinions à nous départir de certaines habitudes. Chacun prit aussi des armes. Pistolets pour Ginger et Tom, rayons de la mort pour M. Nutter, dague pour moi. Depuis Casetti, je me sentais plus à l'aise avec une lame à mon côté.

— Tout le monde est prêt ? demanda Tom.

— Oui, je crois, répondis-je.

— Bien alors, professeur, c'est à vous.

Le vieil homme se tourna vers la machine et pressa un bouton sur le bracelet à son poignet. La *Tédesplen* se mit à bourdonner, puis émit un « plop » et un nuage de fumée. M. Nutter se précipita pour ramasser un petit globe, qui contenait la *Tédesplen*, maintenant à l'état de miniature. La boule était munie d'une attache, je tirai de ma poche une chaînette et l'enfilai dans la boucle prévue à cet effet, avant de tendre le collier à Ginger.

— Je ne m'y habituerai jamais, soupira-t-elle en le passant autour de son cou.

Je haussai les épaules. M. Nutter avait beaucoup aimé l'idée de machine portable de l'Union des parfaits. Il avait par contre une interprétation assez littérale du concept. Enfin, cela nous permettait de garder toujours la *Tédesplen* auprès de nous. L'expérience de Casetti nous avait quelque peu échaudés.

Ainsi parés, nous partîmes, quittant l'impasse pour déboucher dans une avenue plus large, éclairée par des réverbères et des signes lumineux placardés aux murs. Des véhicules stationnaient des deux côtés de l'artère, de curieux fiacres à la forme allongée, et sans chevaux. Nous avions déjà vu ce genre de voitures dans d'autres mondes, aussi nous ne fûmes pas trop surpris. Je dus quand même empêcher le savant de démonter le capot d'un de ces engins pour en étudier le moteur.

— Droite ou gauche ? demanda Ginger en lorgnant vers la route.

— Droite, dis-je.

— Gauche, fit Tom.

— En haut, proposa le professeur.

Devant l'impossibilité de nous mettre d'accord, nous tirâmes à pile ou face, et allâmes à gauche. Bien que la nuit soit tombée, des dizaines de lampes illuminaient les rues : des lampadaires, de drôles de poteaux qui passaient du vert, à l'orange, puis au rouge, des enseignes qui clignotaient. Au loin, je distinguai une forme sombre qui surplombait la ville, sûrement une montagne. À son sommet scintillaient par intermittence des points blancs.

Nous arpentâmes plusieurs artères désertes, observant les environs avant de nous engager dans une avenue. Aussitôt, une odeur fétide me prit au nez.

— Pouah ! Mais qu'est-ce que c'est ? m'exclamai-je.

— J'ai marché dans quelque chose de gluant, gémit Ginger. Ma tournure va être ruinée.

Tom ne dit rien, mais m'attrapa le bras et le serra à m'en faire mal.

— Regardez, là.

Il pointa du doigt une ruelle qui s'ouvrait à notre gauche. Un réverbère clignotait, délivrant une lumière jaunâtre par intermittence. Cela me permit quand même d'entrevoir le carnage. Plusieurs corps jonchaient le sol. Combien, difficile à estimer, car ils gisaient en morceaux. Je remarquai une tête qui me fixait de ses yeux blafards et réprimai un haut-le-cœur. À la lueur maladive, je notai que Thomas avait blêmi et que Ginger se retenait pour ne pas vomir. M. Nutter, qui avait l'estomac mieux accroché, ou qui ne réalisait pas totalement l'horreur de la situation, s'approcha.

— Oh, diantre. Voilà un sacré lot de pièces détachées. Tiens, une jambe. Et un bras. Oooh, je crois bien que ceci est un pancréas. Hum, vu l'état du foie de ce monsieur, il n'aurait sans doute par survécu bien longtemps. Trop de gin, mon cher ami.

— Professeur, épargnez-nous les détails, gémit Ginger.

— On dirait qu'ils ont été massacrés avec un objet tranchant. Un couteau, ou une épée peut-être, déclara le savant.

Ou une dague, comme celle que je portais à la ceinture. Ma nausée disparut pour laisser à la place à un désagréable pressentiment. J'échangeai un regard avec Tom et Ginger.

— Ils sont là, non ? gémis-je.

— J'en ai bien peur, convint mon frère.

— Et ils veulent essayer de nous faire porter le chapeau.

— Il semblerait bien, confirma-t-il.

— Filons, vite ! Avant que les gardes n'arrivent ! geignit Ginger.

— Non. Je suis sûr qu'ils ont prévu que nous réagirions

comme ça. La police doit nous attendre au coin de la rue pour nous coffrer, répliqua Tom.

— Euh, Tom, commençai-je.

— Et qu'est-ce que tu proposes ? Rester là ? s'exclama lady Astley.

— Ginger ? tentai-je de les interrompre.

— Tout à fait. Avertissons la maréchaussée et expliquons-leur que nous sommes d'innocents témoins.

— Innocents ? Avec nos têtes ? ricana Ginger. Avec M. Nutter qui est en train de jouer avec les entrailles sur le mur et les membres arrachés. Professeur, par pitié, laissez cet œil tranquille !

— S'il vous plaît…, essayai-je de me faire entendre.

— Oui, innocents. De simples promeneurs qui sont tombés sur cet affreux carnage, reprit Tom

— Ah, aucune chance que ça marche ! lança Ginger.

— Ce sera toujours mieux que de courir comme des dératés loin du lieu de ce massacre !

Le ton commençait à monter, Tom et Ginger se fixaient avec colère. Le savant s'amusait à sautiller entre les corps.

— Oh ! criai-je pour attirer leur attention.

Ils se tournèrent vers moi.

— Je crois que votre dispute est obsolète.

Je pointai les deux hommes derrière moi. Sans être devin, vu leurs uniformes et leurs armes, il s'agissait des forces de l'ordre que nous devions éviter.

— Police de Devil's peak ! On ne bouge plus ! Mains sur la tête ! beugla l'un d'eux.

— Oh non, pas encore…, gémit Ginger.

*

Je contemplai avec un soupir ma cellule. À côté de moi, j'entendais M. Nutter marmonner. En face, de l'autre côté de l'allée, Tom et Ginger faisaient les cent pas. Enfermés, encore…

Nous avions déjà testé plusieurs geôles, les autorités des mondes que nous arpentions n'appréciaient guère les visiteurs qui apparaissaient de nulle part. D'ordinaire, le charme de Ginger et le bagout de Tom nous tiraient toujours du pétrin. Cette fois, quelque chose me disait que l'affaire se révélerait plus compliquée.

Les gardes nous avaient menottés, avant d'appeler des renforts. Avait suivi une débauche de policiers, venus examiner les lieux du crime. Ils nous avaient embarqués au commissariat central. Là, plusieurs détectives nous avaient interrogés durant plusieurs heures. Nous avions tenté de répondre du mieux que nous le pouvions à des questions embarrassantes du style « qui êtes-vous ? Pourquoi êtes-vous habillés de manière aussi étrange ? Pourquoi la rousse a-t-elle une dague sur elle, qui correspondrait à l'arme du crime ? C'est quoi ce drôle de pistolet ? Pourquoi le vieux a-t-il tenté de mordre l'officier Johnson ? Avez-vous tué ces hommes ? ».

Toutes les explications que j'avais pu fournir n'avaient réussi qu'à nous rendre plus suspects. Ils nous avaient donc fouillés et nous avaient retiré tous nos équipements. Ginger, grâce à sa dextérité légendaire, avait escamoté la *Tédesplen* avant qu'on la fouille et me l'avait confiée alors qu'on m'emmenait en cellule.

La situation était pour le moins critique. Le couloir se terminait par une porte, ouverte sur deux gardes en armes. Inutile d'espérer s'enfuir par là.

Je poussai un soupir. Des bruits de pas attirèrent mon attention, mais il s'agissait d'une femme avec un balai et un seau, qui s'avança dans la rangée. Elle commença à passer la serpillière en sifflotant un air guilleret. Alors qu'elle nettoyait le devant de ma cellule, elle m'observa en coin. Derrière les verres de ses lunettes et une mèche de cheveux crasseuse, je crus voir flamboyer un éclat d'or dans ses prunelles marron.

Elle ne m'accorda pas d'autre regard, finit son ouvrage, avant de partir.

J'allai m'étendre sur ma couchette. Je fermai les yeux. Autant prendre des forces en vue du lendemain, nous aurions besoin de toute notre énergie pour embobiner ces enquêteurs. Si seulement ces gardes voulaient bien mettre les voiles, mes compagnons et moi pourrions convenir d'un plan de bataille. Des bruits de pas me tirèrent de ma torpeur. Je pensai d'abord que la femme au balai revenait. Une lumière crue illumina ma cellule. Je clignai des paupières.

— Tiens, qu'avons-nous là ? déclara une voix moqueuse.

Je me figeai, tandis que miss Ann Sharp s'avançait d'un air conquérant, les pans de son long manteau claquant derrière elle. Les sentinelles en faction à l'entrée du couloir gisaient au sol. Un homme s'engagea à la suite de miss Sharp. Une bouffée de haine me saisit lorsque je le reconnus.

— Guillermo, le saluai-je avec froideur.

Il baissa la tête, honteux.

— C'est William, en réalité, murmura-t-il.

— Enchantée, alors, Will ! crachai-je. Si vous vouliez bien approcher, je pourrais faire les présentations… À la mode irlandaise pour les traîtres !

Le garçon recula d'un bond, miss Sharp frappa les barreaux de ma geôle avec colère.

— Silence ! tonna-t-elle.

Elle tourna sur elle-même pour nous admirer.

— Une Ligue des ténèbres à l'ombre. Merveilleux, n'est-ce pas ?

Son intonation, ainsi que l'éclat dans ses yeux me causèrent un frisson.

— Que voulez-vous ? demanda Ginger sans se laisser impressionner.

— Que la Lumière et les forces du Bien triomphent, voyons, répondit miss Sharp du ton de celle qui doit expliquer une vérité connue de tous à un enfant.

— Tout un programme, commenta Thomas.

— Et dire que je jugeais le nôtre ridicule, ajoutai-je.

La femme nous fixa avec rage. Elle porta la main à la poche de son long manteau. Je crus qu'elle allait en tirer une arme. Au lieu de cela, elle sortit un engin étrange, hérissé d'antennes et de molettes. Le professeur Nutter lâcha un grondement sourd.

— Encore un coup de cette vieille chouette ! cracha-t-il.

— Trêve de plaisanteries. Vous croupirez ici, mais Amok veut votre *Tédesplen*. Dites-moi où elle se trouve ?

— Dans ton…, commença Tom.

Miss Sharp l'interrompit d'un regard tranchant. Elle actionna sa machine, qui émit un bourdonnement. Elle tourna sur elle-même. Je me raidis. La chose se mit à clignoter quand elle s'arrêta devant moi. Je reculai dans le fond de ma cellule. Un sourire mauvais étira les lèvres de Miss Sharp. Elle rangea le détecteur et tira un pistolet aussi impressionnant que les calibres de M. Nutter.

— Will, déverrouille la porte et récupère la *Tédesplen*.

Le garçon hésita.

— Vas-y ! ordonna miss Sharp.

L'intéressé sortit une sorte de clé pourvue d'un mécanisme compliqué. Il la glissa dans la serrure et manœuvra les rouages. Un déclic retentit, le battant s'entrouvrit. Je me ruai sur Will à ce moment et le percutai. Nous roulâmes au sol.

— Will ! s'écria miss Sharp.

— Sam ! lança mon frère.

Je me redressai, tenant mon ennemi par le col et le plaçai entre miss Sharp et moi. Ses yeux étincelèrent. Le canon de son arme se mit à grésiller. Je me figeai. Elle s'apprêtait à tirer quand même !

Un sifflotement nous interrompit. La nettoyeuse revint, avec son seau et sa serpillière.

— Oh, je dérange ? déclara-t-elle en avisant les visiteurs.

— Dégagez ! cracha miss Sharp.

— Je ne pense pas, non.

La domestique s'immobilisa. Elle posa son attirail et retira ses lunettes. Sa silhouette changea pour devenir plus élancée, ses cheveux sombres se déroulèrent pour former d'harmonieuses boucles, tandis que ses iris reprenaient les reflets d'or que je lui avais vus plus tôt.

— Qu'est-ce que…, lâcha Tom.

— Fay…, siffla miss Sharp. Maudite créature de l'ombre.

Elle pivota son arme en direction de la nouvelle venue et pressa la détente. Une boule d'un blanc pur jaillit et toucha la femme. La silhouette de celle-ci tremblota comme si elle était composée d'eau, et disparut. Je poussai un cri. Miss Sharp se tourna.

— Une illusionniste, cracha-t-elle.

La lumière au plafond vacilla. Quelque chose bougea dans les ténèbres au fond de la rangée de cellules. Miss Sharp plongea la main dans sa poche et en tira un objet, muni d'un bouton. Elle appuya. Un éclair aveuglant emplit la pièce. Je me couvris les yeux, tout en gardant les doigts crispés sur la *Tédesplen*. On me bouscula, je chutai lourdement.

Quand ma vision revint à la normale, je distinguai la nettoyeuse, recroquevillée sur le sol, les paumes pressées sur le visage.

— Par la Grande Ombre ! Quelle garce !

Elle se frotta les paupières, se releva et étudia la prison. La porte était ouverte. Miss Sharp et Will avaient disparu.

— Ils ont filé…, nota-t-elle.

— Bien gentil de nous avoir secourus, nous vous en sommes très reconnaissants, mais d'une part, qui êtes-vous ? l'apostropha Ginger.

— Faith Murphy, pour vous servir.

— … et d'autre part, pourriez-vous nous faire sortir ? enchaîna Tom.

Faith ramassa la clé que Will avait laissée tomber et libéra mes compagnons de leur cellule. Tom se rua vers moi.

— Sam, ça va ?

J'acquiesçai, et me tournai vers notre sauveuse. M. Nutter s'était planté devant elle.

— Vous êtes bien mieux sans vos lunettes, annonça-t-il.

Faith l'observa avec une pointe de surprise, avant que son visage ne s'éclaire d'un bref sourire.

— J'ai quelque chose pour vous, déclara-t-elle.

Elle pointa du doigt l'entrée où elle avait posé son seau et sa serpillière. Sauf que les ustensiles avaient disparu pour laisser place à nos armes. Le professeur poussa un cri de joie et fonça récupérer ses rayons de la mort.

— Qui êtes-vous ? demandai-je à l'inconnue.

— Plus tard les questions, me coupa-t-elle. Il faut filer d'ici.

Elle se planta devant le mur du fond de l'allée, s'agenouilla et tira une craie. Elle dessina des symboles étranges sur la paroi, disposés en forme de cercle. Quand elle eut fini, elle se releva, s'épousseta les mains, et se mit à psalmodier dans une langue qui aurait fait passer le gallois pour un langage chantant. Les glyphes qu'elle avait tracés luirent. Les briques disparurent pour laisser place à une sorte de vortex lumineux. M. Nutter applaudit et sautilla.

— Oooooh ! Je veux faire la même chose.

— Silence. Ne traînez pas.

Elle indiqua du doigt le tourbillon qui venait d'apparaître.

— Euh…, commença Tom.

— Je n'ai aucune envie d'entrer là-dedans, déclara Ginger.

Faith laissa échapper un soupir excédé et leva les yeux au ciel.

— Douces ténèbres… C'est déjà assez difficile de devoir jouer les sentinelles dans ce commissariat moisi, je ne vais pas en plus devoir me trimballer des indécis. Vous ramenez vos petites fesses par ici et vous passez ce putain de portail, sinon je vous botter l'arrière-train si fort que vous ne pourrez plus vous asseoir de la semaine.

Tom parut choqué d'un tel langage dans la bouche d'une femme, Ginger esquissa un sourire. Elle prit mon frère par le bras, j'attrapai le professeur, nous sautâmes. Comme si nous avions franchi un seuil, nous arrivâmes dans une grande salle éclairée par des globes chatoyants qui flottaient dans les airs. L'endroit n'aurait pas dépareillé en crypte d'une église. Faith nous rejoignit, et le portail se referma derrière nous, redevenant un simple mur.

Je remarquai une forme appuyée contre une colonne. Il s'agissait d'un homme de haute taille, à la carrure impressionnante. Vêtu d'un manteau noir fait d'un drôle de cuir, à l'aspect presque écailleux, il fumait une pipe ouvragée.

— Bonsoir, Rag', l'apostropha notre sauveuse.

— Faith Murphy ! Qu'est-ce que tu nous apportes là ?

Notre guide nous gratifia d'un long regard, et poussa un soupir.

— Honnêtement, je n'en sais rien. Mais deux adorateurs de la Lumière en avaient après eux, alors je les ai ramenés. Ils ont causé un sacré bazar d'ailleurs. J'ai dû utiliser de la poussière de Léthé pour camoufler le plus gros, mais il faudra que les nettoyeurs passent à la première heure.

Rag' s'approcha de nous et huma l'air.

— Ce ne sont pas des fays. Ils sentent comme des humains, et pourtant, leur odeur diffère légèrement.

— On nous l'a déjà dit, commenta Ginger.

Le professeur se planta devant l'inconnu et l'observa.

— Intéressants, vos yeux. Ils ressemblent à ceux d'un reptile.

Je remarquai que les pupilles de Rag' étaient fendues, comme celles d'un serpent. Il sourit et je découvris des dents plus acérées que la moyenne. Son ombre aussi défiait les canons de la normalité : gigantesque et ailée.

— Vous êtes un dragon, monsieur ? s'enquit le savant.

Un éclair de surprise passa sur le visage de Rag'.

— D'où venez-vous ? gronda-t-il.

Sa silhouette parut grandir et s'étirer. Nous nous tassâmes les uns contre les autres, tandis que M. Nutter tenait prêt l'un de ses rayons de la mort.

— Du Sussex ? risqua Tom.

Faith et le dragon échangèrent une œillade. La fay haussa les épaules.

— Me regarde pas comme ça ! J'ai pas plus de réponses que toi, je fais juste mon boulot !

— Écoutez, lança Ginger. C'est très gentil de nous avoir sauvés, mais nous ne souhaitons pas déranger. Nous allons repartir et vous laisser.

— Mais oui, nous nous en voudrions d'abuser de votre hospitalité, renchérit Tom.

Je portai discrètement la main à mon cou pour y récupérer le collier contenant la machine. Le professeur pouvait lui faire retrouver très vite sa taille normale pour que nous filions. Je ne rencontrai que du vide. Je lâchai un hoquet horrifié.

— La *Tédesplen* ! Elle n'est plus là.

Will avait dû me la prendre lors de notre échauffourée malgré mes précautions. Mes compagnons me fixèrent avec incrédulité.

— Hep ! lança Faith.

Elle tenait, entremêlée entre ses doigts, une chaîne où se balançait un pendentif. Notre *Tédesplen*. La fay nous observait avec un air mi goguenard mi implacable.

— Si je vous rends votre… *Tédesplen*, comme vous appelez cette chose, est-ce que vous allez vous enfuir ?

Tom et Ginger hésitèrent. Le professeur s'apprêta à répondre, sûrement une ineptie. Je lui coupai la parole.

— Honnêtement, je n'en sais rien. Nous faire arrêter ne nous tente guère, mais nos ennemis sont là et préparent quelque chose de mauvais. J'ai envie d'en savoir plus, répondis-je.

Je m'attendais à un concert de protestations de la part de mon frère et de lady Astley. À ma grande surprise, ils opinèrent.

— Oui, on va dire que nous avons certaines choses à éclaircir, convint Ginger.

Faith opina et me lança la *Tédesplen*, que j'attrapai au vol.

— Suivez-moi au quartier général du Masque. Vous avez beaucoup de choses à nous apprendre, déclara la fay.

*

Faith Murphy et son ami dragon nous menèrent à travers un dédale de couloirs à l'ambiance gothique. Ginger et Tom cherchèrent à lier conversation avec nos guides, histoire de découvrir où nous nous trouvions, mais peine perdue. Ils ne desserrèrent pas les mâchoires.

Nous débouchâmes finalement sur des quais qui bordaient un canal souterrain. Une barque noire était amarrée à l'une des rives. Son conducteur dissimulait son visage sous une grande capuche.

— Bonjour, passeur, le salua Faith lorsque nous arrivâmes à sa hauteur.

— L'obole…, siffla-t-il.

Murphy tira une pièce de sa poche et lui lança. La créature tendit une main décharnée et l'attrapa au vol. Elle acquiesça.

— Allez-yyyyyy. Monteeeeez.

— À Grand Chêne. Vite, s'il vous plaît.

Nous prîmes place dans l'embarcation. Je dus empêcher le professeur de regarder ce qui se cachait sous la capuche du batelier. Celui-ci commença à ramer comme un gondolier vénitien. Pourtant, la ballade n'avait rien d'un dimanche sur les canaux. La rivière souterraine était sinistre, les berges sombres et inquiétantes. Je crus à plusieurs reprises apercevoir des choses bouger dans l'obscurité. L'angoisse m'étreignit, et je me demandai dans quel pétrin nous nous étions encore fourrés.

Petit à petit, le paysage changea néanmoins. Bien que nous n'ayons pas quitté les profondeurs de la terre, je repérai des maisonnettes, de jardins, des quais aménagés, des promeneurs et des bancs. Ma peur décrut au fur et à mesure que ma curiosité grandissait.

Les lumières d'une ville apparurent à l'horizon. La barque obliqua en leur direction. Nous accostâmes sur le débarcadère de bois d'un port, fort animé. Des clients installés en terrasse d'un café saluèrent Murphy. Certains semblaient humains, d'autres ne l'étaient clairement pas. Je vis des centaures, de minuscules femmes ailées, des arbres vivants… Faith nous guida en direction d'une avenue. Des étals l'encadraient de part et d'autre, des créatures nous abordèrent, nous vantant les mérites de leurs produits. Poudre de fée, oreilles de korrigan, sang d'elfe, on pouvait tout acheter. Faith repoussa les importuns de quelques paroles abruptes, tandis que Rag' le dragon se contenta de les regarder en grognant. Nous sortîmes enfin du marché pour atteindre une vaste artère bordée de magnifiques demeures. De quoi faire baver d'envie la bourgeoisie anglaise. J'admirai les constructions raffinées, qui mêlaient le bois, la pierre et les plantes. Je notai que nous marchions vers une sorte de sphère qui émettait une lumière chaude et dorée.

— Où nous trouvons-nous ? interrogeai-je Faith.

— À Grand Chêne, grommela-t-elle.

— Mais encore ?

— Il s'agit du royaume de Faërie, caché de celui des humains depuis des siècles, enveloppé dans le manteau protecteur de la Grande Ombre. Ça vous va comme leçon d'histoire ?

— Oooooh ! Des fées ! s'exclama le professeur.

Ginger et Tom échangèrent des chuchotements, avant de regarder autour d'eux avec acuité. Ils devaient sûrement se demander s'il n'y avait pas un trésor à dérober. Pour ma part, ces histoires de mondes dissimulés en dessous de celui des hommes me rappelaient les contes de ma mère.

— Vous êtes une Thuatha de Danan ? m'enquis-je.

J'éprouvai la satisfaction de la voir marquer un temps de surprise, avant de se reprendre.

— Irlandaise ?

— Oui, répondîmes-nous en chœur Tom et moi.

Elle hocha la tête. Son expression fermée se radoucit un peu.

— Ici, on nous nomme « Fay », c'est plus simple.

— Et de toute manière, personne ne sait écrire correctement « Thuatha de Danan », renchérit mon frère.

— Toi, tu ne sais pas écrire tout court, répliqua Ginger.

Faith Murphy coupa la polémique qui s'annonçait.

— Nous y voilà, déclara-t-elle, alors que nous débouchions sur une place.

Je m'arrêtai net, sans voix. Devant nous se dressait un gigantesque arbre. Ce que j'avais pris pour une sphère dorée était en réalité ce chêne. Immense et majestueux, il trônait au milieu de l'esplanade. Vingt hommes n'auraient pu faire le tour de son tronc. Quant à ses feuilles, elles bruissaient et luisaient d'une douce lumière mordorée. Je réalisai que la cité entière baignait dans le halo émis par l'arbre. La vision était si belle qu'elle m'arracha presque des larmes.

— Bienvenue à Grand Chêne, annonça Faith Murphy.

*

Faith et Rag' se montrèrent compatissants avec nous et nous laissèrent quelques minutes pour nous remettre de notre surprise. Puis, sans ménagement, ils nous firent avancer en direction de l'arbre. Alors que nous approchions, je remarquai comme une porte dans le tronc.

— Nous arrivons au siège du Masque pour rencontrer la reine Ceridwen. Alors pas de vagues, déclara Faith.

Tom lui lança un regard offensé, outré qu'elle puisse penser qu'il allait mal se comporter. Je retins un ricanement.

Nous passâmes le seuil, traversâmes un couloir, pour déboucher dans une vaste salle, baignée de la même lumière fauve et rassurante que l'extérieur. Un trône de bois occupait le fond de la pièce, où était assise une femme.

— Ma reine, s'annoncèrent Faith et Rag' en mettant un genou à terre.

— Tiens. Que nous ramenez-vous là ?

La reine se leva et s'avança vers nous. Petite et svelte, il émanait pourtant d'elle une force sans pareille. Sa peau sombre était décorée d'entrelacs dorés au niveau des joues, qui soulignaient ses hautes pommettes et ses longues oreilles effilées. Ses cheveux nattés se réunissaient en un chignon piqué de perles et de breloques.

Ginger imita nos guides et nous suivîmes son exemple. Lady Astley possédait un instinct assez sûr en matière de protocole. Subjugué par la beauté de la dame, le professeur Nutter ne songea même pas à lâcher un commentaire dont il avait le secret. Ceridwen s'arrêta devant nous pour nous étudier.

— Ils ne sont pas d'ici, déclara-t-elle.

— Non, ma reine. Je les ai récupérés au poste de police. Apparemment, ils seraient impliqués dans un meurtre.

— C'est totalement faux ! protesta Thomas.

— Et ils portaient ces choses, ajouta Faith sans tenir compte de l'interruption.

Elle montra à la souveraine le sac qui contenait nos armes, puis elle pointa la *Tédesplen* miniaturisée dans son globe, autour de mon cou. Les yeux entièrement noirs de la fay demeurèrent impassibles alors qu'elle examinait notre machine.

— Expliquez-moi d'où vous venez et ce qui vous amène en notre monde, décréta Ceridwen. Et attention, pas de mensonge !

Voilà qui s'annonçait difficile, connaissant mes camarades. Heureusement, Ginger était rompue à l'exercice périlleux des demi-vérités, et livra un compte-rendu assez exact de nos aventures, tout en omettant les épisodes les plus gênants.

La reine acquiesça quand Ginger eut fini.

— L'Union des parfaits, hein… Quel titre ridicule. La Ligue des ténèbres sonne tellement mieux.

— Je ne vous le fais pas dire, madame ! s'exclama le professeur Nutter.

Ceridwen effectua quelques pas et se planta devant Faith.

— Relève-toi. Tu n'as rien à te reprocher, tu as agi justement.

Puis, elle riva de nouveau ses yeux sur nous.

— Ils sont comme nous, enfants des ténèbres opposés à la Lumière. Même s'ils ne nous ont pas révélé toute la vérité.

Ginger et Thomas prirent un air offusqué du plus bel effet. Un long regard de la souveraine leur signifia qu'elle n'était pas dupe. Elle frappa dans ses mains, et un pan de la salle resté dans la pénombre jusque-là s'éclaira. Je découvris une vasque sur un trépied. Ceridwen nous indiqua de nous en approcher.

Nous lui obéîmes avec circonspection. Je tendis le cou pour y voir. Le récipient contenait de l'eau, qui se troubla pour laisser apparaître quatre visages que nous ne connaissions que trop bien.

— Vieille chouette ! siffla le professeur quand il reconnut le docteur Amok.

Je dus le retenir pour éviter qu'il ne renverse la vasque.

— Il semblerait que vous possédiez un lien avec ces personnes. Comme vous elles ne viennent pas de cet univers. Comme pour vous, les visions les concernant sont très étranges. Mais à votre inverse, elles vénèrent la Lumière.

Je tiquai sur ces derniers mots et posait la question qui me taraudait.

— Pardonnez mon audace, mais dans notre monde d'origine, il est plutôt de bon ton de révérer la lumière et les forces du bien, justement. L'obscurité est assez mal perçue.

— Chez les humains oui, répondit Ceridwen. Mais pour nous, la Lumière est cruelle, elle nous brûle. Les douces ténèbres au contraire nous enveloppent et nous cachent. La Grande Ombre nous protège.

Vu de cette manière, cela prenait sens.

— Des peuples féériques, seuls les loups-garous et quelques fays ne la craignent pas. Faith par exemple.

Notre guide soupira. Elle tira ses lunettes et les enfila, adoptant l'apparence d'une femme entre deux âges, au physique passe-partout.

— Grâce à ce déguisement, je peux rester inaperçue et supporter la lumière.

— C'est pour cela que vous êtes infiltrée dans le monde du dessus. Vous pouvez vous fondre dans la masse et intercepter tout ce qui pourrait compromettre votre couverture.

Faith retira les bésicles, retrouvant ses traits altiers et ses yeux dorés. Elle me lança un regard approbateur.

— Elle comprend vite, nota la souveraine.

— Je lui ai tout appris, déclara mon frère.

Là aussi, Ceridwen lui fit saisir que son boniment ne marchait pas. L'arrivée soudaine d'un nouveau venu interrompit l'échange.

— Ma reine !

Il aurait ressemblé à un enfant de huit ans, n'eut été ses oreilles pointues, ses prunelles noires et sa peau bleue.

— Qu'y a-t-il ? lui demanda Ceridwen.

Le lutin s'agenouilla devant la souveraine et lui tendit un parchemin. Elle le prit et le déroula. Au fur et à mesure de la lecture, son visage se ferma. Des rides de contrariété crispèrent son joli front. Elle replia la missive et congédia le messager.

— Ma reine ? risqua Faith.

— De bien sombres nouvelles, annonça Ceridwen.

Elle nous dévisagea, avant de se tourner vers Faith et Rag'.

— Les victimes, elles faisaient partie du Masque. Des agents humains acquis à notre cause.

Faith lâcha un juron en gaélique.

— Ce n'est pas tout. De nouveaux corps viennent d'être retrouvés. Même mode opératoire. Là aussi, il s'agit de nos sympathisants.

Cette fois, Faith lança la bordée complète. Je louchai vers mes compagnons. Ces deuxièmes meurtres nous innocentaient, mais étaient loin de nous ravir.

— Quelqu'un en veut à la Mascarade, soupira Ceridwen.

— L'Union, soufflai-je.

— Et ils ont dégotté des complices, ajouta Ginger.

Les têtes pivotèrent vers elle.

—Eh bien oui. Quand nous les avons rencontrés à Élysée, ils travaillaient dans l'ombre de Balder. A Casetti dans celle de la Polidori. Les autres fois, ils ne nous ont jamais attaqués de face. Ils se sont toujours arrangés pour que d'autres se chargent du sale boulot. Ça me paraît évident qu'ils ont trouvé des alliés sur ce monde.

La remarque de Ginger ne manquait pas de jugeote. La reine semblait penser comme elle, car elle opina.

— Oui, murmura-t-elle. Même au sein des enfants de la nuit, la Mascarade possède nombre d'opposants…

Elle darda ses yeux noirs sur nous. Un sourire rusé étira ses lèvres.

— Bénie soit la Grande Ombre de nous avoir amené des personnes si avisées et aguerries. Vous êtes un don des douces ténèbres.

Le professeur Nutter et Tom se rengorgèrent. Ginger s'inclina, mais son regard restait aux aguets.

— Vous connaissez nos nouveaux ennemis, c'est parfait. Vraiment parfait. Vous allez pouvoir nous aider à les abattre.

*

Ce que la reine des fays voulait, elle l'obtenait. Ceridwen avait décidé que la Ligue se mettrait en quête des potentiels alliés de l'Union des parfaits. Aussi, le professeur Nutter, Faith Murphy et moi nous trouvions dans un tunnel sombre, aux parois suintantes d'humidité, tandis que Tom et Ginger allaient avec Rag' débusquer les loups-garous à l'autre bout de la ville.

La lumière de nos lampes torches peinait à éclairer l'obscurité, et dans l'ombre des formes s'agitaient.

— J'aime pas les vampires, gronda M. Nutter.

— Je sais, mais essayez de rester calme, lui intimai-je.

— Et surtout pas d'impair, leur chef se montre assez chatouilleuse, nous lança Faith.

— N'empêche que j'aime pas les vampires.

Depuis sa capture par les clans, dans ce Londres alternatif, le vieil homme vouait une haine tenace à ce qui ressemblait de près ou de loin à un buveur de sang. Peut-être était-ce la raison pour laquelle la reine Ceridwen avait décidé de nous envoyer dans la tanière de ces monstres. D'après les contes de ma mère, les fées possédaient un sens de l'humour plutôt tordu. J'étais soulagée que Faith Murphy se trouve avec nous, pas uniquement parce qu'elle était une compatriote. La compagnie d'une fay me rassurait quelque peu.

Du moins, j'essayais de m'accrocher à cette idée alors que nous avancions dans ces sombres passages. Nous marchions depuis un moment déjà quand Faith marqua une pause à un croisement, et balaya les ténèbres du faisceau de sa lampe torche. Une merveille, ces outils. Nous avions promis au professeur de lui en offrir tout un lot pour qu'il se tienne tranquille.

— Alors ? m'enquis-je à voix basse, en voyant que notre guide hésitait.

— Deux minutes, répondit-elle avec irritation. Je ne leur ai pas rendu visite depuis un certain temps, et les goules aiment bien modifier les tunnels.

J'acquiesçai, en m'efforçant de ne pas m'inquiéter. Si Faith était venue plusieurs fois dans la tanière des vampires, ça voulait dire qu'on pouvait en repartir sans trop de problèmes. En principe.

— Par là, finit-elle par déclarer.

Nous la suivîmes dans l'embranchement à gauche.

— Faith ? lui demandai-je après un instant de silence.

— Quoi ? grogna-t-elle.

— Vous croyez vraiment que les vampires ont pu s'allier avec l'Union ?

Elle haussa les épaules.

— Certains arguent que la Mascarade a assez duré, qu'il est l'heure que les vampires récupèrent leur vraie place.

Des souvenirs du Seigneur des âmes perdues me revinrent.

— Oh, laissez-moi deviner : nous allons dominer les humains car nous sommes plus beaux et mieux peignés.

Faith émit un charmant rire de gorge.

— Vous les connaissez bien, on dirait.

— Des saletés ! siffla le professeur.

Il lorgna vers les ténèbres et me saisit le bras avec inquiétude.

— Sam, nous sommes suivis.

— Évidemment, souffla Faith. Nous avons pénétré sur le territoire des vampires, les sentinelles nous ont pris en chasse.

Elle se retourna et foudroya l'obscurité du regard.

— Ils ne se montrent d'ailleurs pas discrets, et risquent de se faire botter les fesses par leur reine quand elle l'apprendra ! cria-t-elle à destination de nos poursuivants.

Je perçus un mouvement dans l'ombre, suivi du bruit de milliers de chauves-souris s'éparpillant dans les airs.

— Voilà, ils devraient nous laisser tranquilles maintenant, déclara Faith.

— Y a-t-il une chance pour que nous ressortions sans bobo ? m'enquis-je.

— Oui, si vous restez d'une politesse et d'une déférence irréprochable et que vous agissez exactement comme je vous le dis. Vous avez bien compris ?

Le professeur et moi acquiesçâmes. Nous suivîmes Faith dans les tunnels. Bientôt, le paysage changea. Les passages devinrent plus propres, mieux entretenus. J'eus l'impression que nous entrions dans un château. Le sol était pavé, des tapisseries apparurent aux murs. Des chandeliers diffusaient une chaude lumière. J'entendis des rires, des conversations et de la musique. Nous croisâmes plusieurs personnes, habillées de somptueuses tenues qui n'auraient pas dépareillé dans le Londres de mon temps. Leurs visages étaient masqués, mais à la pâleur de leurs mains et de leurs cous, à leurs iris rouges et affamés, je reconnus des vampires.

Ils nous observèrent avec curiosité. Nous détonions plutôt, moi avec mon cache-poussière, le professeur avec sa blouse blanche, Faith, vêtue d'un pantalon noir et d'un court manteau de cuir sombre.

— Ne traînez pas et ne les regardez pas, grommela Faith.

Je préférai lui obéir. La foule devint de plus en plus dense au fur et à mesure que nous avancions. Des vampires, partout. Autour de nous, mais aussi accrochés aux murs, suspendus aux lustres des plafonds, comme de vraies chauves-souris. L'air bruissait de leurs conversations, de l'éclat de leurs rires. Je sentais leur envie de nous dévorer. Je me rapprochai de Faith.

— J'espère que vous savez ce que vous faites.

— Mais oui ! s'exclama-t-elle avec colère.

Je préférai prendre le bras de M. Nutter et vérifier que mon épée et mes pieux de bois étaient bien en place. Nous remontâmes les couloirs de mieux en mieux éclairés. Des portes s'ouvraient sur des chambres et je remarquai dans plusieurs des goules qui entassaient vêtements et objets dans des malles. Je fronçai les sourcils.

Nous atteignîmes enfin le fond d'un passage, qui se terminait sur une salle de bal circulaire, où évoluaient des danseurs. Au centre se dressait un trône occupé par une femme à la longue chevelure brune. Très peu vêtue, elle caressait la tête d'un homme assis à ses pieds. Je notai que deux autres congénères, encore moins habillés que la vampire, l'accompagnaient.

— Salut, Scarlett. Tu fais toujours dans la subtilité et le bon goût à ce que je vois, lança Faith en s'avançant.

Je m'étranglai à ces mots. N'avait-elle pas dit qu'il fallait prendre des pincettes avec les vampires ? Les yeux de Scarlett étincelèrent de colère. Le professeur ricana franchement.

— Faith Murphy. Tes manières n'ont pas changé. Donne-moi une raison de ne pas t'arracher la gorge et boire ton sang, siffla-t-elle.

Je reculai, terrifiée par la soif de meurtre que je percevais chez la reine. Faith se contenta de croiser les bras.

— Deux raisons en fait. La première, vous m'aimez bien en réalité. Tout le monde vous lèche les bottes, ça vous ennuie profondément. La deuxième, le sceau de Ceridwen me protège, et vous n'avez pas envie de vous mettre la souveraine des fays à dos. D'autant plus que sa cousine Titania ne vous porte pas dans son cœur non plus, et ne cherche qu'une excuse pour vous déclarer la guerre.

Le visage de Scarlett devint de marbre, avant qu'elle n'esquisse un bref sourire.

— Que me vaut cette visite, alors ? demanda-t-elle.

— Trois humains taillés en pièces la nuit dernière, et deux autres morts aujourd'hui, tous agents du Masque. Ça vous dit quelque chose ?

Scarlett se tapota le menton avec un ongle acéré, laqué d'un rouge sombre.

— Hum, non. Pourquoi me soupçonner ?

— Peut-être parce que tu diriges un clan de maniaques adeptes du meurtre ? suggéra Faith.

Scarlett exhala un grognement agacé, alors que l'assemblée des vampires poussait de hauts cris.

—Je suis déçue de constater que tu nous perçois toujours

comme une race de monstres sanguinaires.

Elle se leva et embrassa d'un geste la salle de bal.

— Ne vois-tu pas que nous sommes des créatures raffinées ? Des enfants de la nuit ? Nous possédons la beauté, la jeunesse éternelle, nous protégeons les artistes maudits et les réprouvés.

Elle lâcha un profond soupir.

— Les temps changent, Faith. La Lumière nous guette et bientôt, les douces ténèbres ne pourront plus nous dissimuler. La Mascarade touche à sa fin, tu le sais.

— Pas tant que je serais là, gronda Faith.

Scarlett esquissa un sourire.

— Voilà pourquoi je t'aime bien. Tu ne renonces jamais. Mais ta ténacité risque de ne pas suffire pour cette fois…

Faith attendit qu'elle poursuive, le visage dur. Mais la reine se contenta d'ajouter :

— Va maintenant, et assure Ceridwen de notre coopération dans cette histoire.

Elle nous congédia d'un geste qui n'appelait aucune contestation. Faith me prit par le bras et nous quittâmes la salle d'audience. Je sentais la nervosité de la fay et l'animosité des vampires.

— Elle mentait, non, soufflai-je alors que la porte se refermait derrière nous.

— Bien évidemment, me répondit Faith.

Elle regarda de droite à gauche. Dans les couloirs surgissaient des buveurs de sang qui convergeaient vers nous.

— Les vampires, ça ne sait que raconter des bobards. Ça vous promet des mets de choix, et vous sert du pudding rassis, déclara le professeur d'un ton rageur. En plus, j'ai bien l'impression que ceux-là cherchent à nous tuer.

— Finement observé, nota Faith alors que nos ennemis nous encerclaient.

— Ceux qui vénèrent la Lumière, ils nous ont dit qu'ils

nous épargneraient si nous vous livrions ! siffla l'une des créatures en s'approchant.

Pas besoin de demander de qui ils parlaient. Faith brandit son médaillon.

— Je bénéficie de la protection de Ceridwen ! clama-t-elle.

— Pas sûr que cela suffise, grondai-je. Professeur, je crois que c'est à vous.

Le vieil homme partit d'un rire dément et tira d'une poche de sa blouse une petite sphère.

— Prenez ça dans les dents ! rugit-il.

Il pressa le bouton du globe, et la lumière du soleil envahit les lieux. Les goules reculèrent en feulant. Faith regarda l'objet avec surprise.

— Mais qu'est-ce que…, commença-t-elle.

— L'une de ses inventions. Il la garde toujours avec lui depuis que des vampires l'ont capturé. Et si nous filions ?

— Bonne idée, convint Faith. Par là.

Elle m'indiqua un couloir. Nous la suivîmes, M. Nutter tenant les créatures à distance grâce à son astre portable. Les vampires hurlaient, crachaient comme des chats, mais n'approchaient pas. Nous atteignîmes finalement une porte et des escaliers.

— Par ici ! Ça mène à la surface ! s'écria Faith.

Nous gravîmes les marches, nos poursuivants sur les talons. Bien évidemment, le soleil choisit ce moment pour s'éteindre. Mon mentor poussa un gémissement de frustration, Faith un cri de pure terreur, qui m'aiguillonna comme jamais. J'attrapai le professeur par le bras et le traînai presque pour les derniers degrés.

— Par là ! s'exclama notre guide.

Dans l'ombre, quelque chose m'agrippa. Je décochai un coup de poing à l'aveugle.

— Baissez-vous ! rugit Faith.

Elle psalmodia des mots dans une langue gutturale. Un

éclair de feu illumina le passage. Les vampires reculèrent en piaillant. Faith en profita, d'un coup de pied, elle ouvrit une porte. Nous nous retrouvâmes dans un long couloir, qui se terminait par un battant. Faith lui administra le même traitement. Nous débouchâmes dans l'entrée d'une sorte de théâtre. Des écrans sur les murs projetaient des images animées. Je dus saisir le vieil homme par l'épaule pour le tirer de cette contemplation. Les guichetiers nous fixèrent avec des yeux arrondis par la surprise. Faith ne nous laissa pas le temps de réagir et nous traîna au-dehors. Il faisait jour, le soleil brillait haut dans le ciel. Je clignai des paupières avant de réaliser ce que cela signifiait. Nous étions sauvés.

*

Le professeur sirotait sa boisson avec un plaisir manifeste. Milk-shake, d'après Faith. J'avais pour ma part opté pour une limonade, tandis que la fay avait pris un breuvage d'un marron sombre dans une bouteille rouge. La limonade était correcte, bien qu'un peu fade. Enfin, pour tout dire, j'aurais préféré un gin bien frappé pour me remettre de nos émotions.

Faith avait contacté les autres grâce à une invention, le « téléphone ». Tom et Ginger étaient revenus sains et saufs de chez les loups-garous. Apparemment, ceux-ci n'étaient pas responsables des meurtres et se montraient aussi inquiets que les fays. Bref, retour à la case départ.

Je poussai un soupir. Le restaurant où nous nous trouvions, un fast food, toujours d'après Faith, affichait une décoration criarde et des sièges de plastique. Des serveuses portant des jupes outrageusement courtes et des chemisiers serrés s'affairaient pour contenter les clients. Il régnait une ambiance joyeuse, incongrue après ce que nous avions traversé.

Je reposai mon verre et regardai autour de moi, détaillant les visages heureux des usagers.

— Tous ces gens… Comment peuvent-ils ignorer ce qui dort sous leurs pieds ? demandai-je à Faith.

Elle m'adressa un sourire carnassier. Elle avait remis ses lunettes et repris son apparence humaine, mais je sentais percer sa nature sauvage.

— Ils préfèrent leur confort. La vérité les terrifie et les mettrait en danger.

— Mais, insistai-je. Ils se doutent bien de quelque chose.

— Oui, convint-elle. Certains dirigeants savent, tout comme les humains avec des aptitudes magiques. Soit ils nous laissent poursuivre la Mascarade sans s'en mêler, soit ils travaillent pour nous. Mis à part quelques renégats qui ont juré de nous détruire, ils acceptent la situation.

Je soupirai. Il existait toujours des fanatiques partout. Faith sirota une gorgée de son verre. Le professeur avait terminé son milk shake et lorgnait avec envie les pâtisseries dans les assiettes des clients voisins. Faith héla une serveuse et fit apporter la même chose à M. Nutter, s'attirant ainsi sa reconnaissance éternelle. Alors que mon mentor se remettait de ses émotions en faisant un sort à d'innocents desserts, le téléphone de Faith sonna, un air irlandais très guilleret. Elle décrocha. Je ne perçus pas ce que disait son interlocuteur, mais le visage de la fay se figea. Elle reposa le téléphone et nous regarda.

— On a découvert un nouveau cadavre, à quelques blocs d'ici. Rag' a posé des runes de protection pour éviter que la police ne les trouve à son tour, mais elles ne résisteront pas des heures. Filons.

Nous réglâmes nos consommations avant de partir. Faith nous mena au lieu du crime : une ruelle sombre, similaire à celle où nous avions atterri. Au bout, surplombant la ville, j'aperçus la montagne qui lui donnait son nom, Devil's Peak. De jour, elle était encore plus imposante.

Rag' se tenait là, avec un homme vêtu d'un costume

noir. À leurs pieds gisait un corps en pièces détachées. Mon estomac protesta devant le spectacle. Faith s'approcha et lorgna vers l'inconnu.

— J'ignorais que l'affaire se révélait assez sérieuse pour les nécromanciens se déplacent, déclara-t-elle.

— Madame, quelques cadavres découpés en morceaux ne sauraient nous inquiéter, mais quand ils s'empilent, nous sommes forcés d'intervenir.

Il sourit d'un air déplaisant. Avec sa peau parcheminée et jaunâtre, ses traits creusés, j'avais l'impression de me trouver face à une momie parlante, je frissonnai.

— Tu crois qu'il est vivant, ou mort ? me demanda le professeur.

— Un peu des deux, à mon avis, répondis-je.

Faith fixa l'homme, bras croisés sous la poitrine.

— Les nécromanciens se targuent pourtant de leur neutralité.

Son interlocuteur étendit les mains en un geste affable.

— Nous ne prenons pas part à la Mascarade, et ne vénérons ni la Lumière, ni la Grande Ombre. Nous préférons rester à l'écart de toutes les manigances. Cela dit, notre code se montre strict. Toute personne pratiquant les arts de la mort se doit d'appartenir à notre guilde. Et ce carnage, bien que relevant de la nécromancie, n'est l'œuvre d'aucun de nos membres.

Faith laissa passer une expression de surprise, avant de se reprendre et de toiser la momie ambulante. Elle pointa du doigt le cadavre.

— Vous en êtes certain ? Ceci a bien été commis par un nécromancien ?

— Assurément. Un renégat. Aussi ne puis-je vous dire quel but il ou elle poursuit.

Faith jaugea l'homme.

— Vous espérez donc que nous lui donnions la chasse, pour éviter d'avoir à bouger vos culs desséchés ?

La momie rit. Je crus qu'on me frictionnait les tympans

au papier de verre.

— Miss Murphy, ce que nous voulons importe peu. Nous n'intervenons pas dans vos affaires. Cela dit, ce traître s'avère dangereux, et il serait bon que vous l'arrêtiez rapidement.

— Et où dois-je chercher ? demanda Faith d'un ton polaire.

— Oh allons, miss. Où se cachent tous les laissés pour compte de cette ville ?

— Le No man's land, lâcha-t-elle.

*

Nous avions vécu en bordure de Whitechapel : la misère et la crasse ne nous étaient pas inconnues. Le No man's land de Devil's Peak ressemblait aux quartiers pauvres de mon Londres d'origine à bien des égards : des masures s'imbriquaient les unes dans les autres, jusqu'à cacher le ciel. Se terraient là les laissés pour compte des sociétés humaines et féériques.

— C'est lugubre, nota Ginger en se serrant contre Tom.

— Et ça a l'air dangereux, ajouta celui-ci.

Nos compagnons nous avaient rejoints, ainsi que Rag' et deux de ses congénères. Bien qu'ils ne portassent aucune arme apparente, je sentais bien que leur présence massive était supposée dissuader d'éventuels rôdeurs. En lorgnant autour de moi, je distinguai des silhouettes se couler dans les ténèbres.

— La loi ne s'applique pas vraiment, ici. Pour cette raison, on ne descend dans le No man's land que contraints et forcés, expliqua Faith.

— A-t-on une chance de ressortir de ce coupe-gorge en un seul morceau ? soufflai-je à notre guide.

Pour toute réponse, Faith s'avança de quelques pas et brandit son médaillon.

— Affaires du Masque ! clama-t-elle. Nous venons appréhender des suspects.

— Vous n'êtes pas les bienvenus, siffla une voix depuis

un recoin. Surtout toi, Faith Murphy. La traîtresse qui oublie ses racines.

La fay irlandaise garda un visage impassible.

— J'appartiens au Masque et m'efforce de garantir la tranquillité de tous. Je requiers le passage.

— Le Masque ne sert que ses propres intérêts.

— Nous préservons la paix, au nom de la Grande Ombre et des douces ténèbres, répliqua Faith. Vous me connaissez, vous savez que je suis intègre. Il y a une raison si je sollicite l'entrée sur votre territoire. Une raison grave et urgente.

Elle marqua une pause. Je perçus un conciliabule dans l'ombre d'une maison.

— Vous disposez d'une heure.

Faith hocha la tête. Elle se tourna vers nous.

— Ne traînons pas, déclara-t-elle.

— Et Faith, l'interpella son interlocuteur invisible. Dernière baraque sur la droite avant le tas de ferraille.

À nouveau, la fay acquiesça. Alors que nous lui emboîtions le pas, je m'interrogeai sur le passé de cette femme, que je devinai sombre et tragique. Nous nous frayâmes un chemin à travers les allées du No man's land, guidés par Faith. Personne ne prononçait un mot, la tension était presque palpable.

Faith finit par s'arrêter à un carrefour. Elle nous désigna une masure à côté d'un monticule d'immondices. De la lumière filtrait d'entre les lattes qui obstruaient les fenêtres. Les échos d'une conversation me parvinrent.

— Y'a l'air d'avoir du monde, nota l'un des dragons.

— Ouais, confirma Faith. Faites le tour pour éviter que les suspects ne se barrent.

— Qu'est-ce qu'on fait ? On charge ? demanda Tom.

— Non. Vous restez là, moi je vais rentrer et résoudre ça sans trop de casse.

J'avais vu Faith à l'œuvre et doutai de ses manières diplomatiques. Elle perçut mon regard et lança :

— Vraiment. Je suis sérieuse. Essayons de récupérer ces nécromants sans trop de casse

Le cri du professeur Nutter l'interrompit.

— Là !

Il pointa du doigt une fenêtre. Entre les planches j'eus le temps de voir apparaître la tignasse hirsute du docteur Amok.

— C'est cette harpie ! beugla M. Nutter.

Et avant que nous ayons pu tenter quoi que ce soit, il se lança à l'assaut.

— Non ! m'exclamai-je.

Trop tard. Il avait sorti son rayon de la mort et tira sur la porte, la pulvérisant au passage. Il se rua dans la maison.

— Et merde ! commentai-je.

— Raté pour la discrétion, nota Faith.

— Avec nous de toute manière, la discrétion…, soupira Tom.

Nous le suivîmes. L'intérieur se révéla pire que la plus crasseuse des masures de Whitechapel. Des hommes et femmes gisaient affalés contre les murs, les yeux vides et hagards. Une odeur infâme flottait dans l'air, je faillis vomir. Le cri de rage poussé par le M. Nutter m'arrêta.

— En bas !

Ginger pointa un escalier qui descendait à la cave. Je m'y précipitai, Faith sur mes talons. Le professeur se trouvait là, aux prises avec Amok. La vieille pie tentait de le poignarder. Lord White avait attrapé le savant pour lui faire lâcher prise. Miss Sharp épaulait une arbalète, prête à tirer à la moindre ouverture. En retrait, William observait la scène les bras ballants.

Je ne réfléchis pas et sautai des dernières marches. J'atterris sur Miss Sharp, l'amenant au sol. Celle-ci se dégagea et m'envoya rouler. Je tombai sur Will. Il essaya de me ceinturer, je lui administrai un violent coup de coude. Miss Sharp leva son arme vers moi. Je me figeai.

Faith prononça quelques paroles. L'obscurité envahit la pièce. Je sentis quelque chose se déplacer à côté de moi. Miss

Sharp poussa un cri.

— Repli ! grogna lord White.

Un brusque éclair blanc illumina la cave. Faith claqua des doigts, la lumière revint. L'Union avait disparu. La cavalerie déboula, je lançai un regard noir à mon frère, qu'il ignora.

— Professeur ! Ça va ? s'enquit-il.

— Oui, je crois.

— Moi aussi, merci de t'en soucier, crachai-je.

— Faith ? Qu'est-ce qui s'est passé ? demanda l'un des dragons.

Mais Murphy ne répondit pas. Elle fixait le sol, jonché par des débris, des morceaux de métal ainsi que, réalisais-je avec horreur, des membres humains. Je reculai et remontai quelques marches des escaliers. Des traînées rouges maculaient le sable et formaient comme un dessin. À force de l'observer, j'eus l'impression qu'il pulsait et que les motifs se tordaient. Je détournai les yeux, en nage.

— Douces ténèbres…, lâcha Faith.

Elle se tourna vers moi, blême.

— Je sais quel est leur plan et pourquoi les nécromanciens ont accepté de nous aider. Ils s'apprêtent à libérer la Lumière.

*

— Je ne saisis pas cette histoire de libérer la Lumière, grommela Thomas.

Je lorgnai en direction de Faith. Elle arpentait l'appartement où nous nous terrions. Son téléphone vissé à l'oreille, elle tenait une conversation animée avec son interlocuteur au bout du fil.

Apparemment, il ne prenait pas la situation assez au sérieux et des grossièretés furent échangées.

— La Lumière a un jour dominé le monde, un temps affreux pour nous autres enfants de la nuit, intervint Rag'.

Le dragon, assis contre un mur, fumait la pipe avec nonchalance. Je n'étais pas dupe, je voyais bien qu'il demeurait aux aguets.

— Les humains ont peur de l'obscurité, de ce qu'ils ne comprennent pas. Ils pensent que la Lumière les protège, mais ils ont tort. Les servants des douces ténèbres ne cherchent pas à détruire. Même les sanguinaires vampires ne tuent que pour se nourrir et se défendre. La Lumière ne veut que briller, partout. Elle brûle tout ce qui se dresse sur son passage.

La voix grave de Rag' donnait une tonalité encore plus dramatique à ses propos. Je regardai par la fenêtre. La nuit était tombée. Les néons et enseignes de la ville s'allumaient. L'antenne sur Devil's Peak clignotait.

— Les nécromanciens connaissent le moyen d'ouvrir le portail, mais leur ordre s'est voué à la neutralité. Entre leurs mains, le secret reposait en sécurité…, soupira-t-il.

— Mais l'Union a trouvé un renégat. Les morts étaient en réalité des sacrifices.

— Oui. La Lumière a été enfermée voilà des millénaires, mais elle cherche toujours à se libérer pour mieux flamboyer. Ces fous veulent la répandre sur le monde.

Le dragon se prit la tête entre les mains.

— Si nous ne les arrêtons pas, nous sommes fichus.

Faith revint dans la pièce principale, le visage tendu.

— J'ai réussi à parler à la reine Ceridwen. Nous allons placer la population à l'abri.

— Tu sais très bien que si ces malades parviennent à leurs fins, ça ne suffira pas, gronda Rag'.

— Les loups-garous se sont alliés à nous officiellement, poursuivit Faith sans tenir compte de l'interruption. Quant aux vampires, Scarlett et son clan sont introuvables.

Je me rappelais des malles aperçues dans la tanière des buveurs de sang. Les rats avaient quitté le navire.

— Toutes nos forces sont mobilisées et écument les

planques possibles, d'où ils pourraient accomplir leur rituel.

J'acquiesçai machinalement. Quelque chose ne collait pas. L'Union des parfaits démontrait un goût pour le théâtral et les mises en scène, comme en témoignait leur manière de se révéler à nous à Casetti. Je les voyais mal se terrer dans une cave pour leur grand final.

— L'endroit d'où ils lanceront leur sort importe peu ? interrogeai-je Faith.

— Non, la Lumière est partout à la fois. Ils peuvent compléter la cérémonie n'importe où.

Je me tournai à nouveau vers la fenêtre et regardai la ville.

— Professeur, si vous deviez libérer ce genre de pouvoir, comment vous y prendriez-vous ?

Le vieil homme, perdu dans ses pensées, releva la tête et m'observa un moment, avant de répondre avec un immense sourire.

— Je fabriquerai une machine, et je la placerai là où je pourrais contempler les ravages de ma création et rire à la face des dieux ! s'exclama-t-il.

Un silence de mort tomba dans la pièce alors que nous fixions tous Devil's Peak et son antenne clignotante.

— Combien de temps pour y aller avec l'une de vos voitures ? demanda Tom.

— La route est assez escarpée, à peu près cinq heures. Mais à vol d'oiseau, nous devrions nous y rendre en deux heures.

— Dommage que nous ne disposions pas d'oiseaux assez grands pour nous porter, répliquai-je.

Faith m'observa avec un immense sourire.

— J'ai dit « à vol d'oiseau » ? Pardon, je voulais dire « à vol de dragon ».

*

Le professeur hurlait de joie sur son dragon. Thomas, à cheval sur un deuxième reptile, criait qu'il était malade et

Ginger, agrippée à mon frère, qu'elle voulait descendre. Moi je serrai les dents à m'en faire mal. Le sol défilait à une vitesse vertigineuse de trop nombreux pieds en contrebas. Je sentais les muscles de Rag' se contracter sous moi. Je me cramponnai à Faith de toutes mes forces.

— On va mourir ! beuglai-je.

— Mais non ! râla la fay.

— Du calme, petite humaine, tu me déconcentres avec ta peur ! gronda Rag'.

— Pardon, pardon, piaillai-je.

— J'espère qu'on a raison pour Devil's Peak, sinon on sera dans le caca, commenta Faith alors que la silhouette sombre du pic apparaissait.

— Sans compter que j'ai dû affoler les radars, grogna notre monture. Si tu as tort, Ceridwen nous soufflera dans les bronches.

— Si j'ai tort, il ne restera plus personne pour nous souffler dans les bronches ! m'écriai-je.

Les trois dragons se rapprochèrent de Devil's Peak. La montagne, un sinistre piton rocheux, méritait bien son nom, en tout cas.

— Là-bas ! cria Faith.

Elle pointa du doigt des lumières qui clignotaient en haut. Cinq personnes se tenaient près d'une machine à la forme biscornue. Malgré le vent qui mugissait à mes oreilles, je pouvais entendre le ronflement de ses moteurs. Elle crépitait d'étincelles d'une blancheur aveuglante.

Autour d'elle s'affairait l'Union, accompagnée d'un homme qui portait une sorte de couronne. Avec horreur, je songeais à notre propre couronne de contrôle mental. L'objet y ressemblait grandement. Je jetai un coup d'œil à mes camarades.

— Saleté ! Elle m'a copiée ! beugla M. Nutter depuis le dos de son dragon.

Son intervention et les imprécations qu'il lança au docteur Amok confirmèrent mes doutes.

— Vite ! Arrêtons-les ! criai-je.

— D'accord, gronda Rag'.

— Nooooooooooooon ! hurlai-je alors qu'il repliait ses ailes et fondait en piqué vers les silhouettes.

Amok nous vit la première. Elle leva un sceptre. Un projectile jaune en jaillit et manqua de nous percuter. Heureusement pour nous, le professeur et sa monture nous avaient rejoints et ripostèrent. Le savant avait récupéré son arsenal et commença à arroser d'éclairs violets l'Union. Miss Sharp se rua sur un boîtier et pressa un bouton. L'air tremblota autour des conjurés et les tirs de M. Nutter rebondirent.

— Ils sont protégés ! Il faut atterrir, s'écria Faith.

— Je vous largue, les filles, déclara Rag'.

— Eh ! Non ! protestai-je.

Mais le reptile n'en tint pas compte. Il fila vers le pic et, au dernier moment, pivota brusquement. Faith m'attrapa par la taille et nous propulsa sur la roche. Je hurlai. Nous heurtâmes rudement le sol. Je me redressai pour découvrir l'arbalète de miss Sharp pointée sur moi.

— Ne bougez plus, gronda-t-elle.

Derrière elle, lord White, armé d'un fusil, tenait à distance les deux dragons qui portaient mes compagnons. William et Amok s'activaient autour de la machine semblable à celle que pouvait construire le professeur Nutter. Seulement lui n'aurait pas intercalé membres et entrailles humaines entre les rouages. Je fis mine de me relever, le doigt de miss Sharp se crispa sur la gâchette de son arme. À côté de moi, Faith s'était accroupie dans une position rappelant celle d'un félin à l'affût.

— Arrêtez cette folie, au nom du Masque, lança-t-elle.

— Non, ce monde est corrompu ! Il doit être purifié, au nom du Bien ! La Lumière doit briller !

À côté d'Amok se trouvait l'homme à la couronne. Ses yeux vides me confirmèrent qu'il était contrôlé. Il psalmodiait dans une langue que même notre traducteur universel ne pouvait me permettre de comprendre. Je frissonnai.

— Vous allez tout détruire, criai-je.

William me jeta un regard indécis et esquissa un geste en ma direction. Faith en profita pour se relever et bondir sur miss Sharp. Le carreau la faucha en plein saut.

— Noon ! hurlai-je.

Je me précipitai vers elle. Faith était déjà morte, ses grands iris dorés écarquillés. Je me redressai, emplie d'une rage glacée. Miss Sharp rechargeait son arbalète. Je dégainai mon poignard. Je me ruai sur elle, lame au clair. Elle m'attendit, prête à m'asséner un coup de crosse. Un tir la toucha. Elle glapit, portant la main à son épaule, pendant que le professeur éclatait d'un rire mauvais. Tom et Ginger, du haut de leur dragon, s'occupèrent de lord White, tandis que je fondais sur ma vraie cible.

Je passai le bouclier, ne rencontrant qu'une faible résistance, Will tenta de s'interposer, je lui appliquai l'une des prises qu'Achille m'avait enseignées, et prouvai à ce traître qu'il aurait dû mieux écouter en cours. Le docteur se réfugia derrière sa machine du diable. Je ne cherchai pas à l'attraper. Je saisis le bras du nécromant et lui retirai sa couronne. Il tituba d'un air hébété et tomba à mes pieds.

Un tir manqua de me roussir la joue. Amok pointa une arme vers moi. Je me jetai derrière un engrenage. Les choses tournaient mal. J'ignorai comment arrêter cet engin et le professeur n'arrivait pas à atterrir. Et Faith était morte !

Le bruit de la machine changea, elle se mit à grésiller. Les éclairs qu'elle émettait accrurent. Cette fois, c'était sûr, nous allions y rester.

Un nouveau tir me délogea de ma cachette. Je rampai hors de portée, pour taper dans une paire de bottes. William. Il m'observait sans trop savoir quoi faire avec moi.

— Règle-lui son compte, Will ! l'apostropha Amok.

Le garçon la regarda d'un air indécis. Je me ramassai sur

moi-même, prête à vendre chèrement ma vie.

Le grondement des moteurs cessa. Je tournai la tête. Faith se tenait là, un engrenage à la main.

— Quoi ? s'étrangla Amok. Ann t'a tuée, je l'ai vu !

Faith afficha un sourire charmeur. Je me rappelais alors quelle sorte de fay elle était : une illusionniste.

Le docteur recula, attrapant le bras de Will. Ann Sharp et Lord White battirent en retraite aussi.

— Repli ! couina Amok.

Elle pressa une commande sur son bracelet, et l'Union s'évanouit dans un grand éclair de lumière. Leur couardise n'avait décidément d'égal que leur fourberie.

Je réalisai que j'avais retenu ma respiration, et pris une profonde inspiration. Nous étions sauvés.

*

La *Tédesplen* était prête à partir. Faith, Ceridwen et ses sujets se tenaient là. La fée portait une robe sublime, les dragons étaient très élégants en complet noir, seule Faith avait refusé de se séparer de son jean et de son manteau de cuir. Ceridwen s'avança vers nous.

— Au nom de tous les enfants de la Grande Ombre et des douces ténèbres, veuillez accepter notre reconnaissance éternelle. Si vous avez besoin de quoi que ce soit, revenez nous voir. Quel que soit votre appel, nous y répondrons. Et si un jour vous en avez assez d'arpenter les mondes, Grand Chêne pourra devenir votre maison, déclara la souveraine.

Nous avions espéré une récompense, peut-être de l'or, ou des bijoux. La reconnaissance éternelle d'une reine fay dépassait néanmoins mes attentes. Tom et Ginger se chargèrent des remerciements, c'était plus leur domaine que le mien, après tout. Je regardai Faith. Elle avait failli y rester, là-haut. Son tour d'illusionniste aurait pu mal finir. J'avais eu si peur pour elle que je ne lui en voulais presque pas de m'avoir fait croire qu'elle était morte et de m'avoir laissé jouer les diversions.

On avait démonté la machine et découvert avec horreur qu'elle était constituée d'un alliage entre des parties mécaniques et des corps préparés selon un rituel précis de nécromancie. Le pauvre gars contrôlé par leur version de la couronne était un étudiant féru d'occulte, qui était tombé sur le mauvais livre. L'Union l'avait manipulé pour qu'il effectue les sacrifices.

Pour l'heure, ce monde était sauvé, grâce à nous, mais nous étions aussi ceux qui l'avaient mis en danger. Ceridwen nous avait invités à rester, nous ne pouvions pourtant pas accepter. Pas tant que l'Union se promènerait dans la nature.

Les discours de remerciement s'éternisèrent un moment, avant que Ceridwen ne déclare qu'il était temps de prendre congé. Je voulus serrer la main à Faith pour lui dire au revoir, mais contre toute attente, elle m'attira contre elle et me gratifia d'un câlin que n'aurait pas renié un lutteur.

— Vous me manquerez ! clama-t-elle.

Et d'un ton plus bas, elle ajouta :

— Si jamais vous arrivez à vous débarrasser de ces emmerdeurs, revenez me voir. Il y aura toujours une place au Masque pour vous.

J'acquiesçai, la gorge nouée malgré moi, et abrégeai les adieux. Les émotions n'ont jamais été mon fort. Avant de partir, le professeur tint à offrir à Faith sa sphère solaire, preuve qu'il appréciait vraiment la fay. Nous rentrâmes dans la *Tédesplen* et rejoignîmes nos sièges respectifs.

— Pas de regrets ? demanda Tom, une main sur la manette qui actionnait les moteurs.

— Non, répondis-je. Nous avons une guerre à mener.

M. Nutter et Ginger approuvèrent d'un hochement de tête.

— Alors en route ! s'exclama Tom.

ÉPISODE 12 :
LA FOUDRE DES SKELJ

Le roi Thedeus m'a fait mander aujourd'hui dans la salle du trône. Nos voisins du nord s'agitent et le souverain craint une invasion. Il s'est mis en tête que je lui conçoive une arme inédite pour anéantir ses ennemis.

— Vous êtes mon sorcier, Azorus. J'attends de vous le meilleur, m'a-t-il déclaré avant de me congédier.

Dans son ombre, le conseiller Drael a ricané. Je n'ai pas insisté, mais je ne fabriquerai pas ce qu'il m'ordonne. Les armes surpuissantes ne se comportent jamais comme on l'espère.

*

Après sa victoire contre l'Union à Devil's Peak, la Ligue des ténèbres était plus remontée que jamais. Nous étions pressés d'en découdre et attendions nos ennemis de pied ferme.

Nous traversâmes plusieurs plans, où nous escomptions trouver nos adversaires derrière chaque arbre, mais ceux-ci ne se montrèrent pas. Leur absence commençait à m'inquiéter. Elle agaçait Tom et Ginger, qui se demandaient ce que ces malotrus pouvaient bien préparer. M. Nutter voulait à tout prix tuer le docteur Amok.

Nous continuâmes notre périple, les voyages s'enchaînèrent. Nous étions tous les quatre au poste de pilotage quand Tom nous annonça que nous approchions d'un monde. Le professeur, en train de concevoir un détecteur d'Union des parfaits pour les retrouver et leur botter les fesses une bonne fois pour toutes, releva la tête et lâcha :

— J'espère que cette fois, ils seront au rendez-vous !

Tom et Ginger acquiescèrent silencieusement. Alors que le gris de l'Entremonde se dissipait, je tendis le cou pour mieux y voir à travers la verrière. Au lieu d'un nouveau ciel, je découvris l'éther étoilé. Et au lieu de nous poser en douceur, nous heurtâmes une masse sombre.

— Eh ! s'écria Ginger. Mais qu'est-ce que c'est ?

— Je ne sais pas, déclara Tom. Mais c'est costaud.

— On nous attaque ? m'inquiétai-je.

Mon frère effectua un tonneau avec la machine. Cramponnée à mon siège, je faillis être éjectée. D'autres impacts ébranlèrent la *Tédesplen* avant que le calme ne revienne. Je redressai la tête et regardai à travers la vitre avant. L'Union ne nous canardait pas, nous avions simplement percuté des débris.

— Là-bas ! s'exclama Ginger.

Elle pointa un gigantesque amas de métal.

— On dirait une *Tédesplen* géante ! nota le vieil homme.

Effectivement, la construction possédait un air de famille avec notre machine. Elle ressemblait à une sorte de bateau monstrueux, bien plus gros que tout ce que j'avais vu. Seulement, ce genre d'embarcation ne dérivait pas au milieu du vide étoilé. Et la plupart n'arboraient pas de déchirure béante au flanc.

— Un engin pour naviguer dans l'éther..., murmura Tom avec stupeur.

— Quoi ? Avec tout ce qu'on a déjà vécu, ce genre de choses t'étonne encore ? lui lançai-je.

— Oui, pas faux, reconnut-il.

— Que fait-on, alors ? demanda Ginger.

— L'explorer bien sûr ! s'exclama le professeur.

— Ça ne vous inquiète pas que ce gigantesque vaisseau se balade ainsi avec un trou énorme dans la coque ? m'insurgeai-je. Et s'il s'agit d'un piège de l'Union ?

Mes compagnons me gratifièrent d'un regard féroce. M. Nutter extirpa de la poche de sa blouse un calibre impressionnant.

— Je m'en charge ! m'annonça-t-il.

— Oh, misère de misère, grommelai-je.

Thomas manœuvra la *Tédesplen* de manière à la placer face à l'épave. Le flanc était arraché. Je n'osai imaginer ce qui avait pu provoquer cette déchirure.

— Allons voir derrière, suggéra Ginger.

Tom fit avancer la machine, zigzaguant entre les débris. À un moment, je crus apercevoir des corps flottants au milieu des plaques de métal, je détournai les yeux. L'autre face du vaisseau était moins abîmée. Je distinguai des lettres peintes sur la coque.

— HMS l'*Indestructible*, lus-je.

— Un nom fort mal choisi, ricana le savant.

— Là ! s'exclama Ginger.

Elle pointa un morceau du blindage, où s'encadrait une sorte de porte béante. Tom empoigna les commandes.

— C'est parti…

La *Tédesplen* s'engouffra par ce passage, qui se referma derrière nous. Je sursautai, Ginger loucha d'un air anxieux. M. Nutter applaudit.

— Des portes qui s'actionnent toutes seules ! Cette aventure s'annonce bien !

— Ça ne vous inquiète pas un petit peu ? l'interrogeai-je.

— Non, pourquoi ?

— Oh pour rien.

Nous nous trouvions dans une vaste salle plongée dans l'ombre. L'ambiance se révéla oppressante. Je frissonnai. L'endroit s'éclaira d'une lumière verdâtre lorsque nous avançâmes.

— De mieux en mieux ! s'exclama le professeur.

Tom immobilisa la machine au fond du hangar, vers

un autre accès. Je regardai autour de nous. Partout gisaient des carcasses métalliques éventrées, dont la forme fuselée rappelait celle de bateaux. Nous fixâmes le carnage, un peu mal à l'aise.

— Mais qu'est-ce qui s'est passé ici ? murmura Ginger.

L'ouverture de la porte devant laquelle nous nous tenions coupa court à ces réflexions. Tom approcha la *Tédesplen* et nous traversâmes ce nouveau seuil, dont les battants se refermèrent derrière nous.

— Attention, pressurisation du sas, annonça une voix désincarnée.

Nous sursautâmes, avant de nous retourner pour chercher où se trouvait celle qui avait parlé.

— Pressurisation terminée. Atmosphère respirable, poursuivit l'inconnue.

— Qu'est-ce que ça veut dire ? demanda Tom.

— Qu'on peut aller voir dehors, je crois, déclara le professeur. Je suis sûr qu'il y a à manger quelque part.

Il se leva de son siège et courut à l'entrée.

—Attendez ! l'arrêtai-je. On ignore si elle raconte la vérité !

Il hésita un instant puis haussa les épaules.

— Vivons dangereusement.

Il déverrouilla la serrure et fila au-dehors. Je retins mon souffle, mais aucune catastrophe ne survint, même si le vieil homme jura copieusement en se cognant l'orteil contre une tôle. Nous sortîmes. Le savant miniaturisa la *Tédesplen*, Ginger la passa autour de son cou.

L'intérieur de l'*Indestructible* se composait de couloirs, dont la froideur et l'architecture dénudée me rappelèrent Sinik. Ginger se boucha le nez.

— Atmosphère respirable ! J'aurais deux mots à dire à cette péronnelle.

— Ça vaut la Tamise en été ! approuva Thomas.

Une odeur nauséabonde imprégnait les lieux, mélange

de pourriture et de mort.

— Vous êtes sûrs de vouloir rester ici ? m'enquis-je.

Tom et Ginger partageaient mes réticences, mais le professeur avait déjà filé. Nous nous lançâmes à sa suite. Des bruits étranges nous parvenaient : des grincements, les gémissements du métal qui se tord. D'autres sons m'inquiétaient encore plus.

— Je crois que nous ne sommes pas seuls, j'ai entendu marcher, soufflai-je.

— Tu te biles pour rien, l'Union ne semble pas se trouver à bord, nous sommes probablement les uniques êtres vivants, me répondit mon frère.

Il tourna à un croisement, et nous percutâmes presque une patrouille de quatre individus. Ils portaient des uniformes bleus, il y avait là un homme, une femme, une drôle de créature humanoïde recouverte d'écailles vertes et une autre qui ressemblait à un ours géant. L'humain dressa son arme vers nous.

— On ne bouge plus ! cria-t-il en nous menaçant.

— Mains en l'air ! ajouta la chose écailleuse.

— Dites, mettez-vous d'accord, soupira Ginger en obtempérant au deuxième commandement.

L'homme, un brun au regard froid nous toisa. Le lézard siffla de colère.

— Laissez, Jake, lui dit l'homme. Je gère la situation. Au nom de la Coalition, déclinez vos identités. Que fichez-vous ici ?

— Nous visitions ? risqua Tom.

— Des pilleurs d'épave, cracha le reptile.

— Sergent Johnson, vous avez vu leurs drôles de vêtements ? nota l'ours géant.

— J'ai vu, Jackson, répondit l'homme, sans nous lâcher des yeux.

Nous portions, comme très souvent, des vêtements qui

témoignaient de nos origines victoriennes et qui dépareillaient quelque peu face aux uniformes de nos nouveaux amis. Nous avions vraiment l'air d'une troupe de romanichels échoués dans ce vaisseau. Nul doute que notre apparence ne jouait pas en notre faveur.

— Notre appareil a connu une avarie, et nous nous sommes abrités en urgence, déclara Ginger. Nous sommes juste des voyageurs, nous ne voulons vous causer aucun souci.

La patrouille nous examina avec suspicion.

— Sergent, ça pourrait être des espions de la Fédération, siffla le reptile.

— Sûrement, Jake. Fouillez-les, ordonna l'intéressé.

Jake le lézard s'empressa d'obéir. Sans que nous puissions faire quoi que ce soit, il nous dépouilla de nos armes. Ils prirent la *Tédesplen* dans sa bulle pour un simple bijou et la laissèrent à Ginger. Le rayon de la mort du professeur Nutter provoqua par contre un sérieux émoi.

—Carter, qu'est-ce que c'est ? s'enquit le sergent Johnson.

La femme sortit une batterie d'instruments et étudia le pistolet avec attention.

— Je l'ignore, monsieur. Je n'ai encore jamais rien vu de tel. Ça ressemble à un bipolarisateur triphasé à effet quantique, mais le générateur d'ondes antigravitationnelles est curieusement placé. Avec ça, impossible de l'activer sans générer un effet de ridule de Leke et…

— Carter…, coupa Johnson d'un ton las.

— Pardon, monsieur, s'excusa la jeune femme.

— Épargnez-moi les termes techniques et dites-moi simplement si cette chose pourrait être Skelj ?

— Je ne détecte rien à ce sujet.

— Et vous, Jackson ? demanda le sergent à la créature à fourrure.

Celle-ci secoua la tête.

— Ça ne ressemble à rien que j'ai pu voir.

Le commandant de la patrouille nous toisa d'une manière qui me causa un frisson. Il actionna un boîtier dans l'une des poches de son uniforme.

— HMS *Victoria*, ici le sergent Johnson. Nous venons d'intercepter quatre individus suspects en possession d'objets non identifiés.

Il pressa un autre bouton. Des grésillements retentirent.

— HMS *Victoria*, répondez.

Le même bruit se répéta. Johnson échangea un regard avec son équipe. Je discernai une ombre de peur passer sur leur visage.

— Poursuivons notre inspection, nous réessayerons plus tard, décréta-t-il.

— Sergent, sans vouloir vous manquer de respect, ça fait des heures qu'on fouille cette épave sans aucun résultat, protesta Jake.

— Les informations sont pourtant sûres ! répliqua l'ours géant. C'est bien à bord de ce bâtiment que l'artefact se trouve.

— Je sais, docteur Jackson, mais vous voyez comme moi que l'*Indestructible* a été abordé par des pirates et pillé. Si ça se trouve, ils ont pris l'artefact.

Un docteur, cette chose à poils ? Il ne manquait plus que ça. Le silence tomba, l'ours géant dénommé Jackson baissa la tête. Johnson soupira.

— Continuons les recherches en attendant de pouvoir reprendre contact avec le *Victoria*, ordonna-t-il.

Il darda sur nous une œillade féroce.

— Quant à vous, je ne peux pas vous laisser errer dans le vaisseau comme ça. Vous allez nous suivre, et pas d'entourloupe !

Tom prit son air le plus innocent, tandis que Ginger haussait les épaules. Les autres nous poussèrent dans les couloirs et nous forcèrent à les accompagner. Le sergent s'arrêtait devant chaque porte, l'ouvrait, le professeur Jackson s'empressait de fouiller la salle révélée. La plupart étaient de petites cabines, à peine moins étriquées que celle que j'occupais à bord de la *Tédesplen*. Elles étaient sens dessus dessous, preuve que des pillards étaient réellement passés avant nous.

Au bout de la vingtième pièce, Johnson fit signe à ses hommes de marquer une pause.

— Vous êtes bien sûr de vos sources, docteur ? Nous n'avons découvert ici que les tourelles Skelj, et elles sont complètement bousillées. Je ne peux pas continuer à mettre l'équipe ainsi en danger.

— Il faut poursuivre, s'entêta l'ours géant. Nous réussirons et...

Il n'alla pas plus loin dans sa phrase. Un choc ébranla le vaisseau. La lumière vacilla, le sol bougea sous nos pieds, je me rattrapai contre une paroi.

— Qu'est-ce que c'était ? demanda Tom.

— Un tir. On nous attaque, répondit le sergent.

Cela ne signifiait qu'une chose : l'Union nous avait retrouvés. Un nouvel impact, plus violent encore, nous fit brimbaler. Le métal gémit comme un animal à l'agonie. Je lorgnai avec inquiétude le plafond.

— Structure vitale compromise. Veuillez évacuer, annonça la voix qui nous avait accueillis.

— Sergent, nous ferions mieux de ne pas traîner ici, déclara Carter.

Johnson hocha la tête.

— Vite, à la navette. Et ça vaut pour vous quatre aussi. Je n'en ai pas fini avec vous.

Je lançai un regard à mes compagnons. Ginger opina. Je devinai ce qu'elle pensait : autant les suivre, nous pourrions toujours réactiver la *Tédesplen* si la situation tournait mal.

La patrouille remonta les couloirs au pas de course. Les tirs continuaient de harceler l'épave. La voix désincarnée listait les pannes avec une impassibilité que j'étais bien loin de ressentir. Mon cœur cognait à tout rompre.

Nous arrivâmes en vue d'une grande porte, similaire à celle par laquelle nous étions entrés. Au-dessus trônait un écriteau : hangar B. Malheureusement, derrière le battant ne restait plus que le vide de l'éther.

— Ils ont pilonné les baies ! s'exclama la créature écailleuse.

Carter blêmit, tandis que le sergent serrait les dents.

— Dites, vous avez un autre moyen de quitter ce vaisseau ? s'enquit Tom.

— Non. Mais nous possédons de quoi nous défendre. Aux tourelles !

— Mais, elles ne fonctionnent plus, risqua le docteur Jackson.

— Exécution ! rugit Johnson.

Et nous étions repartis pour une cavalcade. L'éclairage ne marchait plus que par intermittence, la voix désincarnée énumérait des avaries de plus en plus nombreuses. Les déflagrations et explosions devenaient assourdissantes.

Alors que nous courions, je lorgnai vers mes camarades. Ginger avait récupéré la *Tédesplen*, qu'elle tenait fermement au creux de sa paume. Le professeur Nutter jouait avec son bracelet de contrôle. J'acquiesçai. Il était temps de prendre le large.

Johnson s'arrêta devant une porte et tapa des chiffres sur un boîtier. Le battant s'ouvrit. Nous filâmes à l'intérieur.

Je découvris une vaste pièce au centre de laquelle trônait une construction bizarre. Dans la faible lumière où elle baignait, je n'aurais su dire s'il s'agissait d'un assemblage mécanique ou bien organique. Je m'approchai et distinguai une sorte de fauteuil. Carter me bouscula et s'y glissa. Elle posa les mains sur une sphère devant elle. Celle-ci luit légèrement. La colonne qui partait du siège pour s'enfoncer dans le plafond grésilla, puis plus rien. Un impact me jeta presque à terre.

— Alerte dépressurisation au niveau deux, annonça la voix.

— Carter ! cria Johnson.

— L'artefact ne répond pas ! s'écria la jeune femme.

Elle s'échina sur l'étrange chaise où elle se tenait. J'avançai en direction de la construction. Sans que je puisse expliquer pourquoi, elle m'attirait. Je tendis les doigts. Un violent choc me fit tomber. Je basculai et me rattrapai à la machine. Un vrombissement retentit alors que celle-ci s'illuminait. Une série de lignes d'un blanc aveuglant se dessina, comme un réseau de veines. Carter sauta hors du fauteuil.

— Mais qu'est-ce que…, commença-t-elle.

Je n'entendis pas la fin de sa phrase. Une note pure et triomphante emplit mes oreilles alors que j'étais comme transportée hors de mon corps. Je voyais deux vaisseaux à la coque sombre tirer sur l'épave où nous nous trouvions. Les projectiles explosaient, déchirant le blindage mutilé. Nous n'allions pas tenir longtemps, je devais nous défendre.

Au moment où cette idée traversait mon esprit, un point étincelant naquit sur un flanc du HMS *Indestructible*. Un jet éblouissant en jaillit et percuta l'un des navires ennemis. Le deuxième riposta, causant de nouveaux dégâts. Je me concentrai sur une seule pensée : nous protéger. Deux rais fusèrent. Notre adversaire, déjà touché, vola en éclat. Le deuxième récolta une sévère balafre sur son côté. Je lançai un tir. Une bulle violacée se matérialisa autour de ma cible. Je reconnus là la signature du docteur Amok. Le bâtiment se tourna et fila dans un grand trait de lumière.

Je réintégrai mon enveloppe charnelle au moment où celle-ci tombait à la renverse. Ma tête fit connaissance avec le dallage froid et dur de la salle. Tom et le professeur Nutter se précipitèrent pour me relever.

— Samantha ? Tu vas bien ? me pressa mon frère.

Je voulus répondre, ma bouche était pâteuse et mon corps entier me faisait un mal de chien. Une douleur plus vive que les autres attira mon attention. Je levai ma main droite et découvris un cercle de métal fiché dans mon poignet. J'eus beau secouer, il ne lâcha pas prise. Au contraire, plus j'essayai de m'en débarrasser, plus il s'ancrait profondément en moi.

— Enlevez-moi ça ! m'écriai-je.

— Du calme, m'intima Tom.

Il me saisit les bras pour me forcer à rester tranquille. Je pris conscience des regards rivés sur moi. Carter, Johnson et Jake me fixaient, les yeux écarquillés, le docteur Jackson s'accroupit à côté de moi.

— Non, c'est impossible, souffla-t-il.

— Impossible n'est pas Ligue des ténèbres ! répliqua le professeur Nutter avec une joie incongrue.

Le grésillement qui monta du boîtier de Johnson nous sauva heureusement d'une série de questions gênantes.

— HMS *Victoria* au sergent Johnson. Me recevez-vous ? crachota l'engin.

— Cinq sur cinq, HMS *Victoria*.

— Deux bâtiments de la Fédération nous ont pris en chasse. Des tirs venus du HMS *Indestructible* les ont abattus. Je croyais que les tourelles skeljs étaient hors service.

— C'est exact, mais il y a du nouveau, répondit Johnson le regard rivé sur moi.

Il marqua une pause avant d'ajouter :

— HMS *Victoria*, je pense que nous avons retrouvé l'artefact qui va nous mener à la Foudre des Skelj.

*

Le bracelet refusait de me lâcher. J'avais beau gratter et tirer, il ne bougeait pas d'un pouce.

— Arrête, tu vas te faire mal, me lança Ginger d'un ton sec.

Je lui adressai un regard noir, mais obéis. Je me calai dans le siège au fond de la navette. Celui-ci était froid et inconfortable, je poussai un soupir.

À côté de moi, Thomas s'agita et lorgna d'un air inquiet

les parois de l'embarcation. Je partageais sa tension : me retrouver dans cette boîte de métal, au milieu de l'éther, me rendait nerveuse.

— On arrive bientôt ? demanda M. Nutter.

— Mais oui, professeur, le tranquillisa Ginger.

Le vieil homme n'avait pas peur, il déplorait juste l'absence de hublots dans l'engin qui était venu nous récupérer. Il s'ennuyait et j'avais dû plusieurs fois l'empêcher de se ruer dans la cabine de pilotage.

Lady Astley ne semblait pas anxieuse. Elle dévisageait le sergent et son escorte, assis en face de nous à l'arrière. Johnson, Carter et Jake évitaient soigneusement de croiser mon regard, pourtant, je sentais qu'ils observaient le bracelet à la dérobée. Le docteur Jackson ne se privait pas pour me dévorer des yeux par contre. Son insistance, mêlée à son physique d'ours géant, ne me rassurait pas.

À nouveau, je m'agitai sur mon siège. L'intérieur de la navette de transport était sombre, usé. Certains éléments paraissaient ressoudés à la hâte, les écrans de contrôle clignotaient et grésillaient. Je lorgnai vers l'avant de l'appareil, en direction des pilotes. J'espérai qu'ils savaient ce qu'ils faisaient. L'un d'eux se retourna justement vers nous.

— On arrive, lança-t-il.

Le sergent Johnson hocha la tête. Avant que j'aie pu l'en empêcher, le professeur Nutter échappa à mon contrôle, se leva et se rua dans la cabine de pilotage.

— Oooooooh ! Impressionnant ! s'exclama-t-il.

— Monsieur, vous n'avez pas le droit d'entrer là, cria l'un des conducteurs.

Avec un soupir, je laissai mon siège pour récupérer mon mentor. À travers les vitres, je distinguai un gigantesque vaisseau. Il ressemblait à l'épave que nous avions quittée, avec sa forme allongée et massive, mais paraissait également plus neuf, ce qui me rassura quelque peu.

— Filez vous asseoir ! nous ordonna le pilote.

Prenant le vieil homme par les épaules, je préférai obéir. L'atterrissage se passa sans encombre, même si M. Nutter se lamenta qu'il ne pouvait rien voir.

Pour finir, la navette s'immobilisa et nous pûmes sortir. Je découvris des couloirs semblables à ceux du HMS *Indestructible*, sauf que ceux du *Victoria* étaient bien plus animés. Se pressaient là des dizaines de personnes en uniforme : des hommes, des femmes, mais aussi des créatures similaires à Jake et au docteur. D'autres arboraient des tentacules crâniens, des faces de batraciens. Le professeur examinait tout ce monde avec de grands yeux ébahis. Une chose à la peau rouge, portant une sorte de bleu de travail, le bouscula et je dus empêcher M. Nutter de courir après elle pour l'étudier.

Une femme avec un habit à barrettes argentées s'arrêta devant Johnson, qui la salua avec respect.

— Adjudant, je dois amener d'urgence ces personnes au capitaine Nuggs, déclara-t-il

La nouvelle venue hocha la tête et coula un regard vers moi.

— Nous savons, sergent. Vos… exploits sont parvenus jusqu'à nos oreilles.

Elle lorgna vers mon bracelet. Je le couvris d'une main afin de le dissimuler. Tom me prit le bras et toisa la femme d'un air mauvais. Elle ne se laissa pas démonter.

— Suivez-moi. Johnson, accompagnez-nous pour votre rapport. Docteur, votre équipe vous attend au laboratoire.

— Mais, commença Jackson, j'aurais préféré que…

— Ne vous inquiétez pas, dit l'adjudant. Vous disposerez de tout le temps nécessaire pour l'étudier une fois que le capitaine l'aura rencontrée.

Je voulus arguer que je n'aimais guère qu'on me traite comme un objet. Tom me fit remarquer par un subtil coup de coude qui m'endolorit les côtes qu'il valait mieux que je me taise.

Notre guide nous amena à travers les coursives. J'ignorais

combien de personnes servaient à bord de ce bâtiment, mais le chiffre devait se révéler considérable. Partout où nous allions, nous croisions des marins, humains ou créatures bizarres. Il régnait une effervescence telle que j'en avais rarement vu : tout ce monde courait, s'activait. Certains visages étaient soucieux ou fermés, la plupart restaient concentrés. Il émanait de l'ensemble une étrange atmosphère, à la fois fébrile et volontaire. Je me rappelais des vaisseaux noirs que j'avais mis en fuite. Nous nous trouvions au beau milieu d'une guerre.

L'adjudant nous emmena dans un ascenseur, qui s'immobilisa après quelques instants de trajet. La porte coulissa et je découvris un bureau, meublé avec goût, mais sans luxe ostentatoire. Un homme se tenait devant une baie vitrée, qui s'ouvrait sur le vide piqué d'étoiles de l'éther. Il se tourna vers nous. Il aurait pu paraître humain, sans ses yeux intégralement verts et ses oreilles pointues. Il nous détailla en silence, avant de nous faire signe de nous installer sur des sièges prévus à notre intention.

Ginger prit place avec sa grâce coutumière, je l'imitai plus maladroitement. Tom et le professeur se laissèrent tomber sur leur chaise. Johnson et la femme qui nous avait accompagnés restèrent debout.

— Eh bien, sergent, déclara le capitaine Nuggs. J'attends votre rapport.

Johnson se racla la gorge et s'exécuta. Je reconstituai l'enchaînement des faits. Une guerre faisait bien rage dans cet univers. D'un côté se trouvait la Coalition, une alliance entre une monarchie parlementaire semblable à l'Angleterre et plusieurs forces, dont certaines extraterrestres. De l'autre, la Fédération, nourrissant des volontés de domination galactique et qui avait visiblement accueilli nos ennemis.

Le sergent et ses hommes étaient chargés d'explorer l'épave du HMS *Indestructible* en compagnie du docteur Jackson, pour récupérer un artefact Skelj. Notre arrivée avait simultanément interrompu leurs recherches, amené l'Union et la Fédération sur eux, sauvé leurs fesses et permis de retrouver l'objet des Skelj. Joli score quand même.

Quand Johnson se tut, le regard de Nuggs tomba sur moi et sur le bracelet que je portais. Je m'agitai sur mon siège. Nuggs avança sur moi et prit mon poignet. Mon frère voulut se lever pour intervenir. Ginger l'en dissuada d'une moue. Le capitaine étudia le cercle de métal un instant et me lâcha.

— Pas de doute, cela correspond à la description. Ce bracelet est bien le guide qui doit nous mener à la Foudre.

Il planta ses yeux dans les miens Je frissonnai devant ce vert intégral.

— Une idée de pourquoi l'artefact a réagi avec vous ? me demanda-t-il.

— J'ai une poisse de tous les diables et la force qui régit l'univers possède un drôle de sens de l'humour ? proposai-je.

J'arrachai une ombre de sourire à Nuggs, avant qu'il ne secoue la tête.

— Avouez que c'est tout de même étrange, vous débarquez comme ça de nulle part sur l'épave du HMS *Indestructible*. Vous dites être arrivés à bord d'un vaisseau, disparu lors de la destruction des hangars. J'avoue que je n'y crois guère, surtout au vu des objets confisqués. D'après son rapport préliminaire, Carter n'a jamais rien vu de tel… Comme s'ils n'appartenaient pas à ce monde.

Ma gorge se serra à ces mots, tandis que mon estomac entamait une gigue déplaisante.

— Là d'où nous venons importe peu, déclara Ginger.

Nuggs l'étudia avec acuité, elle lui rendit son regard.

— Nous pensions simplement passer avant de repartir, seulement, la situation a changé.

— Oui, votre amie rousse a récupéré le plan d'accès à la plus formidable arme jamais créée, rétorqua le capitaine.

— Entre autres, convint lady Astley. Mais il y a plus. La

Fédération, avec qui vous êtes en guerre, accueille des gens contre qui nous nourrissons certains griefs.

Tom opina vigoureusement, tandis que le professeur se répandait en imprécations à l'encontre du docteur Amok.

— Ces personnes sont dangereuses, je peux vous le garantir. Ils sont fanatiques, persuadés que leur cause est juste. Ils se sont associés avec vos ennemis et mettront tout en œuvre pour nous détruire. Ils chercheront la Foudre des Skelj, et même s'ils ne la trouvent pas, ils peuvent fabriquer des armes meurtrières.

Ginger marqua une pause et étudia son interlocuteur. Je repensai pour ma part à la machine sur Devil's Peak et frissonnai de nouveau.

— Qu'essayez-vous de me dire ? s'enquit Nuggs.

Ginger afficha un sourire à la fois charmeur et triomphant.

— Que c'est votre jour de chance : vous avez récupéré le plan d'accès à votre arme, ainsi que de nouveaux alliés.

*

Je trottinai derrière Ginger dans les couloirs du vaisseau. Lady Astley avançait d'un pas impassible, le visage dépourvu de toute émotion. Devant nous allait l'adjudante qui nous avait accueillis. Elle nous menait effectuer des tests, ce qui n'était guère pour me rassurer, vu que je me doutais bien que je serais le sujet des examens en question.

Une créature avec des mandibules à la place de la bouche arrêta notre guide et lui lança une série de chuintements. La femme interrompit sa marche et lui répondit de la même manière. J'en profitai pour interpeller Ginger.

— Mais qu'est-ce qui t'a pris de nous proclamer alliés de ces gens ? sifflai-je.

Tom m'approuva d'un hochement de tête. Le professeur ne dit rien, trop absorbé par la contemplation de l'interlocuteur de la militaire. Ginger jeta un coup d'œil aux alentours et, voyant que personne ne nous écoutait, me murmura :

— J'ai joué stratégique. Tu portes apparemment de quoi retrouver une arme surpuissante, créée par leurs Skeljs. Je ne sais pas ce que c'est, mais ils semblent tous penser que ça vient d'une race très ancienne et très avancée. Dans tous les cas, ce que tu trimballes autour du poignet semble très précieux, et ils ne vont pas te lâcher comme ça.

J'adressai une œillade venimeuse au bracelet.

— Si je pouvais, je m'en débarrasserais, maugréai-je.

— Mais tu ne peux pas, trancha Ginger. Alors autant essayer de composer avec et de se montrer pragmatique. Nous serons bien plus libres de nos mouvements si nous collaborons de bon cœur avec nos nouveaux amis.

Ginger jeta un regard dans le couloir. L'adjudante devisait toujours avec la créature. Deux femmes à la peau bleue et aux tentacules crâniens passèrent en courant. Elles gratifièrent Thomas d'un large sourire.

— Le vaisseau ne manque pas d'attraits, commenta-t-il.

Ginger lui administra un coup de coude dans les côtes.

— Évite de trop penser avec ton engin, s'il te plaît, j'ai besoin que tu restes attentif.

Je lâchai un ricanement. Mon frère fit mine de se récrier, la soldate nous interrompit.

— Suivez-moi, ordonna-t-elle.

Nous reprîmes notre chemin à travers les coursives, jusqu'à nous arrêter à une porte qui coulissa devant nous, pour le plus grand plaisir du professeur Nutter qui émit un cri ravi.

J'entrai dans une vaste salle, très blanche et propre. Des machines meublaient l'ensemble, aussi immaculées que les murs. Le savant commença à trépigner et je dus l'empêcher de courir voir à quoi servaient ces étranges assemblages.

— Ah, vous êtes là !

Je me retournai pour me trouver face à face avec le

docteur Jackson.

— Oui, comme promis, répondit la militaire.

D'un geste, elle désigna la créature massive.

— Vous avez déjà rencontré le docteur Jackson. Il s'agit de notre plus éminent spécialiste des Skelj.

À travers la fourrure du visage du docteur, je distinguai un sourire.

— Je vous les confie. Traitez-les correctement, déclara l'adjudante.

— Comme si j'allais leur faire du mal ! s'offusqua l'intéressé.

La femme nous salua et nous laissa seuls avec Jackson. Le scientifique passa un bras autour de mes épaules.

— Eh bien, demi-portion. C'est l'heure des tests.

Il m'entraîna en direction d'une porte au bout de la pièce. Je jetai un coup d'œil anxieux à mes camarades. Visiblement, Thomas songeait à fuir.

— Ça vaut pour vous également, les comiques, lança le docteur.

Mes compagnons se résignèrent à le suivre. Nous débouchâmes dans une autre salle, ronde elle aussi, mais bien plus petite. Au centre trônait une sorte de siège, semblable à celui que j'avais vu à bord de l'*Indestructible*. Le long des parois s'alignaient des pupitres et des écrans clignotants.

— Allez, gamine, tu sais ce qu'il te reste à faire, grogna Jackson.

Je louchai vers Ginger. Elle opina doucement, se racla la gorge avant de se planter devant la créature.

— Et si nous imaginions rien qu'une minuscule seconde que nous ne connaissions rien aux Skeljs, à la Foudre et à tout ce qui se trouve ici, et que vous deviez nous l'expliquer ? risqua-t-elle.

J'étouffai un gémissement. Lady Astley m'avait habituée à plus de subtilité. Contre toute attente, la manœuvre réussit.

Jackson grommela avec agacement :

— Ah, je vois. Des arriérés de paysans. Encore…

Il soupira et se gratta la tête.

— Je vous passe les détails techniques, de toute manière, vous n'y comprendriez rien.

Le professeur lâcha une exclamation outrée à ces mots. Je lui saisis le bras pour le faire taire.

— Les Skeljs étaient la race la plus avancée de la galaxie et ont mystérieusement disparu voilà des millénaires. Ils ont néanmoins abandonné derrière eux des artefacts, qui fonctionnent avec un type de personnes. Les gènes, vous connaissez ?

— La gêne, vous voulez dire ? déclara Thomas.

Le docteur le gratifia d'un regard polaire, puis reprit :

— En résumé, certains peuvent utiliser ce que les Skeljs nous ont laissé, et ce siège-là nous permet de tester ce potentiel. La petiote est compatible, vu qu'elle a récupéré ce bracelet. Maintenant, nous allons mesurer tout cela avec précision.

— Justement, ce machin, à quoi sert-il ? Et la Foudre des Skelj, qu'est-ce que c'est ?

Le scientifique m'examina sans prononcer un mot. La moutarde commença à me monter au nez.

— Je me trimballe cette quincaillerie et on a déjà essayé de me vaporiser à cause de ça. La moindre des choses serait que je sache pourquoi !

Les babines de Jackson se relevèrent en un sourire.

— La babiole sur laquelle vous avez mis la main représente en réalité une carte qui donnerait la localisation de la Foudre, l'arme la plus puissante créée par les Skelj. Si elle existe vraiment, celui qui la contrôle pourrait mettre très vite fin à cette foutue guerre, qui ne dure que depuis trop longtemps.

— Oh, commentai-je.

Je contemplai le bracelet avec un respect nouveau.

— Mais comment ce machin peut-il nous amener à la Foudre ?

— Nous le découvrirons quand vous aurez posé votre charmant postérieur sur ce fauteuil, me répondit aimablement le docteur.

Je savais reconnaître un ordre déguisé en compliment. Je pris place à l'endroit indiqué, avec un brin d'appréhension. Je cherchai de l'appui chez mes camarades, mais Tom et Ginger observaient la salle avec curiosité, quant au professeur, il examinait les pupitres. Jackson le poussa de devant un écran, puis pianota sur quelques touches. Mon siège se mit à vrombir.

— C'est normal, ça ? m'enquis-je.

— Intéressant, nota Jackson. Il semblerait que vous soyez absolument compatible avec tous les artefacts Skeljs.

— Vous m'en voyez ravie. Maintenant, est-ce que je peux descendre ?

— Pas tout de suite. Essayez d'activer le bracelet.

Je lançai un regard morne à la chose autour de mon poignet.

— Je n'ai pas l'impression qu'il se montre très coopératif.

— Essayez encore.

Je me concentrai. Rien. Jackson revint vers moi.

— Je crois qu'il faudra une batterie de tests pour comprendre comment il fonctionne.

La perspective avait l'air de l'enchanter. Moi, elle ne me plaisait guère.

— C'est fini ? Je peux partir ?

— Pour le moment, oui. Mais j'ai une très bonne nouvelle à vous annoncer.

— Laquelle ? l'interrogeai-je.

Je n'aimais guère le pétillement dans ses yeux.

— Comme je vous l'ai dit, vous êtes compatible avec tout l'arsenal Skelj. Petite veinarde, des milliers de culs-terreux rêveraient de prendre votre place : vous allez utiliser une armure énergétique !

*

Des armures, je connaissais les reproductions médiévales de mon monde. Je m'attendais à quelque chose de massif et d'antique. Je ne fus guère déçue sur ce point. On m'emmena à l'armurerie, où un sergent grognon me fit enfiler l'équipement. D'abord une combinaison bien trop moulante pour mon confort et ma pudeur. Puis l'attirail du parfait chevalier : jambières, plastron, spalières, gorgerin, gants, casque… Sauf que l'ensemble ne se composait pas de ferraille, mais d'une matière aussi légère que solide. Tout ceci me laissa dubitative, jusqu'à ce que ma cameriste improvisée me mette le casque.

— C'est tout noir, commentai-je.

— Patience, gronda le militaire.

Il pressa un bouton sur ma poitrine. Aussitôt, un écran s'alluma à l'intérieur de ma visière, me donnant accès au monde extérieur. À ces images s'ajoutèrent du texte. Apparemment, l'armure mesurait les battements de mon cœur, le rythme de ma respiration. Le sergent me tendit un énorme fusil que n'aurait pas renié le professeur Nutter.

— Tiens, active-moi ça, vu qu'il paraît que tu as un taux de synchronisation hors norme.

Je pris l'objet avec circonspection.

— Comment ça marche ?

— Pense à ta cible, la pétoire réagira. Me demande pas pourquoi, les trucs des Skeljs fonctionnent par télépathie, un point c'est tout.

Je haussai les épaules et m'exécutai. La déflagration qui suivit me surprit tant qu'elle manqua de me jeter à terre. Des alarmes hurlèrent dans mon casque. De la fumée m'entourait. Lorsqu'elle se dissipa, je réalisai que le mur en face de moi avait tout bonnement disparu. Le trou que mon tir avait créé se prolongeait sur trois parois et s'arrêtait dans les douches des hommes, si j'en croyais la débauche de postérieurs que j'avais en ligne de mire. Le sergent me prit doucement le pistolet des mains.

— Bon. Il va falloir un peu d'entraînement.

Il tint parole, tout comme le docteur Jackson respecta sa promesse de tester plus amplement l'artefact que je portais au poignet. Mes journées s'organisèrent entre les exercices pour utiliser mon équipement sans rien vaporiser et les longues heures que je passais au laboratoire.

J'en appris plus sur l'univers où nous séjournions.

La guerre sévissait entre l'Alliance et la Fédération depuis plusieurs années. Ces derniers proclamaient servir le bien commun, mais en réalité, asservissaient tous les peuples qui se dressaient sur leur chemin. L'Alliance tentait de leur barrer la route. Hélas, la situation se révélait critique.

Le conflit avait rendu stériles nombre de planètes. Leurs habitants étaient exilés dans l'espace, beaucoup se livraient à la piraterie, comme en témoignait le destin de ce pauvre *Indestructible*. Partout, les ressources commençaient à manquer. Trouver la Foudre des Skeljs et abattre la Fédération devenait urgent.

Le professeur se passionna pour cette mystérieuse race, prêtant main-forte au docteur Jackson. Celui-ci vit d'abord d'un mauvais œil l'irruption de cet énergumène. Mais lorsque M. Nutter répara l'un de ses écrans à l'aide d'une bobine de fil de fer et d'un tournevis, il révisa son jugement. Grâce à lui, j'appris que mon armure contenait un artefact skelj qui lui garantissait une résistance hors du commun. J'espérai ne jamais avoir à la mettre à l'épreuve.

Thomas passa les tests lui aussi et, bien que son taux se révèle moins élevé que le mien, il démontra une aptitude à interagir avec les reliques skeljs. Il écopa du rôle de pilote pour les fusiliers, nom qui sonnait affreusement comme « chair à canon » pour moi. Ginger, quant à elle, s'attira tout de suite les bonnes grâces du capitaine par ses manières impeccables et son talent naturel pour embobiner les gens.

Je commençais à m'habituer à cette routine, somme toute confortable. N'eût été la menace de l'Union et de ses alliés, et cette saleté de bracelet qui refusait de me lâcher, la vie n'était pas déplaisante. Tout changea lors d'un exercice à balles réelles.

Je pénétrai sur le terrain d'entraînement avec la peur au ventre, comme à chaque fois. J'avais beau savoir que mon armure me protégerait en théorie d'une ogive nucléaire – quoi que cela puisse être – je ne me sentais guère rassurée. Le sergent instructeur possédait en effet un sens de l'humour plutôt vicieux.

—Allez-y, Wiseman, c'est simple : traversez le parcours.

Le circuit en question consistait en la modélisation d'une forêt. Je pris une inspiration. Si ce que l'on disait de mon armure était vrai, ça ne serait pas bien compliqué. Je flairai quand même le piège. Je m'élançai.

À peine avais-je fait trois pas que je marchai sur un explosif. La déflagration me propulsa en l'air, mais les stabilisateurs de mon équipement me permirent de me réceptionner sans mal. Je me relevai, uniquement pour qu'un impact me heurte en pleine poitrine. Je vacillai. Un de mes camarades, portant lui aussi une armure, sortit de derrière un arbre. Il tenait à deux mains un canon énorme et fit feu de nouveau. Je fus projetée en arrière et terminai dans un tronc. Même avec mes protections, je n'appréciai guère le traitement.

J'esquivai un troisième tir et me mis à courir en zigzag. Quelque chose obscurcit ma vision. Je levai la tête. Un rocher m'atterrit sur le crâne. Les alarmes de mon casque hurlèrent. Une immense colère m'envahit. Mais bon sang, qu'est-ce qui leur prenait ? Ils voulaient me tuer ou quoi ? J'éprouvai une furieuse envie de leur montrer de quoi je me chauffais. Je m'apprêtai à leur balancer une attaque de ma composition, ça n'allait pas traîner ! Une note pure emplit mon esprit. Mon corps se figea. Le bracelet skelj à mon bras luit intensément. À travers l'armure, il projeta un faisceau lumineux qui s'arrêta sur une paroi : une série de chiffres et de symboles étranges. Mon communicateur grésilla.

— Eh bien tout de même, Wiseman, grogna le docteur Jackson. S'il suffisait de vous taper dessus pour que vous nous donniez la solution, vous auriez pu le dire plus tôt !

*

Les chiffres de mon bracelet étaient bien des coordonnées, que le capitaine Nuggs s'empressa de faire rentrer aux navigateurs. Le HMS *Victoria* se mit rapidement en marche, et je pus expérimenter ce que les marins nommaient un « bond PRL ». La salle de pilotage bruissait d'animation, tout le monde s'agitait devant pupitres, consoles et écrans.

Debout dans un coin, j'attendais ce fameux bond avec appréhension.

— Saut ! proclama soudain l'un des marins.

Le vaisseau vrombit et plongea dans une clarté aveuglante. J'eus l'impression qu'on tordait mon estomac dans tous les sens et qu'on martelait mon crâne pendant d'affreusement longues secondes, puis tout cessa. Le professeur Nutter, à côté de moi, jura que ça aurait été plus confortable avec la *Tédesplen*.

Je partageai son avis et lâchai une bordée de grossièretés, tout en essayant de convaincre mon ventre d'arrêter de danser la gigue. Le spectacle du dehors m'interrompit.

Sur les écrans de contrôle de la salle de pilotage s'étalait une sphère d'un joli bleu vert. Elle semblait émettre une légère lumière. Une planète, celle où la Foudre des Skelj se trouvait. Comme s'il avait réagi à cette pensée, mon bracelet pulsa. Je m'approchai d'un écran, hypnotisée. Moi, la gamine de Londres, petite Irlandaise, je voyais un monde depuis les hauteurs de l'éther ! Un sourire irrépressible naquit sur mon visage. À côté de moi, le professeur Nutter applaudit à tout rompre.

Une déflagration coupa cet élan de joie. Un choc ébranla le HMS *Victoria*, me jetant à terre. Les alarmes rugirent.

— Alerte. Avarie au pont inférieur 3, proclama la voix désincarnée.

Le capitaine Nuggs jura, avant de lancer une série d'ordres. Pour ma part, je regardai les vaisseaux qui venaient d'apparaître. La Fédération se trouvait là et nul doute que l'Union était à bord d'un de ces engins. Je serrai les poings.

Le pilonnage se poursuivit implacablement. D'abord pris par surprise le *Victoria* finit par riposter. Je gardai les yeux rivés sur les écrans. Comment l'Union avait-elle fait pour nous devancer de nouveau ?

L'arrivée de Thomas et Ginger interrompit mes réflexions. Le sergent instructeur les talonnait. À leurs mines d'enterrement, je sus que les nouvelles n'étaient pas bonnes.

— Gamine, m'interpella le sergent, file t'équiper. On tente une percée.

— Quoi ? m'écriai-je.

— Nos radars en bas nous ont révélé qu'ils ont atterri. Ils sont en train de mettre en place une tourelle. S'ils l'activent, on est foutus. Alors ça m'enchante pas, mais toi et tes petits camarades, vous descendez me nettoyer tout ce merdier.

Je regardai tour à tour le sergent et les écrans de contrôle mouchetés d'explosions. Mon estomac se contracta.

— Je ne suis pas sûre de vouloir me battre, couinai-je.

— Et crois-moi, c'est pas de gaieté de cœur que je te balance là-dedans, surtout vu ce que tu transportes au poignet. Mais on est déjà en infériorité numérique. Je peux pas me priver d'une armure, spécialement de quelqu'un capable de transformer un dreadnought en confettis.

— Un quoi ? m'étranglai-je.

Le nom ne m'inspirait pas confiance. Mais l'homme ne me laissa pas l'occasion de tergiverser. Il m'attrapa par le bras.

— Allez, ton frère conduit les fusiliers et les deux autres restent ici. Si tu le fais pas pour toi, fais-le pour eux. Si personne n'arrête ces gaillards, ils nous canarderont sans pitié.

Ces mots affermirent ma résolution. Je rejoignis au pas de course mon unité. On me passa ma combinaison et m'aida à enfiler mon armure. Je retins un gémissement quand mon assistant verrouilla le casque. Plus moyen de reculer maintenant. Nous atteignîmes l'un des hangars et prîmes place dans une barge de transport. Mon cœur battait à tout rompre, les voyants de mon heaume s'affolaient. Je m'efforçai de respirer calmement.

— Largage ! annonça une voix désincarnée.

J'avais appris qu'il s'agissait d'une intelligence artificielle, un genre de machine sans corps. Je ne comprenais pas comment on pouvait faire confiance à ces choses, et surtout, leur donner du pouvoir. C'était un coup à ce qu'elles se révoltent.

Je chassai ces pensées pour me concentrer sur l'instant présent. Des tremblements agitèrent la navette. Le professeur m'avait expliqué qu'ils étaient causés par des frictions dues à l'atmosphère. Je resserrai ma prise sur mon fusil et me répétai que tout allait bien se passer.

Un choc violent ébranla la nacelle, suivi rapidement d'un autre. Une explosion arracha une partie du blindage. Je découvris une forêt de nuit, éclairée par des déflagrations. Le spectacle ne manquait pas de charme. Malheureusement, un nouveau tir emporta le reste de la paroi. Le pilote fit une embardée, je basculai dans le vide.

Je hurlai de toute la force de mes poumons. Mon cri mourut lorsque je percutai la cime des arbres. Je rebondis sur plusieurs branches de conifères, avant de m'écraser au sol dans une flaque de boue. Avec un gémissement, je me redressai. Ma dignité avait souffert, mais j'étais indemne. Je levai la tête juste à temps pour apercevoir la barge de transport disparaître au loin, à l'endroit d'où venaient les détonations. Pour couronner le tout, mon communicateur avait rendu l'âme durant ma chute.

Je tergiversai un bref instant. Je n'avais guère envie de foncer au cœur d'une bataille, mais d'un autre côté, les mots du sergent résonnaient à mes oreilles. Si la Fédération et l'Union enclenchaient leurs armes, mes amis n'en réchapperaient pas.

Je me mis à courir en direction des combats. Au fur et à mesure que je progressais, les explosions devenaient de plus en plus intenses. Je débouchai à la lisière d'une vaste clairière. Mes compagnons se trouvaient là, occupés à percer les lignes ennemies. Des sortes de tourelles blindées, montées sur deux jambes, leur barraient le passage. Derrière, à l'abri, je distinguai quatre silhouettes qui s'affairaient autour d'une machine, à la fois mécanique et organique. Elle pointait vers le ciel, vers le *Victoria*. L'Union avait bien avancé. Je n'avais guère de temps.

Je songeai un bref instant me lancer dans la bataille avec mes camarades et tester la puissance de feu de mon armure. Je réalisai vite que ça ne servirait à rien. J'étais cachée, personne n'avait noté ma présence, autant en profiter. Je longeai la clairière, restant sous le couvert des arbres, et cherchai une faille dans la défense.

Je n'en découvris pas, de l'artillerie lourde protégeait le périmètre. Le canon de l'Union commença à grésiller. Je devais trouver une solution. Je remarquai une tourelle un peu excentrée, manœuvrée par un homme. Elle désignait un point lumineux qui se rapprochait. Une barge de descente, peut-être celle de mon frère. Je n'hésitai qu'une fraction de seconde. Je bondis hors de mon refuge et fonçai sur la tourelle. Mon adversaire ouvrit la bouche pour crier. Je le réduisis au silence d'un coup de poing.

Je me figeai, prête à encaisser les tirs. Mais dans la confusion qui régnait, personne ne m'avait vue. Je passais inaperçue. J'eus alors une idée. Je ramassai le soldat et filai me placer à couvert derrière un arbre. Mon cœur battait à tout rompre. Ce que je m'apprêtais à tenter était tout simplement fou.

Je cherchai à retirer mes protections. Tout de suite, mon plan rencontra un os : je ne parvins pas à défaire mon casque. J'eus beau m'acharner, rien ne changea.

— Allez…, maugréai-je.

Je bataillai avec les attaches, essayant de me rappeler comment elles se fixaient.

— S'il te plaît, mets-y un peu du tien.

Le bracelet à mon bras vrombit et me brûla. Un déclic m'avertit que le casque s'ouvrait. À peine l'avais-je ôté que le reste de mon armure tombait au sol. Je lorgnai en direction de l'artefact.

— Je suppose que je dois te remercier…

J'espérai ne pas obtenir de réponse à cette question. Je déshabillai à grand-peine le soldat. Quand je réussis à lui retirer son uniforme, j'étais en nage. Je passai le pantalon et la veste par-dessus ma combinaison. Je rassemblai mes forces et sortis de ma cachette. Pliée en deux pour éviter les tirs, je rejoignis la tourelle isolée. Un fusil d'assaut traînait à côté d'un corps, je le pris et m'en servis comme d'une béquille. Je me faufilai en direction des lignes de la Fédération. Le chaos était complet. Deux hommes levèrent leur arme vers moi lorsqu'ils me virent.

— Aidez-moi, croassai-je.

Je m'effondrai dans leurs bras. Ils me soutinrent, me relevèrent et m'indiquèrent une tente.

— Au poste de secours, là-bas.

Je remontai ainsi dans le camp ennemi, en proie à une anarchie totale. Mon unité avait forcé les lignes à reculer. Partout on courait : on évacuait les blessés, on ramenait des munitions. Personne ne m'arrêta ni ne me posa de question. Cette aptitude à passer inaperçue qui avait longtemps été ma malédiction me sauva la vie ce jour-là. J'arrivai au pavillon médical, et profitai de l'inattention des infirmiers pour leur fausser compagnie. J'avisai des caisses de balles et me terrai entre elles, reprenant mon souffle. De ma cachette, je disposais d'un bon angle de vue vers l'Union et la machine. Le canon pulsait d'une lumière bleutée qui ne me disait rien qui vaille. Le docteur Amok s'affairait à un pupitre.

— Presse-toi, Will ! J'ai leur vaisseau dans ma ligne de mire, gronda la harpie à destination du garçon.

Il fallait que j'agisse sans tarder. La caisse de munitions me fournit un moyen de diversion. La fréquentation du professeur m'avait permis de développer un certain talent pour faire exploser les choses, et une grenade pendait à la ceinture de l'homme que j'avais abattu. Je la plaçai près des caisses, la dégoupillai comme on m'avait appris en formation, et filai le plus vite et le plus discrètement possible. La déflagration me jeta malgré tout à terre. Sonnée, je mis plusieurs secondes avant de me rappeler où je me trouvais et ce que je devais faire. Je me relevai, mes oreilles bourdonnaient, le sol tanguait sous mes pieds, mais j'avais réussi. La panique avait envahi le camp. Les blessés sortaient de la tente des premiers secours. Les soldats rappliquaient. Miss Sharp, armée d'un fusil, talonnée par lord White, accourut. Will et Amok tournèrent la tête en direction de l'explosion. Je n'hésitai pas : je me ruai vers le canon de l'Union.

— Ne me lâche pas, lançai-je au bracelet.

Will me vit arriver le premier, pas assez vite pour réagir. Je lui administrai un coup de poing et bondis sur la machine. Je posai la main dessus et pensai très fort à une seule chose : la désactiver. Une note basse et grave m'assourdit. Une onde de choc jaillit de la tourelle et me faucha. Le canon s'éteignit. Je poussai un soupir de soulagement et me redressai. Malheureusement, le docteur Amok leva une arme vers moi et fit feu.

Je me jetai de côté, mais la balle me percuta à l'épaule. Une douleur atroce m'envahit, je m'écroulai. Le monde s'obscurcit peu à peu. J'entendais toujours des tirs et distinguais les explosions, mais tout ça me semblait si lointain. Un visage apparut dans mon champ de vision. Thomas. Il saignait et était particulièrement mal peigné.

— Sam ! s'exclama-t-il. Sam, nous avons gagné !

*

Mon action aurait dû me valoir la cour martiale et une mise aux fers en bonne et due forme. J'avais déserté mon poste, abandonné mes compagnons et, pire que tout, j'avais retiré mon armure, moi qui avais l'honneur de porter ces coûteuses et rares créations.

Néanmoins, vu que mon intervention avait sauvé tout le monde, le capitaine décida de me décorer à la place. Après tout, j'étais une héroïne de guerre maintenant, une jeune fille qui n'avait pas hésité à se mettre en danger pour la gloire de l'Alliance ! Je ne détrompai pas le commandant, autant rester dans ses bonnes grâces, mais en réalité, je n'avais risqué ma vie que pour mon frère, Ginger et le professeur.

J'appris comment nos ennemis avaient réussi à nous devancer : l'espionnage. Le coupable fut démasqué et promptement éjecté par l'un des sas du vaisseau.

Nous avions gagné et sécurisé la zone d'atterrissage. Le *Victoria* avait abattu les appareils de la Fédération, l'Union demeurait seule sur la planète, traquée par les hommes du capitaine Nuggs. L'équipage du HMS *Victoria* débarqua petit à petit. On soigna mon épaule blessée grâce à des nanomachines, quoi que cette chose puisse être. Je restai trois jours en observation, au cours desquels le docteur Jackson découvrit le moyen de me faire passer une batterie de tests. Le bracelet skelj et moi avions conclu une trêve : je ne cherchais plus à l'enlever et il m'obéissait plus ou moins. Sous mon impulsion, il nous livra les coordonnées exactes de l'emplacement de la Foudre.

Au bout de mon troisième jour de convalescence, Nuggs vint me trouver, en compagnie de Ginger, et m'annonça que ses drones avaient repéré des ruines à l'endroit indiqué par l'artefact. Bien sûr, j'étais pressentie pour mener l'expédition avec mes compagnons. J'affichai un visage impassible et opinai aux demandes du commandant, mais dès que Nuggs fut parti, je me décomposai. Ginger s'assit à côté de mon lit.

— Ça ne va pas, Sam ? s'inquiéta-t-elle.

— J'ai peur, lui avouai-je. L'Union prépare quelque chose. Elle passa une main sur mon front et me caressa les cheveux.

— Évidemment qu'ils préparent quelque chose. Mais ne t'en fais pas. Nous les avons déjà battus, nous recommencerons.

J'acquiesçai. Le regard de Ginger devint acéré.

— J'ai vu la puissance des constructions skelj. Nous devons trouver la Foudre avant eux. Hors de question de laisser une telle arme entre de mauvaises mains !

J'observai lady Astley avec une pointe de surprise. Elle n'avait parlé ni d'arnaque ni d'argent et ne semblait nourrir aucune arrière-pensée vénale. Pas de doute, l'heure était grave.

Je sortis le lendemain du pavillon médical et découvris alors qu'en mon absence, le campement avait changé. Des tentes bien délimitées jalonnaient la clairière, les marins du *Victoria* avaient retrouvé leurs habitudes, les mécaniciens réparaient et entretenaient les machines, fusiliers et porteurs d'armures s'entraînaient. Le sergent instructeur vint me féliciter, mes collègues me congratulèrent. Aucun ne m'en voulut d'avoir désobéi aux ordres. À croire que les héros ont toujours raison. Mais la réaction du professeur Nutter me toucha plus profondément : il se jeta dans mes bras dès qu'il me vit.

— Samsamsamsamsam ! Tu es la meilleure ! s'écria-t-il. Grâce à toi, je suis sûr que nous écraserons l'Union.

Il nous fallut trois jours pour monter une expédition. Durant ce temps, les forces de la Fédération tentèrent une nouvelle percée. Le *Victoria* parvint à les repousser de justesse. Nos némésis erraient en liberté sur la planète, ce qui ne cessait de m'inquiéter.

Nous partîmes au lever du soleil. Le sanctuaire se trouvait à plusieurs jours de marche. Des barges nous transportèrent jusqu'à une distance correspondant à deux jours de marche, nous devions accomplir le reste du trajet à pied. Le capitaine Nuggs craignait d'autres espions et coup fourrés. Il préférait que la localisation de la Foudre demeure secrète. Pour plus de discrétion, l'équipe d'intervention se réduisit au minimum : la Ligue plus quelques soldats confiés par le commandant, ainsi que Carter et Jackson.

Le professeur se montrait ravi de cette sortie. Il déchanta bien vite lorsqu'il comprit que nous devrions nous frayer un chemin dans une dense forêt de conifères. Elle me rappela la Terre et les illustrations que j'avais pu voir du Canada. Ginger et Tom ne se plaignirent pas, chose assez surprenante. Pour ma part, je m'estimai privilégiée. Mon armure était assez confortable et en cas d'attaque, elle me garantissait un taux de survie largement supérieur à la moyenne. Je portais donc la *Tédesplen* autour du cou, pour plus de sécurité.

Le premier jour se passa sans incident notable, mis à part quelques moustiques un peu trop amicaux (des monstres tueurs assoiffés de sang selon M. Nutter, des saletés d'insectes mais n'exagérons pas non plus, d'après tous les autres).

Le soir, nous montâmes un campement sommaire dans une trouée. Je dormis mal et n'ôtai pas mon armure. Allongée sur mon matelas, je réfléchissais. Le bracelet Skelj pulsait à mon poignet, la Foudre ne quittait pas mon esprit. Si je la trouvais, qu'allais-je faire de cette arme ?

Au matin, nous repartîmes. La forêt s'éclaircit peu à peu, s'émaillant de clairières. Je n'aimais guère cela, je me sentais plus à l'aise sous le couvert des arbres.

Malgré ma nervosité croissante, nous ne rencontrâmes personne. Pas de soldat de la Fédération ni de membre de l'Union. Rien, à part quelques écureuils, que je dus protéger des velléités de chasse du professeur Nutter.

Les ruines apparurent à la tombée de la nuit, au détour d'une percée, nimbées dans la lumière orange du soleil couchant. Personne à l'horizon. Nous demeurâmes quand même à couvert, pour plus de sécurité. J'étudiai l'endroit. L'architecture n'était clairement pas humaine. Je ne pouvais expliquer comment, mais certains des angles paraissaient se tordre d'une manière que les lois de la nature ne semblaient pas permettre. Je voulais attendre pour observer, mais M. Nutter en avait décidé autrement. Après tout, c'était la première fois qu'il voyait les traces d'une civilisation extraterrestre, même la menace de l'Union ne pouvait le priver de ce plaisir.

Les soldats se déployèrent pour explorer, Carter et Jackson filèrent d'un côté, gambadant presque tant ils étaient excités de découvrir ces ruines. Je préférai ne pas m'éloigner de mes compagnons. Je passai la première pour ouvrir la voie, mon fusil d'assaut à la main. Certaines des pierres étaient noircies, une force cataclysmique avait vitrifié le reste. Je me demandai ce qui avait bien pu survenir, lorsque le professeur échappa à ma surveillance et fila entre deux colonnes écroulées. Je jurai en me lançant à sa poursuite. Il n'était heureusement pas loin et je le retrouvai devant une paroi frappée de symboles étranges.

— Mais qu'est-ce que c'est ? l'interrogeai-je.

Pour toute réponse, M. Nutter tira un petit boîtier de sa poche, déroula une chaîne reliée à l'objet, la posa sur le mur et commença à pianoter sur un clavier. Tom et Ginger nous rattrapèrent au moment où un grondement retentissait. Un pan glissa avec un raclement atroce, dévoilant l'entrée d'un sombre passage. Le bracelet skelj se contracta à mon poignet et lâcha un chant joyeux et clair que je fus la seule à entendre. La porte était ouverte.

Nous appelâmes les soldats qui nous rejoignirent. Carter et Jackson avaient disparu, nous décidâmes de commencer l'exploration sans les attendre.

Je m'engageai la première, suivie de mes compagnons. Les hommes en armes fermaient le cortège. Nous découvrîmes des escaliers qui menaient à une salle d'une taille impressionnante, soutenue par des piliers d'une matière cristalline, qui luisaient d'une lueur bleutée.

— Que c'est beau ! s'exclama Ginger.

Elle, Tom et le professeur s'approchèrent. Mon mentor dévala les degrés.

— Attendez ! c'est peut-être dangereux.

Les marches ne possédaient aucune rambarde et un vide vertigineux les entourait de part et d'autre. Il ne m'écouta pas et fila en direction des colonnes.

— Splendide ! Magnifique ! s'écria-t-il. Sam ! La Foudre doit se trouver là.

J'acquiesçai et sondai avec mon esprit le bracelet. Il se mit à vibrer frénétiquement. Trois coups de feu retentirent. Je me retournai. Les soldats gisaient sur le sol, lord White s'avança, une arme fumante au poing, talonné par miss Sharp, un énorme calibre à la main.

— Espérons en effet que vous ayez raison, déclara-t-elle.

Je levai mon fusil. Miss Sharp se montra plus rapide et tira. Le projectile me frappa en pleine poitrine. Je vacillai en arrière, tendis les bras pour me rattraper. Peine perdue. Je glissai des escaliers et chus plusieurs yards en contrebas. Un impact fit exploser des étoiles dans tout mon corps. Je perdis connaissance.

*

J'ouvris les paupières et un violent mal de crâne m'assaillit. Je ne voyais rien. La panique me gagna. Je voulus me frotter les yeux et heurtai une surface dure. Avec un soupir de soulagement, je me souvins que je portais toujours mon casque. Le choc avait dû éteindre les écrans. Depuis mon épisode avec l'armure durant la bataille, le sergent instructeur m'avait appris comment ôter mes protections sans faire appel à l'artefact. Délicatement, je pressai le verrou et retirai mon casque.

Une bouffée d'air sentant le renfermé m'emplit les poumons. Il faudrait m'en contenter. Je n'étais pas aveugle, car je discernai des formes dans la pénombre. Je me trouvai dans une sorte de grotte, faiblement éclairée par une lueur azurée provenant d'une mare. Je levai les yeux et distinguai un trou béant dans le plafond. D'en haut montaient les échos d'un combat. J'étais tombée par là quand l'Union m'avait abattue. La question était de savoir comment je comptais maintenant aller aider mes camarades. Mon armure était désactivée et je n'avais jamais été très douée en escalade.

— Tu ne m'en voudras pas d'avoir neutralisé le bazar que tu portes. J'ai beau être puissante, je ne pense pas qu'un tir du machin que tu trimballes me fasse du bien, dit une voix derrière moi.

Ce que j'avais pris pour de l'eau lumineuse venait de se dérouler lentement, comme un serpent, pour adopter l'apparence d'une petite fille, vêtue d'une robe bleue, d'un tablier blanc et de souliers. Je la reconnus pour l'avoir vue de nombreuses fois dans des livres illustrés.

— Alice ? m'étranglai-je.

Elle haussa les épaules.

— Je me suis permis de fouiller dans ta tête pour dégotter quelque chose qui te mette à l'aise. J'ai hésité entre cette gamine et cette dame.

Sous mes yeux horrifiés, la créature se transforma. Se tint devant moi une femme brune, portant une toilette à la coupe stricte. Ses iris verts me fixèrent avec sévérité. Je lâchai un couinement.

— La première version était très bien, gémis-je.

L'image de ma mère redevint Alice. Voilà qui me traumatisait déjà moins. La fausse Alice m'adressa un sourire qui me tira un frisson.

— Je constate que tu as récupéré mon bracelet. Depuis le temps que je poireaute ici, tu n'as pas idée d'à quel point je suis contente de trouver enfin quelqu'un !

Je regardai l'artefact, puis mon étrange interlocutrice.

— Vous êtes une Skelj ? demandai-je.

Elle éclata de rire.

— Ne sois pas ridicule. Ils ne ressemblent pas à ça.

Je laissai passer l'absurde de sa remarque – comment aurais-je pu reconnaître un Skelj étant donné que personne n'en avait jamais vu ? – pour me concentrer sur le point essentiel.

— Vous êtes la Foudre, alors ?

— Gagné ! s'exclama-t-elle.

Elle étendit les bras en un geste d'invite.

— Pas ce que tu espérais, non ? Tu t'attendais à un gros canon, ou quelque chose du genre ?

— Quelque chose dans ce style, oui, admis-je.

Je n'escomptais pas tailler le bout de gras avec une arme extraterrestre. Alice effectua quelques pas, s'approchant de moi. Je me raidis. La créature s'arrêta juste devant moi et m'examina.

— Je dois dire que tu me surprends. Je pensais tomber sur une guerrière assoiffée de sang, prête à m'utiliser pour répandre la mort et triompher. Tu sais, je suis capable de vaporiser cette planète si on m'en donne l'ordre. Mais tu ne sembles pas intéressée par le carnage.

Elle me prit la main. Je sursautai. Sa peau était douce et chaude, pas si différente de celle d'un humain. Elle caressa le bracelet.

— Cette babiole t'a permis de me retrouver, mais elle m'a aussi laissé l'accès à ton esprit.

Je grognai de dépit, pas vraiment enchantée à l'idée qu'une créature extraterrestre ait pu m'espionner ainsi. Mais Alice poursuivit.

— J'ai vu vos voyages. C'est… étrange.

— Vous avez l'air déçue que ce soit moi qui vous aie trouvée, notai-je.

La Foudre haussa les épaules.

— Voilà des siècles que je suis ici. Mes concepteurs m'ont oubliée et sont probablement morts. Toute compagnie est bonne à prendre.

Elle m'adressa un long regard et poussa un soupir à fendre l'âme.

— Je suppose que maintenant, tu vas m'ordonner d'user de mes pouvoirs, de faire ce pour quoi j'ai été fabriquée.

Je réfléchis un instant. Avais-je vraiment envie d'entrer en possession d'une arme visiblement douée de conscience et capable d'anéantir une planète ?

— À vrai dire, je ne suis pas sûre de vouloir tout raser.

— Pourtant, toi et tes amis souhaitez conquérir le monde, rétorqua Alice.

— Oui, mais pas comme ça, répliquai-je. Nous nous considérons plutôt comme des artisans de la conquête du monde. Nous préférons que les choses s'agencent d'une certaine manière et le génocide n'en fait pas partie.

La créature hocha la tête et j'eus la conviction d'avoir donné l'explication qu'elle attendait.

— J'ai vu votre machine et les autres univers. J'aimerais avoir la chance d'en découvrir un…, déclara-t-elle d'un ton mélancolique particulièrement surjoué.

Je saisis la perche qu'elle me tendait.

— On pourrait peut-être vous emmener…, suggérai-je.

Alice haussa les épaules.

— Tes camarades ne seront pas d'accord.

— Ils n'ont pas besoin de le savoir. Si vous pouvez modifier votre apparence, vous pouvez vous rendre invisible, non ?

La disparition de mon interlocutrice répondit à ma question.

— Parfait. On pourra vous déposer en passant, comme ça vous pourrez visiter, arrêter de n'être qu'une arme que tous s'arrachent.

Alice redevint visible et esquissa un sourire espiègle.

Lire mes souvenirs lui avait permis de bien comprendre les expressions humaines.

— Seulement, il y a un petit souci, repris-je.

Je pointai le trou par lequel j'étais tombée. Des échos d'explosions et de cris nous parvenaient.

— Je ne vous demande pas la destruction d'un monde, mais vous charger de quatre personnes, ce serait possible ?

— Accordé, pépia Alice.

Et c'est ainsi qu'après avoir chevauché à dos de dragon, je me retrouvais cramponnée à une arme millénaire. Alice réactiva mes protections, je remis mon casque et m'accrochai à elle. La Foudre s'éleva à travers l'orifice que ma chute avait causé, pour me déposer sur la terre ferme, derrière une colonne. Alice se rendit aussitôt invisible et émit un sifflement admiratif, auquel je répondis par un hochement de tête. Je m'attendais à découvrir le sanctuaire en proie au chaos le plus total et je dois avouer que je n'étais pas déçue.

Des piliers, il ne subsistait plus rien. La voûte avait été partiellement détruite. J'ignorais que la pierre pouvait prendre feu, mais le professeur ou Amok avaient réussi. En tout cas, ce carnage était à impliquer à la Ligue ou à l'Union. Probablement aux deux, car mes compagnons et leurs ennemis s'affrontaient avec férocité dans ce qui restait des lieux.

J'observais les alentours. Le savant, Tom et Ginger se retranchaient derrière une colonne d'un côté de la salle. De l'autre se trouvaient le docteur, miss Sharp et lord White. Les deux factions étaient fort occupées à échanger divers projectiles et insultes. Je cherchai William et découvris cette petite fouine à l'abri d'un pan de mur. Indifférent au chaos qui régnait, il lisait. Comme s'il avait senti mon regard sur lui, il releva la tête et me fixa. Je me figeai, sûre qu'il allait donner l'alerte. Mais Will se contenta de m'adresser un signe las, avant de se replonger dans son ouvrage.

Un peu indécise, je reportai mon attention sur le combat

que les deux camps se livraient. Tom protégea M. Nutter, le temps que celui-ci sorte de sa cachette et lance une série de boules. Amok bondit et déploya un parapluie qui forma un bouclier invisible. Les projectiles éclatèrent en une mousse rose, qui ruissela sur la carapace.

— Docteur ! Attrapez ! lui cria Miss Sharp.

Elle lui jeta une sphère de verre, que la femme récupéra et balança vers le vieil homme. Tom leva son fusil et abattit la bombe en vol. Elle explosa bruyamment et souffla ce qui restait de la voûte.

— Mais où ont-ils trouvé tout ça ? s'enquit Alice à côté de moi.

— Le professeur peut se montrer plein de ressources.

— Vous venez d'un univers bien inférieur technologiquement parlant à celui-ci, et vous avez réussi à causer autant de dégâts ?

— Oui, nous possédons un don certain pour le chaos, commentai-je.

— Je réalise à quel point je suis inutile. Vous n'avez vraiment pas besoin de moi pour vous détruire mutuellement.

— Ravie de vous l'entendre dire. Maintenant, si vous avez une idée pour calmer ce petit monde, je suis tout ouïe. Parce que si nous les laissons faire, j'ai le temps de mourir de vieillesse.

— Quelque chose comme quoi ? demanda Alice.

— Vous ne pouvez toujours pas vous débarrasser des emmerdeurs là-bas?

— Hum, je peux générer une frappe orbitale pour détruire cette salle. Mais j'ai peur que ça manque de subtilité.

Je réfléchis un instant. J'aurais pu demander à Alice de détruire l'Union des parfaits, puis après de s'occuper de tous les ennemis de la coalition. Cela dit, je n'avais guère envie de participer à une guerre. Et puis, Carter et Jackson trouveraient bien quelque chose pour terminer ce conflit.

— La subtilité n'est pas un problème. On s'en est très

bien passé jusque-là. Votre attaque pourrait marcher si vous la lancez quand je vous donnerai le signal.

— D'accord.

Je pris une inspiration et commençai à courir. J'encaissai deux tirs, avant de parvenir à rejoindre Tom, le professeur et Ginger, tapis derrière une colonne écroulée. Je retirai mon casque.

— Sam ! s'exclama mon frère. J'ai cru qu'ils t'avaient tuée !

— Il m'en faut plus que ça. Mais trêve de plaisanterie, filons d'ici.

— Non ! Pas avant d'avoir trouvé l'arme ! s'écria Ginger.

— Pas la peine, le sanctuaire est vide, répliquai-je.

Ma mère m'avait toujours affirmé que le mensonge constituait un péché, mais dans le cas présent, si je leur révélais l'existence d'Alice, je devrais empêcher M. Nutter de l'étudier et convaincre Tom et Ginger de ne pas la vendre au plus offrant. Je n'avais guère le temps pour tout ceci. Mes compagnons me jaugèrent du regard, je soutins leur examen, et ils finirent par acquiescer à contrecœur, preuve que moi aussi, je pouvais mentir quand je le voulais.

— Professeur, vous pouvez nous couvrir ?

M. Nutter répondit par un rire démoniaque et sortit de sa poche une poignée de grenades.

— J'ai tout ce qu'il faut ! hurla-t-il.

Il commença à asperger l'Union de ses projectiles. Je tirai le pendentif qui renfermait la machine, et le lançai au sol. M. Nutter activa son bracelet de contrôle. La *Tédesplen* reprit sa forme d'origine. Je remis précipitamment mon casque. Je quittai notre abri et, grâce à mon fusil, entamai ce que le sergent instructeur nommait « un tir de barrage ». Ça consistait à arroser de balles tout ce qui bougeait, et également ce qui ne bougeait pas juste pour être sûr de ne rien louper. Profitant de la couverture offerte, Tom se rua à l'intérieur, bondit sur le siège de pilotage et fit chauffer les moteurs. Ginger s'engouffra à sa suite, talonnée par une créature invisible, aussi légère qu'un souffle d'air.

— Professeur, nous devons partir !

Edmund Nutter me répondit par un rire dément.

— Tu vas voir, vieille harpie !! beugla-t-il.

Je soupirai et l'attrapai par le col, avant de le lancer dans la *Tédesplen*. Des tirs ricochèrent sur mon dos.

— Maintenant ! ordonnai-je à la fois pour Tom et pour la Foudre.

Mon frère actionna la machine. Le gris de l'Entremonde commença à nous avaler. Un éclair d'un blanc insoutenable m'aveugla. La *Tédesplen* marqua une embardée, avant que Tom ne parvienne à stabiliser l'ensemble.

— Qu'est-ce que c'était ? s'enquit Ginger.

— La fin à nos problèmes, j'espère, répliquai-je en retirant mon casque.

J'essuyai la sueur qui coulait le long de mon front. J'ôtai mes gants. Le bracelet skelj tomba au sol. Je massai mon poignet, tandis que le professeur se précipitait pour le ramasser.

— Il n'a plus l'air de fonctionner, nota-t-il.

— Tant mieux ! m'exclamai-je.

Je me laissai choir dans un siège. Des doigts invisibles effleurèrent ma main.

— Ça vous dirait, un petit arrêt sur un monde où on aime faire la fête ? lançai-je à mes camarades.

ÉPISODE 13 : L'UNION DES TÉNÈBRES

L'hiver est maintenant bien installé et menace de s'étirer. Je crains que les réserves de nourriture ne suffisent pas à tenir. J'en ai parlé au souverain mais il m'a dit qu'un vieillard comme moi ne devrait pas s'inquiéter autant. J'ai pris l'habitude des rebuffades du monarque et du fait qu'il ait oublié ma réelle identité. Cela me démange parfois de lui rappeler que mon véritable nom n'est pas « Azorus le sorcier » et que je ne suis pas un homme. Je me contrôle comme je peux.

Je ne peux m'empêcher néanmoins de penser qu'il ne montre pas la trempe de ses prédécesseurs. Eux au moins connaissaient la Ligue et savaient ce que j'avais accompli.

En ces moments-là, je préfère ravaler mes reproches et regagner ma tour. Peut-être Thedeus a-t-il raison et que je m'alarme trop vite. Je dois reconnaître que la vue de ces hordes de pauvres, aux yeux caves, aux joues creusées et aux mains suppliantes tendues en avant fait remonter en moi de pénibles souvenirs.

*

Ce trajet avait pourtant débuté sous les meilleurs augures. Comment convenu, j'avais déposé Alice sur un monde champêtre très accueillant. Je n'avais pas parlé de la Foudre des Skelj à mes compagnons et ne me sentais pas coupable pour un sou. Après tout, ils n'avaient pas hésité à me mentir à Casetti et mon petit doigt me disait que, malgré leur promesse, ils récidiveraient si l'occasion se présentait.

Nous parcourûmes plusieurs univers, sur la défensive d'abord, avant de nous détendre peu à peu. L'Union ne se montrait pas, et je commençais à penser qu'Alice avait suffisamment bien visé pour nous débarrasser de ces importuns.

Mes camarades se révélèrent d'humeur folâtre. Les plans que nous visitâmes étaient agréables et bucoliques, aimables distractions après toutes ces aventures, mais aucun d'entre eux ne nous séduisit au point de valoir une conquête.

Pour l'heure, nous nous contentions de voyager. Thomas se perfectionnait au pilotage. Ginger lisait. Je bricolais avec le professeur. Bref, nous étions heureux, tout se déroulait pour le mieux. Tout changea lorsque nous rencontrâmes notre première tempête.

J'étais occupée à entretenir la chaudière à charbon dans la cale. Je resserrais les boulons et vérifiais les jauges de pression, tout en sifflant un air guilleret, une histoire à propos d'elfes, de trolls et de pommes. Sans crier gare, de violents tremblements agitèrent la machine. Les cahots me projetèrent à terre et je heurtai le bac de la chaudière. Je me relevai avec une bordée de jurons, et regagnai l'échelle qui menait à l'étage supérieur à grand-peine. Un soubresaut m'envoya m'affaler contre les barreaux. Je m'accrochai et grimpai au niveau des cabines. Une nouvelle embardée, et mon crâne fit connaissance avec un hublot.

— Eh oh ! C'est fini les acrobaties ! beuglai-je à l'attention de mon frère.

— Sam ! Tu devrais venir voir ! cria-t-il depuis le poste de pilotage.

Je profitai d'un bond de la *Tédesplen* pour me redresser et saisir les barreaux. Je rejoignis les autres.

— Mais qu'est-ce c'est que ce bazar ?

Un violent cahot m'expédia contre un des pupitres. Sonnée, je me rattrapai à ce que je pus et levai la tête. Le brouillard de l'Entremonde, d'ordinaire gris, affichait un noir d'encre, animé par d'aveuglants éclairs.

— Oh là là, gémit Ginger. Quelle tempête !

— Mais comment est-ce possible ? Professeur ! Vous savez ce qu'il se passe ? demandai-je.

— Absolument pas ! Mais je trouve ça particulièrement fascinant ! répliqua l'intéressé.

— Et si nous allions trouver ça fascinant de plus loin ? proposai-je. Tom ?

— J'essaye ! Mais les commandes ne m'obéissent plus !

Nous naviguions donc à bord d'une machine qui ne répondait plus à personne et dérivait au milieu d'un orage apocalyptique. Pour couronner le tout, je crus voir des formes bouger dans les nuages, le genre de silhouettes qui appartenaient aux créatures cyclopéennes et monstrueuses. Conclusion : il fallait atterrir.

Un éclair choisit ce moment-là pour nous frapper. Tout devint d'un blanc aveuglant, la *Tédesplen* trembla violemment, avant qu'un grand choc ne l'ébranle et ne me jette à terre. L'obscurité nous enveloppa, puis se dissipa, pour laisser la place à un coin de ciel bleu que j'apercevais à travers la baie vitrée. Je restai étendue sur le sol, surprise d'être encore en vie et en un seul morceau. Je me relevai : plusieurs cadrans étaient cassés, une fenêtre avait explosé, mais la *Tédesplen* semblait avoir résisté. Ginger était allongée à côté de moi. Elle me signifia d'un geste qu'elle allait bien. Le professeur se frotta les yeux, et mon frère se redressa à son tour. Un peu de sang coulait d'une coupure à son front, mais autrement, la Ligue des ténèbres était indemne.

Je regardai l'extérieur. Dehors s'étalait un paysage désertique, écrasé par un soleil de plomb. À première vue, à part des arbres desséchés, rien ne se trouvait aux alentours. Il émanait de cet endroit quelque chose de dérangeant… Malsain… Malgré la chaleur qui régnait dans l'habitacle, je frissonnai. Je n'avais qu'une seule hâte : repartir.

Je me tournai vers Thomas, il observait les cadrans avec les sourcils froncés.

— Un problème ? m'enquis-je.

— La jauge de carburant de météorite. Elle est à zéro.

— Impossible ! Nous avons refait le plein dans le dernier monde, objecta le professeur Nutter.

— Cet orage nous a déchargés, sûrement. Nous n'avons plus rien. Nous ne pouvons pas redécoller.

M. Nutter ne voulut pas croire Thomas et m'emmena inspecter la cale et les moteurs. Effectivement, lorsque je soulevai le capot du réservoir d'aérolithe, je ne découvris que de la poussière calcinée, au lieu des cailloux chatoyants que nous récoltions d'ordinaire. Pour couronner le tout, notre réserve était vide, car, comme de bons idiots, nous avions placé toutes les pierres dans le réceptacle prévu pour la combustion.

Le vieil homme poussa un gémissement. Il fila dans sa cabine et revint avec son détecteur de météorites. Nous remontâmes dans le poste de pilotage et le savant activa sa création. Au bout d'un moment, le boîtier laissa entendre un léger cliquetis, signe qu'il avait repéré quelque chose. M. Nutter se pencha sur l'écran, tourna molettes et rouages, manœuvra l'antenne parabolique, avant de jurer de nouveau.

— Cette saleté m'annonce que la première pierre se situe à plusieurs centaines de miles au nord !

— Quoi ? Rien de plus près ? s'écria Ginger.

M. Nutter secoua la tête.

— Hélas non.

— Et le deuxième moteur est presque à plat, déclarai-je. Il me reste un peu de charbon, mais pas assez pour un aussi long trajet.

Je lorgnai vers l'extérieur.

— Nous devons trouver de quoi alimenter la *Tédesplen*.

Nous convînmes que Tom, Ginger et moi irions explorer les alentours tandis que le professeur demeurerait à bord pour inventorier et réparer les dégâts. Heureusement que depuis notre malheureux accident à Trollengard nous disposions de fenêtres de rechange.

La plupart des alambics de son laboratoire n'avaient guère apprécié notre atterrissage, et je voulais qu'il vérifie que les deux chaudières fonctionnaient bien.

Nous nous équipâmes et sortîmes avec précaution. L'Union ne représentait plus de danger, mais mieux valait se montrer prudent. Dès que je mis un pied dehors, la chaleur et la poussière m'assaillirent. En effet, tout autour de nous s'étalait un désert, ponctué d'arbres rachitiques.

— C'est lugubre, commenta mon frère à côté de moi.

J'acquiesçai. Ginger nous appela depuis l'autre côté de la *Tédesplen*.

— Venez voir. Il y a quelque chose là bas ! s'exclama-t-elle

Nous la rejoignîmes. Elle pointa du doigt un amas rocheux à quelques yards. Je distinguai une sorte de baraque.

— Allons-y, proposa Tom.

Le soleil cognait fort. Malgré la faible distance à parcourir, je transpirai abondamment au bout d'à peine quelques minutes. Heureusement que j'avais pensé à me munir d'un chapeau à larges bords et d'un cache-poussière.

La cabane était en réalité l'une des ailes d'une petite ferme. Les enclos étaient déserts, les dépendances tombaient en ruines, l'endroit semblait abandonné.

— Ohé ! Il y a quelqu'un ? appela Tom.

Seul le grincement du vent dans les planches nous répondit.

— Espérons qu'on déniche quelque chose d'utile là-dedans, suggéra Tom.

Nous nous séparâmes pour mieux explorer. Je pris la grange, qui se révéla vide, à part quelques meules desséchées. Je cherchai une échelle pour aller voir à l'étage, quand un hurlement retentit. Ginger. Je tirai mon pistolet à éclairs de ma ceinture et me ruai au-dehors.

Les cris provenaient de l'un des bâtiments. Je m'y précipitai et découvris Ginger acculée dans un coin de ce qui ressemblait à une cuisine.

Un homme la menaçait, tendant vers elle des doigts avides. Je n'hésitai pas une seconde et tirai contre son assaillant dans le dos. Nullement intimidé par les éclairs, il se retourna vers moi. Je sursautai à la vue de son horrible faciès. Son visage était littéralement mangé par les vers ! Le lépreux darda vers moi des mains putréfiées. Je le tapai à la tête avec la crosse du pistolet, ce qui fonctionna mieux que les éclairs. Il tomba et ne se releva pas.

Je l'enjambai, attrapai Ginger et la traînai à l'extérieur. Je faillis percuter Tom, qui trimbalait un sac de charbon sur l'épaule. Ginger se jeta dans ses bras en sanglotant, ce que je trouvai un peu fort vu que je venais de la sauver.

— J'ai eu si peur, pleurnicha-t-elle.

— Que s'est-il passé ? s'enquit Tom.

— Un fou l'a attaquée, un lépreux, je crois.

— Beurk. Filons, alors.

J'acquiesçai, nous regagnâmes la *Tédesplen* et nous dépêchâmes de grimper à bord. Tom prétendit devoir consoler Ginger pour ne pas avoir à porter le sac dans la cale. En maugréant, je m'exécutai, mais en réalité, j'aurais accepté n'importe quoi pour quitter cet endroit le plus vite possible.

Je remontai dans la cabine et rejoignis mes compagnons devant la vitre principale. Ils regardaient un point à l'horizon. La chaleur faisait vibrer le paysage, je plissai les yeux et distinguai des silhouettes qui se mouvaient en notre direction. Leur démarche me parut étrange, on aurait dit une troupe d'amateurs de gin qui sortaient d'un concours du buveur le plus rapide.

— Qu'est-ce que c'est que ça ? demanda Tom.

— Je l'ignore.

Le groupe approcha, je dénombrai une vingtaine

d'individus. Alors qu'ils avançaient, je remarquai qu'ils ressemblaient au lépreux qui avait cherché à attaquer Ginger.

— Ne restons pas là, ils n'ont pas l'air amicaux.

— Samantha, mais qui sont toutes ces personnes ? s'enquit le professeur alors que je verrouillais la porte.

— Je ne sais pas, des détraqués peut-être. Je n'ai pas trop envie de demeurer pour le découvrir en tout cas.

Ginger regardait tituber la horde avec inquiétude. Tom s'assit à son poste de pilotage et enclencha les moteurs. Je croisai les doigts pour que la chaudière à charbon n'ait pas été endommagée. La *Tédesplen* vrombit et s'éleva du sol.

— On file, décréta mon frère.

Il orienta la machine en direction du point indiqué par le détecteur de météorites et accéléra. Rapidement, nous laissâmes le groupe derrière nous. Je poussai un soupir de soulagement. Mais qui pouvaient bien être ces gens ? Et surtout, que voulaient-ils ?

*

La *Tédesplen* progressait à une allure assez faible, mais régulière, et au moins nous avions laissé derrière nous cette horrible troupe. Pour calmer l'angoisse ressentie lors de cette échauffourée, Ginger et moi remîmes en ordre la *Tédesplen*. Nos quartiers avaient pas mal souffert de l'atterrissage, cette tâche nous occupa le reste de la journée.

Lorsque la lumière déclina, Tom jugea préférable de s'arrêter. Le pilotage l'avait épuisé.

D'après le professeur, il nous faudrait autour de trois jours pour atteindre l'endroit où se trouvaient les météorites. Nous disposions de quelques réserves d'eau et de nourriture à bord de la *Tédesplen*, mais, par mesure de précaution, nous nous contentâmes d'un frugal repas, histoire d'économiser nos provisions. De toute manière, personne n'avait envie de se goinfrer. Ginger picora dans son assiette, tourneboulée par sa rencontre avec le lépreux. Cela m'inquiéta de la voir ainsi, lady Astley n'était pourtant pas du genre à se laisse abattre ou intimider.

Pour plus de sécurité, nous choisîmes de procéder à des tours de garde. Tom prit le premier, moi le deuxième et Ginger le troisième. La répartition s'effectua sans aucune des disputes et chamailleries qui émaillaient normalement ce type de conversation, preuve que nous étions vraiment nerveux.

Nous avions décidé depuis longtemps que la veille ne concernerait pas le professeur. Attendre et guetter des ennemis invisibles le barbait au plus haut point, et quand il s'ennuyait, le savant se mettait à construire des machines qui possédaient un point commun : une fâcheuse tendance à l'explosion.

J'allai donc me coucher après le repas, mais je ne pus trouver le sommeil. Je me retournai sur mon matelas. Malgré le blindage épais, je crus entendre des cris et des grattements contre les flancs de la *Tédesplen*. Je finis par m'endormir et rêvai de Casetti, tombée sous la coupe de l'Union et peuplée par les buveurs de gin que nous avions vus plus tôt. Je me réveillai en sursaut quand Thomas me tapa sur l'épaule.

— C'est l'heure, me souffla-t-il.

— Rien à signaler ? l'interrogeai-je.

— Non, c'est calme. Mort pour ainsi dire.

Je montai dans la cabine de pilotage et m'installai sur mon siège. Je regardai le paysage au-dehors. Thomas avait raison, rien ne bougeait. Un faible quartier de lune éclairait cette étendue décharnée. Je me demandai si nous allions trouver âme qui vive. Enfin, autre âme qui vive que les curieux gaillards rencontrés plus tôt. Je frissonnai et resserrai ma veste contre moi. Je ne pouvais m'empêcher d'y repenser, mais l'agresseur de Ginger semblait plus… décomposé que réellement lépreux. Comme un cadavre réanimé. Après tout, nous avions croisé des vampires, des fées, des dieux, des extraterrestres, pourquoi pas des morts-vivants.

Je songeai à Mary Shelley et à son Prométhée moderne. Pour passer le temps, j'essayai de me rappeler ce que j'aurais pu lire sur le sujet. De puissants coups frappés contre le battant de la porte me tirèrent de mes réflexions et manquèrent de me jeter à bas de mon siège. Je réprimai tout juste un hurlement et agrippai mon rayon de la mort. La chose dehors tambourina de nouveau.

— Ouvrez s'il vous plaît ! lança une voix de femme suppliante.

— Qui est là ? répliquai-je.

— Ouvrez, je vous en conjure !

— Hors de question ! décrétai-je. Pas avant de savoir qui vous êtes.

— Par pitié ! Ils sont après nous ! Ils vont nous tuer !

— Qui donc ?

— Les morts ! Les morts qui marchent !

J'hésitai un instant. Thomas et Ginger en profitèrent pour remonter dans la cabine de pilotage. Mon frère tenait un fusil, lady Astley un pistolet à éclairs.

— S'il vous plaît ! Ils seront bientôt sur nous.

J'entendis des râles et des plaintes. Je jetai un coup d'œil à travers les vitres. La clarté de la lune me révéla des formes qui avançaient en notre direction d'une démarche pataude.

— Ne nous abandonnez pas dehors !

J'échangeai un regard avec Ginger et Tom, avant que ce dernier ne hoche la tête. Exécuter des prêtres maléfiques était une chose, laisser mourir des gens sans leur porter assistance une autre.

— Nous vous ouvrons, rentrez, vite, je ne veux pas de ces créatures à bord, déclara Thomas.

— Oh merci !

Tom se plaça à côté de la porte et la déverrouilla. Quatre silhouettes se précipitèrent à l'intérieur. Je levai ma lampe pour mieux les voir. Je sursautai en avisant leur visage.

Une vieille femme, une brune aux yeux durs, un blond impeccablement habillé et un jeune garçon à la tignasse en bataille. Alice n'avait pas si bien visé que ça, au final.

*

Deux camps se faisaient face dans l'habitacle de la *Tédesplen* : la Ligue des ténèbres et l'Union des parfaits.

D'un côté se tenaient le docteur Amok, miss Sharp, lord White et Will. Ils avaient l'air assez mal en point : sales, échevelés et fatigués. Miss Sharp portait un cache-poussière usé et des chaps d'un cuir élimé. Les chemises de William et de lord White avaient connu des jours meilleurs, tout comme leurs chapeaux. Seul le docteur restait égale à elle-même, avec sa tignasse hirsute et sa blouse tachée.

J'agrippai par le bras M. Nutter, qui voulait occire Amok séance tenante. Tom et Ginger maintenaient nos invités surprise en joue. Pour le moment, aucun ne faisait mine d'esquisser le moindre geste. Miss Sharp avait même baissé son arbalète.

Le silence flotta, avant que les vociférations du savant ne le brisent.

— Laissez-moi lui arracher la tête et la jeter à l'extérieur de ma belle machine !

— Dans tes rêves, vieux hibou ! répondit l'autre.

Les deux se mirent alors à échanger des insultes dont je n'aurais jamais cru le professeur capable. Je sentis mes oreilles rougir tandis que M. Nutter proposait que le docteur se livre à des activités contre nature et anatomiquement improbables avec une chaise. Amok répliqua dans une veine similaire. Ginger et lord White ricanèrent, Tom et miss Sharp se toisaient en chien de faïence. Tout en empêchant M. Nutter de sauter à la gorge du docteur, j'observai Will, qui affichait une expression indéfinissable, entre la peur, le soulagement et la honte. Il me fixa un bref instant, avant que son regard ne dérive sur l'extérieur. Il fronça les sourcils.

— Hem, je ne voudrais pas vous interrompre, mais…, commença-t-il.

Un hurlement du professeur Nutter lui répondit. Je tournai la tête dans la même direction que William et lâchai un juron. Des dizaines de silhouettes nous entouraient, semblables au groupe que nous avions croisé.

— Il a raison et…, intervins-je.

Amok se répandit en insultes colorées. J'échangeai un regard avec Will, qui haussa les épaules d'un air las. Je tentai d'attirer l'attention de Tom et Ginger. Sans succès. Alors je pris une grande inspiration et beuglai :

— Nous sommes encerclés !

Mon éclat coïncida avec les premiers grattements et grognements à la porte. Je braquai ma lampe en direction des vitres et constatai avec horreur que ces créatures essayaient d'escalader le bastingage. Ginger poussa un cri, Lord White couina.

— Oh non ! Il y en a des douzaines ! s'exclama lady Astley.

— Ça ne s'arrêtera donc jamais ! gémit le lord.

— Ne vous inquiétez pas, je vais vous débarrasser de ces monstres. Dès que j'aurai réglé son compte à cette peau de vache ! siffla le professeur Nutter en adressant un regard meurtrier à Amok.

— Ah oui ? Moi je serais capable de vous griller la cervelle par la simple pensée. Si bien sûr vous aviez une cervelle !

Je n'étais pas d'humeur à tolérer les écarts des deux savants. Pas maintenant.

— Il suffit ! tonnai-je.

Mon interpellation coupa court aux disputes. J'indiquai les vitres d'un geste de la main.

— La *Tédesplen* est solide, mais elle ne tiendra pas éternellement !

— On pourra repartir, une fois que nous les aurons balancés par-dessus bord ! clama le professeur.

— J'aimerais bien vous y voir ! ricana Amok.

— En plus, ce serait du meurtre gratuit, dit miss Sharp.

— Vous n'oseriez pas, ajouta lord White.

Ils marquaient hélas un point. Il était plus aisé de demander à une arme extraterrestre de leur flamber la couenne que de les jeter dehors alors que nous les avions invités à rentrer. De plus, si nous ouvrions la porte pour les expédier hors de la Tédesplen, les créatures au dehors en profiteraient pour s'engouffrer à l'intérieur.

À l'extérieur, les créatures commencèrent à frapper à la porte : des coups violents, sans régularité, témoignage d'une force brute et aveugle, et signe qu'il était temps de lever le camp.

— De toute manière, on ne peut pas les éjecter ! La porte est bloquée et, je vous le rappelle, il s'agit de la seule sortie ! criai-je.

— Dès qu'on sera loin, je bricolerai une issue de secours, grommela le professeur.

— Oui, bien sûr, tout à fait, tempérai-je. Maintenant, si nous pouvions laisser ces horribles créatures derrière nous…

Ginger lorgna vers le dehors avec un petit gémissement, avant de pivoter vers l'Union.

— Elle a raison, il faut mettre les voiles, déclara-t-elle.

Tom opina. Il me confia son arme, pour que je tienne en joue l'Union et s'installa à son poste de pilotage. Le ronronnement rassurant des moteurs emplit l'habitacle. Je poussai un soupir de soulagement. Puis tout cessa. La *Tédesplen* tomba lourdement au sol. Notre système de suspension et notre chaudière auxiliaire venaient de nous lâcher.

Ginger et Lord White hochèrent la tête. Chacun attrapa son savant fou respectif par le col.

— À la salle des machines, décrétèrent-ils dans un bel ensemble.

Ils les entraînèrent vers la cale. J'adressai un regard à Will, qui haussa les épaules. Miss Sharp avait relevé son arbalète, mais ne la pointait pas sur Tom ou moi. Elle mettait en joue l'entrée, prête à abattre tout ce qui menacerait d'en franchir le seuil.

—Allez, démarre, démarre, murmurait Tom entre ses dents.

Dehors, les grognements s'intensifiaient. Les morts avaient escaladé le blindage, ils tentaient de forcer la porte ou de monter sur les vitres. Le ronronnement des moteurs retentit enfin, la *Tédesplen* s'éleva de nouveau. Tom empoigna les commandes et accéléra. En deux zigzags, il s'était débarrassé de nos assaillants. Je poussai un soupir de soulagement, avant de me rappeler la présence de nos invités. Les ennuis ne faisaient que commencer.

*

Un statu quo s'installa, d'un accord tacite entre la Ligue et l'Union. Mis à part les deux vieux fous, personne n'avait envie de se battre, du moins, pas tant que nous ne saurions pas ce qui rodait dehors.

L'Union avait elle aussi échoué sur ce monde à cause de l'orage qui avait vidé ses bracelets de transport. Les lépreux les avaient attaqués plusieurs fois et nos ennemis ne rêvaient que d'une chose : trouver les météorites, recharger leurs bracelets et repartir.

Tom et miss Sharp demeurèrent au poste de pilotage. Lady Astley et lord White s'occupèrent de gérer le docteur et le professeur. Je songeai un moment à me retrancher dans ma cabine, mais finalement, je m'isolai dans la cale. J'aspirais au calme, mais surtout, je ne faisais pas confiance à nos invités. Je préférais surveiller les moteurs.

Malheureusement, je ne restai pas seule longtemps. William avait eu la même idée que moi. Il se figea en me voyant, hésita un bref instant, puis alla s'installer de l'autre côté de la cale. Son regard chercha le mien. Je l'ignorai et ouvris le livre que j'avais emporté avec la ferme intention de me plonger dans un roman pour oublier la présence de cette petite fouine.

Je réalisai que je m'étais trompée sur deux points. D'abord, le roman que je croyais avoir pris se révéla être l'un des traités financiers que Ginger lisait de temps en temps, une chose assommante pleine de chiffres. D'autre part, William n'était pas d'humeur à me laisser tranquille.

— Je repense souvent à Casetti, lança-t-il pour briser le silence. Je me rappelle ces galions dans le port. Parfois je me dis que nous aurions dû embarquer à bord de l'un d'eux et abandonner les autres à ce conflit stupide.

Je devais lui reconnaître un certain talent pour les entrées en matière percutantes. Je poussai un soupir agacé et posai mon livre. De toute manière, les dépréciations de la monnaie n'étaient vraiment pas ma tasse de thé. Je fixai Will.

— Chercheriez-vous à vous excuser de m'avoir trahie, attirée dans un piège et manqué de m'assassiner ? répliquai-je d'un ton acerbe.

Il haussa les épaules.

— Je n'aurais pas permis qu'on vous tue. J'en avais parlé à Ann, John et au docteur. Michele vous aurait blessée légèrement de manière à remporter le duel, et nous serions intervenus.

Ces belles paroles ne me convainquaient guère

— Quelle noblesse d'âme, ricanai-je.

— Vous pouvez parler, rétorqua-t-il. Chaque fois que nous nous sommes rencontrés, mon menton a fait connaissance avec vos poings. Et puis, vous avez essayé de nous tuer aussi.

— Vous aviez commencé, répliquai-je.

— Et vous ne vous êtes pas privés pour continuer. Je reconnais que les miens ont des défauts, mais avouez que vous n'êtes pas tout blanc non plus. Vous ne vous gênez pas pour manipuler, arnaquer et voler quand ça arrange vos affaires.

Il marquait un point. Je grommelai quelques paroles inintelligibles. Je n'aimais guère qu'on me prenne en tort ainsi.

— En tout cas, je n'étais guère surpris de vous voir dans cette drôle d'armure, déclara-t-il en changeant de sujet. Après les épées de Casetti et cette chevauchée à dos de dragon, je vous retrouve en héritière des Skelj. Vous êtes une personne pleine de ressource, Samantha.

Je sentis mes joues chauffer et concurrencer mes cheveux question flamboyance. Je masquai mon trouble par un haussement d'épaules.

— Dans mon monde d'origine, les femmes sont corsetées, au propre comme au figuré, ajouta-t-il. Leur rôle est de tenir la maison et d'enfanter. Les hommes ne sont pas mieux lotis. Ils doivent se conformer à la morale, respecter et adorer la reine, gagner de l'argent, et mourir au combat pour la gloire de notre empire.

— Il y a des similitudes avec mon univers de naissance, murmurai-je.

J'observai William. Malgré moi, j'avais envie d'en apprendre plus sur l'Union. Ils nous ressemblaient beaucoup par certains côtés. Et puis, je préférais connaître mes ennemis et leurs faiblesses. Ça pourrait toujours nous servir.

Les crachotements du moteur à charbon interrompirent notre conversation. Je me levai. Le carburant était presque consommé. Nous ne tarderions pas à tomber en panne sèche.

— Professeur, appelai-je.

Mon mentor surgit, talonné par le docteur Amok, Ginger et lord White. Les machines ralentirent à ce moment, La Tédesplen piqua doucement du nez, avant que son ventre ne racle le sol. Les moteurs cessèrent quand elle toucha terre.

Tom et miss Sharp arrivèrent pour venir voir de quoi il retournait. Les deux vieux fous examinèrent la chaudière et s'en suivit une discussion animée pour savoir à qui incombait la faute. Will et moi échangeâmes un regard fatigué. Ginger coupa court à la polémique d'un geste agacé.

— Il faut trouver du carburant pour repartir, donc.

Lord White se fendit d'un sourire rusé.

— Il se peut que nous en ayons. Un charbon spécial, semblable aux météorites planaires que vous utilisez. Il ne permet pas le voyage entre les mondes, mais il devrait pouvoir alimenter les moteurs.

— Qu'attendez-vous pour nous le donner ? s'enquit Ginger.

— La garantie que vous ne nous passerez pas par-dessus bord.

— Et si nous vous éliminions pour prendre vos pierres ? Après tout, nous sommes la Ligue des ténèbres, nous sommes des méchants, fit remarquer Tom.

— Une fermeture que nous seuls pouvons ouvrir protège nos sacs. Courtoisie du docteur Amok, répliqua miss Sharp.

— Peuh, je suis sûr que je peux les briser ! s'exclama le professeur.

— Avec une horde de ces créatures à vos trousses ? J'aimerais bien voir ça, ricana Amok.

Tom et Ginger se regardèrent, puis reportèrent leur attention sur moi. Je haussai les épaules pour leur signifier que, dans le cas présent, nous n'avions guère le choix : nous devions collaborer. Mon frère fixa l'Union avec son plus beau sourire :

— Mesdames, messieurs, c'est d'accord, vous venez avec nous.

Nos invités affichèrent une expression à la fois triomphante et soulagée. Je me rapprochai de Tom.

— Surveillons-les, je ne leur fais pas confiance, soufflai-je.

— Samantha, je suis ravi que tu te portes volontaire, répondit-il sur le même ton.

*

J'accompagnai Will et Amok dans la salle des machines, afin qu'ils réalimentent la *Tédesplen*. La vieille femme jeta un regard méprisant autour d'elle.

— Travail de sagouin, commenta-t-elle.

— Docteur, nous sommes invités. Un peu de tenue s'il vous plaît, la rabroua Will.

Une fois qu'elle eut placé un morceau de pierre dans la chaudière, le moteur redémarra et nous grimpâmes dans la cabine de pilotage. Tom avait repris les commandes. Miss Sharp se tenait à côté de lui, une étrange boussole et une lunette biscornue à la main.

— Ah, ah ! s'exclama le docteur. Compas de navigation universel, qui mémorise l'itinéraire parcouru et peut le projeter sous forme de carte. Longue-vue télescope ! La puissance d'un astrographe dans votre poche ! Alors, qu'est-ce que vous en dites ?

— Mouais, pas mal, admit le professeur. Dommage que vous n'ayez pas songé à construire une vraie machine pour abriter vos petites fesses !

Les deux étaient repartis pour un tour. Ginger et lord White interrompirent habilement la dispute.

— Et que pensez-vous d'un bon thé et de gâteaux ?

Les savants possédaient la même faiblesse pour les sucreries. Le lord et la lady disparurent dans la cambuse, pour revenir, malgré nos maigres réserves, avec un plateau qu'une gouvernante anglaise n'aurait pas renié. Nous partageâmes ainsi un thé et des scones, dans une ambiance étrange, mélange de tension, méfiance et curiosité. En tout cas, Ginger et son homologue semblaient sur la même longueur d'onde : ils manœuvrèrent de manière à éviter les conflits et gardèrent la conversation sur des sujets badins, loin des rayons de la mort, parapluies boucliers et autres inventions fantastiques.

La *Tédesplen* avança jusqu'à la nuit tombée, nous nous arrêtâmes lorsque la visibilité ne fut plus assez correcte.

— Ah ! Et l'immense génie n'a pas pensé à rajouter des phares ! ricana Amok.

— Pas de machine qui vole, pas d'avis ! répliqua le professeur.

Nous dûmes encore les séparer. Le repas se révéla plus frugal que prévu. Nos maigres provisions étaient suffisantes pour quatre personnes, mais non pour huit. M. Nutter, ainsi que Tom, se montrèrent d'avis de ne pas partager. Mais l'Union possédait une bouteille d'un excellent gin dans ses bagages et quelques sucreries, aussi les deux se laissèrent-ils fléchir.

Comme la nuit précédente, nous décidâmes de tours de garde, un membre de l'Union et un de la Ligue à chaque fois, pour plus de sécurité. Je prêtai ma cabine à Lord White, non pas par bonté d'âme, mais parce que je préférais dormir dans la cale à côté des moteurs. Je ne faisais pas confiance à nos nouveaux amis. Will me rejoignit, mais resta silencieux, pour mon plus grand soulagement.

Des grattements me réveillèrent au milieu d'un mauvais rêve. J'ouvris un œil. Des râles me parvinrent.

— Will, appelai-je.

Le garçon se redressa, la tignasse en bataille, les paupières engourdies par le sommeil. Toute fatigue le quitta bien vite lorsqu'il entendit les raclements contre le métal du blindage. Nous collâmes notre oreille à la paroi. Les grognements que je discernai m'arrachèrent un frisson. Je regardai Will, muet d'horreur.

— Ils sont de l'autre côté ! murmurai-je.

Nous remontâmes quatre à quatre au poste de pilotage. J'y découvris Ginger et miss Sharp. Lady Astley somnolait, Ann observait les environs avec sa lunette.

— Ils se trouvent là ! soufflai-je.

— Impossible, je n'ai rien vu, rétorqua Ann Sharp.

— Je vous assure qu'ils sont ici ! Contre la coque.

Pour ponctuer mes dires, un violent choc ébranla la Tedesplen. Ginger se releva avec un cri.

— Mais qu'est-ce que...

La machine se mit à balancer.

— Ils essayent de nous faire tomber ! m'écriai-je.

Alertés par le bruit et par les mouvements, nos camarades nous rejoignirent.

— Ils sont dehors ! clamai-je.

— Mais qu'est-ce qu'on peut faire ? gémit Ginger.

— S'ils nous renversent nous sommes fichus, déclara Tom.

Il se rua sur son siège et alluma les moteurs. La machine trembla, mais ne s'éleva pas du sol.

— Ils nous tiennent ! s'exclama mon frère. Impossible de redémarrer.

La *Tédesplen* tanguait. Je réfléchis à toute allure.

— Il nous faut une diversion pour les emmener au loin !

— D'accord, mais quoi ? demanda Tom.

— La chaleur et la lumière les attirent, intervint alors Will. Avec une torche, on devrait pouvoir les éloigner.

— Parfait. Sam, j'ai une lanterne expérimentale, me dit le professeur.

Il fila en direction de sa cabine.

— William, je peux modifier ton bracelet. Tu auras droit à une téléportation sur quelques pieds, annonça le docteur.

Will et moi nous regardâmes. La perspective de servir d'appât ne nous enchantait guère.

— Je ne suis pas sûre que...

Un roulis particulièrement violent manqua de nous faire chavirer. M. Nutter remonta à grand-peine, tenant à bout de bras une lanterne-tempête.

— Plus le temps de tergiverser, trancha miss Sharp. Allez-y. Vite.

Will me prit la main et tendit son autre bras, orné d'un drôle de bracelet muni de plusieurs cadrans, molettes et boutons. Malgré moi, je devais reconnaître qu'Amok avait accompli un travail soigné et élégant. Ne restait plus qu'à espérer que cette chose fonctionne.

— Tournez la roue dorée, me dit-il.

Je m'exécutai et eus l'impression de tomber dans un

puits sans fond. La sensation cessa aussi brusquement qu'elle avait commencé. Le vent nocturne effleura mon visage et amena avec lui des odeurs écœurantes de pourriture. Nous nous trouvions dehors, à quelques pieds de la *Tédesplen*. Une vingtaine de morts vivants s'accrochaient à ses flancs. J'allumai la lanterne, qui émit une chaude lumière rouge. Les têtes putréfiées de ces monstres pivotèrent en notre direction.

— Ça marche ! s'exclama Will. Votre professeur est un génie !

— Je sais ! Courez !

J'attrapai Will par le bras et l'entraînai. Les morts vivants avançaient vers nous. Nous détalâmes comme des lapins pour leur échapper. Je remarquai rapidement que ces horreurs se montraient assez lentes. Les semer ne posait pas de problème. Il ne fallait par contre pas fuir trop vite, de peur qu'elles ne retournent renverser la *Tédesplen*.

Les créatures ne brillaient pas non plus par leur intelligence. Will et moi cavalâmes en rond, ces choses nous suivirent sans réaliser la manœuvre. Alors que j'entamai mon dixième tour, je m'arrêtai quelques secondes pour reprendre mon souffle. La *Tédesplen* n'avait pas bougé.

— Mais qu'est-ce qu'ils fabriquent ? Ils préparent le thé, ou quoi ?

— Si c'est lord White qui s'en charge, nous sommes fichus. Son thé est affreux ! Courez ! ordonna Will.

Les morts vivants se rapprochaient. Mes poumons étaient en feu. Ces cadavres réanimés se montraient patauds, mais tenaces ! Nous risquions de nous fatiguer avant qu'ils se lassent. Mon rythme ralentit. Je sentais presque l'haleine putride de nos poursuivants.

— Il faut nous abriter ! hurlai-je.

— Non, pas encore !

— On va y rester !

— Faites-leur confiance.

Les moteurs de la *Tédesplen* rugirent à ce moment-là. Elle s'éleva du sol et fila dans notre direction. J'eus peur que cet idiot de Tom ne nous percute mais, au dernier moment, la machine vira de bord. Une échelle de corde me frappa. J'eus la présence d'esprit de l'attraper et d'agripper Will, avant qu'elle ne m'emporte.

— Tenez bon !

Je levai la tête pour voir Tom et lord White ramener l'échelle vers eux. Will ne se tenait que d'une main et ses pieds ballottaient dans le vide. Ma main droite serrait son bras, je ne voulais pas le lâcher de peur qu'il tombe. Heureusement, les efforts conjugués de mon frère et du lord parvinrent à nous remonter. Je touchai le sol de la *Tédesplen* avec un soupir de délivrance. La machine fonctionnait, nous allions nous en tirer. Le professeur Nutter se jeta dans mes bras.

— Samantha ! J'ai eu si peur.

Le docteur Amok fit de même avec Will. Je remarquai que Ginger et miss Sharp occupaient le poste de pilotage. Lady Astley pivota vers moi et m'adressa un clin d'œil. J'éclatai d'un rire nerveux. J'étais en vie, tout le monde était sauvé.

Le soulagement se lisait sur les visages de Ginger et miss Sharp, visages tournés en notre direction. Ce qui expliqua pourquoi elles ne virent pas l'obstacle qui se dressa soudain sur notre route.

— Attention ! hurla Tom.

Trop tard. La *Tédesplen* avait foncé dans le filet d'acier qui venait de se matérialiser sur le chemin. Le choc fut rude et me projeta contre un des sièges. L'impact expulsa l'air de mes poumons, je me retrouvai par terre, cherchant ma respiration comme un poisson hors de son bocal. Tom m'aida à me relever. La machine tangua

— Les suspenseurs nous lâchent, gémit le professeur.

— Ça ne serait pas arrivé si vous avez mis des coussins d'air ! lança Amok.

Le basculement de la *Tédesplen* coupa court à la dispute. Je me retins à grand-peine à un siège, alors que notre belle embarcation chavirait.

— Tonnerre de merde ! commentai-je.

— Oh là là, gémit Ginger. Qu'est-ce qu'on va faire ?

— Je suis sûr que c'est un de leurs coups ! s'exclama M. Nutter en pointant le docteur Amok.

Elle le gratifia d'un regard polaire.

— Bien sûr, nous sommes assez stupides pour saboter votre machine alors que nous nous trouvons encore à son bord.

Je laissai les savants à leur échange d'amabilités et lorgnai au-dehors. Nous étions trop près de la troupe des cadavres ambulants, ils allaient nous rattraper. De plus, ce filet ne pouvait signifier qu'une seule chose, que Will formula tout haut pour moi.

— Nous sommes tombés dans une embuscade.

— Et les morts vivants sont trop bêtes pour l'avoir tendue eux-mêmes. Ce qui veut dire que nous avons d'autres ennemis, complétai-je.

— Encore une bonne nouvelle, soupira lord White.

Ginger blêmit et regarda vers l'extérieur.

— Défendons-nous, décréta Tom. De quelles armes disposons-nous ?

Rapidement, et presque sans râler, le docteur et le professeur firent l'inventaire. L'Union avait des grenades et deux pistolets, Miss Sharp son arbalète. Amok possédait des inventions que je ne pus identifier, mais qui lui valurent des ricanements de la part du professeur. Ginger, Tom et moi nous réunîmes dans un coin de la cabine. Nous étions arrivés à la même conclusion.

— Pour nous en tirer, nous devons leur prêter des armes, soufflai-je.

— J'en ai bien peur, commenta Ginger.

Nous leur confiâmes donc quelques babioles créées par

M. Nutter. Oh bien sûr, rien de vraiment dangereux. Enfin, pas de rayon de la mort. En attendant, Miss Sharp surveillait les environs avec sa longue-vue.

— J'en ai repéré une dizaine. Ils nous encerclent.

— Humains ? l'interrogeai-je.

— Ils ne bougent pas comme les corps réanimés.

Le professeur brandit une grappe de grenades.

— Allons les saluer, alors !

Pas la peine de rester dans la machine. Tom ouvrit la porte et Ann Sharp passa la première, vive comme un chat. Elle attrapa une grenade, qu'elle lança. Celle-ci détonna avec de jolies étincelles roses. Je coulai un regard vers le docteur Amok.

— Avouez qu'elles ont plus de classe que les inventions de votre pachyderme de savant !

Des exclamations retentirent de l'extérieur.

— Nous en avons encore d'autres ! rugit miss Sharp. Réfléchissez-y à deux fois avant de vous attaquer à nous !

Un conciliabule lui répondit. Ann Sharp balança un deuxième explosif depuis la *Tédesplen*.

— Dernière sommation !

Will secoua la tête et murmura quelque chose qui ressemblait à « finesse et subtilité ».

— Vous êtes encerclés ! cria-t-on de dehors. Et les zombies arrivent pour vous croquer la cervelle.

— Les quoi ? releva Ginger.

— Sûrement le nom de ces créatures, dit Lord White.

— Hum, ça me rappelle ces histoires racontées par des marins haïtiens, commenta le professeur Nutter.

Pour ma part, le patronyme de ces monstres ne m'importait guère. Le fait qu'un groupe hostile nous assiège avait un peu plus tendance à m'inquiéter. Miss Sharp et Tom semblaient partager mon avis

— J'ai bien peur qu'ils aient raison. Que fait-on ? demanda Ann.

Tom retroussa ses manches.

— Et si on leur montrait de quel bois on se chauffe ?

Les deux savants parurent enthousiasmés par cette idée et se ruèrent hors de la *Tédesplen* avant que personne ne puisse les arrêter. Ginger, Tom, miss Sharp et Lord White foncèrent à leur poursuite. Je restai avec Will.

— Ça arrive souvent, votre professeur qui file sans prévenir ?

— Oui. Hélas. C'est agaçant.

— À qui le dites-vous…

Nous poussâmes un soupir de concert, avant de nous décider à rejoindre les autres. Alors que je sortais de la machine, un éclair fuchsia illumina un bref instant les environs.

— Ah, M. Nutter est à l'œuvre.

Je glissai le long de la coque et atterris par terre, avant de me dissimuler derrière un rocher. Je compris que nous n'aurions pas besoin de combattre. La Ligue et l'Union étaient déjà venues à bout de nos assaillants et les avaient regroupés en cercle, sous la menace de leurs armes. Le danger restait maintenant la horde de zombies qui avançait vers nous.

— Hum, s'il vous plaît, appelai-je mes compagnons.

Le professeur et le docteur se retournèrent et filèrent en direction des morts vivants.

— Laissez-moi donc, vieille chouette ! Je peux tuer ces monstres tout seul !

— Que nenni, sale hibou ! Vous êtes incapable de réussir quoi que ce soit.

M. Nutter dégoupilla une grenade, Amok l'imita. Ils les lancèrent de concert. L'explosion nous aveugla momentanément, et une pluie de débris organiques nous aspergea.

— Beurk ! commentai-je.

Tom et miss Sharp arrivèrent à la rescousse et abattirent les zombies restants. Je notai que leur duo fonctionnait avec une certaine efficacité. Malheureusement, leurs cibles ne cessaient de se relever.

— La tête ! Visez la tête ! beugla l'un de ceux que nous avions capturés.

Les tireurs appliquèrent ce conseil, et les morts le restèrent enfin. Le silence retomba sur les lieux. La Ligue et l'Union s'approchèrent, Ginger alluma sa lanterne de poche pour mieux distinguer le visage de nos agresseurs.

Il s'agissait d'une troupe disparate, composée d'hommes, de femmes, mais aussi d'enfants. L'un de nos assaillants, d'une quarantaine d'années, nous étudia et un éclair de surprise le traversa.

— Vous n'êtes pas des hommes du commandeur ? s'étonna-t-il.

— Nous ne sommes les hommes de personne ! clama le professeur Nutter.

— Le commandeur ? releva miss Sharp, éludant sa remarque.

Notre interlocuteur parut déstabilisé que nous ne réagissions pas.

— Faites comme si nous n'étions pas du coin, et que nous ne sachions absolument pas ce qui se passe ici mais que nous avions très envie de comprendre les tenants et les aboutissants de la situation, déclara Ginger.

L'inconnu hésita un bref instant avant de se lancer.

— Le commandeur gouverne cette région. Il se terre dans une forteresse là-bas au nord. Il affirme à tous qu'il possède une pierre qui lui donne le pouvoir de repousser les zombies ! Alors il en profite pour faire régner la terreur. Entre lui et les morts, j'ignore lequel est le plus acharné à nous massacrer.

À y regarder de plus près, le groupe n'avait pas l'air très en forme. Les enfants affichaient des yeux fiévreux et les adultes les joues creuses. Le chef nous étudia

— Vous n'allez pas nous tuer ? nous interrogea-t-il.

Mes compagnons et l'Union observèrent la troupe de réfugiés avec gêne. Nous pensions affronter des soldats assoiffés de sang, déterminés à nous abattre et nous nous trouvions face à des vieillards, des gamins faméliques et des adultes affamés. Pour ma part, un détail dans le discours de l'homme avait attiré mon attention.

— Une pierre dans un château au nord, notai-je. Pouvez-vous nous en dire plus ?

— Elle est conservée dans une forteresse, celle du commandeur. C'est une drôle de pierre, qui émet sa propre lumière. Je l'ai aperçue, une fois, quand j'étais gardé dans ce trou à rats…

Je compris que l'homme n'en raconterait pas plus sur ce passé trouble. Je hochai la tête. La bonne nouvelle, le détecteur n'avait pas menti, une météorite se trouvait bien là-bas. La mauvaise, la récupérer risquait de ne pas être aussi simple que prévu.

*

— Rappelez-moi encore une fois ce qu'ils fichent ici ? grommela Tom.

Il observait les réfugiés qui avaient envahi la *Tédesplen*. Notre machine n'était jamais très bien rangée, entre le bazar que nous entreposions dans la soute, mes livres et mes outils qui traînaient, les inventions du professeur et les robes de Ginger. Cela dit, nous avions atteint des sommets.

Trois familles avaient annexé un coin de la salle de pilotage, Richard, le chef de la troupe, avait demandé à reloger les enfants dans les cabines. Quant aux autres, ils occupaient les coursives du niveau des cabines. Seule la cale leur restait résolument interdite.

Il régnait à bord un brouhaha assourdissant, qui se mêlait au bruit des moteurs.

— Nous ne pouvions les laisser ainsi sur le chemin, répondit Will. Ce ne serait pas correct.

Même si j'étais d'accord avec le fait de ne pas abandonner ces pauvres hères à une mort certaine, je ne pus réprimer un grognement devant le ton dogmatique du jeune homme. J'avais oublié… L'Union des parfaits. Les défenseurs du Bien. En plus, je trouvais un peu fort que ces gens aient investi notre machine, et que ce soit l'Union qui récolte les lauriers. Je ravalai une réplique acerbe.

— De plus, ils seront utiles pour infiltrer le château, ajouta Ann Sharp.

Je nourrissais quelques doutes quant à ce dernier point, mais Richard avait affirmé qu'il connaissait une entrée secrète, celle que les convois du commandeur empruntaient pour aller et venir hors de la forteresse. Il espérait mener une action depuis des mois, mais n'avait pu la concrétiser faute de moyens.

Le plan ne me plaisait pas, mais l'Union s'était montrée enthousiaste à l'idée d'abattre un tyran. Et puis, Tom et Ginger commençaient à se laisser gagner par ce dessein et à échafauder leurs habituelles théories. Le docteur Amok s'était retirée pour bricoler, imitée par le professeur Nutter.

Pour ma part, je filai chercher un peu de tranquillité à la cale. Je dus pour ça éviter les gamins qui couraient dans le poste de pilotage et zigzaguer entre les rescapés qui occupaient le couloir des cabines. Plusieurs groupes conversaient vivement, vu que la menace était passée, l'heure était parfaite pour débattre de problèmes métaphysiques comme qui allait faire la lessive, ou se charger du prochain tour de chasse.

L'un des jeunes de la troupe, un garçon renfrogné, essayait de persuader ses parents que cette attaque de zombies était en réalité la dérive ultime d'une société de consommation capitaliste, fondée sur le matérialisme. Un autre adolescent objecta alors qu'il s'agissait d'une expérience gouvernementale qui avait échappé à tout contrôle. Un vieillard intervint pour leur signifier que, citations d'un obscur texte saint à l'appui, Dieu les punissait pour leurs péchés.

Je gagnai la salle machine et poussai un soupir de soulagement. Le ronflement des moteurs me parut reposant après tout ce tumulte. Je fermai les yeux un instant. Je les rouvris précipitamment en sentant une présence à côté de moi.

— Désolé, je ne voulais vous effrayer.

Will avait bravé l'interdiction du professeur et se tenait là, devant moi, un livre à la main.

— Je cherche un peu de calme. Puis-je rester ?

Je n'eus pas le cœur à le chasser. William s'assit en face de moi, de l'autre côté de la cale. Cette fois, je fus la première à briser le silence.

— Ces gens, ils m'ont rappelé les quartiers pauvres de la ville d'où je viens.

Will opina avec un frisson.

— Nous avons aussi de ces endroits. Les habitants s'entassent et vivent dans la misère la plus totale. J'aurais partagé leur sort peu enviable, sans ma cousine Ann, sans John ou le docteur Amok. Je rends grâce au ciel de les avoir trouvés et de pouvoir voyager avec eux.

Il caressa son bracelet et j'admirai encore la finesse du travail. Will tapota la paroi contre laquelle il s'appuyait.

— Je dois reconnaître que votre machine est splendide. Je n'aurais jamais cru que l'intérieur se révèle si grand. L'extérieur m'a bien trompé.

Je passai la main sur le blindage, ressentant une pointe de fierté à ces mots.

— Oui, la *Tédesplen* est merveilleuse. C'est un peu notre maison.

Will me répondit par un sourire. Nous demeurâmes silencieux. Mon compagnon ferma les yeux au bout d'un moment. Je finis par l'imiter, tout en restant aux aguets. Pas question de lui faire aveuglément confiance non plus.

Le voyage dura presque deux jours. Nous aurions pu avancer plus vite, mais la *Tédesplen* était chargée et nous dûmes économiser le carburant. La nourriture vint à manquer et il nous fallut chasser et nous aventurer au-dehors. Je pris part à l'une de ces sorties et n'en garde pas un souvenir agréable. Une troupe de zombies nous attaqua. Nous étions préparés et armés, ils ne représentèrent pas un problème, mais une terrible angoisse me saisit à leur vue. Des cadavres qui se relèvent et traquent les vivants pour les dévorer. Mais quel monde était-ce là ? Aucun des humains rescapés ne connaissait exactement la raison de cette malédiction. Un beau jour, les morts avaient commencé à renaître. La civilisation s'était écroulée en quelques mois.

La trêve entre la Ligue et l'Union était fragile, mais tenait bon. Mis à part le professeur et le docteur, qui passaient leur temps à s'insulter, les autres cohabitaient bon an mal an.

Je dois avouer que Will se révélait d'une compagnie plutôt agréable, discret, efficace, toujours prêt à rendre service. Malgré moi, je l'appréciais, d'autant plus qu'avec les deux vieux fous, Miss Sharp et son amour des armes à feu, Tom et ses habitudes de rustre, le babillage de lady Astley et les manies de lord White, j'avais la sensation que nous étions les deux seuls sains d'esprit dans le lot.

Les réfugiés étaient assez pénibles par contre. Mis à part les chefs qui avaient un peu de plomb dans la cervelle, la majorité s'avéra stupide. À se demander comment ils avaient réussi à survivre jusque-là.

Je ne veux pas jouer les mauvaises langues, mais une personne qui, sachant qu'elle vit dans un monde peuplé de créatures hostiles, oublie en allant chercher de l'eau d'emporter une arme et de vérifier le périmètre mérite une mort atroce aux mains des monstres en question.

Je commençai à m'interroger si nous avions vraiment eu raison d'emmener ces gens avec nous, lorsqu'apparut au loin une forme sombre juchée sur une colline.

— C'est la forteresse, nous indiqua Richard. C'est un

ancien château fort, entouré par deux enceintes. C'est plein de patrouilles, nous devrons nous montrer discrets.

Nous fîmes atterrir la *Tédesplen* dans un bosquet, à quelques centaines de yards de notre cible. À partir de là, il faudrait continuer à pied. Après que tout le monde soit sorti, le professeur miniaturisa la *Tédesplen*, ce qui lui valut un "mouais pas mal" réticent de la part du docteur Amok. Edmund Nutter effectua sa fameuse danse de la victoire, qui fit pleurer une bonne partie des enfants, et laissa l'Union muette de stupeur. J'en profitai pour me rapprocher de Richard.

— Loin de moi l'idée de vouloir vous abandonner, mais ne pensez-vous pas qu'il vaudrait mieux que vos compagnons restent en arrière ? Je ne sais pas ce qu'on trouvera là-bas.

L'homme secoua la tête avec un sourire triste.

— Vous ne comprenez pas. Nous avons déjà vécu tellement d'horreurs. Ça ne peut pas être pire.

Je capitulai. Les membres de l'Union se regardèrent, puis miss Sharp se racla la gorge.

— Nous pourrions peut-être vous emmener avec nous, proposa-t-elle. Dès que nous aurons récupéré la météorite. Nous pourrons vous faire quitter ce monde.

Je crus que Richard allait fondre en larmes. Lord White lui tapa sur l'épaule avec un mélange de chaleur et de rudesse.

— Reprenez-vous. Ce n'est pas encore gagné. Nous avons beaucoup de choses à accomplir.

Nous nous reposâmes à l'ombre d'un bosquet et attendîmes la nuit pour avancer. Un maigre croissant de lune éclairait les bois, nous communiquant à peine assez de lumière pour distinguer là où nous mettions les pieds. Pour couronner le tout, la forêt résonnait de sons étranges : cris, grincements, craquements.

Je marchai en tête, à côté de Tom, de miss Sharp et de Richard. La pente qui montait vers la forteresse était raide, nous progressions avec précaution. Je tenais mon épée de Casetti à la main. Je me sentais plus à l'aise avec elle, et de toute manière, nous avions convenu d'éviter les armes à feu, qui risquaient d'attirer l'attention des sentinelles sur nous. À ma grande surprise, je remarquai que Will avait aussi gardé sa lame.

Alors que je me faufilai entre deux buissons de ronces, j'entendis un grattement sur ma droite et le bruit de branches qu'on brise. Je priai n'importe quel dieu à l'écoute pour qu'il s'agisse d'un animal. Un sanglier par exemple. Un râle d'outre-tombe retentit. Inutile de se leurrer. Ce n'était pas un sanglier.

L'horreur surgit, bras tendus devant elle. Elle tenta de m'agripper, je reculai en balançant un coup d'épée. Heureusement, je touchai le zombie en pleine tête et il s'écroula. Mon frère et miss Sharp l'achevèrent à coups de bâton.

— Ça va, Sam ? demanda Tom.

— Oui, oui.

Je calmai les battements de mon cœur affolé. Mais comment des créatures aussi pataudes pouvaient-elles apparaître si vite ? Thomas posa la main sur mon épaule.

— Avançons.

J'acquiesçai et repris mon chemin. Je marchai à côté de Richard, et remarquai à la lueur de la lune son visage fermé.

— Un problème ? murmurai-je.

— Ce zombie… Si proche de la forteresse. Bizarre, le commandeur maintient les environs dégagés.

— Ce n'était peut-être d'un rôdeur isolé, risquai-je.

— Possible, convint Richard.

Nous continuâmes à progresser dans le silence. Les enfants étouffaient leurs pleurs, les adultes regardaient de droite à gauche. Nous arrivâmes enfin en vue de la forteresse. Elle était magnifique, un vieux château, comme l'on en voyait dans les livres de contes de fées. Une faible lumière tremblotait à une fenêtre. Je cherchai des silhouettes de sentinelles mais n'en vis pas.

— Ce n'est pas normal, quelque chose cloche, chuchota Richard. Nous aurions déjà dû croiser des patrouilles.

Le groupe s'immobilisa, la peur était palpable. Tout le monde se mit à observer les alentours avec anxiété. D'ici peu, la moindre ombre serait suspecte, la panique nous gagnerait et nous deviendrions des proies faciles.

— Quelqu'un devrait jouer les éclaireurs, proposai-je.

La Ligue et l'Union se tournèrent vers moi avec un large sourire, et je songeai qu'il faudrait un jour que j'arrête d'exprimer mes idées à voix haute.

— C'est bon, c'est bon, j'y vais, grommelai-je.

Et il faudrait aussi que j'apprenne à dire non à mon frère et à lady Astley.

— Je viens avec vous, souffla Will à ma grande surprise.

J'hésitai. Il me suivait peut-être pour me surveiller, mais à tout prendre, un peu d'aide était la bienvenue et j'étais soulagée de ne pas me lancer seule dans une expédition nocturne. Nous nous coulâmes à travers les arbres, avançant vers la forteresse. Au fur et à mesure que nous progressions, une odeur pestilentielle nous assaillit.

— Mais qu'est-ce que c'est ? gémit Will.

J'avais peur de le découvrir. On accédait à la première enceinte du château par une grille en acier. Je me plaquai contre le mur et jetai un coup d'œil par la herse. Je retins à grand-peine un cri d'horreur. Des zombies, des dizaines de zombies arpentaient la cour.

— Tonnerre de merde, jurai-je.

— Je n'aurais pas mieux dit, souffla mon compagnon.

Nous détalâmes, tiraillés entre l'envie de déguerpir et l'urgence de faire le moins de bruit possible. Nos camarades nous attendaient, cachés derrière des arbres. Je leur relatai en quelques mots ce que nous avions trouvé. Richard blêmit et s'assit sur un rocher.

— Alors même le commandeur a échoué à garder ce sanctuaire…

L'annonce porta un coup au moral des rescapés. Certains

se mirent à pleurer, les enfants observèrent leurs parents avec de grands yeux anxieux. Je secouai la tête.

— Non, tout n'est pas encore perdu. La pierre se situe dans cette forteresse. Si nous la récupérons, nous pourrons quitter ce monde.

— Mais comment entrer ? L'endroit grouille de zombies ! s'écria Richard.

— On peut se faufiler, utiliser la discrétion, des pièges pour attirer les marcheurs d'un côté et passer de l'autre, déclarai-je.

— Discrétion ? releva Ginger.

Elle lança un regard éloquent au professeur Nutter et au docteur Amok. Je réalisai la stupidité de ce que je venais de dire.

— Artillerie lourde, alors ? soupirai-je.

Les deux savants partirent d'un rire dément.

— Des explosifs ! Pleins d'explosifs ! s'exclama Amok.

— Un rayon anti morts vivants ! Un rayon de la non-vie en somme !

Cette fois, les enfants se mirent à pleurer et les humains survivants reculèrent, se demandant à coup sûr s'ils ne préféraient pas les cadavres réanimés à ces deux détraqués. Je me massai les tempes. La nuit s'annonçait longue.

*

J'avais réussi à grimper sur la muraille de la forteresse et je me tenais là, en haut. Je regardai les zombies en contrebas. Le plan était simple : attirer les morts pendant que le groupe traversait au fond. Ils passeraient ensuite une deuxième muraille et pourraient gagner l'intérieur des bâtiments. Un plan simple. Sans faille, avait dit Ginger. Voilà pourquoi je me méfiais.

— Pourquoi est-ce encore à nous deux de jouer les appâts ? soupira Will à côté de moi.

— Parce qu'on court vite ? proposai-je.

— Ou parce que nous sommes deux bonnes poires, répliqua-t-il d'un ton acerbe.

— Ma solution est meilleure pour l'ego, répondis-je. Trêve de bavardage…

Je pris une inspiration et actionnai les fumigènes donnés par Amok. Les bâtons émirent une vive lumière, et les zombies tournèrent la tête dans notre direction.

— Hep ! Par ici ! les interpellai-je.

Will et moi trottinâmes sur les remparts. Les morts nous suivirent.

— C'est ça, c'est bien. Venez par là.

Je jetai un coup d'œil au fond de la cour. Tom avait ouvert une porte et le groupe commençait à se faufiler dans l'enceinte. Richard les guidait, secondé par miss Sharp, son fusil arbalète prêt à faire feu. La première grappe traversa sans encombre, filant se mettre à l'abri à l'intérieur des bâtiments. Will et moi continuions à nous époumoner pour attirer l'attention de ces horreurs.

Le stratagème fonctionna, jusqu'à ce que des éclats de voix ne dominent les nôtres. Le professeur Nutter et le docteur Amok avaient repris leurs chamailleries. Les monstres tournèrent la tête dans leur direction.

— Eh non ! Par ici ! criai-je.

J'agitai les bras pour les retenir et dérapai sur la pierre humide. Je me vis choir au ralenti et m'affalai en bas du rempart. Je me relevai à grand-peine, passablement sonnée. Je cherchai à remonter le mur. Trop haut. Je regardai par où m'enfuir. Trop tard, les zombies convergeaient vers moi. Bon, au moins, j'avais réussi à capter leur intérêt.

J'avais gardé mon épée, je frappai ceux qui approchaient trop. Malheureusement, ils se révélèrent trop nombreux et me débordèrent. L'un d'eux m'agrippa l'épaule. Je hurlai. Une ombre tomba et percuta mon agresseur. Will. Il tenait à la main une torche enflammée et décrivit un arc de cercle avec. Les morts vivants reculèrent. Will m'attrapa le bras.

— Par ici, vite !

Il m'entraîna en direction d'une porte cochère. Nos ennemis nous talonnaient. Nous débouchâmes sur une petite cour qui marquait l'entrée du château. Là se trouvait notre salut. Mais avant de pouvoir nous abriter, il fallait passer la douzaine de cadavres réanimés qui marchaient vers nous.

— Attention les yeux ! cria quelqu'un.

J'eus la présence d'esprit de me détourner avant qu'un éclair aveuglant n'illumine l'endroit. Je rouvris les paupières, les zombies étaient désorientés. Je repérai à l'entrée de la forteresse le professeur Nutter et le docteur Amok, qui nous firent signe de les rejoindre. Je m'élançai, secondée par Will. Je zigzaguai entre les corps. Mon cœur battait à tout rompre. J'atteignis la porte et nous plongeâmes dans la sécurité du château. Du moins, c'était ce que je croyais.

À l'intérieur, un chaos indescriptible régnait. Des dizaines de créatures assaillaient mes compagnons, certains des rescapés avaient disparu au sein de cette masse grouillante. Nous étions encerclés, dos à un mur. Tom et miss Sharp luttaient vaillamment, grâce aux armes de M. Nutter. Je notai au passage que, si le rayon de la mort était inefficace contre ces horreurs, le fusil à bulle temporelle fonctionnait plutôt bien.

— C'est bon ! On les a récupérés ! cria le professeur en repoussant un zombie affamé avec son pistolet à éclairs.

— Ginger ? s'enquit Tom.

Lady Astley portait notre détecteur de météorites.

— L'escalier, là. Puis à gauche !

— J'ouvre la voie ! annonça miss Sharp.

Chose promise, chose due. À coups de crosse et de carreaux d'arbalète, elle dégagea le passage.

— Suivez-la, ordonna Tom aux survivants. White, vous les couvrez.

— Compris ! répondit le lord.

Il fit évacuer les rescapés. Tom tenait en respect nos assaillants et commença à reculer vers les marches.

— À nous maintenant.

Je me lançai avec Will dans le colimaçon.

— Docteur, professeur, à vous l'honneur, dit Tom.

Les intéressés éclatèrent d'un rire dément et sortirent divers explosifs. Je montai les degrés quatre à quatre. La déflagration faillit me jeter au sol. Will et Tom me rattrapèrent. En haut, des beuglements nous parvinrent, provenant d'une salle à gauche. Nous nous y ruâmes et je tombai nez à nez avec le faciès putréfié d'un mort. Je poussai un cri et lui fendis le crâne d'un coup propre et net qui aurait fait la fierté de mon maître d'armes. Il restait un zombie debout, que miss Sharp acheva d'un tir d'arbalète. Le silence revint.

— Regardez, souffla Ginger.

Elle pointa du doigt une vitrine à un mur, où luisaient une pierre. Le soulagement m'envahit. Nous avions trouvé les aérolithes. Nous pouvions repartir.

Je pris alors conscience d'un certain refroidissement d'ambiance. Les rescapés avaient reculé dans un coin de la pièce, la Ligue et l'Union se tenaient maintenant face à face. Nous y étions, à ce fameux moment que j'avais redouté, celui où nos alliés d'un jour allaient nous trahir. Nous nous toisions en chien de faïence. Au loin retentissaient les cris des zombies. Ils ne tarderaient à arriver et nous, nous demeurions immobiles, prêts à nous écharper. Lord White rompit le premier le silence.

— Une météorite, nota lord White.

— Oui, commenta Ginger.

Ann et Tom resserrèrent leur prise sur leurs armes respectives. Le professeur Nutter et le docteur Amok se fusillaient du regard. L'air semblait crépiter.

Je n'avais guère envie de combattre, pas quand ces zombies nous guettaient. Je voulais juste partir loin de cet endroit et tant pis si on ne donnait pas à l'Union la correction qu'elle méritait !

J'échangeai une brève œillade avec Will. Vu son expression lasse, il nourrissait les mêmes sentiments que moi. Je lui adressai un signe de tête, qu'il me renvoya, je fronçai les sourcils, il soupira, mais se dévoua pour parler.

— Dites, docteur. Je pense que nous n'avons pas besoin de la pierre au complet. Nous pourrions partager peut-être ? proposa-t-il.

— Jamais ! siffla Amok.

— Dans tes rêves ! cracha le professeur.

Il faudrait laisser les deux vieux fous hors de la conversation si l'on voulait espérer avancer un jour sur le sujet.

— Tom ? Ginger ? m'enquis-je.

Lady Astley ne lâchait pas lord White des yeux. Mon frère haussa les épaules.

— Je ne sais pas, Sam. Qui nous dit qu'ils ne vont pas essayer de nous trahir ?

— Et qui nous dit que vous n'allez pas essayer de garder la pierre pour vous ? rétorqua Ann Sharp.

Thomas ouvrit la bouche pour répondre. J'avais subi une très longue journée, émaillée d'incidents particulièrement pénibles, mes maigres réserves de patience étaient épuisées.

— Ça suffit ! tonnai-je.

Mon éclat de voix coupa court à la polémique qui s'annonçait et fit sursauter les réfugiés.

— Je commence à en avoir par-dessus la tête de vos enfantillages. Ginger, lord White, vous allez me fracturer cette vitrine, et plus vite que ça ! Nous allons ensuite partager la météorite.

Amok et le professeur couinèrent leur désaccord. Je les réduisis au silence d'une œillade noire.

— Pas de ça avec moi ! sifflai-je. Vous aurez tout le temps de vous écharper à notre prochaine rencontre, vu qu'apparemment, nous ne pouvons pas faire un pas sans tomber l'un sur l'autre. En attendant, nous avons des réfugiés à évacuer avant que ces horreurs mort vivantes – vous vous souvenez ? celles qui se trouvent à quelques yards de nous – ne nous rattrapent et ne nous transforment en casse-croute ! Alors on s'active !

Ginger et lord White ne cherchèrent pas argumenter. Ils fracturèrent la vitre de la vitrine et récupérèrent la pierre. Ann Sharp tira un couteau à la lame brillante et sectionna rapidement la météorite en deux. Les vieux fous échangèrent un regard mauvais, mais louchèrent dans ma direction. D'après mon frère, quand j'étais en colère, j'avais une figure à faire tourner le lait. Ce jour-là, cela suffit à dissuader Amok et Nutter de poursuivre leur querelle.

— Mouais. C'est bon pour cette fois, grommela le docteur.

— Vous ne vous en tirerez pas comme ça ! siffla le professeur.

Je croisai les bras et les toisai d'un air mauvais.

— Ça ne veut pas dire que nous sommes alliés, hein ! lança Amok.

— Ne soyez pas ridicule ! rétorqua Nutter.

Il redonna à la machine sa taille normale et nous fîmes monter les survivants humains à bord de la *Tédesplen*. Je filai alimenter les moteurs et regagnai quatre à quatre le poste de pilotage.

L'Union des parfaits se tenait devant nous, leurs bracelets prêts à être activés. Lord White nous adressa un signe, auquel lady Astley répondit. Tom et miss Sharp se contentèrent d'un hochement de tête. Les deux vieux fous restèrent aux insultes. Je fixai William, qui me sourit.

— On n'essaye vraiment pas de les tuer ? s'enquit M. Nutter.

— Non, pas cette fois, répliqua Ginger.

L'inventeur s'assit sur son siège, bien décidé à bouder. Mon frère pressa les commandes et le gris de l'Entremonde nous avala.

— Bon, direction un nouveau monde ! s'exclama Tom.

— Sans zombies, s'il vous plaît, supplia Richard.

— Oh, vous ne savez pas ce qui est drôle, râla le professeur.

ÉPISODE 14 :
LA SOURCE

La santé du roi Thedeus décline et il commence à perdre la mémoire. En tant que conseiller et magicien, je lui concocte des potions supposées combattre sa maladie. Hélas, j'excelle plus en bricolage qu'en médecine et de toute manière, nul médicament ne peut soigner ce qui le ronge vraiment : la vieillesse.

Dans l'ombre, Drael continue ses manigances. Il tente de monter les nobles et la population contre moi. Fort heureusement, je suis encore craint des uns et aimé des autres. De plus, j'ai une certaine expérience des fouines dans son genre.

*

La routine… Il n'y a rien de pire lorsqu'elle s'installe et endort vos sens. Et rien de pire quand elle s'invite tandis que l'on se trouve au beau milieu d'une bataille.

Comme d'ordinaire, nous avions atterri dans un univers, exploré un peu, avant de rencontrer l'Union. Comme pour le monde des Skelj, nous nous étions retrouvés dans des camps opposés. La guerre au milieu de laquelle nous avions déboulé culminait là et maintenant, dans ce champ de bataille noyé par la pluie.

Les fusils crépitaient, les lasers rugissaient. Les soldats tombaient comme des mouches. Les batteries de canons empêchaient les chasseurs de prendre leur envol, mais au loin, derrière nos lignes et de l'autre côté de celles ennemies grondaient les moteurs de chars.

Nous nous tenions à l'écart de tout ce tumulte, retranchés

derrière un assemblage sommaire de sacs et de planches. À quelques pas se trouvaient nos némésis, dans une position similaire.

Autour de nous, le chaos se déchaînait en un affrontement épique qui confrontait deux empires aux valeurs contraires. Hommes et femmes mouraient pour défendre ce en quoi ils croyaient. Nous nous ennuyions fermement.

Ginger étouffa un bâillement alors qu'une grenade explosait à côté d'elle. Lady Astley ne protesta même pas quand des éclaboussures de boue mouchetèrent son bel uniforme. M. Nutter éructa un hurlement enragé. Il sortit de sa cachette, un énorme calibre à la main.

— Raté, vieille peau ! Prends ça !

En face, Amok avait pointé le nez de son abri improvisé et le rentra pour éviter le tir. Celui-ci se perdit et toucha une batterie de canons adverse. Notre camp poussa un cri de victoire.

Amok riposta avec plusieurs bombes. Le professeur les piégea avec son fusil à bulle temporelle. Il éclata de rire, lâcha l'arme et récupéra son rayon de la mort. Tom se massa les tempes et se frotta les yeux.

— Ça fait combien de temps qu'on est là ? nous interrogea-t-il.

— Je ne sais pas. Un moment, je dirais, répondis-je avec un soupir.

Les savants continuèrent leurs échanges de tirs, ponctués d'insultes. Je jetai un coup d'œil à l'autre côté. Miss Sharp pointait sur nous son arbalète. Mais je sentais bien qu'elle n'avait guère envie de nous abattre.

J'ignorais où se trouvait lord White. Nous l'avions croisé à plusieurs reprises sur ce monde. Il avait bien sûr manigancé contre nous, sans y mettre toutefois l'intégralité de son énergie.

Je repérai Will plus loin, sous un arbre. Il lisait un livre, indifférent au chaos environnant. Je le jalousai durant un court instant… Enfin, rester à découvert ainsi, avec les deux malades et leurs armes risquait d'abréger grandement son espérance de vie.

Une des bombes du docteur Amok faillit faire mouche. Fort heureusement, un tir du professeur la dévia dans une mare de boue. La détonation m'assourdit, mais la douche froide et terreuse qui m'aspergea me réveilla. Je poussai un grognement.

Le savant plongea vers ses affaires et ramassa une série de grenades. Il les lança toutes en même temps sur le camp adverse. Elles explosèrent en une myriade de lumières colorées, ce qui n'arrangea pas ma vision déjà fatiguée. Je me frottai les yeux.

— Ah ah ! L'ennemi s'est enfui ! proclama M. Nutter.

Il commença à effectuer sa danse de la victoire.

— Fantastique…, soupira Ginger.

Elle et Tom se levèrent d'un bond. Lady Astley retira la *Tédesplen* autour de son cou et la posa par terre. Mon frère attrapa M. Nutter par le bras et actionna son bracelet. Notre machine reprit sa taille normale. J'ouvris la porte et Tom traîna le vieil homme à l'intérieur.

— Eh ! Non ! s'écria-t-il. Nous avons gagné. Nous allons conquérir ce monde.

Je jetai un coup d'œil aux deux armées occupées à s'étriper joyeusement et secouai la tête. Ils avaient beau disposer d'une technologie plus avancée que mon Londres d'origine, certaines choses ne changeaient jamais.

— Si vous restez sage, je vous préparerai un gâteau, déclara Ginger.

Même la perspective d'une pâtisserie ne parvint pas à empêcher le professeur Nutter de s'enfermer dans le mutisme. Tom s'installa au poste de pilotage et actionna les moteurs. Ginger s'affala sur sa chaise, bâilla, et résuma l'opinion générale :

— Mais qu'est-ce qu'on s'emmerde...

*

Nous naviguions dans le gris de l'Entremonde, murés

dans un silence maussade. Ginger avait raison, toute cette histoire devenait fort ennuyeuse.

Depuis ce monde avec les zombies et notre alliance temporaire avec l'Union, les choses avaient changé. Certes, nous nous retrouvions toujours face à eux. Ils nous avaient empêchés de prendre le contrôle d'un royaume miteux en nous enfermant dans une fosse pleine de vers de terre – souvenir assez pénible d'ailleurs – nous leur avions rendu la monnaie de leur pièce en remplaçant leur vin de cérémonie par un breuvage hilarant. Bien sûr, l'affrontement continuait, mais à part le professeur Nutter et le docteur Amok qui se vouaient une haine sans merci, nous n'en avions plus vraiment le goût. Bref, cette guerre n'avait que trop duré.

Le détecteur de monde rompit le silence pesant qui s'était installé. Thomas obliqua dans cette direction. Le brouillard se dissipa pour laisser place à un nouveau plan. Mon frère nous posa sans encombre. Tom exhala un soupir fatigué et s'étira. Je lorgnai à travers les vitres de la *Tédesplen*.

Nous avions atterri au sommet d'un mont, à l'ombre d'un bosquet de pin. Je me munis d'une arme et sortis la première. J'avais envie de me dégourdir les jambes. Je découvris un paysage vallonné. Devant moi s'étalaient des collines où s'échelonnaient des cultures en terrasses. Une légère brume, à travers laquelle perçait un soleil matinal, nimbait l'ensemble. Le vent agita mes cheveux, porteur de parfums frais et délicats.

Je me sentis apaisée. Cet endroit était vraiment beau et il en émanait une force tranquille. M. Nutter rompit la sérénité du moment par ses cris.

— Ah ! Un monde à conquérir ! s'exclama-t-il.

— Où nous retrouverons une nouvelle fois l'Union…, soupira Thomas.

— J'ai hâte, ajouta Ginger d'un ton qui démentait ses propos.

Le professeur se mit à trépigner et à parler à toute

vitesse. J'écoutai d'une oreille, mon esprit vagabondant. Je pris conscience d'une rumeur de l'autre côté du bois. Je tendis l'oreille et interrompis la litanie du savant :

— Je pense que des gens se trouvent par là, déclarai-je.

— Allons explorer, décréta Ginger.

M. Nutter réduisit la machine et Tom, dont c'était le tour de la porter, la passa à son cou. Nous traversâmes le bosquet, pour déboucher sur une gigantesque esplanade. Une colline en occupait le centre. S'y juchait l'édifice le plus imposant et coloré que j'avais jamais vu.

Des parois d'un vert de jade, couronnées par des tuiles dorées, s'élevaient à des hauteurs vertigineuses. Aux fenêtres flottaient des drapeaux rouges, des lanternes et des fanions. Un immense jardin entourait la construction, délimité lui-même par un vaste mur d'enceinte. Autour de ce palais se pressait une foule impressionnante. J'aperçus des chariots bâchés, des palanquins aux teintes vives et une nuée de piétons qui se massaient aux larges portes qui perçaient la muraille. Des tentes bariolées s'étalaient un peu partout, des groupes se rassemblaient près de feux de camp.

— Mais qu'est-ce que c'est que ce bazar ? sifflai-je.

— On dirait un de ces châteaux asiatiques, nota Ginger.

— Regardez, il y a de l'or sur les toits, remarqua Thomas.

Lui et lady Astley échangèrent un regard et acquiescèrent avec un grand sourire. À défaut de conquérir le monde, ces deux-là s'accommodaient bien de détrousser leur prochain.

— On pourrait aller voir de quoi il retourne, proposa lady Astley.

— Je préférerais combattre l'Union, bougonna le professeur.

— Je suis sûre qu'ils nous attendent là-bas, déclara Ginger.

Elle attrapa le bras de M. Nutter et nous quittâmes le bois pour prendre la direction du majestueux édifice. Malgré la foule dense et bigarrée, notre groupe attira assez vite l'attention, en raison de nos vêtements victoriens et de la chevelure blonde de Ginger, au point que nous nous retrouvâmes au centre d'un cercle qui balançait entre la curiosité et l'inquiétude.

Des visages à la peau sombre et aux yeux bridés nous observaient. Je devais reconnaître que nous détonions quelque peu. Ginger arborait l'une de ses toilettes à tournure, une pervenche qui mettait si parfaitement ses yeux en valeur. Tom avait opté pour une chemise défraîchie et l'une de ses redingotes favorites, et le professeur Nutter trimbalait son éternelle blouse. Quant à moi, j'affichai une tenue masculine, maculée de cambouis. Au milieu de tous ces gens en robes et tuniques, cotons et soieries colorées, nous dépareillions.

— Hum, bonjour ? risqua Ginger.

La masse recula un peu plus.

— Ils parlent notre langue, entendis-je murmurer.

— Eh bien oui. Nous sommes de passage dans cette splendide région et nous souhaitons visiter. Quel est ce bâtiment ?

— Vous devez venir de bien loin pour ne pas avoir ouï dire du sanctuaire de la Plénitude, déclara un homme en fendant la foule.

Il devait compter une quarantaine d'années, de taille moyenne, le visage lisse et assez beau, il arborait de longs cheveux ébène peignés en arrière et portait une tunique noire, brodée d'un dragon argent. Quatre hommes, vêtus des mêmes couleurs, l'entouraient, une lance à la main.

— Seigneur, le salua Ginger avec une révérence.

Elle avait vite repéré les signes de la noblesse. Tom, le professeur et moi l'imitâmes. Le nouveau venu étudia Ginger avec une moue appréciative. Je devais reconnaître que, comparée à nous, lady Astley en imposait.

— Seriez-vous originaire par hasard de Munim?

— Tout à fait, seigneur, répondit Ginger. Notre éloignement explique, mais n'excuse pas, notre ignorance.

— Eh bien, celle-ci sera réparée : voici le sanctuaire de la

Plénitude, qui contient la Source de la connaissance. Ceux que vous voyez, et dont je fais partie, sont des pèlerins arrivés des quatre coins du monde pour recevoir la sagesse des moines.

— Impressionnant, murmura Ginger.

— Je suis le prince Wu, héritier du royaume de Mandsin. Je me trouve ici pour effectuer une retraite avant mon couronnement.

Ginger s'inclina de nouveau devant l'homme.

— Nous sommes vos obligés de perdre ainsi votre temps avec de pauvres étrangers comme nous.

Le regard du noble disait clairement qu'il pensait à une manière toute particulière de perdre son temps avec Ginger.

— Que nenni, je vous offre l'hospitalité de bon cœur, déclara-t-il. Venez, je vais vous guider.

*

Tout prince qu'il fût, Wu ne posa pas grand problème à Ginger, qui l'embobina aussi facilement qu'une fileuse un brin de laine. Il nous invita dans sa tente, une splendeur affichant un confort digne d'un palais, nous fit servir le thé et nous régala de spécialités de son pays, ce qui lui valut l'affection immédiate du professeur Nutter.

Tom ne semblait guère heureux de l'attraction que Wu montrait pour lady Astley. Il ne se priva pas pour lancer de venimeuses œillades au noble. Ginger n'en tint pas compte et manœuvra avec son aisance habituelle. Je me contentai d'observer et d'écouter. J'appris que nous nous situions au cœur d'un vaste continent, et que le sanctuaire de la Plénitude en occupait plus ou moins le centre.

Il s'agissait d'un lieu spirituel important. Puissants du monde comme humbles paysans se pressaient là pour bénéficier de la sagesse séculaire des prêtres qui y vivaient. Apparemment, pour qui parvenait à décrypter leurs paroles, leurs enseignements permettaient de trouver des réponses aux questions les plus épineuses. De nombreux souverains leur devaient une victoire dans un conflit ou dans une succession.

Les moines ne possédaient rien, mais le temple regorgeait d'aumônes que les pèlerins offraient à la Source de la connaissance. Plus Wu nous parlait de cet endroit, plus j'avais envie de le visiter, rien que pour découvrir si ces bonzes se révéleraient aussi savants que ce l'on prétendait. Des étoiles scintillaient au fond des yeux de Thomas et Ginger, preuve que leurs motifs étaient moins désintéressés que les miens.

— Et comment pouvons-nous entrer dans ce sanctuaire ? demanda finalement lady Astley.

— Vous disposez de deux solutions. Attendre dehors avec la plèbe que les portes s'ouvrent, ou laisser une obole substantielle aux moines guerriers qui gardent le passage. Inutile d'essayer de se faufiler, les gardes veillent, et ce sont de terribles combattants, capables de vous tuer par la pensée.

La manière dont Wu avait prononcé « substantielle » m'amenait à penser que toutes les richesses que nous avions entassées dans la cale de la *Tédesplen* n'y suffiraient pas. Wu sourit à Ginger.

— Si vous le souhaitez, je pourrais avancer la somme pour vous. Après tout, il est si rare que des étrangers se déplacent jusqu'à nos lointaines contrées.

— Grand merci, prince, mais mes compagnons et moi ne méritons pas ce don. De plus, nous voulons apprendre à connaître ce merveilleux pays, et quoi de mieux pour cela que de se mêler au commun des mortels ?

Je lançai une œillade étonnée à Ginger. Depuis quand refusait-elle un présent ? Le noble accepta la dérobade de bonne grâce. Lady Astley prit congé et nous sortîmes.

— Qu'est-ce qui t'a pris ? siffla Tom dès que nous eûmes posé un pied dehors. Il pouvait nous faire rentrer sans qu'on ait à verser le moindre cent.

Ginger lui adressa un regard dur.

— Crois-moi, ce genre de cadeau n'est jamais gratuit et je n'étais pas disposée à payer son prix.

— Oh, répondit Tom d'un air penaud.

Le visage de lady Astley s'éclaira d'un sourire mutin. Elle tira une bourse rebondie d'un repli de sa tournure.

— En plus, j'ai de quoi régler cette histoire d'obole.

Tom et le professeur Nutter applaudirent. Je levai les yeux au ciel et priai pour que le prince ne s'aperçoive pas du vol avant que nous ne nous trouvions très loin.

— Filons vite, décrétai-je. Je me sentirais plus à l'aise une fois que cette chose ne sera plus en notre possession.

— Tu n'es vraiment pas joueuse, Sam, déplora lady Astley. Heureusement que je le suis pour nous deux.

Difficile de louper la porte principale du sanctuaire : une gigantesque arche taillée dans le mur d'enceinte. Comme l'avait dit Wu, deux files s'étiraient. La première serpentait sur presque toute l'esplanade, composée de gens du peuple, des familles entières le plus souvent. Les enfants se poursuivaient en riant, j'entendis les pleurs d'un bébé dominer un bref instant le brouhaha des conversations.

La deuxième queue se révéla par bonheur plus réduite. Juste avant nous se trouvait un noble, vu ses habits luxueux, accompagné de son épouse et d'une douzaine d'hommes. Ceux-ci ne portaient pas d'armes, mais les sentinelles à l'entrée les fouillèrent quand même. Le crâne rasé, vêtus d'une tunique et d'un pantalon blanc, ils tenaient de grands bâtons au bout ferré. Le dignitaire s'inclina devant eux et leur remit respectueusement un paquet rebondi, qui tinta lorsqu'il changea de main. L'un des gardes en étudia le contenu, hocha la tête et s'effaça pour laisser passer le groupe.

Notre tour arriva. Le professeur Nutter examina les moines avec un large sourire.

— Bonjour ! On voudrait visiter !

Les vigies nous observèrent avec un mélange de surprise et de courroux.

— Ce que mon vieux père souhaite dire, c'est que nous sommes venus pour bénéficier de la sagesse du sanctuaire. Voilà pour vous, rectifia Ginger.

Elle tendit la bourse, son interlocuteur l'inspecta. Je me raidis. Si la somme ne suffisait pas, Ginger chercherait à voler ce qui nous manquait, et les ennuis ne tarderaient pas. Mais l'homme acquiesça et nous permit d'entrer. Je m'autorisai un petit soupir de soulagement et me faufilai avec mes camarades.

Le calme qui régnait en ces lieux me saisit. Les bruits de l'extérieur semblaient comme bloqués par un mur invisible. Seuls résonnaient ici le murmure de l'eau et le chant des oiseaux. Nous avançâmes, suivant une allée. Elle serpenta à travers les bosquets, nous fit traverser un pont, passer en dessous d'une pagode pour s'arrêter au pied d'un large escalier. Je levai les yeux vers la porte du sanctuaire.

— Eh bien, ils ne donnent pas dans le discret, commenta Ginger en avisant les dorures et sculptures qui ornaient le fronton et les tympans.

Les autres pèlerins effectuèrent un drôle de signe avant de s'incliner, puis de gravir les marches. Après une brève hésitation, nous les imitâmes et pénétrâmes à l'intérieur.

Je m'attendais à découvrir un temple épuré, avec peut-être quelques lanternes, des alcôves secrètes où méditaient des prêtres. Au lieu de cela, le brouhaha qui régnait me frappa. Des dizaines de personnes arpentaient les coursives, où des nuées d'étals se dressaient.

— Mais qu'est-ce que c'est que ça ? murmura Tom.

Ginger le prit par le bras et avança, car nous stationnions dans l'entrée et commencions à attirer les regards des curieux. J'attrapai le professeur et les suivis. Le couloir où nous nous trouvions était immense, plusieurs yards de large, et son plafond montait si haut que je dus me décrocher presque la tête pour l'admirer. Partout des étalages colorés. On y vendait toute sorte de biens : tapis de prière, tuniques brodées de symboles étranges, statuettes, bijoux, encens, parfum… J'aperçus carrément un marchand de saucisses dans des petits pains.

— Mais pourquoi un marché, ici ? s'étonna Tom alors que nous obliquions dans un nouveau corridor semblable au premier.

— Pour le commerce, déclara Ginger.

Effectivement, l'argent changeait beaucoup de mains et les pèlerins, y compris les plus modestes, se ruaient pour acquérir ces babioles et repartaient avec le visage transfiguré, leur trésor abrité entre leurs paumes.

Lady Astley observa le ballet des camelots avec une moue approbatrice. Une arnaque à une si grande échelle, elle ne pouvait qu'adhérer. Tom aussi semblait intéressé. Le professeur poussa un soupir déçu.

— Qu'y a-t-il ? m'enquis-je.

— Pas d'Union à combattre, pas de monde à conquérir, et même pas de vrais bonzes, juste des boutiquiers. Je sens que je ne vais pas tarder à me barber.

Je lui tapotai l'épaule.

— Allons, je suis sûre que nous trouverons des choses amusantes à voir.

Je l'espérais de tout cœur, car un Nutter qui s'ennuyait était un Nutter susceptible de tester des inventions farfelues. Je ne me souvenais que trop bien de ce qui avait failli nous arriver à cause de ses lubies.

Le vieil homme acquiesça. Nous commençâmes à déambuler dans le temple. Les couloirs étaient nombreux et s'enchevêtraient. Des prêtres les occupaient et vendaient leurs babioles aux chalands. Je dus plusieurs fois empêcher M. Nutter de craquer pour des bêtises. L'arnaque était parfaitement huilée, en apparence tout incitait à la transcendance et à l'élévation de l'âme. En réalité, ces gens cherchaient juste à amasser de l'argent.

Nos pas nous menèrent jusqu'à une salle qui se nichait dans un renfoncement. Des pèlerins se recueillaient devant la porte pourtant ouverte. Nous hésitâmes un bref instant, puis Ginger se lança et se glissa à l'intérieur. Le reste de la Ligue la suivit.

Je découvris une pièce circulaire, couronnée par un dôme. Des dizaines de bougies à la flamme tremblotante l'éclairaient, conférant à l'ensemble une atmosphère sereine et mystique. Un vieillard était assis en tailleur au fond, devant une tenture rouge frappée d'un symbole étrange.

— Hum, bonjour ? risqua Ginger.

— Louée soit la pureté des écailles du Dragon d'azur, répondit le bonze. Le Grand Trilobite se montre heureux que vous soyez venus puiser les mots à la Source de la vérité.

Tom, Ginger et moi regardâmes le professeur, qui haussa les épaules.

— Ce n'est pas parce que je suis un vieux fou que je saisis ce qu'il dit.

— La Source vous guidera vers la lumière. En l'échange de l'éclat éphémère de votre compréhension. Et d'une modeste obole. Déposez-la dans le bol à l'entrée.

L'allusion était claire, il fallait payer. Je me tournai vers Ginger et Tom qui battaient en retraite vers la porte. M. Nutter les devança. Il fouilla dans ses poches et en tira des rouages, une clé à molette, un bout de cuir, un reste de gâteau fossilisé et une piécette d'argent, qu'il lança dans le récipient prévu à cet effet. Le prêtre nous invita à nous agenouiller en arc de cercle.

— La vérité vous sera maintenant révélée. Énoncez l'énigme qui hante vos esprits.

Nous échangeâmes un regard surpris. Personne n'avait préparé de question. Quoi qu'en y réfléchissant, il y avait bien un mystère à éclaircir.

— Hum, voilà, c'est assez compliqué, commença Thomas.

— Pour faire simple, nous avons des ennuis avec ces voyageurs, continua Ginger.

— De sales bonshommes, siffla le professeur.

— Et où que nous allions, nous n'arrêtons pas de les retrouver, terminai-je.

L'homme en robe safran demeura coi un instant, puis il dressa une main et fixa le plafond.

— Rouge est la nuit, blanche la peur. Les grues prennent leur envol au petit matin. La brume serpente entre les maisons. Le riz ne poussera pas s'il n'est pas aimé. Toujours regarder vers l'est en vous levant.

Il se tut. Nous attendîmes un moment, avant que Thomas ne brise le silence.

— Euh, c'est tout ? s'enquit-il.

— Méditez la vérité de la Source, répondit le prêtre.

Au ton de sa voix, je sus qu'il n'en dirait pas plus. Nous sortîmes de la salle, passablement énervés.

— Quelle arnaque ! s'exclama Ginger, sûrement furieuse de ne pas avoir pensé à un tel stratagème avant.

— Je n'ai rien compris, gémit Tom.

Le professeur ronchonnait dans sa barbe. Je soupirai. Au temps pour les vérités transcendantes. Il ne nous restait plus qu'à quitter cet endroit pour aller chercher les aventures ailleurs, si possible là où on n'essaierait pas de nous extorquer notre argent. Alors que je réfléchissais au type de monde que j'aimerais visiter, je parcourais la foule du regard.

Quatre silhouettes bien connues attirèrent mon attention. Je me figeai et agrippai le bras de mon frère.

— Là-bas !

L'Union des parfaits nous avait une fois de plus retrouvés.

*

Nous suivions nos ennemis à distance, sans nous faire repérer, guettant ce qu'ils préparaient. Le professeur Nutter fulminait et je dus plusieurs fois l'empêcher de filer attaquer le docteur Amok.

L'Union ne semblait pas vraiment décidée à tenter un mauvais coup. Amok gambadait joyeusement en tête, Will essayait de ne pas se laisser semer. Miss Sharp et lord White allaient bras dessus bras dessous. Ils déambulaient ainsi, sans se soucier de ce qui se trouvait autour, et sans paraître nous chercher non plus. À vrai dire, ils ressemblaient plus à un groupe de promeneurs qu'à une troupe de génies du mal.

Miss Sharp s'arrêta devant un étal qui affichait de très jolis bijoux et entama une discussion animée avec le vendeur. Elle voulait marchander le prix, l'homme refusait. Lord White se mêla de la partie. William poussa un soupir et s'appuya contre une colonne. Amok se mit à étudier les dessins sur une paroi. Elle suivit du doigt l'un des motifs, et tourna à l'angle d'un couloir. Will s'aperçut de sa disparition et fonça à sa poursuite, appelant Sharp et White à la rescousse.

À distance respectable, nous les filâmes. Nous les retrouvâmes près d'un pan où s'étalait une fresque. Elle représentait des personnages, agenouillés devant une fleur de lotus blanc, qui flottait dans les airs en diffusant une lumière dorée. Le docteur Amok tripota un symbole sur le mur, et une entrée secrète s'ouvrit sans un bruit.

— Enfin ! Depuis le temps qu'on la cherche ! s'exclama la vieille femme.

Elle se rua dans le passage. Will, miss Sharp et lord White lui emboîtèrent le pas.

— Suivons-les, décréta le professeur Nutter avant que nous ayons pu dire quoi que ce soit.

Il fusa à la poursuite de nos ennemis, et nous n'eûmes pas d'autre choix que de le talonner. Le couloir caché derrière la porte était long et sombre, à peine éclairé par des flambeaux.

Nous marchâmes un moment. Des échos de voix nous parvenaient. Plusieurs fois, je songeai que nous tournions en rond. Une lumière apparut enfin. Avec précaution, nous prîmes cette direction.

Au lieu d'une nouvelle pièce, ou d'une quelconque salle secrète, nous débouchâmes au grand air, dans un parc aux dimensions impressionnantes. Des saules et des bambous poussaient autour de plans d'eau surplombés par de jolis ponts de bois. Il régnait là une douce lueur dorée, très apaisante. Une brise rafraîchissante agita des mèches de mes cheveux.

Je clignai des yeux et regardai autour de moi sans y croire. Comment était-ce possible ? Comment un jardin si immense pouvait-il se nicher au cœur d'un palais, certes d'une taille considérable, mais qui abritait déjà un dédale de couloirs ?

Nous cherchâmes l'Union, sans les apercevoir. D'un commun accord, nous empruntâmes l'un des sentiers de gravier blanc. Personne en vue, seuls le bruit de nos pas, le chant des oiseaux et le murmure de l'eau troublaient le silence.

— C'est gigantesque, s'étonna Ginger en s'arrêtant sur un pont. Comment un tel endroit peut-il exister ?

— Poche dimensionnelle, annonça quelqu'un derrière nous. C'est pratique, ça permet de gagner de l'espace.

Je me retournai pour me trouver face à face avec un homme entre deux âges, aux yeux bridés. Il portait un pantalon d'une couleur passée et une tunique qui avait connu de meilleurs jours. Appuyé sur son balai, il nous contemplait d'un air goguenard. Je resserrai les rangs avec mes compagnons et me demandai si ce nouveau venu était un ami ou un ennemi.

— Félicitations. Vous avez réussi à découvrir la Source de vérité. La seule et l'unique, cette fois, déclara-t-il.

— La vraie Source ? Mais comment ça ? m'étonnai-je.

— Suivez-moi, je vais vous montrer.

Faute de mieux, nous lui obéîmes. Il nous mena le long des sentiers du jardin. Il régnait ici une ambiance de calme qui peu à peu me berça. Je sentis diminuer les peurs et les tensions. À travers les branches d'un bosquet de saules, j'aperçus une lumière dorée, qui se révéla alors que nous traversions un pont.

Un lac immense s'étalait devant nous, dont les eaux miroitantes émettaient la lueur notée plus tôt. L'endroit était tout simplement splendide. Nous avançâmes jusqu'au bord. Je remarquai qu'un muret entourait la pièce d'eau.

— C'est beau…, souffla Ginger.

— On peut s'y baigner ? s'enquit le professeur Nutter.

— Je ne vous le conseille pas, expliqua notre guide. Ceci est la Source. Elle vous a appelés. Vous et les autres.

L'Union ! Tout à notre découverte, nous les avions oubliés. Aussitôt, la Ligue reforma les rangs. Nous nous plaçâmes dos à dos, de manière à voir arriver nos ennemis. Miss Sharp sortit la première de derrière un arbre, suivie de lord White, du docteur Amok et de Will. Aucun ne portait d'armes. Ils avaient l'air… étrange… presque détendu.

— Bonjour, Samantha, me salua Will.

Je ne répondis pas, sur la défensive. Nous nous observâmes en chiens de faïence. Le moine nous examina avec une expression goguenarde.

— Des voyageurs planaires. C'est rare d'en rencontrer. Alors deux groupes, pensez donc !

Il émit un petit rire, comme s'il s'amusait d'une plaisanterie que lui seul pouvait comprendre, avant de nous adresser un signe de la main. Il nous fit asseoir sur l'herbe alors qu'il s'installait sur le muret. Je n'avais pas très envie de jouer les écolières, mais il ne nous laissa guère le choix.

— Voilà, c'est le moment pénible, mais nécessaire où je vous administre un long blabla sur l'endroit où vous vous trouvez. Avant toute chose, vous devez savoir que seuls les élus, ceux qui ont de vraies questions, qui ont entendu l'Appel parviennent à la Source.

— Les élus ? relevai-je avec suspicion.

— J'aurais pu dire « ces guignols de voyageurs planaires qui croient avoir tout vu et se trompent lourdement ». Vous ne préférez pas le terme « élus » ?

— Ne faites pas attention à Sam et continuez, déclara Ginger.

— Donc, ceux qui disposent d'un peu de jugeote découvrent l'entrée de la Source. Les autres restent dans le faux sanctuaire, et doivent se contenter du baragouin que nous leur servons.

Je repensai à l'homme qui nous avait asséné un méli-mélo de phrases incompréhensibles.

— Et vous faites payer pour ça ! m'indignai-je.

— Si nous ne le faisions pas, notre parole pèserait moins. On se méfie toujours de ce qui est gratuit. Et puis, la toiture coûte cher à entretenir.

Ginger et lord White ricanèrent.

— Vous êtes ici parce que, malgré vos mines de brigands des grand-chemins, vous vous êtes montrés suffisamment malins pour regarder derrière les apparences. Ne vous reposez quand même pas sur vos lauriers, vous avez encore beaucoup de choses à apprendre.

Il marqua une pause et son visage s'éclaira d'un sourire gourmand, qui ne me dit rien qui vaille.

— Puisqu'on en est aux révélations, en voici une pour vous, mes cocos : si vous êtes arrivés ensemble, ce n'est pas par hasard. Mais parce que vous êtes liés.

Un concert d'exclamations contesta ces mots.

— Nous ne sommes pas venus ensemble ! tempêta le professeur Nutter.

— Jamais de la vie ! renchérit le docteur Amok.

Mais le reste demeura silencieux. Tom et miss Sharp s'observèrent, Ginger et lord White haussèrent les épaules. Je regardai Will. Oui, nos deux groupes se ressemblaient, mais de là à affirmer que nous étions connectés...

— Vous n'êtes pas les premiers voyageurs planaires à passer, reprit le balayeur. J'ai déjà constaté le phénomène voici quelques éons.

— Quelques éons ? relevai-je.

Le moine m'adressa un clin d'œil, mais ne répondit pas à ma question.

— Un homme et une femme étaient irrésistiblement attirés l'un vers l'autre. À chacun de leur périple, ils se retrouvaient. Ils se sont longtemps combattus, jusqu'au jour où ils sont arrivés ici. Ils ont rencontré la Source et ils ont compris la vérité.

— Quelle vérité ? l'interrogea Ginger.

Il nous embrassa d'un geste des bras.

— Oh je pourrais vous sortir le baratin qu'on révèle aux touristes, vous parler de destinée, de la volonté du Grand Dragon ou ce genre de foutaises. Mais vous m'êtes sympathiques, alors autant me montrer franc : vous représentez les deux facettes d'un miroir. Quelque chose vous pousse les uns vers les autres, une force inconnue, appelez-la comme vous voulez, ça ne changera rien pour elle. Toujours est-il que vous êtes liés. Où l'un ira, il tombera toujours sur son reflet. Inutile de fuir.

Le professeur et le docteur échangèrent un regard qui signifiait que toute accointance entre eux ne pouvait être que de la haine réciproque. Les autres étaient plus troublés, moi la première. Malgré son tour pendable à Casetti, je devais admettre que je trouvais Will d'une agréable compagnie. De plus, quand nous nous étions alliés contre les zombies, l'équipe formée avait plutôt bien fonctionné. Nous n'aurions pas survécu si nous étions restés chacun de notre côté.

— Vous pouvez choisir de vous opposer, repartir et continuer la guerre que vous vous menez. Ou vous pouvez opter pour une voie différente.

— Laquelle ? demandai-je.

Le prêtre m'adressa un sourire ironique.

— Je te l'ai dit, gamine. Ici, ce n'est pas l'attrape-touriste. Ça ne sert à rien de me poser des questions, de me donner de l'argent et d'espérer des réponses. Ce sera à vous de la découvrir. Maintenant, je vous laisse à vos réflexions. Le sanctuaire demeurera ouvert tant que vous n'aurez pas décidé de votre futur.

*

Je marchai le long des couloirs, perdue dans mes pensées. Les révélations du balayeur tournaient dans ma tête sans que je puisse les contrôler. En partie parce qu'elles étaient énoncées par un individu dont le travail consistait à ramasser les feuilles mortes et qui ne ressemblait pas, à première vue, à un sage philosophe, j'aurais voulu nier ce qu'il venait de me dire, mais cela aurait été me mentir. Depuis que notre route avait croisé celle de l'Union, un lien s'était créé.

Ginger et Tom avaient choisi de rester ensemble pour parler. D'après ce que j'avais vu, miss Sharp et lord White étaient partis de leur côté. Les deux savants boudaient, et moi, j'avais besoin de rester seule.

Je débouchai à l'extérieur du sanctuaire, dans le jardin. Aussitôt, je m'enfilai dans le lacis de sentiers et m'arrêtai sous une pagode pour souffler. Le seigneur Wu apparut au détour d'un chemin. Je me figeai, me rappelant la bourse que Ginger lui avait dérobée. Mais le prince s'avança vers moi avec un grand sourire.

— Heureux de constater que vous avez réussi à rentrer. Où se trouve donc votre charmante amie ?

— À l'intérieur, elle prie, répondis-je.

— Ah, je ne vais pas la déranger alors, je la rejoindrai plus tard. Après tout, on vient de m'annoncer que j'accéderai bientôt au trône, je peux me montrer patient.

— Vous avez compris ce que les prêtres racontent ? m'étonnai-je.

— Non, mais contre une offrande suffisante, l'un des acolytes traduit pour vous.

Un nouveau moyen d'extorquer de l'argent. Ginger apprécierait. Je pris congé du noble et m'enfonçai dans les jardins, cherchant la tranquillité. Malheureusement, la force qui poussait l'Union et la Ligue à se rencontrer avait décidé de ne pas me laisser en paix.

— Samantha ?

Raté pour la solitude. Je me retournai vers Will. Il me regardait d'un air un peu penaud.

— Je n'ai pas trop envie de conversation, lui lançai-je.

— Tant que vous ne me cognez pas, ça me convient, rétorqua-t-il.

J'émis un ricanement ironique.

— Vous essayez de me faire passer pour une brute ? notai-je.

— À chaque fois que nous nous sommes vus, vous m'avez tapé.

— Dans le monde des zombies, je ne vous ai pas touché !

— C'est juste.

— Alors n'affirmez pas que je vous frappe tout le temps !

Il me fixa avec une expression outrée, avant d'éclater de rire.

— Vous n'aimez pas reconnaître quand vous avez tort, non ?

— Inutile, j'ai toujours raison, répondis-je.

Il rit de nouveau, et cette fois, je me joignis à lui. Nous commençâmes à déambuler dans les allées du jardin.

— Ce lieu, c'est bizarre, murmura Will au bout d'un moment de silence.

— Oui, on dirait un point de rassemblement pour les voyageurs planaires.

— Il y en a d'autres comme nous ?

— Et pourquoi au juste seriez-vous les seuls ? lança une voix venue de derrière un arbre.

Le balayeur sortit de cachette, confirmant son goût pour les entrées théâtrales et pour interrompre nos conversations. Il nous étudia.

— Les jeunes fraternisent. Vous ne cherchiez pas un coin tranquille pour vous bécoter par hasard ?

Will bégaya et s'empourpra, je foudroyai le moine du regard.

— Ne soyez pas ridicule ! crachai-je.

Mon interlocuteur afficha un sourire goguenard particulièrement irritant.

— Vous êtes vraiment sympathiques, vous savez. Je vais vous faire visiter un peu.

L'invitation ne souffrait pas de refus. J'emboîtai donc le pas à l'homme, Will toujours collé à mes basques. À ses côtés, nous parcourûmes le sanctuaire en long, en large et en travers. J'avais déjà vu le marché et testé les salles avec les oracles. Je découvris les moulins à prières, les bonzes chanteurs, les prêtres danseurs, les spectacles de combat des gardes et une librairie dont les ouvrages permettaient soi-disant d'atteindre l'illumination en dix étapes. Le temple possédait même une piscine pour se laver de tous les péchés, des masseuses pour libérer l'âme, des tatoueurs pour se graver sur la peau les révélations des sages.

Nous terminâmes notre visite sur une terrasse à l'extérieur, où des femmes en robes immaculées proposaient aux pèlerins du Sôma, censé ouvrir l'esprit et amener vers l'immortalité. Notre guide commanda trois verres. Je goûtai la boisson avec circonspection. En dépit de sa drôle de couleur blanche, elle s'avéra plutôt bonne.

Le balayeur fit claquer sa langue pour marquer son approbation, avant de se tourner vers nous. Malgré sa figure joviale, je frissonnai. Les yeux de cet homme témoignaient d'une intelligence retorse qui me mettait mal à l'aise.

— Vous m'avez l'air de petits gars futés, commença-t-il.

— Je suis une fille, rappelai-je.

— Dites-moi ce que vous avez noté, ici, poursuivit-il sans tenir compte de l'interruption.

— Les fidèles croient que vous offrir de l'argent fait partie du rituel, que plus ils seront généreux, plus ils auront de chances d'approcher la Source, déclara Will.

Il m'avait retiré les mots de la bouche. Le moine hocha la tête.

— Quoi d'autre encore ?

— Plus les phrases des augures sont obscures et mieux ça marche. Ça donne aux gens l'impression qu'on vient de leur livrer un secret inestimable, intervins-je alors, soucieuse de ne pas rester à la traîne.

D'un regard, le prêtre m'encouragea à continuer.

— De plus, si vous délivrez une vérité nue à quelqu'un qui ne souhaite pas l'entendre, il vous en voudra. Autant enrober le tout.

— Oui, me montrer honnête m'a déjà coûté un emploi, grinça Will.

Je songeai à M. Peel et à la boutique de draps à Londres. Le balayeur se fendit d'un sourire ravi.

— On se réunit en comités pour trouver des phrases plus bizarres les unes que les autres. C'est devenu un concours entre nous, ricana-t-il. Je dois dire que je ne suis pas mauvais à ce jeu-là. « L'aiguille du crépuscule qui fend les flots ambrés de la déraison », c'est de moi. Pas mal, non ? Le record à battre est celui de frère Armatze. Il a carrément réussi à lancer une religion avec une seule expression : la tortue se meut !

Je contemplai les pèlerins et les moines qui passaient autour de nous sans nous écouter ou nous prêter attention

— Tout ceci, c'est de la poudre aux yeux. Le temple, les prêtres guerriers qui gardent l'accès. De la mise en scène. À vrai dire, les gardes s'assommeraient avec leur propre bâton en cas d'attaque.

— Vous leur offrez ce qu'ils désirent voir, ajouta Will.

Une nouvelle fois, notre guide opina.

— Les visiteurs ont envie de rentrer dans un sanctuaire majestueux. Ils espèrent acheter leur paix d'esprit et entendre des phrases alambiquées, qui contiennent un sens caché, et qu'ils tourneront et retourneront dans leur tête durant des mois. Oui, bien sûr, nous collectons pas mal d'argent et nous escroquons les gens. Mais nous donnons aussi beaucoup aux pauvres. Nous nourrissons la moitié de la région en hiver. Sans compter qu'avec tous les travaux de menuiserie, de peinture, de carrelage, on fait vivre les artisans du coin. Je vous ai déjà dit à quel point cette toiture est difficile à entretenir ?

— Pourquoi cette mascarade ? demandai-je.

— Pour la tranquillité, répondit Will.

Je m'en voulus de ne pas avoir saisi avant lui.

— Chaque frère et chaque sœur qui vit en ces murs a ses lubies, ses quêtes personnelles à mener. La Source nous garantit un sanctuaire où nous pouvons vaquer à nos occupations sans risquer quoi que ce soit.

Je regardai l'homme et compris alors qui il était en réalité.

— Vous aussi, vous êtes des voyageurs planaires ? soufflai-je.

— Je préfère raconter que je ne suis pas né sur ce monde, et que j'en ai arpenté un nombre conséquent avant de me poser ici. Ce n'est pas le cas de tous. Mais nous possédons un point en commun : nous avons renoncé à la guerre et à toute violence pour construire autre chose.

Il nous étudia tous les deux, avant de s'arrêter sur moi.

— Je sais à quoi vous pensez. Vous voulez en apprendre plus sur le passé de ces gens, comment ils sont arrivés là, pourquoi ils se sont mis à voyager. Mais tout ceci importe peu en réalité, comme je ne doute pas que les frasques antérieures de vos compagnons ne vous passionnent guère.

Je songeai aux aventures de Thomas et Ginger avant que nous ne commencions à voyager. Ils avaient connu beaucoup de déboires ensemble, mais le moine avait raison. Au final, cela ne m'intéressait guère.

— Tous ceux qui vivent maintenant ici ont ressenti l'Appel à un moment de leur vie.

— L'Appel ? relevai-je.

— Une force mystérieuse qui nous pousse à arpenter les mondes. À mon avis, la même qui vous amène à vous rencontrer sans cesse. Vous comprendrez. Un jour. Peut-être.

Voyant nos mines, il sourit de nouveau.

— Je vous laisse réfléchir à tout cela. Mon passe-temps favori m'attend.

Il s'éloigna avec son balai sur l'épaule.

— Une minute, l'arrêtai-je.

Il se retourna.

— Votre passe-temps. Qu'est-ce que c'est ?

— Observer les gens. Vous devriez essayer. C'est très instructif.

*

Une nouvelle fois, je restai seule avec Will. Nous demeurâmes un long moment silencieux, observant le ballet des pèlerins sur la terrasse. Nombre affichaient un air extatique en goûtant le Sôma, que je soupçonnais de plus en plus d'être du sirop d'orgeat. À la fin, j'en eus assez et je me levai. Will m'emboîta le pas. Sans nous en rendre compte, nous recommençâmes à arpenter le palais. Je réfléchissais aux implications de ce que l'homme nous avait révélé. Je ne pouvais m'empêcher de dévisager les prêtres que nous croisions. Lesquels étaient comme nous des voyageurs ?

Si certains avaient le type local, j'en aperçus d'autres à

la peau bien plus sombre, ou certains qui auraient pu me faire passer pour bronzée.

Will rompit le silence le premier, alors que nous nous asseyions contre un mur dans l'un des couloirs.

— Un sanctuaire pour les voyageurs, murmura-t-il.

J'acquiesçai en observant une femme au crâne rasé, vêtue d'une robe safran, refiler une statuette à un noble engoncé dans un habit de soie.

— Tout ce qu'il y a à faire, c'est vendre du rêve à ceux qui veulent des réponses faciles, dis-je. Lady Astley adorerait ça, plumer des pigeons à longueur de journée.

— Lord White ne serait pas en reste, rit doucement Will.

— Tom ne s'ennuierait pas non plus.

— Ann trouverait toujours des passe-temps.

— Le professeur Nutter serait heureux tant qu'on lui laisse créer ses inventions.

— Pareil pour le docteur. Quoiqu'il faille peut-être prévoir une pièce qui résiste aux explosions.

J'émis un petit ricanement à cette idée. J'échangeai un regard avec Will, et réalisai que nous pensions la même chose. Nous pourrions vivre dans cet endroit.

— Nous garderions nos bracelets, au cas où nous aurions envie de retourner nous promener.

— Idem pour la *Tédesplen*, déclarai-je.

Le silence retomba, tandis que nous échafaudions les possibilités. Alors que mon esprit divaguait, j'observai la cohue qui déambulait dans le couloir. Des hommes et des femmes de toutes les nationalités. Des nobles croulants sous les soieries et les pierres précieuses. Des gens plus modestes, qui avaient sorti leurs meilleurs habits, qui venaient chercher la révélation dans ce sanctuaire. Certains atteindraient peut-être la Source comme nous. D'autres resteraient à la porte, mais repartiraient heureux, la tête pleine de phrases étranges refermant une parcelle de vérité.

Un des gardes du seigneur Wu passa à côté de moi, vêtu de sa livrée noire et argent. Je l'aperçus disparaître dans la foule, puis reportai mon attention sur l'étal en face de moi. Un deuxième servant de Wu se faufila entre les badauds. Je fronçai les sourcils et l'étudiai. Il s'efforçait de garder un air détaché et nonchalant, mais sans grand succès. Il avait le même air que Thomas lorsqu'il préparait un mauvais tour. Il s'arrêta devant une fresque, lança un coup d'œil circulaire, et, d'un geste vif, traça une marque à la craie sur le mur. Je poussai Will du coude et lui indiquai l'homme. William l'examina avec circonspection.

— Ce n'est pas le premier que je vois, dit-il. Le sanctuaire grouille de ces gars en noir.

— Les soldats du prince Wu, l'informai-je. Nous l'avons rencontré à notre arrivée.

— Avait-il une escorte si imposante ?

— Non, je n'ai pas eu l'impression.

J'échangeai un regard avec Will et, d'un commun accord, nous nous levâmes et nous remîmes à flâner. Appliquant les conseils du balayeur, nous observâmes. Je disposais d'un talent naturel pour passer inaperçue et je dois avouer que Will se débrouillait bien aussi. Assis dans des coins, appuyés contre des piliers, nous nous fondions dans le paysage.

Je notai une dizaine d'hommes et en vis deux tracer des symboles sur les murs. L'un d'eux nous remarqua, il se figea, son visage devint de marbre et il fila à l'opposé du couloir, bousculant un ou deux badauds dans sa course.

— Suspect ? interrogeai-je Will.

— Oh que oui ! répondit-il.

Nous repérâmes un autre de ces individus et le suivîmes à bonne distance. Il quitta le sanctuaire, traversa les jardins pour rejoindre l'esplanade où campaient les pèlerins. Je trouvai un arbre suffisamment haut et nous y grimpâmes pour continuer de le surveiller. Je le vis partir en direction des pavillons où flottait le dragon argent sur fond noir du seigneur Wu.

— Qu'est-ce qu'ils manigancent ? demandai-je en étirant le cou.

— Je l'ignore, mais ceci devrait nous aider.

Will tira d'une sacoche à sa ceinture une paire de jumelles pourvues d'un certain nombre de molettes. Il en tourna deux et pointa l'instrument vers la tente.

— Oh, commenta-t-il.

— Quoi donc ?

— Je crois savoir pourquoi ils sont là.

Il me tendit les binocles. Je les portai à mon visage et constatai avec stupéfaction qu'elles ne se contentaient pas de grossir les objets, elles permettaient de percer le tissu. Je distinguai l'intérieur comme si je m'y trouvai. J'abaissai la lorgnette et adressai un regard venimeux à Will.

— Je ne les ai jamais utilisées pour des actions que la morale réprouverait ! s'exclama-t-il. En plus, ce n'est pas le plus important.

Il avait raison. La scène valait le détour. Le pavillon était chichement meublé : un lit de camp et un bureau. Sûrement parce que des râteliers garnis d'armes de tout poil occupaient le reste de la place : des épées, des lances, des haches, des boucliers, des caques, des plastrons, des arbalètes et leurs carreaux. Mon esprit établit le lien entre les différents éléments.

— Ils préparent une invasion, murmurai-je.

— Les richesses du sanctuaire ne sont pas que spirituelles. Ça attire les convoitises, ajouta Will.

Je lui rendis ses jumelles.

— Il faut qu'on en parle aux autres, déclarai-je.

*

Je retrouvai mes compagnons à la Source, au bord du lac. Thomas et Ginger, assis à l'ombre d'un arbre, discutaient.

Le professeur boudait toujours. Je leur expliquai en quelques mots ce que j'avais découvert. Quand j'eus terminé, mes camarades m'observèrent, le visage volontairement neutre.

— Tu es sûre de ce que tu racontes ? m'interrogea mon frère.

— Non, j'ai tout inventé parce que je m'ennuyais ! répliquai-je d'un ton vif.

— Pas besoin de prendre la mouche. Je demandais juste !

— Je sais ce que j'ai vu. Ils ont entreposé des armes là-bas et assemblé des hommes prêts à assaillir le sanctuaire.

— La question est de décider ce qu'on fait maintenant, déclara Ginger en poussant un soupir.

J'opinai et regardai autour de moi. À nouveau, le calme et la sérénité des lieux me frappèrent. Des bonzes passèrent de l'autre côté du lac. Je me rappelai ce que le balayeur avait dit. Les habitants étaient pacifiques, les moines guerriers à l'entrée ne faisaient que participer au folklore. Ils ne pourraient se défendre contre une attaque. La simple idée que quelqu'un veuille souiller ce temple me rendait malade.

— Nous devons les aider, affirmai-je.

Tom et Ginger agirent alors d'une manière confondante : ils acquiescèrent. Pas de discussion, pas de calcul pour savoir ce que ce sauvetage allait leur rapporter. Je les observai avec surprise. Lady Astley me lança un regard perspicace.

— Qu'est-ce que tu crois ? Moi aussi j'ai un cœur et je trouve ces gens plutôt sympathiques. En plus, on pourrait en profiter pour piquer un ou deux coffres. Les marchands ne les gardent vraiment pas bien.

Au temps pour l'altruisme. Mais cette remarque me rassura : Ginger restait égale à elle-même. Le professeur Nutter, demeuré silencieux jusque-là, intervint. Je m'étonnai de le voir si sérieux.

— Je n'aime pas cette histoire, Samantha. Et je n'apprécie pas ces sinistres individus. L'Union.

— Allons, professeur, ils ne se montrent pas si terribles,

au final, tenta Ginger. Nous avons passé la journée avec miss Sharp et lord White et ce sont des personnes charmantes.

— Oui, ce lord se comporte de manière un peu trop charmante avec toi, d'ailleurs, persifla Tom.

— Et Ann te dévore des yeux et je n'en fais pourtant pas tout un plat, répliqua Ginger.

— Je n'ai pas insisté quand ce prince Wu t'a courtisée.

— Je n'ai pas crié quand cette serveuse t'a embrassé.

M. Nutter et moi restâmes interdits devant l'échange. J'avais visiblement loupé un ou deux épisodes concernant les relations entre Tom et lady Astley. Mais avant que je puisse pousser l'examen plus loin, Ginger revint au sujet principal:

— Ce que je voulais dire, c'est que nous sommes peut-être partis sur de mauvaises bases.

— Ils ont cherché à assassiner Samantha ! s'indigna le vieil homme.

— Je sais… mais…, soupirai-je.

J'avais du mal à exprimer mes réflexions. Les mots du balayeur trottaient dans ma tête.

— Nous disposons d'une chance de recommencer à zéro. On pourrait oublier ce qui s'est passé. Oui, ils ont essayé de me tuer, mais nous aussi. Repensez à la manière dont nous nous sommes rencontrés. Tom a attaqué M. Nutter, Ginger l'a assommé et quand nous l'avons retrouvée, nous étions prêts à lui rendre la pareille. Pourtant, nous sommes ici et nous avons vécu de nombreuses aventures ensemble.

Mon frère et Ginger acquiescèrent, mais M. Nutter n'était pas convaincu.

— Professeur, songez à ce monde avec les zombies. Quand nous nous sommes alliés, nous formions une équipe plutôt efficace. Imaginez ce que nous pourrions accomplir ensemble et ce que vous pourriez créer avec le docteur Amok.

— Non ! s'exclama le savant. Jamais je ne me commettrai avec cette harpie ! Ses inventions ne ressemblent à rien !

Persuader le vieil homme allait se révéler ardu. Il pouvait se montrer aussi buté qu'un sale gosse. Un mouvement nous interrompit. L'Union des parfaits arrivait vers nous, Sharp et White en tête. Ils marchaient à grands pas et arboraient un sourire conquérant.

— William nous a expliqué ce qui se prépare. En tant que défenseurs du Bien, nous ne pouvons laisser passer ça. Il faut agir pour protéger les faibles ! clama le lord.

L'emphase de la réplique nous fit hausser les sourcils. Le bel entrain que l'Union avait affiché se dégonfla. Miss Sharp soupira.

— Non, ce que nous voulons dire, c'est que ces gens sont pacifiques et ne sauront pas se débrouiller, et nous ne pouvons pas les abandonner à la merci du danger comme ça. Ce ne serait pas juste.

Voilà qui faisait écho à nos propres réflexions.

— Mais nous ne sommes pas sûrs d'y arriver seuls. Vous nous avez sauvés des zombies. Associés, nous avons pu vaincre ces créatures et secourir un groupe d'innocents. Nous sommes venus vous proposer une alliance, déclara-t-elle.

Un long silence de notre part accueillit la nouvelle.

— Hors de question ! finit par tonner le professeur.

— Ne croyez pas que ça me fait plaisir, hibou déplumé. Mais les autres ne m'ont pas laissé le choix ! cracha Amok.

M. Nutter se répandit en insultes. Je regardai Tom et Ginger, et secouai la tête pour leur signifier que nous devrions nous passer de l'avis du vieil homme pour cette fois. Mon frère hésita. Ginger lui prit la main et opina imperceptiblement.

— D'accord. Nous marchons avec vous, affirma Tom.

*

William poussa un profond soupir.
— Qu'y a-t-il ? m'enquis-je.

— Je suis membre de l'Union des parfaits. J'ai voué ma vie à parcourir les mondes et à défendre le Bien. Nous nous sommes affrontés à de maintes reprises avant de saisir qu'ensemble, nous pouvions accomplir des merveilles. Notre destin est en marche, j'en ai conscience et je suis prêt à consentir à de nombreux sacrifices pour que le futur s'avère radieux. J'aimerais juste comprendre une chose.

— C'est pourquoi nous nous retrouvons encore à jouer les appâts ?

— Exactement.

Je me trémoussai, mal à l'aise dans ma cachette. Nous nous camouflions derrière les bagages d'un convoi qui avait planté ses tentes dans l'après-midi. Passer le mur du sanctuaire et nous dissimuler ainsi n'avait pas été une mince affaire. Heureusement, l'obscurité nous protégeait maintenant.

Will me tendit ses jumelles. J'observai le pavillon et notai que, non contente de percer les tissus, ces binocles permettaient aussi de voir dans les ténèbres. Un point pour le docteur Amok !

À l'intérieur, les chefs de guerre s'agitaient et discutaient avec animation autour d'une carte.

— Vous pensez que bouter le feu à tout ça suffira à les désorienter ? demandai-je.

— Je l'espère en tout cas. Allons-y avant qu'ils ne se mettent en route.

Je me coulai hors de mon abri, tenant des allumettes et une fiole d'un liquide inflammable, fabriqué par le professeur Nutter un jour où il avait voulu concevoir un sirop. Je courus pliée en deux jusqu'à la tente où les soldats stockaient le matériel et me plaçai contre une paroi. D'une main fébrile, je débouchai la bouteille et grattai le briquet. La flamme prit vite et faillit me roussir les doigts. En quelques secondes, la toile s'embrasa. Je reculai de quelques pas. De son côté, Will avait répété la même manœuvre. Un deuxième pavillon s'enflamma.

— Au feu ! Au feu ! beuglai-je pour attirer l'attention.

Des cris paniqués retentirent du camp. J'esquissai un sourire satisfait. La première partie du plan se déroulait sans accroc. Maintenant, Tom et miss Sharp allaient entrer en action et arrêter le brasier avec une invention du docteur Amok, qui piégerait les armes dans de la gélatine. Pendant ce temps, Ginger et lord White se chargeraient de rameuter les moines et de trouver une sanction contre ces envahisseurs. Je rejoignis Will au petit trot, il m'attendait près du mur du temple. À la lumière du feu, il affichait une expression joyeuse. Je m'apprêtai à le congratuler sur l'équipe de choc que nous formions, lorsqu'une violente détonation ébranla le sol. Je me retournai. Une deuxième explosion, plus proche que la première, me jeta à terre.

Je me redressai, étourdie. Des cris retentissaient du campement des pèlerins. Les gardes en faction couraient en direction de plusieurs foyers d'incendie, dont plusieurs n'étaient pas de notre fait. Des flammes illuminaient la nuit. Le sanctuaire brûlait. De nouvelles déflagrations soufflèrent une partie du dôme. Je demeurai figée, incapable de bouger. Will m'attrapa par le bras.

— Qu'est-ce qui se passe ? s'exclama-t-il.

— Je ne sais pas ! On dirait que le sanctuaire est attaqué !

— Vite ! Retrouvons les autres.

Will me tira en direction du temple. Des flammes orangées dansaient sur la toiture et commençaient à noircir les tuiles. Des gens fuyaient en hurlant. Je remarquai que la pierre prenait feu et m'interrogeai confusément sur ce genre de brasier qui consumait même le marbre.

Will ne me laissa pas le temps de me poser trop de questions. Zigzaguant à travers les couloirs, il m'amena jusqu'à une des entrées du cœur du sanctuaire. À l'intérieur, la débâcle était totale. Les pèlerins se sauvaient aussi prestement qu'ils le pouvaient. Les prêtres avaient l'air perdu. J'aperçus des hommes en armes, Will et moi nous dissimulâmes derrière un pilier tandis qu'une patrouille nous dépassa et s'arrêta devant un mur. Contrairement à ce que j'avais supposé, ils ne semblaient pas en vouloir aux richesses du temple. Plusieurs sondaient les parois, surveillés par leur chef.

— Ils cherchent la Source, murmurai-je.

— Prévenons le balayeur et les autres, chuchota Will.

J'opinai et me glissai hors de ma cachette. Je fonçai jusqu'au passage secret, heureusement sans rencontrer personne. La porte s'ouvrit devant moi, je m'y coulai, mon camarade de l'Union à ma suite. Le souffle court, je remontai le couloir. Mon cœur cognait à tout rompre. À l'intérieur de la poche dimensionnelle, rien n'avait changé. Tout était toujours aussi calme et serein. Je poussai un soupir de soulagement, qui se mua en gargouillis paniqué, lorsque je perçus un déclic derrière moi. Je me retournai, pour me trouver face au mauvais côté d'un carreau d'arbalète. Miss Sharp me toisait d'un air dur.

— Qu'est-ce que…, commençai-je.

Je réalisai que je n'avais pas entendu Will refermer le battant derrière moi. Je le fixai, il se tenait à côté de Miss Sharp, la tête baissée. Une troupe d'hommes en armes surgit du passage secret et se déploya dans le sanctuaire.

— Au nom de l'Union, nous prenons possession de la Source ! déclara Miss Sharp d'une voix forte.

Je la regardai puis foudroyai Will, qui garda un visage neutre. Je l'agonis d'insultes colorées, en anglais et en gaélique, ce traître méritait bien ça. Je me tus lorsque le souffle me manqua et repris mes esprits. Ma tirade m'avait permis de me calmer et de réfléchir.

— L'alliance n'a jamais existé, n'est-ce pas ? lançai-je.

— Non, confirma miss Sharp.

— Le prince Wu et ses gardes travaillent pour vous. Vous les avez mis sur notre route pour détourner notre attention.

— Une idée de lord White.

Je cogitai à toute allure. Nous nous étions jetés tout droit dans un piège. Une nouvelle fois, l'Union nous avait devancés, et cette fois, ils n'avaient pas eu besoin de bracelet de transport plus rapide que notre *Tédesplen*. Notre stupidité et notre naïveté leur avait facilité la tâche. J'enrageais silencieusement, tout en tournant et retournant une question toute simple dans ma tête : comment pouvions-nous nous en tirer ? Miss Sharp m'adressa un signe de son arbalète.

— Avancez, maintenant. Vos camarades et les nôtres nous attendent.

Alors que je m'engageai dans les allées de la Source, je me repassai les derniers événements en mémoire. Will s'était révélé bien plus malin que moi. Il m'avait montré ce que je désirais : le complot, les hommes en noir. Je n'avais pas remarqué les autres hommes, bien plus discrets, qui arpentaient le sanctuaire. J'avais mordu à l'hameçon et j'en payais le prix.

Je retrouvai mes compagnons au bord du lac, en cercle, dos à dos. Le professeur avait tiré son rayon de la mort, Tom un pistolet à éclairs. Face à eux se tenaient Amok et lord White, accompagnés de trois gorilles.

— Je vous avais bien dit que nous ne pouvions pas leur faire confiance ! beugla M. Nutter en m'apercevant.

— Sam ! Tu vas bien ? me lança mon frère.

Je haussai les épaules et m'efforçai d'adopter une attitude décontractée, malgré l'arbalète pointée dans mon dos.

— Moi oui. Mon amour propre en a pris un coup, par contre.

— À qui le dis-tu ? siffla Ginger.

Elle fixait le lord avec une expression de haine froide que je ne lui avais encore jamais vue.

— Le Bien triomphe enfin ! exulta le docteur. Les ténèbres sont vaincues.

— Nous prenons le contrôle de la Source. Grâce à son pouvoir, nous deviendrons immortels, l'égal des dieux ! ajouta lord White.

— Nous réquisitionnons votre machine ! Elle nous servira à apporter lumière et connaissance sur tous les mondes et ceux qui se mettront en travers de notre chemin seront anéantis !

Les trois éclatèrent d'un rire mauvais, que j'aurais jugé cliché sans le carreau qui me menaçait. Je remarquai que Will demeurait en retrait et gardait les yeux baissés. La honte se lisait sur son visage.

— Et dire que j'ai cru à votre baratin ! crachai-je. Je me suis bien trompée.

— Beaucoup de personnes se sont fourvoyées, ici. Et moi la première, déclara alors une voix.

Le balayeur parut surgir d'un tronc. Il tenait une pipe et en tira une longue bouffée. Sur un geste de miss Sharp, les hommes de main l'entourèrent et le pointèrent de leurs lances.

— Vous êtes cernés. Nous prenons possession de ce sanctuaire et de la Source ! clama miss Sharp.

Le prêtre eut l'air ennuyé et nous jeta un regard.

— Désolé, je n'ai pas surveillé le bon groupe. Je me doutais d'un coup fourré, mais je pensais vraiment que la trahison viendrait de vous. Vraiment, je suis navré.

— Notre nom peut porter à confusion, reconnut Ginger. Vous êtes tout excusé.

Cet échange de politesse agaça nos ennemis et miss Sharp plus particulièrement. Je m'inquiétai de la voir se crisper sur la détente de son arbalète.

— Ce n'est pas tout ça. Vous avez perdu. Fin de l'histoire. Veuillez nous remettre votre machine.

— Jamais ! tempêta le professeur Nutter.

— Dois-je préciser que je n'hésiterai pas à abattre cette jeune fille si jamais vous refusez ? déclara Ann Sharp.

Le balayeur la regarda avec un haussement de sourcil.

— Hum, je m'étais lourdement trompé. Vous êtes des ordures.

— Foutaises, intervint le docteur Amok. Nous œuvrons pour le Bien. Grâce à la Source, nous pourrons répandre la bonne parole dans tous les univers !

— Ah oui, carrément, siffla le moine.

— La *Tédesplen* ! s'impatienta miss Sharp.

— Ne leur donne pas, Tom ! m'écriai-je.

— Comme si j'allais t'abandonner, gronda mon frère.

Sa réponse me causa à la fois une pointe de colère et d'amour pour ce grand dadais. Il retira le collier de son cou et s'avança, tenant la machine à bout de bras. Il s'arrêta devant Will.

— Voilà.

Le garçon tendit la main pour la recevoir. Tom desserra les doigts. Le balayeur se racla la gorge.

— Je me permets de vous interrompre afin de vous narrer un élément cocasse : tout le monde s'est trompé sur quelque chose, au final, intervint alors le bonze.

Il effectua quelques pas nonchalants, menacé par les lances des mercenaires.

— Vous, la Ligue, vous vous êtes mépris sur les intentions de vos ennemis. Moi j'ai fait erreur sur vous deux. Et vous, l'Union, vous avez loupé un détail crucial.

— Quoi donc ? cracha miss Sharp, avec une pointe d'incertitude dans la voix.

— Je vous ai dit que nous n'étions que de paisibles sages et que le sanctuaire, son décorum et ses prêtres servaient de couverture.

— Oui, et ?

— Hum, il s'avère que j'ai menti sur un point.

À ces mots, une ombre frappa les soudards. J'eus à peine le temps de reconnaître les gardes à l'entrée tellement ils se mouvaient rapidement. En quelques secondes, un des hommes gisait à terre et les deux autres vendaient chèrement leur vie.

L'Union se désintéressa de la Ligue et tenta d'abattre les nouveaux venus. Tom voulut lever son pistolet à éclairs.

Will en profita pour arracher la *Tédesplen* de ses mains et fila. Avec un juron, je me lançai à sa suite. Il courait vite, mais je le rattrapai au bord du lac. Je me jetai sur lui et essayai de récupérer la machine. Nous luttâmes, il finit par me repousser. Je bondis sur lui et le tirai en arrière. Il lâcha la *Tédesplen* avec un cri. Je me précipitai et la saisis au vol avant qu'elle ne tombe dans l'eau. Malheureusement, j'étais en équilibre précaire sur le muret. Je commençai à tanguer. Will se releva alors que je basculai vers l'arrière. Je tendis la main.

— Will ! l'appelai-je.

Il ne bougea pas, restant là, les bras ballants, tandis que je chutai dans les eaux de la Source.

J'eus le réflexe salutaire de retenir ma respiration et d'agripper la *Tédesplen* alors que les flots dorés se refermaient sur moi. On voulut m'attirer vers le fond. Je luttai, me débattis et donnai des coups de pied. La chose me lâcha, je crevai la surface tandis que mes poumons allaient exploser. Je regagnai la rive et me hissai sur la berge. Un carreau d'arbalète se ficha en vibrant à mes pieds. Je poussai un cri. Miss Sharp avança vers moi d'un air menaçant. Une salve d'éclairs violets la faucha. Mon frère surgit. Lord White tenta de l'abattre. Un caillou lancé par Ginger le percuta à la tête et le fit chanceler. M. Nutter arriva en brandissant son rayon de la mort. Il pressa la détente. Will se jeta sur lord White pour le protéger. Ils tombèrent tous les deux au sol. Le docteur Amok leva son fusil et voulut tirer en ma direction. Tom se montra plus rapide. Touchée à l'épaule, la femme s'écroula.

— Non ! s'exclama Will.

Il accourut vers elle, remonta la manche droite de sa blouse et appuya sur une commande de son bracelet. L'Union se volatilisa.

Je me relevai, les jambes tremblantes. Autour de moi, le calme était revenu dans le sanctuaire. Les sbires de l'Union qui ne gisaient pas au sol étaient tenus en respect par les moines guerriers. Ginger et M. Nutter me serrèrent contre eux.

— On t'a vu tomber ! gémit Ginger.

— J'ai cru que tu étais morte ! sanglota le professeur.

— Je vais bien, les apaisai-je.

— C'est assez surprenant, d'ailleurs, commenta le balayeur. Peu de gens peuvent se vanter d'être ressortis indemnes de la Source.

— Je vous assure que je vais bien, m'énervai-je.

Il n'insista pas, mais se fendit de son sourire goguenard.

— Il est temps de vérifier comment s'en tirent les autres, proposa-t-il.

Nous regagnâmes le temple. Partout se déroulait la même scène : les habitants du sanctuaire étaient venus à bout de leurs agresseurs et s'occupaient de les ligoter.

— Non violent ne signifie pas stupide, glissa notre guide comme s'il avait deviné mes interrogations muettes.

— Intéressante, votre manière de vous dissimuler en pleine vue, ajouta Ginger.

— N'est-ce pas ? Vous auriez beaucoup à apprendre de nous.

J'échangeai un regard avec mes compagnons. Nous secouâmes la tête.

— Non, dit Tom. Pas maintenant.

— Nous avons une revanche à prendre.

*

Le toit du temple étincelait au soleil. Nous avions aidé à le reconstruire, nous pouvions nous montrer fiers. Mais l'heure était surtout aux adieux. Garée près du sanctuaire, la *Tédesplen* était prête à partir, Tom avait déjà actionné les moteurs. J'étais la dernière à monter. Je regardai le lac et les moines assemblés pour nous dire au revoir. Le balayeur s'avança vers moi.

— Sûre de ne pas vouloir rester ? demanda-t-il.

— Certaine. Nous avons des affaires à régler.

Il opina. J'hésitai un instant, puis posai la question qui me brûlait les lèvres.

— La Source, soufflai-je. Vous avez laissé entendre qu'y tomber serait néfaste. Que va-t-il m'arriver ?

Il soupira, son visage totalement sérieux pour la première fois.

— Peut-être rien. Mais sachez que quoi qu'il advienne, nous vous accueillerons volontiers ici.

— Merci, c'est très rassurant, grinçai-je.

— Désolé, la gentillesse n'est pas mon fort. Mais la proposition tient toujours.

Je hochai la tête, adressai un dernier salut aux moines et grimpai à bord de la *Tédesplen*.

— Prête pour la guerre ? me demanda Tom.

— Prête, répondis-je.

— Bottons-leur les fesses ! s'exclama le professeur.

ÉPISODE 15 :
EUDAIMONIA

Il m'arrive parfois de sortir tard la nuit et de me glisser hors du château pour me promener en ville. J'aime le peuple de ce royaume et j'estime que marcher dans les rues, au cœur de la foule, constitue le meilleur moyen de savoir ce que pensent vraiment les gens. De plus, ces escapades me rappellent ma folle jeunesse, bien des années auparavant.

Hier soir, j'ai décidé de quitter ma retraite et d'aller arpenter les tavernes. J'ai trouvé la population tendue, nerveuse. Plusieurs hommes se sont battus pour des broutilles. Sur le chemin du retour, j'ai croisé nombre de mendiants, dont certains couverts de cicatrices. J'ai frissonné et touché ma nuque. Elle porte elle aussi une marque, témoignage d'une féroce bataille...

*

Je contemplais un désert qui s'étendait à perte de vue. Une chaleur intense, écrasante, brûlait ce monde. J'avais de la peine à respirer sous son joug. À côté de moi, mains en visière au-dessus des yeux, Tom observait les alentours.

— Ils ne sont pas là, hein ? nota-t-il.

— Je n'en ai pas l'impression, répondit Ginger depuis la *Tédesplen*.

Elle avait refusé de sortir au motif que le soleil allait abîmer son teint de lait. D'ordinaire, la réflexion aurait marqué le début d'une amicale prise de bec entre nous, mais aujourd'hui, personne n'en avait envie.

Cela faisait trois plans que nous traversions, à la poursuite de l'Union des parfaits. Nous savions que grâce à leurs bracelets ils bénéficiaient d'un temps d'avance sur nous, mais nous espérions les rattraper vite. Jusqu'ici, nous ne les avions pas croisés. Les habitants que nous avions interrogés ne les avaient même pas vus.

— Rentrons et trouvons un autre monde, décréta Thomas.

J'acquiesçai et le suivis. Il se plaça aux commandes, actionna la *Tédesplen* et plongea dans l'Entremonde. Je me calai sur mon siège et regardai le brouillard défiler. Mes pensées vagabondèrent. L'absence de nos ennemis m'inquiétait. Le balayeur avait affirmé que nous étions liés, que tant que nous n'aurions pas choisi de déposer les armes ou que l'un des camps n'aurait pas été vaincu, nous nous rencontrerions. Mais où ces sales rats étaient-ils passés ? Que manigançaient-ils ? Je poussai un profond soupir.

— Ne te bile pas, on finira par les retrouver, me souffla mon frère, interprétant correctement le motif de mon agacement.

— J'ai peur, avouai-je.

— Allez, tout ira bien. J'en suis sûr.

Il avait beau jeu de dire ça. Il n'avait pas fait trempette dans une source sacrée aux pouvoirs mystérieux ! En réalité, je ne me sentais pas plus différente qu'avant mon plongeon, mais quand même.

— Je sais, murmurai-je.

Je me renfermai dans mon mutisme et regardai défiler le paysage. Ginger était partie s'allonger dans sa cabine, le professeur refusait de quitter son laboratoire tant qu'il n'aurait pas construit un rayon tueur d'Amok. Sans eux, l'ambiance était sombre. Je me levai pour imiter lady Astley avec une sieste, quand un tintement attira mon attention.

— Ah, on approche d'un monde, commenta Tom.

— Déjà ? m'étonnai-je.

— Oui, c'est curieux. On atterrit ?

Je haussai les épaules en guise de réponse. Thomas manœuvra la *Tédesplen*. Je me rassis dans mon siège et laissai mes pensées divaguer. D'ordinaire, l'arrivée se déroulait sans accroc. D'ordinaire.

— Mais qu'est-ce que c'est que ça ? s'exclama Tom.

De drôles de sphères métalliques flottaient en rond dans le gris de l'Entremonde. Pas le temps de freiner. Nous traversâmes le cercle. Les boules luirent d'une lueur rougeâtre, avant de lâcher une salve d'éclairs qui nous frappa violemment. La machine fut secouée de toute part. Les vitres volèrent en éclats. Le brouillard s'engouffra à l'intérieur. La *Tédesplen* se mit à tournoyer. Je me rattrapai comme je pus à mes accoudoirs. J'entendis Thomas jurer. Un choc me jeta hors de mon siège, et tout cessa.

Je rouvris les yeux. La cabine baignait dans la pénombre. Je me redressai à grand-peine, vu que la *Tédesplen* avait basculé sur le flanc. J'épongeai le sang qui coulait le long de mon menton. Dans la bousculade, je m'étais fendu la lèvre.

— Tom, ça va ? demandai-je.

Mon frère se releva, indemne par le plus grand des bonheurs.

— Oui, j'ai réussi à atterrir.

Le professeur et Ginger remontèrent de l'étage inférieur. Ils chancelaient mais aucun ne semblait blessé.

— Qu'est-ce qui se passe ? nous interrogea lady Astley.

— On est tombés sur des bombes à la sortie de l'Entremonde. Quelqu'un nous avait tendu un piège, répondis-je.

Pas besoin de préciser qui.

— Il y a de la casse ? s'enquit Ginger.

— J'en ai peur, se lamenta Tom.

Le savant affichait un air désemparé.

— Oh non, ma belle machine.

Je lui tapotai l'épaule.

— Du calme, ce n'est peut-être rien.

J'en doutai, sans oser l'avouer au vieil homme. Je jetai un coup d'œil à travers les vitres explosées. Je ne distinguais pas le ciel, mais un enchevêtrement de pièces rouillées.

— Allons dehors constater l'étendue des dégâts, proposai-je.

Tom passa le premier, non sans mal en raison de l'inclinaison de la *Tédesplen*. Il tenait son pistolet à éclairs à la main. Je le suivis, mais à peine avais-je posé le pied à l'extérieur que je dérapai sur des cailloux et dévalai une pente. Je me relevai en me massant le dos.

Je réalisai que je n'avais pas glissé sur des graviers, mais sur un amas de copeaux métalliques, mêlés de vis et boulons. Je regardai autour de moi. On ne voyait pas le soleil car d'épais nuages gris obscurcissaient le ciel, et parce que se dressaient partout des piles de déchets. On aurait dit un immense cimetière de machines.

— Ah, nous sommes dans une décharge, commenta mon frère.

Oubliant momentanément l'Union et ses problèmes, l'inventeur lâcha un cri de joie et se rua hors de la machine. Ce faisant, il emprunta le même chemin de que moi et termina au bas de la descente. Il se releva sans mal et entreprit d'explorer le tas le plus proche.

— Fascinant… Tout à fait fascinant ! s'exclama-t-il.

— M. Nutter, il y a plus urgent, crus-je bon de lui faire remarquer.

Il tourna vers moi un visage ahuri. Tout à sa découverte, il avait omis l'essentiel. Je pointai du doigt la *Tédesplen* : une gigantesque balafre s'ouvrait sur le flanc, juste là où se trouvaient les moteurs.

— Ohlàlà, quelle galère, soupira Tom.

Le professeur s'empoigna les cheveux et poussa un gémissement à fendre l'âme.

— Ma *Tédesplen*… Ils me l'ont esquintée !

Il grimpa la pente pour se ruer au chevet de sa création. Je le suivis, avec plus de difficulté. Mon mentor jurait en examinant la coque. Tom et moi attendîmes avec anxiété sa réponse. Pour finir, il pivota vers nous et secoua la tête.

— Je… Les moteurs sont fichus. Je dois les démonter pour sauver ce qu'on peut.

— Et le système de miniaturisation ? m'enquis-je.

— En rade, lui aussi.

J'eus l'impression de sombrer dans un puits sans fond. Je regardai mon frère et Ginger qui nous avait rejoints dehors. Lady Astley se couvrit la bouche des mains pour étouffer un cri horrifié. Tom blêmit. Entendre le professeur avouer que la *Tédesplen* ne fonctionnait plus, percevoir l'hésitation dans sa voix, nous désarçonnait.

— Vous pouvez la réparer, non ? intervint Ginger.

— Je… Je crois, dit le savant. Il faudrait que j'isole le carburateur et la chambre d'injection, et que je rebâtisse l'ensemble.

Son manque d'assurance me terrifia plus que tout. Jamais M. Nutter n'avait douté de ses dons et de sa capacité à tout construire.

— J'ai besoin de matériel, déclara-t-il.

— Je l'accompagne, décrétai-je.

J'allai dans mes quartiers récupérer un manteau, ainsi qu'une ou deux armes. Je constatai avec déplaisir que les éclairs avaient touché ma cabine, et que l'Entremonde avait avalé une partie de mon mobilier, dont ma bibliothèque. Je ressentis un pincement au cœur. Je ne possédais pas grand-chose, juste des objets auxquels je tenais. Je venais de tout perdre. Une chose de plus à faire payer à l'Union.

Je retrouvai le professeur dehors, il avait récupéré dans la calle des fusées éclairantes.

— Si vous avez un problème, utilisez-les pour signaler votre emplacement, expliqua mon frère.

J'opinai, tout en me disant qu'en cas de rencontre avec tout ce qui ressemblerait de près ou de loin à un voyageur planaire j'appliquerai l'adage qui voulait qu'on tire d'abord pour poser les questions ensuite.

Je me mis en route avec M. Nutter. Nous nous faufilâmes entre des masses titanesques de débris. Le vieil homme s'arrêta près d'un tas et commença à le fouiller. J'observai ce qui composait l'amas : des planches vertes hérissées de boules et cylindres, des casiers de métal vides, des ventilateurs, des fils, des rouages. J'avais déjà vu ce genre d'objets sur certains mondes que nous avions visités. Nous étions tombés dans un univers beaucoup plus avancé que notre Londres d'origine.

Le professeur finit par revenir vers moi en secouant la tête.

— Rien que des ordures. Rien d'utile.

— Allons regarder autre part.

Nous suivîmes un chemin improvisé entre les monticules. Au fur et à mesure que nous nous éloignions de la *Tédesplen*, l'angoisse m'envahit. J'avais peur que l'Union surgisse à chaque instant. Pourtant, au fur et à mesure, la curiosité me gagna.

Au détour d'un amoncellement, des lumières apparurent. Je m'arrêtai. Devant nous se dressait une grille. Elle délimitait l'accès à une large route où filaient à une vitesse folle des engins motorisés. Derrière ce ruban s'étalait une ville à perte de vue, colossale et tentaculaire. Elle se composait de tours, bien plus hautes que tout ce que j'avais rencontré jusque-là. Des panneaux clignotaient partout, la plupart des lumières restaient allumées.

En tendant l'oreille, j'entendis une sourde rumeur, celle de moteurs et de milliers de voix. Le professeur regardait l'ensemble, bouche bée.

— C'est encore plus grand que Londres, déclara-t-il.

J'acquiesçai, sonnée. Cette ville immense et sombre me déboussolait.

— Vous avez découvert quelque chose d'utile ?

demandai-je.

— Non. Rien pour le moment, soupira-t-il.

Il lorgna vers la cité en contrebas. Je savais à quoi il pensait.

— Rentrons voir les autres et allons explorer. Peut-être que nous trouverons ce qu'il nous faut là-bas.

*

Thomas découpa la grille qui bordait la route. Nous nous faufilâmes en dessous et attendîmes, collés contre la clôture. La nuit était tombée, le trafic était devenu moins intense. Je regardai à gauche et à droite. Pas de lumière. Je m'élançai et courus de l'autre côté. Aucun véhicule ne vint me percuter, je respirai mieux. Je ne me détendis totalement que lorsque tous mes camarades furent passés.

Mon frère répéta la même opération que précédemment et nous nous coulâmes dans la ville. Je découvris des habitations sommaires, qui me rappelèrent les tentes de Miracle dans les sous-sols de Sinik. Mais là où les Miracliens montraient de l'espoir et la joie de vivre, ce quartier suintait la misère et le malheur. Plongés dans la pénombre, seuls les néons clignotants des tours qui s'élevaient plus loin lui prodiguaient un peu de lumière.

J'hésitai un bref instant et regardai mes compagnons. Thomas et Ginger affichaient un visage fermé. Le professeur m'attrapa le bras. Tom tira un pistolet à éclairs et je l'imitai.

Nous remontâmes les ruelles délimitées par ces abris de fortune. Nous ne croisâmes personne, bien que je vis des créatures bouger dans l'ombre.

Nous arrivâmes à la lisière du campement. Devant nous se dressait l'orée d'une forêt de tours. Une pluie fine se mit à tomber, au loin, un chien aboya, finissant de planter ce décor lugubre.

Nous nous engageâmes entre les bâtiments. Les premiers étaient délabrés : leurs enseignes ne brillaient que par intermittence et de nombreuses fenêtres étaient cassées.

Au fur et à mesure que nous progressions, les tours grandirent jusqu'à toucher le ciel. Les lumières dans les rues devinrent plus présentes. Nous rencontrâmes des personnes vêtues d'étranges matières colorées, qui ne semblaient provenir d'aucune plante connue dans la nature. La plupart portaient des capuches rabattues sur leur visage ou s'abritaient sous des parapluies. Ils avançaient vite, sans nous prêter attention, pressés de rentrer chez eux. Nos tenues victoriennes, même camouflées sous de longs manteaux, nous attirèrent quelques regards incisifs.

Alors que nous tournions à un angle, une rumeur nous parvint, celles de conversations et de musique. Nous débouchâmes dans une artère bien plus vaste que toutes celles empruntées jusque-là. Contrairement aux autres allées, celle-ci était animée. Un marché s'y tenait, des dizaines d'étals fleurissaient de part et d'autre.

Un homme nous bouscula et nous agonit d'insultes. Je réalisai que nous restions plantés au milieu du passage. Ginger et Tom s'écartèrent. Je tirai le professeur à côté d'un éventaire. M. Nutter loucha vers les marchandises et poussa une exclamation. Je réprimai un gargouillis de dégoût. Des yeux, une langue et des morceaux d'intestins s'étalaient sur un tissu à la blancheur douteuse.

— Organes cybernétiques dernier cri ! nous annonça le vendeur. Vous trouverez pas meilleur à ce prix-là ! Regardez mes yeux, une merveille, non ?

Il me désigna son visage, et je reculai en avisant le pus qui entourait les organes en question. Tom me prit par le bras et m'entraîna loin de ce pourvoyeur d'horreurs. Nous remontâmes la rue. Des enseignes clignotaient dans des couleurs criardes. De curieux panneaux animés vantaient les mérites de produits en tout genre. Une telle débauche, mêlée au vacarme de l'avenue, me donna assez rapidement le tournis.

J'observai les passants que nous croisions. La plupart

marchaient la tête baissée, mais ceux dont j'entrevis les traits me firent sursauter. La plupart portaient des éléments métalliques incrustés dans leur chair, certains possédaient des yeux artificiels, ou des câbles sortant de leur cou.

— Mais qu'est-ce que c'est que cet endroit ? gémit Ginger.

La bruine devint une averse drue. Nous nous abritâmes sous l'étal d'un vendeur ambulant, qui tenta de nous refourguer une soupe à l'odeur nauséabonde. Un grondement venu d'en haut attira mon attention. Je levai la tête pour apercevoir un engin volant, qui tractait une banderole. Les images s'animèrent, je distinguai un ciel bleu et un pré verdoyant, où couraient des enfants. Cette vision m'apaisa curieusement, comme si j'avais avalé une grande goulée d'air frais. Le paysage disparut pour laisser place à un seul mot : Eudaimonia. Ce nom flotta quelques secondes, avant que les premières images ne reprennent. Je me surpris à ne pouvoir détourner le regard et me forçai à baisser les yeux. L'effet était hypnotique.

L'averse se calma et nous nous remîmes en chemin. En réalité, nous étions un peu perdus. Nous cherchions de quoi réparer la *Tédesplen*, sans trop savoir où aller et sans oser demander notre route. « Bonjour, nous souhaiterons savoir où nous pourrions trouver des pièces de rechange pour notre machine à voyager entre les mondes » ne constituait pas une bonne accroche.

Au final, d'un accord tacite, nous nous laissâmes porter par le mouvement de la foule. Nos expéditions nous avaient appris qu'en cas de doute, le mieux restait de suivre les locaux. Nous dérivâmes donc au hasard des rues. La ville était gigantesque – j'avais l'intuition que nous ne nous trouvions même pas encore au centre mais dans un quartier périphérique – elle me sembla surtout sale et triste. Le désespoir suintait des murs de ces immenses édifices.

Partout dans les rues s'entassaient des marchands avec leurs étals crasseux. Des gosses faisaient la manche ; dans les allées, j'aperçus des silhouettes vautrées au sol. L'un de ces mendiants tourna la tête vers moi. Ses yeux étaient vides, un filet de bave s'écoulait de ses lèvres. Il me sourit, mais j'eus l'impression qu'il ne me voyait pas.

Au bout d'un moment, nous en eûmes assez de marcher sans but : il fallait demander notre chemin. Nous hésitâmes, de peur de nous faire repérer, mais finalement, Ginger se dévoua. Elle se para de son plus beau sourire et tenta d'arrêter un passant. Elle dut s'y rependre à plusieurs fois avant que l'un d'eux accepte de lui répondre.

— Excusez-moi, nous sommes à la recherche de quelqu'un qui pourrait nous vendre des pièces pour réparer une machine, demanda-t-elle.

Son interlocuteur nous regarda, avant de ricaner.

— Si vous êtes aventureux et que vous avez de l'argent, vous pouvez essayer le marché.

— Comment s'y rend-on ?

— C'est dans les sous-sols de l'ancien métro, pas très loin d'ici. Tenez, je vais vous expliquer.

Heureusement pour nous, les indications de l'homme se révélèrent claires. Nous arrivâmes devant un escalier qui descendait dans les profondeurs. De là montaient un brouhaha de conversation ainsi qu'une odeur nauséabonde.

M. Nutter se lança le premier et nous lui emboîtâmes le pas. Au cours de nos voyages, nous avions déjà vu diverses foires, toutes plus grandioses les unes que les autres. Le marché de cette mégalopole les surpassait tous. Niché dans un souterrain immense, il semblait s'étaler sur des miles et des miles. S'entassaient à cet endroit des centaines d'étals, certains abrités par des tentures clinquantes, d'autres privilégiaient la tôle. J'eus l'impression d'être de retour à Whitechapel. Les yeux artificiels et les plaques de métal fichés dans le visage en plus.

Le professeur s'engagea dans les allées et se mit à fureter. Les vendeurs l'observèrent d'un air blasé, bien que j'en sente plusieurs aux aguets. Certains gardaient avec eux des gaillards au format d'une armoire rustique, à l'intellect d'un bovin et la puissance de frappe d'un canon. Pas question de faucher quoi que ce soit, j'espérais que Ginger et Tom se tiendraient à carreau.

Je préférai rester à proximité de M. Nutter pour l'empêcher de commettre une bêtise. Il trifouilla dans les étals en marmonnant dans sa moustache. Je n'avais aucune idée de ce à quoi pouvaient servir les choses exhibées là. Des panneaux proclamaient « cybernétique », « informatique », « puces », et autres termes que je ne comprenais pas.

M. Nutter pesta à voix basse un moment, avant de se décider à engager la conversation avec plusieurs marchands pour leur expliquer ce dont il avait besoin. La plupart le regardèrent, s'interrogeant clairement sur sa santé mentale, réaction assez normale quand on rencontrait le savant pour la première fois mais qui dans le cas présent ne nous arrangeait guère.

Nous finîmes par nous arrêter face à une devanture. Le professeur pointa du doigt un tas de débris.

— Oui ! s'exclama-t-il. Un double carburateur à injection spontanée et transcendantale !

— Un quoi ? souffla mon frère.

Je répondis par un haussement d'épaules. J'avoue que je n'ai jamais vraiment compris comment fonctionnait le moteur de la *Tédesplen*. M. Nutter fit mine de saisir la pièce. Un gaillard torse nu et couvert de tatouages s'approcha en grognant. L'inventeur battit en retraite. Le marchand, un jeune homme aux yeux métalliques et aux cheveux tressés avec du câble cuivré, posa la cigarette qu'il était en train de fumer.

— C'est cent mille crédits, déclara-t-il.

Le professeur se tourna vers nous, une expression implorante sur le visage. Ginger afficha son sourire de négociatrice, à la fois calculateur et enjôleur.

— Vous prenez l'or ? demanda-t-elle.

L'autre secoua la tête. Loin de se laisser démonter,

Ginger poursuivit.

— Le diamant ?

Nouveau refus. Elle essaya toutes les monnaies en notre possession, mais sans succès.

— Ne pouvons-nous pas convenir d'un arrangement ? roucoula-t-elle en désespoir de cause.

Son interlocuteur la regarda de haut en bas. Un instant, je crus que le charme de Ginger agissait, mais il secoua de nouveau la tête.

— Non, ma jolie. Je veux pas d'ennuis avec les corporations. Tu sais ce que ça coûte de pas employer les devises légales. Alors c'est cent mille crédits, point barre. Si t'as pas de crédits, va voir le bureau de change.

Il pointa du doigt une guérite rouillée un peu plus loin. Nous battîmes en retraite, il ne servait à rien d'énerver l'homme, et nous rendîmes à l'endroit indiqué. J'essayai de déchiffrer le tableau de conversion, mais les nombres refusaient de s'aligner et s'obstinaient à se tordre. Je renonçai. Ginger resta plantée là, son visage fermé témoignant de sa concentration. Elle finit par se tourner vers nous.

— Mauvaise nouvelle, je n'ai pas l'impression qu'ils prennent l'or ni les pierres précieuses. Apparemment, la monnaie en cours est le crédit politain, mais on peut aussi payer en yen dollar, ou en roupies roubles.

Nous ne disposions de rien de tout cela.

— Qu'est-ce qu'on fait alors ? demanda Tom.

— Il faut en savoir plus sur ce monde et sur la manière d'obtenir de l'argent, déclarai-je.

Cela ne signifiait qu'une chose : trouver un endroit où on pouvait consommer de l'alcool.

*

Nous revînmes sur nos pas et reprîmes l'allée

commerçante. Nous ne tardâmes pas à dénicher un bar qui ne semblait pas trop crasseux, mais suffisamment modeste pour qu'on puisse y rentrer sans poser de question. Hélas, l'intérieur nous réserva une mauvaise surprise. Au lieu des habituels consommateurs attablés autour d'une pinte ou accoudés au comptoir, je découvris des hommes et des femmes alignés le long des murs, un casque vissé sur le haut du crâne. Ils affichaient tous la même expression : un sourire béat. Des câbles reliaient les casques au mur et au-dessus, une enseigne lumineuse proclamait « Eudaimonia ».

Nous quittâmes ce troquet pour en trouver un autre. Les suivants se révélèrent semblables au premier, nous commencions à désespérer lorsque nous poussâmes la porte du *White Rabbit*. Des fumées âcres me prirent à la gorge dès mon entrée. Des filles peu vêtues se trémoussaient autour de barres et la plupart de clients étaient passablement ivres. Sans oublier la musique criarde venue d'une boîte chromée qui se mêlait au brouhaha des conversations. Mais au moins, les gens d'ici ne ressemblaient pas aux énergumènes que nous avions rencontrés.

Ginger avisa une table de libre et nous indiqua cette direction. Nous nous assîmes, j'étudiai les environs. Lady Astley observa le bar d'un air calculateur, avant de se lever.

— Je vais chercher de quoi boire, déclara-t-elle.

Elle fila vers le serveur et revint avec plusieurs pintes. Ginger se montrait très forte à ce petit jeu là. Je pense qu'elle n'a jamais payé une consommation de sa vie. Elle n'était pas seule, un homme l'accompagnait. Il portait des vêtements noirs : pantalon de cuir et un haut fait de résille. Ses yeux se dissimulaient derrière des lunettes aux verres réfléchissants. Ses cheveux se divisaient en d'épaisses nattes. Il se laissa tomber sur une chaise et repoussa ses tresses en arrière. J'eus le temps d'apercevoir une plaque de métal fichée dans sa nuque.

— Deathrock ici présent nous offre gentiment à boire, déclara Ginger.

L'individu lui adressa un sourire niais, avant de reporter son attention sur nous.

—Alors, comme ça vous êtes originaires de la campagne, commença-t-il.

— Oui, c'est ça, la campagne, répondit Tom.

— J'me disais que c'était pas à Polis qu'on trouverait une aussi jolie fille, lança Deathrock en reluquant Ginger.

Elle le remercia d'un bref rictus, tout en veillant bien à rester hors de portée de ses mains.

— Nous cherchons du travail en ville, expliqua-t-elle.

L'homme éclata de rire.

— Ah ! Vous avez envie d'accéder à Eudaimonia !

Devant notre regard d'incompréhension, il ajouta :

— Ma parole, vous venez vraiment de la cambrousse pour pas avoir entendu parler d'Eudaimonia !

Il se pencha vers nous avec des airs de conspirateurs.

— Eudaimonia, c'est mieux que n'importe quelle drogue. Et vous pouvez me croire, j'en ai testé un paquet. Eudaimonia c'est la meilleure réalité virtuelle au monde. Vous vous branchez et vous vivez au paradis le temps de votre connexion. Vous oubliez tous vos problèmes, vous avez plus mal nulle part, plus de déprime, rien.

Il exhala un soupir d'extase. Cet Eudaimonia semblait trop beau pour être vrai. Il y avait forcément un mais.

— Le seul souci en fait, c'est le prix. Il existe pas de contrefaçon à Eudaimonia, il faut acheter son entrée au Consortium, ou aux Zaibatsu qui ont obtenu la licence, et ça coûte bonbon. Mais ça les vaut.

— Justement, nous cherchons un moyen de gagner quelques crédits, avoua Ginger.

— Pour toi ma jolie, j'ai un boulot tout trouvé.

Un éclair féroce traversa les yeux de lady Astley.

— Non merci, gronda-t-elle.

Deathrock but une gorgée de son verre.

— Vous êtes sympas, et je peux pas laisser comme ça des gars de la campagne alors je vais vous expliquer un ou deux trucs. Ici à Polis, le Consortium dirige tout : les trois quarts des grosses entreprises et des Zaibatsu bossent pour lui. C'est eux qui détiennent Eudaimonia et eux qui proposent presque toutes les offres d'emploi. Attention, pour rentrer chez eux, faut montrer patte blanche.

— Et autrement ? demanda Ginger.

— Vous pouvez toujours essayer de voir la concurrence, ou les triades. Mais bon, je vous conseillerai quand même de tenter votre chance avec le Consortium. Ils fouilleront peut-être votre passé de fond en comble, mais au moins, si vous leur donnez satisfaction, vous obtiendrez l'accès à Eudaimonia !

Après cela, Deathrock ne nous apprit plus rien, mis à part le nom de la substance qu'il avait consommée, celle qu'il prenait quand il ne pouvait entrer à Eudaimonia, ça valait mieux que rien d'après lui. Il tint à l'offrir à Ginger. Elle refusa poliment, mais réussit à nous faire payer à manger. Enfin, si l'on pouvait qualifier de nourriture la bouillie infâme qu'on nous servit.

— Les vrais aliments coûtent un bras, au propre comme au figuré, grommela notre nouvel ami.

Peu après avoir fini notre repas, il commença à piquer du nez, sûrement l'un des effets secondaires de la drogue ingurgitée.

— Qu'est-ce qu'on fait, alors ? demanda Tom.

— S'ils fouillent dans le passé, évitons le Consortium, déclarai-je.

Ces gens ne trouveraient rien sur nous, et c'était précisément ce qui leur mettrait la puce à l'oreille. Je n'avais guère envie de tenter ma chance avec le crime organisé.

— L'argent ici n'existe pas en vrai, pas de pièce, rien. Ils payent avec des cartes qu'on peut recharger dans quelque chose qu'ils appellent terminal. Professeur, pensez-vous pouvoir gérer ça ? s'enquit Ginger.

—Aucun problème ! s'exclama le vieil homme.

Nous levâmes le camp, laissant là un Deathrock qui ronflait maintenant à en faire trembler les murs.

Dehors, l'averse n'avait pas cessé. Nous marchâmes un moment, avant que Ginger ne repère dans une rue cette machine nommée « terminal » et qui était censée délivrer ces fameuses cartes. L'inventeur se planta devant l'engin : un écran muni d'un clavier et à côté duquel s'ouvrait une fente. Il se retroussa les manches, sortit ses outils et se mit à l'œuvre. Je guettai les passants avec anxiété, mais la pluie qui tombait dru devait dissuader les promeneurs de s'arrêter. Les badauds ne nous prêtèrent pas attention. Je croisai les doigts pour que M. Nutter parvienne à récupérer de l'argent, mais au bout de longues minutes, il se redressa et me lança un regard peiné.

— Samantha, je n'aime pas ce monde, gémit le vieil homme.

— Je sais, soupirai-je.

— Bon, il ne reste plus qu'à tenter de voler ce dont nous avons besoin, déclara Thomas.

L'idée ne m'enchantait guère.

— Pas ce soir, trancha Ginger. Il va nous falloir de la préparation. Rentrons à la *Tédesplen*.

Nous partîmes en direction de la décharge, guidés par une boussole bricolée par le professeur. Heureusement que mon mentor avait pensé à se munir de cet instrument, car sans lui, je me serai perdue à coup sûr.

J'étais trempée jusqu'aux os. Je n'aspirai qu'à une seule chose : quitter cette ville sinistre et ses rues désertes. Alors que nous nous engagions dans une avenue, un groupe surgit de l'ombre et nous barra la route. Je me retournai et constatai avec déplaisir que quatre personnes nous coupaient toute retraite. Je tirai mon pistolet à éclairs.

— Inutile de résister, vous êtes cernés, lança une voix que je reconnus.

Deathrock, notre nouvel ami, s'avança dans la lumière d'un réverbère. Il retira ses lunettes et je frissonnai devant son regard gris acéré. Il nous étudia et hocha la tête.

— Ils avaient raison, dit-il.

— Qui avait raison ? demandai-je bien que je connaisse la réponse.

— L'Union des parfaits. Vous êtes venus, comme ils l'avaient prévu.

*

Les hommes nous confisquèrent nos armes, nous ligotèrent et nous bandèrent les yeux. On nous força à avancer et à monter dans un véhicule. J'entendis un drôle de bruit, comme si des pales tranchaient l'air et nous nous élevâmes. Le vacarme des moteurs m'assourdissait, mais pas autant que les palpitations de mon cœur qui faisaient pulser le sang à mes oreilles. L'Union nous attendait et nous avait capturés avant que nous puissions nous enfuir.

Je perdis la notion du temps, jusqu'à ce qu'un choc et l'arrêt des moteurs m'avertissent que nous nous étions posés. On nous ordonna de descendre, nous devions nous situer sur un toit car des bourrasques de vent agitèrent mes cheveux. On m'amena à l'intérieur, je longeai des couloirs, puis pénétrai dans une pièce dont le battant claqua derrière moi. Mes geôliers m'assirent avant de me retirer mon bandeau.

Je clignai des yeux, éblouie par la vive lumière qui régnait là. Je me trouvais dans une vaste salle presque nue. Seul un bureau la meublait. Devant nous s'étalait une baie vitrée et la forêt de tours qui composaient Polis.

La porte claqua de nouveau. Je tournai la tête pour voir entrer le professeur, puis Ginger et Tom. On leur réserva le même traitement qu'à moi.

— Samantha, où sommes-nous ? demanda M. Nutter.

Il n'avait cessé de maugréer dans sa barbe au sujet de l'Union et du docteur Amok, jusqu'à ce que lady Astley lui intime d'un ton sec de se taire.

— Je ne sais pas, sûrement dans le repaire de ces tordus, répondis-je.

— Silence, nous ordonna Ginger.

La porte s'ouvrit et deux hommes se plantèrent devant nous, dos à la fenêtre. Le premier était Deathrock, le second, un inconnu d'une quarantaine d'année, d'origine asiatique, qui portait un complet sombre à la coupe sobre mais élégante. Il nous étudia d'un regard froid. J'avais déjà rencontré ce genre de personnes : un homme habitué à commander et surtout à ce qu'on lui obéisse.

— Ainsi donc voilà la fameuse Ligue des ténèbres.

— Il paraît, risqua Ginger.

— Je dois dire que je ne suis pas impressionné. Franchement, je m'attendais à beaucoup mieux. Un travail d'infiltration, déjà. Mais non, vous, vous débarquez dans vos tenues bizarres, vous posez vos questions sans vous soucier de qui pourrait les entendre. Heureusement que j'avais des espions placés un peu partout, et que nous vous avons repérés avant les autres.

— Désolé. Du coup, vu que nous n'avons pas l'air dangereux, vous pourriez nous libérer ? tenta Thomas.

— Bien essayé, mais ça ne prend pas avec moi. J'ai récupéré votre *Tédesplen*, elle dort sagement dans mes locaux. Une réalisation époustouflante, je dois avouer. L'Union ment sur beaucoup de choses, mais pas sur ça.

J'examinai l'inconnu, il souriait toujours mais n'avait rien de rassurant. Mis à part ses yeux, il n'affichait pas de modifications, à part peut-être une plaque métallique à la base de sa nuque. Une question m'effleura alors l'esprit.

— L'Union, qu'est-ce qu'ils vous ont raconté sur nous ? les interrogeai-je.

— À moi personnellement rien. Mais votre tête est mise à prix.

— Quoi ? m'étranglai-je.

Tom eut l'air surpris, le professeur plus flatté qu'estomaqué. Ginger observait le nouveau venu avec acuité. Sur un signe de l'homme, notre ami du bar tira un écran d'une sacoche et l'alluma. Nos visages apparurent, assortis de montants.

— Pourquoi est-ce que je vaux moins que les autres ? demandai-je.

— Je l'ignore, déclara Deathrock.

— C'est humiliant, grommelai-je.

— Vous nous capturez, vous nous emmenez ici pour nous expliquer que l'Union nous recherche. Pourquoi ne pas nous avoir livrés à eux ? s'enquit alors Ginger.

L'inconnu la fixa avec un sourire.

— Ils n'ont pas menti, vous êtes futée. Mais si vous êtes vraiment aussi intelligente qu'ils le prétendent, vous pourrez résoudre cette question toute seule.

Ginger n'hésita qu'un bref instant avant de répondre.

— Ils se sont alliés avec vos ennemis. Du coup, vous nous avez escamotés pour éviter que l'Union nous trouve, parce que vous espérez que nous puissions vous aider à les abattre.

— Vous valez votre prime, lady Astley.

Elle inclina la tête comme pour accepter le compliment, mais son visage ne perdit pas de son acuité.

— En gros, vous nous offrez une association, dit-elle.

— Tout à fait, répondit l'homme. Travaillez pour moi, aidez-moi à abattre l'Union. En échange, je vous aiderai à réparer votre machine.

Je ne faisais pas confiance à cet homme. Il comptait nous utiliser à ses propres fins. J'échangeai un regard avec Tom et Ginger. Lady Astley se fendit d'un sourire. Je savais à quoi elle pensait. Nous avions dupé un dieu, nous pouvions bien nous charger d'un simple humain.

— Marché conclu, déclara Tom.

*

Notre nouvel employeur se nommait Takeshi Smith, bien que je doute qu'il s'agissait de sa véritable identité. Deathrock œuvrait pour tout ce qui touchait aux affaires à la limite de la légalité. Grâce à son équipe de surveillance, il nous avait repérés dès notre atterrissage à Polis. Heureusement pour nous, d'ailleurs, car je n'osais imaginer ce qui nous serait arrivé si l'Union nous avait capturés. M. Smith dirigeait la Zaibatsu Kay Dynamics, une entreprise qui tentait de grappiller des miettes au Consortium.

Dès que nous fûmes libérés, une armée de notaires en complet noir nous fit signer une tonne de documents. Clause de confidentialité, attestation de moralité et de santé mentale – celle-ci posa problème à M. Nutter – accord de non-concurrence. Ne manquait plus que le certificat d'un vétérinaire assermenté… Quand tout ceci fut terminé, on nous mena jusqu'à un ascenseur, qui descendit et s'ouvrit sur un couloir blanc dépourvu de fenêtres. Smith nous guida vers une porte, où il dut taper un code sur un drôle de boîtier. Nous entrâmes dans une salle baignée d'une lumière crue, où s'alignaient des machines de toutes sortes. Une dizaine de laborantins à l'air studieux s'activaient autour de ces engins. Le professeur Nutter redressa la tête. Lui qui n'avait cessé de maugréer depuis notre arrivée ici sembla se réveiller.

— Ooooh ! On dirait mon laboratoire ! s'exclama-t-il.

— En plus propre, alors, intervint Tom.

— Et mieux rangé, renchérit Ginger.

Mais l'inventeur ne les écoutait pas et s'était précipité au fond de la pièce, vers un homme allongé sur un lit, un énorme casque métallique sur le crâne. Des câbles reliaient la calotte à une console, surveillée par deux savants en blouse blanche. Ils fixaient des images animées sur un écran.

Une vallée baignée par le soleil, où courait un ruisseau ; un paysage bucolique et enchanteur. Je regardai les images et les tensions qui m'habitaient s'évacuèrent peu à peu. Je respirai plus aisément et me sentis détendue. Une main se posa sur mon épaule, je sursautai. Deathrock m'observait avec acuité.

— Puissant, hein ? dit-il.

Je remarquai la torpeur qui m'avait gagnée, secouai la tête pour dissiper les vestiges de l'illusion et tournai résolument le dos à l'écran.

— C'est Eudaimonia, non ? m'enquis-je.

— Tout juste, acquiesça M. Smith. Il s'agit d'une version de démonstration que nous avons réussi à pirater pour l'étudier. Nous essayons d'en comprendre le code.

Le professeur Nutter s'approcha de l'écran, sans que ses effets ne l'affectent. Je n'étais guère surprise, la folie douce du vieil homme le protégeait de beaucoup de choses néfastes.

— Qu'est-ce que c'est, un monde parallèle ? demanda-t-il.

— Non, une réalité virtuelle, répondit M. Smith.

Devant nos regards, il expliqua :

— Un univers créé de toutes pièces par une machine, mais où le cerveau peut se brancher. Tout ce qu'il expérimente lui semble vrai.

M. Nutter observa nos interlocuteurs avec des yeux ronds. Je pouvais presque entendre les rouages de son esprit tourner. Construire sa propre réalité, voilà qui devait lui paraître attirant. Quant à moi, je commençai à discerner l'enchaînement des faits. Eudaimonia était l'arme du consortium pour tenir les masses et les empêcher de se révolter. Le parfait outil de conquête du monde.

— L'opium du peuple, en somme, murmura Deathrock.

Il devait y avoir là une référence cachée qui m'échappait.

— Qu'est-ce que l'Union a à voir dans tout ça ? demanda Ginger.

— Ils sont arrivés dans le paysage il y a plusieurs mois.

Débarqués de nulle part. Ils se sont alliés avec les corporations et ont gravi les échelons en quelques semaines. Ils travaillent au projet Eudaimonia depuis un petit moment déjà, et le programme a changé.

— Comment ça ? m'enquis-je.

— Voilà des années que mes équipes essayent de craquer le code d'Eudaimonia pour lancer notre version concurrente. Ils sont à l'affût de toutes les modifications et nos hackers en ont repéré certaines. Alors mes yeux et oreilles se sont mis à observer et écouter. Depuis deux mois, les gens qui se connectent à Eudaimonia en ressortent… transformés…

— Comment ça ? l'interrogeai-je.

Takeshi Smith esquissa un sourire gêné.

— Ce ne sont peut-être que des racontars, des histoires de bonnes femmes mais les utilisateurs sont étranges, léthargiques…

Il laissa sa phrase en suspens, je jetai un regard à mes compagnons. Nous connaissions suffisamment l'Union pour savoir que leur docteur Amok, à l'instar de notre professeur Nutter, pouvait inventer des machines défiant les lois de la nature. Qu'avaient-ils pu manigancer ?

— Qu'espérez-vous de nous, au juste ? demanda Ginger.

— Trouvez ce qu'ils préparent, ramenez-moi des informations et arrêtez-les. En attendant, je garde votre *Tédesplen* à l'abri, et votre professeur Nutter bien au chaud.

Une nouvelle fois, nous récoltions un allié qui escomptait se servir de nous avant de se débarrasser de nous. Une pointe d'inquiétude m'aiguillonna. Je lorgnai vers Ginger et Tom. Ils semblaient détendus.

— Je vais rester ici ? s'enquit le vieil homme en détournant les yeux de l'écran qu'il étudiait.

— Mais oui, mon cher, dans un laboratoire. On vous donnera de la distraction, ne vous en faites pas.

Il voulait mettre à profit les talents de l'inventeur pour

son entreprise afin de percer les mystères d'Eudaimonia.

— Je reste aussi, décréta Ginger. Je pense que nous serons moins visibles si nous nous séparons. En plus, j'ai hâte d'en savoir plus sur cet univers.

— Notre réseau informatique est à votre disposition, lui répondit Takeshi Smith.

Il sourit, sûr d'avoir gagné. Il ne réalisait pas qu'il venait de livrer à un savant fou les clés d'un laboratoire et à une arnaqueuse le droit de fourrer son nez dans une tonne de dossiers gênants. Il se tourna alors vers Tom et moi.

— Vous comprenez maintenant ce qu'il vous reste à faire ?

Nous acquiesçâmes.

— Deathrock vous servira de relais et de guide. Il est très doué avec les ordinateurs, mais aussi avec une lame de couteau. Il vous sera utile.

« Et pourra vous éliminer si vous devenez trop gênants », traduisis-je.

— Par où commence-t-on ? demanda Deathrock.

— Là où l'Union se cache. Je veux les voir, déclarai-je.

*

Je passai les portes du bâtiment et regardai autour de moi. Les nuages cachaient le ciel et le soleil. Deathrock nous avait appris que c'était presque toujours le cas. Enfin, au moins il ne pleuvait pas. Je remontai le col de mon manteau et rajustai mes lunettes. Étranges, ces verres qui me permettaient d'y voir aussi bien la nuit qu'en plein jour. Je caressai les bandes réfléchissantes qui ornaient mes joues et mon front. Notre nouveau guide affirmait que ça brouillait la reconnaissance faciale. Comme notre tête était mise à prix, j'espérais que cela fonctionnerait.

— On avait vraiment besoin de me teindre les cheveux en bleu ? demandai-je à Tom en tirant sur l'une de mes mèches

— Tous les jeunes de ton âge adorent ça, répondit mon frère.

— Quelle stupidité, maugréai-je.

— Eh bien, à peine levée et elle râle déjà, commenta Deathrock.

Tom ricana, je lui lançai un regard noir. Notre guide coupa court à la prise de bec qui s'annonçait.

— Allons-y, déclara-t-il.

Un véhicule nous attendait, l'une de ces voitures qui sillonnaient les avenues. Nous prîmes place à l'arrière. Je ne pus retenir une exclamation de surprise lorsqu'elle accéléra brusquement.

Nous passâmes dans de nombreuses rues, aussi sinistres de jour que de nuit. Les néons des enseignes clignotaient, comme si elles voulaient remplacer un soleil inexistant. J'observai le paysage en me demandant ce que l'Union préparait.

— Nous arrivons, m'avertit Deathrock.

Je me redressai. Un gratte-ciel apparut entre les tours. Il se dressait sur une esplanade assez vaste et, contrairement aux autres, n'avait pas de voisine immédiate.

— C'est le siège du Consortium, nous informa notre guide. On l'appelle la tour E, pour Eudaimonia. C'est là que se trouvent les services administratifs et le centre de recherche.

Notre véhicule effectua un tour de la place. J'étudiai la structure. Elle était immense, toute de verre et de métal, et s'élevait bien plus haut que le reste des édifices.

La voiture termina sa reconnaissance et s'engagea dans les rues, avant de s'arrêter au pied d'un bâtiment. Deathrock sortit et s'engouffra à l'intérieur. Tom et moi le suivîmes. Dans l'ascenseur, un panneau publicitaire vantait les mérites d'Eudaimonia. Je m'efforçai de ne pas le regarder.

La porte s'ouvrit sur une sorte de troquet où résonnait une musique rythmée et criarde. Un homme derrière le bar essuyait des verres. Des cloisons séparaient les tables et les clients qui se trouvaient là demeuraient absorbés par les écrans posés devant eux.

Nous nous installâmes près d'une baie vitrée. Je notai qu'elle offrait une vue imprenable sur la tour E. Deathrock commanda des cafés.

— Ce quartier constitue le point de ralliement des ados férus de code et de développement. M. Smith a acheté cet endroit voilà des années. C'est rentable et ça nous permet d'observer le Consortium.

Je regardai le gratte-ciel, me demandant si l'Union s'y terrait bien.

— Bonjour, Deathrock, lança une voix féminine.

Je me retournai pour découvrir une très jolie jeune femme, au visage rond et aux yeux bridés. Elle portait une chemise déchirée, de grosses bottes et une jupe très courte. Ses cheveux étaient teints en rose. Elle s'assit à notre table.

— Bonjour, Dreampop, la salua notre guide.

La nouvelle venue nous étudia.

— Ainsi ce sont eux… J'avais hâte de vous rencontrer. C'est vrai que vous voyagez entre les mondes ?

Je m'apprêtai à répondre, mais Deathrock me devança.

— Plus tard, Dream.

Elle afficha une moue boudeuse absolument adorable. Deathrock grommela quelque chose en levant les yeux au ciel. Malgré son air exaspéré, je sentais l'affection qu'il éprouvait pour la demoiselle.

— Dreampop est l'une de nos hackeuses. M. Smith la paye pour qu'elle s'infiltre là où personne d'autre ne peut aller.

— Vous êtes bien jeune, nota Tom.

— La valeur n'attend pas le nombre des années, répliqua Deathrock.

Dreampop se rengorgea sous le compliment.

— Explique-leur ce que tu as découvert.

— Je suis une spécialiste des réalités virtuelles, déclara-t-elle. Elle exhiba fièrement la plaque de métal fichée dans sa nuque. Je frissonnai à cette vue.

— Je m'intéresse à Eudaimonia depuis un moment maintenant. Vous comprenez, je veux révéler comment ils font pour rendre les gens aussi heureux. J'arpente Eudaimonia, je fouine, je scanne le code. C'est moi qui ai repéré les premières modifications. Au début, j'ai pensé que mes plaques avaient un problème, ou que ma version déconnait. Mais j'ai fouillé, j'ai commencé à trouver des altérations, des zones qui n'étaient plus accessibles. J'ai examiné le code que j'ai pu récupérer. Certaines des lignes sont bizarres, comme s'il y avait un autre programme qui tournait par-derrière. Alors je me suis baladée sur l'infosphère, j'ai discuté avec des collègues, et il s'avère que je suis pas la seule à avoir noté ça.

— Euh, en clair, qu'est-ce que ça veut dire ? demanda mon frère.

Je lui fus reconnaissante de se dévouer pour passer pour un imbécile, parce que je n'avais rien compris non plus.

— En gros, quelqu'un est en train de modifier Eudaimonia.

L'identité de ce « quelqu'un » ne laissait pas de place au doute.

— L'Union, murmura Tom.

— Ce que je ne saisis pas, c'est comment ils font. Ces lignes, elles ne devraient pas fonctionner, et pourtant, ça tourne, soupira Dream Pop.

— Il faudrait que vous rencontriez notre professeur, lui expliquai-je.

— Là, nous coupa Deathrock.

Il pointa du doigt l'esplanade en bas de la tour E. Je pressai mes lunettes comme il me l'avait appris. Comme si j'avais regardé à travers un télescope, ma vision s'amplifia et j'aperçus très nettement quatre silhouettes entourées de gorilles en costume sombre. Miss Sharp marchait en tête, vêtue d'un grand manteau noir, lunettes sur le nez. Derrière elle, lord White portait un superbe complet crème. Le docteur Amok allait en dernier, Will lui tenant le bras. Je ressentis une brève bouffée de haine à la vue de cette misérable fouine. Je serrai les poings. Tom posa une main sur mon épaule.

Ils montèrent dans une voiture à l'entrée qui fila dans la direction opposée où nous nous trouvions.

— On doit s'introduire dans cette tour, déclarai-je.

*

Ginger et moi regardâmes la gigantesque porte de la tour E. Mon cœur cognait à tout rompre et mes jambes menaçaient de flancher. À côté de moi, lady Astley affichait un calme olympien.

— Tout va bien se dérouler, tenta-t-elle de me rassurer.

Je hochai la tête, nullement convaincue. Ginger me poussa, je pris une inspiration et avançai. Les battants s'ouvrirent devant moi et je passai le seuil.

L'intérieur était blanc et froid, une secrétaire patientait derrière un bureau, deux gorilles en costume noir se tenaient en faction. Ginger tendit son poignet à l'un d'eux.

— Adaelle Fremink, reporter au Nouvel Eden. Et voici mon assistante, Azéna Pheralis.

L'homme tira un lecteur et scanna les puces implantées sous la peau de Ginger et la mienne. Je n'aimais guère ce système de fichage et l'idée qu'un minuscule composant puisse contenir toutes les informations sur une personne. Enfin, force était de constater que les organisations soi-disant infaillibles trouvaient toujours des génies pour les contourner. Dreampop n'avait pas menti : elle nous avait bel et bien créé de nouvelles identités. J'espérai que la suite se déroulerait aussi bien.

— C'est bon. Contrôle des armes, décréta le garde.

Son collègue s'avança avec une sorte de lamelle reliée à un boîtier à sa ceinture. Il le passa à quelques centimètres de nous. Je me raidis. Il s'agissait de l'instant de vérité où l'on allait découvrir si le professeur et Dreampop excellaient en camouflage. L'engin grésilla en arrivant sur le collier de Ginger, mais le vigile hocha la tête et remballa son détecteur.

— C'est en règle, vous pouvez entrer.

Ginger marcha vers la secrétaire à l'accueil, ses talons aiguilles claquant contre le marbre.

— J'ai rendez-vous avec M. Deckard, roucoula-t-elle.

Elle tira de sa poche un terminal, l'alluma et afficha une série de documents, les accréditations bricolées par Dreampop.

— Un moment, je vérifie, déclara la femme.

Elle ferma les yeux et tripota les câbles qui partaient de l'arrière de son crâne pour se connecter à l'écran devant elle. L'employée rouvrit les paupières.

— Je… C'est étrange. Votre rendez-vous apparaît bien sur le planning, mais M. Deckard est en déplacement. Il doit y avoir une erreur.

Je me figeai. Notre plan risquait de tomber à l'eau plus vite que prévu. Pourtant, Dreampop avait assuré qu'elle avait piraté l'agenda du directeur, quoi que ces mots puissent signifier. Heureusement, le talent de Ginger pour l'improvisation et l'embobinage nous sauva.

— Oh non ! Comme c'est fâcheux.

Elle se rongea les ongles avec nervosité et se pencha par-dessus le comptoir.

— Écoutez, mon rédacteur tient à cette interview. Si je ne la ramène pas, j'aurais de gros ennuis. J'ai besoin de ce travail pour… enfin, vous voyez.

Elle passa sa main sur son cou, avec un air de fumeur d'opium en manque. Son interlocutrice hocha la tête avec compassion. Ginger lorgna vers le bureau de la femme. Un cadre surmontait une tablette, il montrait une photo animée de deux enfants.

— Et puis, il y a mes bouts de chou. Si je perds ce boulot,

je ne sais pas ce qu'ils deviendront, soupira Ginger.

Un éclat dans les yeux de la secrétaire m'avertit qu'elle mordait à l'hameçon. Elle observa Ginger, puis pianota sur le clavier devant elle.

— Écoutez, je ne peux vous faire monter au trente-sixième étage, où se trouve le bureau de M. Deckard. D'après son planning, il devrait revenir d'ici deux heures. Attendez-le là-bas.

— Oh, merci, merci beaucoup ! s'écria Ginger.

Je jugeai qu'elle surjouait la scène, mais la femme lui adressa un sourire ravi, avant de nous indiquer une double porte qui venait de s'ouvrir.

— Prenez l'ascenseur, je l'ai programmé.

— Encore merci ! s'exclama Ginger.

Elle me tira vers la cabine. Nous poussâmes un soupir de soulagement alors que les battants se refermaient. La première partie du plan s'était déroulée sans accroc.

— Il faudra que tu m'expliques comment tu réussis ça, lançai-je à Ginger.

— Quoi donc ?

— T'attirer la sympathie des gens en trois phrases.

Pour toute réponse, elle sourit de toutes ses dents. Ce moment de détente ne dura pas, car au bout de quelques instants, nous atteignîmes le trente-sixième étage.

Nous sortîmes dans un couloir au sol recouvert d'une épaisse moquette rouge. Devant nous s'étalaient des fenêtres qui offraient une vue plongeante sur la rue en contrebas. Nous retirâmes nos boucles d'oreilles et les plaçâmes dans nos pavillons auditifs.

— Dream, tu nous reçois ? demandai-je.

— Cinq sur cinq. Actionnez le disrupteur, crachota la voix de la hackeuse.

Ginger ôta son collier et le démonta, révéla un dispositif muni d'un bouton, qu'elle pressa.

— Caméras neutralisées, annonça Dreampop. Sam, c'est à toi.

C'était à mon tour d'entrer en piste. Je regardai autour de moi, avant de fermer les yeux. Je projetai dans mon esprit le plan que j'avais mémorisé. J'espérai qu'il soit correct.

— À droite, décrétai-je.

Je m'engageai dans les couloirs, Ginger sur mes talons. J'atteignis bientôt ma cible : l'issue de secours, un escalier qui reliait tous les étages et permettait une évacuation rapide en cas de problème. Une serrure à code protégeait la porte. Je retirai mon bracelet et en dévoilait le mécanisme secret qui l'activait. Je le posai sur le boîtier, des étincelles crépitèrent et la porte se déverrouilla. J'ouvris le battant et le bloquai avec le pendentif de mon collier.

— C'est bon, soufflai-je. Ils peuvent nous rejoindre.

— Compris, répondit Dreampop, je leur donne le signal.

Les minutes s'égrenèrent. À chaque seconde qui passait, je craignais que nous ne soyons découverts. Je me mis à tourner en rond dans le couloir, le dos inondé de sueur. J'imaginai les pires cas possibles. Ils étaient censés créer une diversion pour pouvoir monter les escaliers de secours. Certes, il me semblait bien discerner des sirènes et un brouhaha venu d'en bas. Mais si la milice du Consortium était en train de les capturer ? Si, au lieu de déclencher une explosion comme prévu, le professeur avait fait sauter le véhicule où ils se cachaient ? Et si…

— Sam, arrête ! s'exclama Ginger. On va finir par être repérées.

Des bruits de pas résonnèrent. Je me figeai. Un homme en costume apparut à l'angle. Ginger s'effondra sur le sol. Je restai interdite une fraction de seconde, avant de réagir. Je me précipitai vers elle.

— S'il vous plaît, elle a fait un malaise ! Pouvez-vous me chercher un verre d'eau ?

— Je… Oui, bien sûr.

Il fila. Ginger se redressa. Je croisai les doigts pour que nos camarades arrivent. Heureusement, j'entendis les échos de pas un peu plus tard. Deathrock passa la tête par le battant. Je lui fis signe d'avancer. Il se coula dans le couloir et avisa une porte, qu'il crocheta en quelques gestes rapides. Tom et le professeur Nutter s'engouffrèrent après lui et se glissèrent dans la pièce.

L'homme revint avec le verre, que Ginger accepta avec beaucoup de manières et force œillades. Elle finit par le convaincre qu'elle allait bien et parvint à s'en débarrasser. Les autres sortirent de leur cachette. Nous pouvions maintenant attaquer la deuxième partie du plan.

Dreampop et son équipe avaient réussi à voler les diagrammes de la tour E. Le trente-sixième étage marquait une séparation. À partir du suivant se trouvaient les laboratoires de développement ainsi que le siège du conseil d'administration. Si les schémas étaient bons, on y entrait par un ascenseur réservé.

— Par où ? me demanda Deathrock.

— Gauche, déclarai-je.

Je menai le groupe. Nous marchions vite, redoutant à tout moment de croiser un employé dans les couloirs. Le disrupteur du professeur Nutter, modifié par Dreampop, avait neutralisé les caméras, mais je craignais que quelqu'un ne nous observe.

Les passages de ce niveau se ressemblaient tous, l'angoisse commençait à m'envahir. Nous atteignîmes enfin l'ascenseur en question. Un boîtier le protégeait, qui ne résista guère à M. Nutter. Il rangea son tournevis à IMP dans sa blouse avec un sourire satisfait.

— Un jeu d'enfant ! s'exclama-t-il.

Décidément, l'alliance entre Dreampop et le savant accomplissait des merveilles. Les portes s'ouvrirent et nous nous engouffrâmes à l'intérieur. Deathrock pressa les boutons.

— Direction le dernier étage.

La cabine s'ébranla. Je m'appuyai contre la paroi.

Jusqu'ici, tout s'était bien déroulé. Trop bien. Je ne pouvais me départir d'un mauvais pressentiment. Quelque chose n'allait pas. L'ascenseur s'arrêta. Deathrock sortit le premier, un petit calibre à la main, au cas où l'accès soit surveillé. Personne.

— Dream, tu nous reçois ? chuchota Deathrock.

— Oui, j'ai toujours le contrôle des caméras.

— Comment ça se passe en bas ?

— La mousse rose du professeur occupe le service d'ordre. Vous avez le champ libre.

Je me coulai au-dehors avec prudence. Nous nous trouvions dans un couloir, qui se terminait sur plusieurs portes. J'échangeai un regard avec Deathrock.

— Dream, les lieux ne correspondent pas aux schémas, murmura-t-il.

La hackeuse répliqua par un crachotement, qui se perdit en parasites.

— Dream ? appela Deathrock.

Le silence lui répondit. L'homme se tourna vers nous.

— C'est un piège, on file ! s'écria-t-il.

D'après les plans que nous avions tous mémorisés, la sortie de secours se situait à droite. Deathrock passa le premier et poussa le battant. Nous débouchâmes sur un laboratoire aussi propre et éclairé que celui de M. Smith. La ressemblance s'arrêtait là.

Les savants affichaient un immense sourire et travaillaient avec un enthousiasme inquiétant. Ils levèrent la tête en nous voyant. Une femme se mit à taper joyeusement dans ses mains.

— Eh ! s'exclama-t-elle. Les journalistes sont ici !

Avant que j'aie pu réagir, une nuée m'entoura, on me prit par le bras et on me traîna dans la salle. Une kyrielle de scientifiques euphoriques réserva le même traitement aux autres. Deathrock hésita quelques secondes, un homme en profita pour s'emparer de son fusil pendant que deux le ceinturaient.

—Les journalistes sont arrivés ! chantaient les laborantins.

Ils nous poussèrent à travers la pièce, jusqu'à une sortie qui donnait sur un passage, où ils nous balancèrent. Juste avant que le battant ne se referme derrière nous, j'aperçus un objet familier, qui trônait sur un pupitre.

— La couronne de contrôle ! Ils ont notre couronne de contrôle mental ! m'exclamai-je.

— Quoi ? éructa le professeur.

Il se rua contre la porte et commença à la marteler, avant que Ginger ne le tire en arrière.

— Du calme ! ordonna-t-elle.

Elle pointa du doigt le bout du corridor.

— J'ai entendu des voix là-bas.

Deathrock n'avait plus son fusil, mais il dégaina de sa botte un couteau.

— Restez derrière moi, commanda-t-il.

Il ne me serait pas venu à l'esprit de désobéir. Nous avançâmes jusqu'au bout du couloir et débouchâmes dans une salle. Ma mâchoire se décrocha. Je me trouvai dans une splendide bibliothèque, meublée de boiseries raffinées. Une table basse et quatre fauteuils étaient disposés en cercles au centre. Des fenêtres décorées de vitraux s'ouvraient sur une vaste terrasse. Des lampes au gaz éclairaient l'ensemble d'une chaude lumière…

— Mais qu'est-ce que c'est que ça ? s'exclama Deathrock.

— On dirait… la maison, souffla Tom.

J'observai autour de moi. Personne. Mais où se dissimulait donc l'Union ? Ils étaient ici, j'en étais sûre, tapis quelque part, ils nous guettaient. Je remarquai un escalier en colimaçon au bout de la pièce. J'attrapai le bras de Tom et lui indiquai le passage d'un mouvement du menton.

— Sortez de votre cachette ! gronda mon frère.

— Nous savons que vous êtes là ! ajouta Ginger.

— Montre-toi, vieille chouette ! cracha le professeur.

Un caquètement lui répondit. Amok descendit lentement

les marches, secondée par Ann Sharp. Elle portait son éternelle arbalète pointée sur nous. Derrière eux allaient lord White et William. Ce dernier me lança un bref regard, avant de fixer le sol.

L'Union s'aligna devant nous et nous toisa. Miss Sharp prit la parole la première, avec un coup d'œil au docteur.

— Vous voyez, je vous l'avais répété : pas besoin de les chercher, ils sont venus à nous.

— Ils sont plus stupides que je ne l'avais estimé, jeta lord White.

Nous ne dîmes rien. Je saisis le savant par le bras pour l'empêcher de se ruer sur sa Némésis. Je le sentais trembler de rage.

— Vous m'avez volé ma couronne de contrôle, vieille harpie ! s'écria-t-il.

— Vous avez confisqué la nôtre à Devil's Peak, il nous en fallait une de remplacement et de toute manière, je m'en sers bien mieux que vous. Vous l'aviez laissé traîner à bord de la *Tédesplen*, je n'ai eu qu'à me servir. Et puis franchement, avouez que notre plan est bien meilleur que le vôtre ! répliqua le docteur.

Elle éclata d'un rire mauvais.

— Sérieusement, les ricanements, vous pensez que c'est nécessaire ? soupira Ginger.

Elle effectua quelques pas et, sans tenir compte de l'arbalète de miss Sharp pointée sur elle, se laissa tomber dans un fauteuil.

— Professeur, comment pourraient-ils bien utiliser la couronne de contrôle mental ? demanda-t-elle.

Mon mentor cessa d'écumer de rage le temps de répondre :

— Je crois, chère lady Astley, que tous ici ont compris qu'ils sont parvenus à coupler les effets de ma création à celle d'Eudaimonia.

Il jeta un regard méprisant à Amok.

— Pour une fois que vous réussissez quelque chose, il

faut que vous vous serviez des inventions d'autres personnes.

— Je les perfectionne ! siffla le docteur.

— Nous ne sommes pas des voleurs, intervint lord White. Nous récupérons les choses, nous les améliorons, tout comme nous allons rendre le monde meilleur, que ses habitants le veuillent ou non !

Je les observai avec surprise. La passion faisait vibrer la voix de lord White, Ann Sharp et Will avaient levé fièrement le menton. Ils étaient vraiment convaincus de ce qu'ils racontaient !

— J'en ai assez entendu, feula Deathrock à ces mots.

Il se rua sur Amok, dans l'espoir de la prendre en otage. Lord White pointa sur lui un boîtier. Une boule de lumière orange frappa notre guide, qui tomba sur le sol, inerte.

— Idiot de sa part d'attaquer ainsi de front, soupira Miss Sharp. Je m'attendais à mieux, de la part d'un vétéran ayant survécu à une douzaine de guerres civiles.

Elle darda sur nous son regard acéré.

— J'espère que vous ne vous montrerez pas aussi stupides, gronda-t-elle.

Je resserrai les rangs avec mon frère et le professeur Nutter. Mon cœur battait à tout rompre. Nous devions jouer très finement à partir de là. Ginger se leva et commença à arpenter la pièce, laissant ses doigts courir sur le dos des fauteuils.

— Si je reconstitue l'enchaînement des faits, vous êtes arrivés en avance – comme à votre habitude – vous avez gravi les échelons du Consortium, avec l'aide de notre couronne de contrôle, il semblerait. Vous avez décidé de pirater Eudaimonia pour le rendre encore plus abrutissant.

— Nous libérons les gens de leurs pulsions ! lança lord White.

Ginger s'approcha des livres et en caressa distraitement la tranche.

— Oui, oui, j'ai bien compris. Donc, vous avez piégé

l'entrée de ce monde pour que nous soyons forcés d'y atterrir, vous avez mis notre tête à prix, tout en nous facilitant l'accès à ce bâtiment normalement hyper sécurisé, afin que nous vous rejoignions ici. Ma question sera simple : pourquoi ?

Le docteur éclata d'un rire mauvais. Mon frère leva les yeux au ciel.

— Arrêtez avec les rires démoniaques. Ça vous dessert plus que ça ne vous aide, soupira-t-il.

— Nous voulons la *Tédesplen* ! répondit la vieille femme sans tenir compte de l'interruption.

— Jamais ! hurla le professeur.

Je dus l'empêcher de se ruer sur Amok. Miss Sharp dressa son arbalète. Lord White nous menaça de son arme.

— Vous avez le choix : ou vous travaillez pour nous, ou vous mourez, trancha miss Sharp.

— Pourquoi la *Tédesplen* ? lançai-je.

— Eh bien, pour pouvoir étendre notre pouvoir à tous les univers, bien sûr, déclara lord White.

— Votre machine est vaste. À son bord, nous pourrons emmener une version portative d'Eudaimonia, pour l'implanter sur tous les mondes que nous visiterons, poursuivit Amok. Nous pourrons faire triompher le Bien et la Lumière sur tous les mondes !

Je serrai les poings. Will croisa mon regard et baissa la tête. Sale fouine ! Le docteur se fendit d'un nouveau rire démoniaque qui fit trembler de rage M. Nutter et arracha un soupir exaspéré à Tom. Ginger frappa lentement dans ses mains.

— Bravo. Un plan sans faille, et je m'y connais. Cela dit, vous avez oublié deux éléments.

— Quoi donc ? gronda miss Sharp.

— Premièrement, expliqua Ginger en poussant du pied le corps de Deathrock. Nous n'avions pas prévu de ressortir de cette tour. Nous nous doutions que vous alliez nous tendre un piège.

L'Union gardait les yeux rivés sur Ginger. Elle revint se placer entre Tom et moi et nous adressa un signe de tête.

— Et la deuxième chose ? lança Ann.

— Vous n'êtes pas les seuls à maîtriser les faux semblants et les coups en douce.

À ces mots, Deathrock se releva et bondit sur miss Sharp. Elle lâcha un cri alors qu'il lui arrachait son arbalète. Elle recula et sortit un couteau de sa botte. Ginger retira la boule qui ornait sa ceinture et la fracassa sur le sol. Une fumée âcre emplit la pièce. L'Union se mit à tousser. Une main se posa sur mon épaule. Le professeur Nutter. Il me tendit des lunettes et un masque que je passai.

Lord White et Tom luttaient ensemble. Le docteur Amok se rua sur mon mentor pour le faire chuter. Ginger avait disparu. Je cherchai du regard la porte vers le laboratoire. Il fallait que je trouve la couronne de contrôle.

À travers le nuage, je me frayai un chemin. Quelqu'un me ceintura, je me dégageai d'un coup de coude. Will recula en grognant et repartit à l'attaque.

— Sam ! Écoutez-moi ! s'exclama-t-il.

Je lui assénai un coup de genou dans la cuisse. Il gémit de douleur mais ne me lâcha pas.

— Nous ne sommes pas vos ennemis. Notre but est juste. Nous voulons arrêter les guerres. Toutes les guerres. Il y a un avenir pour nous ensemble.

Will tenait sa prise serrée, je ne pouvais me libérer. Je fis usage de ma tête. Dans son nez. Il battit en retraite, le visage en sang. Je profitai de mon avantage et fonçai sur lui. Malheureusement, j'avais oublié un élément : la baie vitrée. Nous la traversâmes dans un grand fracas de verre. Sonnée, les joues écorchées, je me relevai à grand-peine et titubai sur quelques pas. Une main me saisit au col. Deathrock.

— Vite, l'hélico est là !

Il me traîna vers le bout de la terrasse. Un hélicoptère

nous attendait en vol stationnaire. Ginger n'avait pas menti : nous n'avions jamais prévu de ressortir de la tour. Nous préférions la quitter par la voie des airs.

Je tournai la tête, mon frère et le professeur me talonnaient, suivis de près par Ginger. Derrière, les autres s'extirpaient de la vitre brisée.

— Tu as la couronne ? demandai-je à Ginger.

— Non, mais j'ai pu placer des mouchards un peu partout. Dreampop sera contente !

Je me permis un sourire de triomphe. Nous avions battu l'Union à son propre jeu. Grâce aux données collectées, nous pourrions abattre Eudaimonia.

Le premier carreau d'arbalète ricocha à côté de moi au moment où nous atteignîmes le bord de la terrasse.

— Vite ! nous pressa Deathrock.

Une échelle pendait de l'hélicoptère. Ginger monta la première, M. Nutter passa en deuxième. Je m'engageai, Tom derrière moi, Deathrock fermant la marche. Je me retournai. L'Union arrivait. Je leur adressai un salut. Amok leva un fusil.

— Non ! cria mon frère.

Le tir me toucha à la poitrine. Aussitôt, mes muscles se relâchèrent. Je ne contrôlai plus rien. Mes doigts se desserrèrent des barreaux de l'échelle. Je tombai. J'entendis mes compagnons hurler. La main de Tom se tendit et me loupa. L'impact sur la terrasse me sonna. Lentement, ma vision s'obscurcit. La dernière chose que je vis fut l'hélico qui s'éloignait pour éviter les tirs.

*

Je repris connaissance sur un lit, dans une pièce d'une blancheur aveuglante. Un visage se pencha sur moi. Will. Je me débattis pour découvrir que j'étais attachée. Je voulus hurler mais ne parvins à émettre qu'un pitoyable gargouillis.

— Je suis content de constater que vous vous sentez bien, Samantha, déclara Will.

— Détachez-moi ! ordonnai-je.

Il secoua la tête.

— Je suis désolé, mais c'est impossible.

Il s'avança et me caressa le front avec sollicitude.

— Cette nouvelle couleur vous va à ravir.

Je le toisai avec haine. Il retira sa main et soupira.

— J'ai conscience de vous avoir déçue. J'ai hésité et par ma faute, vous êtes tombée dans la Source. Il n'y a pas un jour depuis sans que je m'en blâme. Mais j'ai bon espoir de pouvoir me racheter. Nous passerons beaucoup de temps ensemble et vous apprendrez à me pardonner.

— Jamais de la vie ! crachai-je.

— Eh bien, à peine réveillée et elle crie déjà, déclara miss Sharp.

Je tournai la tête pour la voir entrer, flanquée de lord White et du docteur Amok.

—Admirez un peu le joli lapin qu'on a attrapé ! caqueta-t-elle. Vous pensez qu'on pourra jouer un peu ?

— Allons, docteur, nous l'avons préparée pour ça, la gronda miss Sharp.

La peur monta en moi. Je regardai autour de moi. La pièce où je me trouvais ressemblait plus à un laboratoire qu'à une chambre d'hôpital. Des pupitres clignotaient le long des murs, des écrans diffusaient des images que je ne connaissais que trop bien. Eudaimonia. La panique commença à m'envahir.

— Qu'est-ce que vous m'avez fait ? déclarai-je d'une voix chancelante.

— Je voulais vous tuer et envoyer votre tête à votre très cher frère, mais cela aurait causé de la peine à William, expliqua Miss Sharp. De plus, Amok a des projets pour vous, comme vous vous apprêtez à le découvrir. Vous allez devenir bien docile et gentille. Une parfaite jeune fille, digne de William.

Elle me sourit et détacha l'une de mes mains. Je pris conscience d'une douleur sourde dans ma nuque. En tremblant, je levai la main et rencontrai du métal froid. Une plaque de connexion à Eudaimonia. Je me mis à hurler et à me débattre. Quelqu'un m'enfonça une aiguille dans le bras, je retombai sur le lit. Un brouillard cotonneux commença à m'envahir.

— Soyez une gentille fille, me dit le docteur Amok. Vous serez notre sujet d'expérience, n'est-ce pas formidable ?

— Non, non… Enlevez-moi ça, gémis-je.

— Tut, tut, tut. Vous servez la science. Estimez-vous heureuse, me tança Miss Sharp.

Je me redressai, me tordis pour me libérer de mes liens.

— Non !

Will s'approcha de moi.

— C'est dans votre intérêt, Samantha, me souffla-t-il. Vous verrez, vous irez bien mieux quand vous aurez abandonné la rébellion.

Il me caressa les cheveux.

— Une fois que vous serez convertie à l'Union, nous pourrons parler, je pense. Je ne fais cela que pour votre bien. Vous verrez, vous vous sentirez mieux après.

— Non… non…

Je voulus lutter, mais mes faibles protestations se muèrent en murmures. Les ténèbres m'engloutirent.

ÉPISODE 16 :
ELEUTHERIA

Je n'ai jamais dormi beaucoup et le grand âge n'a pas arrangé les choses. Je n'aime pas trop fermer l'œil car j'ai l'impression de rater des évènements importants. Une partie de moi doit néanmoins avouer que l'envie de travailler n'est pas le seul motif de mes insomnies. J'ai peur de rêver. Étrange, me direz-vous. Peut-être. Mais vous n'avez jamais connu Eudaimonia et ses pièges.

*

Il neigeait au-dehors. J'examinai par la fenêtre les épais flocons qui tombaient et tapissaient déjà le sol.

— Mlle Wiseman, faites attention s'il vous plaît. Vous avez encore échangé les rouleaux de tissus, m'interpella-t-on.

Je détachai mon regard de l'extérieur et constatai ma méprise.

— Oh pardon, M. Peel. Je suis confuse.

Je fis mine d'aller réparer mon erreur. Mon patron m'adressa un sourire apaisant et m'arrêta. La cliente qu'il servait rit avec bienveillance.

— Ce n'est rien. Remédions à ça, me rassura-t-il.

Il remit les rouleaux en place et je l'aidai à hisser ceux en hauteur.

— Vous voyez, quand nous œuvrons de concert, tous ensemble, dans la bonne entente, tout se passe bien, m'expliqua-t-il. Ne vous sentez-vous pas plus heureuse ?

— Oui, bien sûr, convins-je alors que le sentiment du travail bien fait m'envahissait.

Mon employeur raccompagna la visiteuse à la porte.

— Au fait, le jeune William est venu tout à l'heure. Il a laissé des livres pour vous. C'est vraiment un gentil garçon, celui-là, déclara-t-il.

J'acquiesçai avec un sourire.

— Et votre frère, bientôt papa ? s'enquit-il.

— Ginger doit accoucher d'ici deux semaines, répondis-je. M. Nutter est en train de leur concevoir un berceau mécanique.

— Ils en ont de la chance, les créations de notre voisin fantasque sont arrivées jusqu'aux oreilles de la reine. Il se pourrait qu'il devienne l'inventeur officiel de la cour.

À nouveau, j'opinai tandis qu'un bonheur immense éclatait dans ma poitrine. Je nageais dans la félicité. Alors pourquoi cette impression de vide ?

Mes mains se mirent à trembler. Je rangeai les livres de comptes pour masquer mon trouble. J'accrochai mon reflet dans la vitre. Je me vis un bref instant avec des cheveux bleus. Je secouai la tête et regardai vers l'extérieur. La neige formait une étendue blanche. Je lâchai un ricanement. Depuis quand la neige à Londres gardait-elle cet aspect virginal ? Je me souvenais de venelles fangeuses, pas d'un tapis épais et immaculé.

Je m'arrêtai, transie par cette pensée et par des bribes qui me revenaient. J'avais déjà vécu ce genre de perte de mémoire. J'agrippai le bord du bureau.

— Quelque chose ne va pas, Mlle Wiseman ? s'enquit M. Peel.

Je le fixai. Depuis quand se montrait-il aimable avec moi ? Il m'avait jetée à la rue !

— Rien de tout ceci n'est réel, déclarai-je.

Ces paroles avaient fusé, sans que je puisse les contrôler, mais à l'instant où je les prononçai, je sus qu'il s'agissait de la vérité.

— Je vous demande pardon ?

— Ce monde n'existe pas ! clamai-je.

Je pointai du doigt l'extérieur.

— Londres n'a jamais été propre. Vous n'avez jamais été aussi gentil. Les clients ici sont polis et plaisants. Rien de tout cela n'est vrai, ce monde n'existe pas !

À peine avais-je lâché ces mots que je ressentis un froid intense, doublé d'un profond malaise. M. Peel me regardait. Sa silhouette grandit tandis que les ombres rampaient dans la boutique. Mon patron sourit.

— Allons, Samantha, vous êtes souffrante. Asseyez-vous un moment. Rappelez-vous, je ne suis pas votre ennemi, je ne veux que votre bien.

— Non, protestai-je faiblement.

Je devais fuir, le plus loin possible. Je poussai la porte et me mis à courir. Dehors, le soleil avait disparu et un brouillard noirâtre envahissait les lieux. Je m'engageai dans la seule ruelle encore épargnée.

Comme un serpent, la brume me talonna. J'accélérai le rythme. Peine perdue. Elle allait me rattraper, quand la porte d'une maison s'ouvrit devant moi. Une femme apparue. Je pilai.

— Mère ? m'étranglai-je.

Elle me saisit par le bras, me tira à l'intérieur et claqua le battant derrière moi. Je la dévisageai, bouche bée. Elle me secoua.

— Quelle enfant turbulente. Tu me causes du souci. Maintenant, file.

Elle m'expédia dans un couloir au bout duquel brillait une lumière. J'avançai en sa direction. Je me retrouvai à l'extérieur d'un grand bâtiment de pierre blanche, à l'architecture à la fois épurée et classique. Une jeune fille vêtue d'une robe bleue m'attendait là. Des éclairs crépitaient le long de ses doigts.

— Alice, la reconnus-je.

Son visage s'éclaira d'un sourire.

— Contente de voir qu'ils ne t'ont pas retourné le cerveau. Suis-moi.

Sans me laisser le temps de réagir, elle m'attrapa par le bras et me tira en avant. Nous nous engageâmes dans un lacis de couloirs. Des murmures me poursuivirent. Je frissonnai malgré moi. J'arrivai à une place plongée dans l'ombre.

— Je t'abandonne ici, déclara Alice. Tu es sur la bonne voie. Il suffit d'aller tout droit. Nous sommes quittes.

Elle m'adressa un ultime signe, avant de s'évanouir dans les airs. Les flambeaux choisirent ce moment pour s'allumer. Je tressaillis en remarquant qu'une statue particulièrement hideuse, mélange entre un poulpe, un coq, un lion et un cheval, occupait un autel au centre. Je songeai que lady Astley aurait trouvé ceci très laid. Je m'arrêtai. Pourquoi pensai-je à Ginger maintenant ? Des bribes de souvenirs commencèrent à me revenir, ceux d'une course effrénée dans les couloirs de ce sanctuaire. Je portai la main à ma tête et murmurai un nom.

— Ishbehel.

La sculpture s'anima. Je poussai un cri et reculai jusqu'à ce que mon dos touche un mur. Ishbehel descendit de son socle et me fixa. Il mugit et tendit ses griffes vers moi.

Je n'attendis pas de savoir ce qu'il me voulait et fonçai tout droit, comme Alice me l'avait conseillé. Les torches s'allumaient sur mon passage. La démarche lourde de la créature secouait le sol. En aucun cas je ne devais la laisser me rattraper, sinon j'étais morte.

Je tournai à un croisement et me trouvai face à une femme brune avec un balai et une serpillère. Elle me toisa, soupira et retira ses lunettes. Je reconnus alors Faith, avec qui j'avais chevauché à dos de dragon.

— Vite, Sam. Cours. Je le retiens.

— Mais…

— Ne discute pas, fichue Irlandaise ! tonna-t-elle. Ce n'est pas un avatar comme ça qui me fait peur. File.

Je me détournai et me remis à courir. Des coups de feu résonnèrent, puis les pas pesants ébranlèrent de nouveau la terre. J'arrivai à une porte que je poussai. Je me retrouvai sur une place noire de monde, un marché, apparemment. Quoique j'aie déjà vu ce grand bâtiment carré dont les balcons surplombaient l'esplanade. Les hommes portaient chausses et pourpoints, les femmes de lourdes robes brodées.

— Casetti, murmurai-je.

Je me frayai un passage dans la foule, quand quelqu'un m'attrapa par l'épaule. Je sursautai. Un homme à la barbe fournie me sourit et, avant que j'aie pu dire quoi que ce soit, il me fourra une lame entre les mains.

— Tu en auras besoin. C'est une épée vorpale. Maintenant, cours !

Je lui obéis et repris ma cavalcade, toujours tout droit. Je m'engageai dans une venelle entre deux maisons. Il faisait sombre. Derrière moi, j'entendais Ishbehel qui se rapprochait. Je pressai l'allure. Les habitations changèrent, elles s'étirèrent, s'espacèrent, pour devenir petit à petit des arbres.

Je marchai dans une forêt enténébrée, sur un chemin matérialisé par des dalles blanches. J'arrivai à une clairière, je m'arrêtai là, hors d'haleine. Je regardai l'arme que l'inconnu m'avait donnée. La garde était simple, avec des quillons recourbés protégeant mes doigts. J'eus la certitude de savoir manier cette lame. Idiot, non ? Je n'étais qu'une petite Londonienne, une vendeuse dans une boutique de drapier.

Le pas lourd d'Ishbehel ébranla de nouveau le sol. Je vis surgir la créature entre deux troncs. Elle mugit, je me plaçai en garde. Ishbehel m'attaqua de ses mains griffues, j'esquivai et, à ma grande surprise, lui entaillai le bras. Le monstre beugla de douleur. Je ne m'arrêtai pas en si bon chemin. Je me mis à la harceler, la taillant impitoyablement. Ishbehel ne pouvait rien contre moi, je me montrais bien trop rapide. Et puis, je l'avais déjà vaincue. Grâce à Tom et au professeur. Nous l'avions expédié dans l'Entremonde. Cette pensée me figea.

Ishbehel en profita pour me charger. Je l'estoquai en plein cœur. Le dieu disparut, se dissolvant en un nuage noir. Des applaudissements retentirent. Je tournai la tête. Ils venaient d'un peu plus loin dans la forêt, de là où provenait cette drôle de lumière ambrée. L'épée au poing, je progressai dans cette direction.

Je débouchai près d'un lac qui émettait cette lueur. Un homme à côté balayait les feuilles. Il m'adressa un bref salut, avant de repartir à son ouvrage. Une gigantesque chenille lévitait au-dessus de l'eau. Une chenille mécanique, au visage curieusement humain. Elle fumait un narguilé, et projetait des jets de vapeur.

— Content de te trouver, je suis, déclara-t-elle.

— Où sommes-nous ? demandai-je.

— Dans tes souvenirs. Ou dans une illusion.

Ma tête commença à me lancer. Des images s'y bousculaient. Des évènements qu'on avait tenté de me forcer à oublier. J'avais déjà subi ce genre d'épreuve.

— J'ai mal, gémis-je.

— En train de te rappeler, tu es, dit l'automate.

— Arrêtez ça, s'il vous plaît.

Je tombai à genoux. La douleur était intense.

— Pour cela, une seule solution il y a.

— Quoi ?

— Te réveiller, tu dois.

J'ouvris les paupières avec un cri.

Je voyais trouble. Je ne distinguai d'abord qu'une lumière blanche qui m'agressa les yeux. Ma vision s'éclaircit peu à peu. Un visage se penchait sur moi. William. Je hurlai et me débattis.

— Sam ! Du calme, c'est moi !

Je me détendis en reconnaissant la voix de mon frère.

— Thomas ? articulai-je.

— Oui, je suis venu te délivrer. Ne perdons pas de temps.

J'étais allongée sur un lit pliable et me trouvais dans un

laboratoire, semblable à celui où je m'étais endormie. Au mur en face se dressait une sorte de grand tube vide, où clignotaient quelques lampes. Je cherchai à me relever, Tom me retint.

— Attends, je vais te retirer tout ça.

Je pris conscience de câbles plantés dans mes bras et lâchai un cri. Heureusement, Tom m'en débarrassa rapidement. Je frissonnai. Je ne portai qu'une simple chemise de nuit trempée. Tom m'aida à m'asseoir sur le brancard, ôta son blouson et me le passa.

— J'étais dans la cuve ? demandai-je d'une voix pâteuse.

— Oui, nous t'avons libérée.

Je notai une drôle de machine au sol à côté de moi : une chenille mécanique qui fumait le narguilé, d'où partaient des multitudes de fils, rouages et molettes.

J'essayai de me lever, le monde tangua autour de moi. Mon frère me rattrapa.

— Vas-y doucement, tu es restée un moment dans les vapes.

— Combien de temps ? ânonnai-je.

— Ce n'est peut-être pas l'instant rêvé pour discuter de tout ça, tenta Thomas.

— Combien ? criai-je.

— Hum, six mois.

— Quoi ?

La tête me tourna. Six mois ?

— Tu pourrais quand même y aller avec un peu plus de tact pour lui annoncer ça ! déclara lança une voix que je reconnus comme celle de Deathrock.

Il se tenait là, accompagné de deux inconnus vêtus de treillis noirs, comme lui.

— Electro, Batcave, vous ouvrez la voie. Tom, tu l'embarques. Le disrupteur du professeur ne résistera pas éternellement.

— Je peux marcher, protestai-je.

— Dans tes rêves, ma jolie, répondit Deathrock.

Mon frère me chargea sur son dos et je réalisai que j'avais à peine la force de m'agripper à son cou. Tom s'engagea dans un couloir blanc et froid. Il passa une première porte battante. Plusieurs hommes et femmes étaient figés dans une bulle rosâtre. Mon cœur cogna plus fort. M. Nutter allait bien !

Nous arrivâmes dans une pièce qui ressemblait à un hall d'accueil. Six gardes se trouvaient prisonniers dans des sphères de lumière bleue. Une secrétaire derrière son pupitre était pétrifiée alors qu'elle tendait la main vers son communicateur. Le professeur avait encore une fois joué avec les météorites et sa machine à projection temporelle. Le silence qui régnait fut troublé par nos pas, puis par l'alarme qui se mit à hurler.

— Merde, commenta Deathrock.

Il pressa un bouton d'un boîtier à sa bretelle.

— Dream, tu en es où ?

— J'ai réussi à bloquer les portes, les équipes d'intervention ne peuvent pas passer. Mais ils ne tarderont pas à craquer mes codes.

— Combien de temps nous reste-t-il ?

— Une minute, tout au plus.

— Bon. Plan B alors.

Deathrock actionna un ascenseur et nous poussa à l'intérieur. Je sentis la cabine s'élever.

— Vous ne nous refaites quand même pas le coup de l'hélicoptère ? murmurai-je. Ça ne s'est pas très bien déroulé pour moi, je vous le rappelle.

— Non, mieux, répondit Deathrock.

— Je ne sais pas pourquoi, mais j'ai peur.

— Nous avons tout prévu, dit mon frère.

— Justement, ça n'a rien de rassurant !

— Elle râle déjà, c'est qu'elle se porte bien, lança Tom à destination de Deathrock.

Je m'apprêtai à lui asséner une remarque acerbe. L'ouverture de la cabine me coupa. Deathrock passa devant et déverrouilla la porte face à l'ascenseur. L'air froid du dehors me causa un frisson. Nous nous trouvions sur le toit. La lumière déclinante qui perçait à peine la couche de nuages m'avertit que la nuit tombait. Une petite bruine mouillait l'atmosphère. Le vacarme de la ville - voitures, hurlements des sirènes, bourdonnements d'hélicoptères - me frappa. Polis n'avait pas changé.

— Dreampop ? demanda Deathrock.

— L'artillerie lourde s'est mise en route. Dépêchez-vous, ils ne vont pas tarder et les autres ont réussi à passer mes barrages. Ils arrivent dans deux minutes.

— Bon. Electro ? lança Deathrock.

L'intéressé s'installa près d'une des rambardes du toit. Il posa son sac et en extirpa une sorte de fusil, qu'il monta en quelques secondes, avec des gestes rapides et précis. Il abaissa une paire de lunettes sur ses yeux de métal et cala l'arme sur le bord de la corniche. Il chargea un rouleau de câble sur le côté du fusil, et tira. Le projectile se planta de l'autre côté de la rue, dans le cadre de la fenêtre d'un immeuble. Electro sécurisa le filin. J'avais peur de comprendre ce qu'ils avaient en tête.

— Batcave, à toi, ordonna Deathrock.

L'homme sortit un baudrier et une poulie, s'équipa, avant de s'assurer à la corde et de se jeter dans le vide.

— Samantha et Tom, maintenant.

— Je ne suis pas sûre que…, tentai-je de protester.

Mais Tom me passa manu militari un harnais, qu'il fixa par-dessus la chemise que je portais, et m'entraîna vers la tyrolienne. La panique commença à me gagner.

— Je ne pense pas que ce soit une bonne idée.

Mon frère m'attacha au câble, avant de s'arrimer.

— Je n'ai pas très envie de me retrouver au-dessus du vide comme ça. Je suis trempée, je vais prendre froid. En plus, je n'ai pas de sous-vêtements en dessous de ma chemise, et…

— Ne t'inquiète pas, personne ne regardera.

Il me poussa et se jeta avec moi.

— Oh, non, non, non, noooooooon !

Je garde de la descente trois souvenirs : un vent glacial, un hurlement continu et une arrivée plutôt violente qui acheva de me sonner. On me détacha, me remit sur pied, et quelque chose de pas très grand, mais très rapide, me percuta et m'envoya rouler à terre.

— Samsamsamsamsam ! Tu es vivante.

— Doucement, Edmund, vous voyez bien qu'elle est blessée. Laissez-la respirer !

Ginger me redressa avant d'appliquer exactement ce qu'elle avait interdit au professeur : elle m'étreignit à me broyer. Derrière nous, Deathrock et Electro venaient d'atterrir et coupaient la corde. Les hélicoptères déboulaient.

— Ne traînons pas.

Tom me chargea sur son dos et fila vers une cabine d'ascenseur. Celle-ci descendit et s'arrêta au sous-sol du bâtiment où nous nous trouvions. Deathrock déverrouilla une porte. Une odeur fétide en monta.

— Les égouts, notai-je.

— On ne nous cherchera pas là. Allons-y, déclara notre guide.

La Ligue des ténèbres, de nouveau au grand complet, s'engagea dans les souterrains. Je réalisai que pour le moment, j'étais sauvée. La fatigue reprit ses droits et je m'endormis sur l'épaule de mon frère.

*

Je rêvai d'Eudaimonia et de ses pièges, de M. Peel et de Will qui me poursuivaient pour me convaincre que me conformer était le mieux pour moi. « Pour le bien de tous », ne cessaient-ils de répéter.

J'ouvris les paupières avec un cri et me redressai sur

mon lit, le cœur battant. Ginger se trouvait assise à côté de moi. Elle releva les yeux de l'écran posé sur ses genoux et sourit avec soulagement.

— Eh bien, c'était une sacrée sieste, nota-t-elle.

Je regardai autour de moi. J'étais allongée sur un matelas de fortune, dressé dans une petite pièce aux murs sales. Seule une ampoule tremblotante éclairait les lieux.

— Où suis-je ? demandai-je.

— En sécurité, me rassura Ginger.

Elle me passa une main sur le front. Je réalisai que j'étais trempée.

— Comment te sens-tu, Sam ?

— Affamée, répondis-je.

Elle me tendit un bol d'une bouillie infâme. Je poussai un soupir désespéré.

— C'est tout ce qu'on a, déclara-t-elle. Mais au moins ça nourrit.

J'attaquai la mixture en me disant que faute de grives, on mange des merles, mais à la première cuillère, je me convainquis que même un cadavre putréfié d'oiseau serait meilleur que ça. La porte de ma chambre s'ouvrit. Le professeur entra et vint s'asseoir au bout de mon lit alors que je terminai péniblement le gruau.

— Je voulais te ramener des gâteaux, Samantha, mais ils sont bien trop ardus à trouver ici.

Je remerciai le savant d'un sourire. Il devait éprouver de la difficulté à supporter ce monde.

— Comment se sent la malade ? demanda Deathrock en pénétrant dans la pièce, suivi de mon frère.

Je haussai les épaules. Ce geste provoqua un tiraillement dans ma nuque. Je lâchai une exclamation de douleur. Je perçus le regard des autres posé sur moi. Leur mine mêlait la compassion et la peur. Je portai la main à l'arrière de mon crâne. Mes doigts rencontrèrent une surface froide.

Une plaque de métal fichée dans ma chair. Je me mis à trembler.

— Enlevez-moi ça ! criai-je.

Ginger me saisit les poignets, le professeur m'attrapa par les épaules.

— Sam, Sam, on ne peut pas !

— Vous mentez !

— Ils disent la vérité, intervint Deathrock. Du moins, on ne peut pas pour le moment. Il faudrait disposer d'un équipement médical.

— Et votre ami Smith, il n'en a pas ? crachai-je.

Les visages se fermèrent.

— La Dynamic Kay Zaibatsu n'existe plus, confessa Deathrock.

Je les regardai avec un choc.

— La Zaibatsu n'existe plus ? répétai-je.

Deathrock acquiesça. Je me pris la tête entre les mains. Six mois avaient passé, m'avait révélé mon frère. Six mois où les choses avaient bien changé.

— Racontez-moi, ordonnai-je.

Deathrock et Tom tirèrent une chaise et s'assirent à côté de mon lit.

— Nous craignions une contre-attaque du Consortium et de l'Union, mais elle est arrivée bien plus rapidement que prévu. Nous nous sommes échappés, mais lorsque nous sommes revenus à Dynamic Kay, le siège était en ruines. Vaporisé par un nouvel explosif.

Le docteur Amok avait encore frappé…

—Heureusement, Ginger et le professeur étaient parvenus à sortir. Avec l'aide de Dreampop, nous nous sommes cachés un moment en attendant que la situation décante. Pendant ce temps, l'Union a pris le contrôle du Consortium et a racheté la Zaibatsu de M. Smith, décédé dans le regrettable incendie de sa tour. Depuis, l'Union nous traque pour récupérer la *Tédesplen*.

Mon cœur marqua un bond à ces mots.

— Ils ne l'ont pas ! m'exclamai-je.

— Non, jubila Ginger. J'avais réussi à soudoyer le personnel chargé de la garder et j'ai négocié une exfiltration, juste avant que le bâtiment ne soit détruit. Elle se trouve ici avec nous. Tu veux la voir ?

Je sautai hors de mon lit.

— Évidemment !

Hélas ma volonté se montra moins forte que mes jambes, qui chancelèrent sous moi. Tom me rattrapa.

— Du calme, après six mois en sommeil, tes muscles sont engourdis.

Je ronchonnai pour la forme mais lui laissai me donner le bras. Le professeur ouvrit la marche en gambadant. Je quittai ma chambre et débouchai dans un couloir tout aussi glauque et mal éclairé.

— Où sommes-nous, au fait ? demandai-je à Deathrock.

— Sur les extérieurs de Polis, dans un immeuble désaffecté. Il y en a beaucoup dans ce quartier, l'Union n'a pas encore pu tous les fouiller, nous sommes en sécurité pour l'instant.

M. Nutter déverrouilla une porte, de derrière laquelle provenait un chant. J'entrai. Une tornade aux cheveux roses me bondit dans les bras, manquant de me renverser.

— Je suis si contente que tu sois réveillée ! s'exclama Dreampop.

Moi aussi j'étais heureuse de retrouver la petite asiatique, d'autant plus que je lui devais la vie. Je voulus la remercier, les mots restèrent bloqués dans ma gorge lorsque je vis la *Tédesplen* qui trônait au milieu de la pièce.

— Nous avons tenté de la remettre en état comme nous avons pu, mais avec les moyens du bord, c'est difficile, souffla Dreampop.

J'avançai de quelques pas et passai la main sur le blindage. Dreampop et le professeur avaient accompli du bon travail.

Ils avaient réparé la verrière et une partie de la carrosserie. À l'intérieur du poste de pilotage, les cuivres luisaient. Hélas, je ne pouvais détacher mes yeux de la déchirure qui béait toujours à la hauteur de la salle des machines. Le moteur de la Tédesplen gisait en morceaux sur le sol.

— L'Union sait quelles pièces il nous manque. Ils font surveiller le marché et tous ceux qui pourraient nous les fournir, expliqua Dreampop.

— J'ai essayé de fabriquer moi-même un condensateur transcendantal avec de vieilles pièces mais…

— Mais vous avez failli raser un quartier entier de la ville, grogna Deathrock.

Il poussa un profond soupir.

— Pour l'instant, vous êtes coincés ici, annonça-t-il.

J'accusai le coup. J'avais nourri le vague espoir qu'au cours de ces six mois mes compagnons aient trouvé un moyen de retaper la *Tédesplen*.

— Quelle est notre situation ? demandai-je.

J'observai tour à tour Deathrock, Ginger et mon frère. Les trois conservèrent un visage neutre. Tom se mit à triturer sa manche, signe de nervosité coupable chez lui. Je croisai les bras.

— Ne me ménagez pas, j'ai assez encaissé pour pouvoir gérer ce que vous avez à me révéler.

— Notre situation est mauvaise, commença Tom. Nous escomptions réparer la machine et fuir dès que nous t'aurions récupérée, mais il faut se rendre à l'évidence que c'est impossible.

— Alors affrontons l'Union, déclarai-je.

Les autres échangèrent une œillade lourde de sens qui ne me plut guère.

— Quoi ? Ne me dites pas qu'ils ont conquis le monde en mon absence ? crachai-je.

Nouveau regard de mes camarades, qui me fit bouillir de colère.

— Je suis là, vous savez, leur lançai-je.

— Il serait mieux qu'elle constate tout ça par elle-même, suggéra Ginger.

— De toute manière, ça ne pourra pas empirer son caractère, soupira Deathrock.

— L'emmener dehors ? Mais c'est dangereux, objecta Tom.

— Au moins autant que braver la sécurité d'une corporation toute puissante afin de me libérer, répondis-je.

C'était ma manière de le remercier. Thomas devrait s'en contenter.

— Il faudra attendre la nuit et prendre nos précautions, déclara Deathrock.

— Je l'accompagnerai, annonça mon frère.

*

Deathrock n'avait pas menti quant au quartier où se trouvait notre planque. Dehors, je découvris des immeubles délabrés et des trottoirs défoncés. Des silhouettes fantomatiques fuyaient devant nous et, pour finir de planter le décor, il bruinait et une légère brume serpentait entre les maisons.

Je resserrai mon manteau contre moi alors que nous avancions. Je me retenais à grand-peine de me gratter le visage de peur d'abîmer les prothèses en latex et les tatouages faciaux que Deathrock m'avait appliqués pour me dissimuler. Les lunettes fines et étirées qui formaient comme une visière devant mes yeux me permettaient d'y voir assez bien dans le noir. Une poignée de réverbères maladifs survivaient dans cette partie de Polis mais, dans l'ensemble, seul le clignotement de quelques enseignes et néons éclairait les rues. Le quartier suintait la peur et la misère.

— C'était une zone commerciale, avant, déclara Deathrock. Puis, la crise nous a frappés et tout a fermé.

Nous marchâmes en silence jusqu'à rejoindre les

extérieurs de la ville et une ligne de métro. J'angoissai à l'idée de me retrouver ainsi sous terre, enfermée dans un wagon. Tout le monde me semblait suspect, je m'attendais à ce qu'on m'interpelle à tout moment. Mais aucun des noctambules que nous croisâmes ne s'intéressa à nous. À peine un homme en uniforme m'adressa-t-il un regard.

Nous prîmes place dans une rame qui puait la sueur et la crasse. Le métro fila vers le centre de Polis. Deathrock et Tom à côté de moi se montraient calmes et détendus, bien que je devine qu'ils se tenaient aux aguets. Je commençai à me ronger les ongles.

— Ça suffit ! siffla mon frère.

Je lui lançai une œillade venimeuse et me fendis d'insultes dignes d'un docker londonien.

— Elle est vraiment en pleine forme, ironisa Deathrock.

Je me murai dans un mutisme boudeur. Au fil des arrêts, la rame se peupla, des gens en costumes, des jeunes aux tignasses bariolés, de sinistres individus bardés de tatouages. Deathrock finit par se lever.

— On descend, ordonna-t-il.

Je le suivis à travers les couloirs de la station, jusqu'à l'extérieur. La pluie n'avait pas cessé. Je retrouvai les rues de la ville comme je les avais découvertes : humides, glauques, éclairées par les enseignes. Nous nous trouvions dans le quartier commerçant, celui qui ne dormait jamais. Une foule dense arpentait les avenues, des adolescentes se massaient devant les vitrines en poussant de grands cris. Des vendeurs avec leurs guérites ambulantes tentaient de refourguer leur camelote aux clients naïfs. Sur les murs des immenses tours, des réclames animées vantaient les mérites d'Eudaimonia. En apparence, rien n'avait changé. Cela dit, l'atmosphère me sembla étrange. Il flottait comme un parfum d'irréalité. J'observai les visages et crus un bref instant rêver. Thomas m'attrapa par le bras et me tira sous l'étal d'un marchand de nouilles.

— Regarde, murmura-t-il.

Un groupe, vêtu d'une sorte d'uniforme blanc, arrivait en sens inverse. Celui qui marchait en tête brandissait un panneau : « Eudamonia, pour un monde meilleur ».

— Rejoignez Eudaimonia. Abandonnez la violence ! proclamait l'homme.

— Inutile de lutter, acceptez votre sort, vous n'en serez que plus heureux, clamait le second.

Ces mots éveillèrent un désagréable écho en moi. Je serrai les poings à m'en faire mal.

— Du calme, me souffla mon frère.

Les illuminés nous dépassèrent sans nous prêter attention et s'éloignèrent dans la rue. La foule, qui s'était arrêtée sur leur passage, reprit ses activités.

— Qu'est-ce que c'était que ça ? chuchotai-je.

— L'armée d'Eudaimonia. Ils sont apparus après ta capture, m'informa Deathrock. Ces gens se sont connectés à Eudaimonia et en sont ressortis changés. Ils prétendent qu'ils ont eu une révélation, qu'ils veulent la paix universelle, mais en réalité, ils se montrent prêts à user de violence sur ceux qui ne les suivent pas. Pour le moment, le phénomène reste marginal, mais il progresse.

L'Union avait raison sur un point : ils avaient trouvé une utilisation massive à notre couronne de contrôle mental.

— Pourquoi ça n'a pas fonctionné sur moi ? demandai-je.

— Tu as trop mauvais caractère pour accepter qu'on te dise quoi faire ou penser, me lança Tom.

Je lui adressai un regard venimeux.

— Certains sujets résistent mieux que d'autres, nous dit Deathrock. Mais au final, tout le monde finit par craquer.

Je frissonnai et resserrai les pans de mon manteau contre moi. Si Tom ne m'avait pas délivrée, je serai devenue l'une de ces personnes, semblable à ceux que nous avions croisés, qui se contentaient de marcher et d'obéir aux ordres donnés.

— Rentrons, j'en ai assez vu, décrétai-je.

Deathrock et mon frère acquiescèrent. Nous tournâmes les talons et repartîmes en direction du métro. Un dirigeable nous survola. Je levai les yeux pour le suivre et me laissai absorber par les images d'Eudaimonia que sa banderole publicitaire diffusait. Je baissai la tête juste à temps pour percuter un homme en uniforme.

Tom me tira en arrière, alors que l'inconnu se répandait en injures.

— Dis donc, toi ! Tu peux pas regarder où tu vas ! m'apostropha-t-il.

— Excusez-la, elle est distraite, répondit Tom.

À côté de lui, Deathrock avait plongé les mains dans ses poches, sûrement pour récupérer une arme. J'avisai celui que j'avais bousculé. Le sigle du Consortium frappait sa veste. Un sbire de l'Union… Ma chance avait encore fait mouche. Le garde nous étudia et sortit d'une sacoche une console portable.

— Bien, contrôle d'identité.

Je lançai un bref regard à Tom et Deathrock, pour savoir si nous devions fuir. Les deux demeuraient impassibles. Je m'efforçai de me détendre, même quand l'homme agita sa machine devant mes yeux et prit mes empreintes. Il consulta les résultats, marmonna quelque chose, puis passa à Tom et Deathrock. Il observa son écran, et grommela :

— Vous pouvez partir.

Nous filâmes sans demander notre reste. Mon cœur battait à tout rompre, mes jambes étaient de coton, je dus m'appuyer à Tom pour ne pas tomber.

— Calme-toi, tu vas nous faire paraître suspects, m'intima Deathrock. Ce n'était qu'un contrôle de routine.

— Qu'un contrôle de routine ? m'étranglai-je. Notre expédition dans la tour ne devait constituer qu'une formalité et ça m'a valu six mois dans une réalité virtuelle où on a essayé de me laver le cerveau ! Alors excuse-moi de me montrer nerveuse !

— Moins fort ! siffla mon frère.

Je regardai autour de moi, des personnes louchaient en notre direction. Nous pressâmes le pas jusqu'à atteindre le métro. Je m'engouffrai avec soulagement dans une rame qui nous emmena bien loin de ces patrouilles et des groupes de fêlés en uniformes blancs.

— Qu'est-ce que c'était que ce malotru ? demandai-je à Deathrock dès que nous fûmes seuls.

— La milice privée du Consortium. Ils pullulent dans Polis et contrôlent tout le monde. Heureusement que la couverture du Dreampop tient la route.

La *Tédesplen* toujours immobilisée, l'Union qui étendait lentement son emprise sur cet univers, tout ceci prenait des allures de cauchemar.

— Par pitié, dites-moi qu'on a un plan pour les arrêter, gémis-je.

Thomas et Deathrock échangèrent un regard. Ce dernier secoua la tête.

— Pas ici, déclara-t-il.

Je dus me contenter de cette réponse jusqu'à ce que nous ayons regagné notre planque sans encombre. Nous nous réunîmes dans l'atelier du professeur, à côté de la *Tédesplen*. J'examinai les visages, tous me cachaient quelque chose, ce qui avait le don de m'énerver.

— Eh bien ? les interrogeai-je.

— Nous avons élaboré une solution pour contrer l'Union, commença Ginger. Eleutheria.

— Quoi ?

— Cela signifie « liberté » en grec, expliqua M. Nutter.

— Vous espérez combattre nos ennemis avec un mot ? L'idée est noble, mais je doute que ça suffise.

— Non, Eleutheria n'est pas qu'un mot, intervint alors Dreampop. Il s'agit d'un programme que nous voulons implanter dans Eudaimonia de manière à en prendre le contrôle et libérer ceux dont le cerveau a été lavé.

J'observai la jeune asiatique, puis le savant. Il avait l'air étonnamment grave et sérieux. Il triturait la manche de sa blouse.

— Vous êtes sûrs de votre coup ? m'enquis-je.

— Oui, répondirent-ils à l'unisson.

J'esquissai un sourire. Il était rassurant de voir que certaines choses ne changeaient pas, et que le professeur Nutter resterait toujours un inventeur.

— D'accord, mais si vous êtes si confiants, pourquoi ne pas avoir mis Eleutheria en place ?

— Nous disposons d'une version de base, qui nous a permis de te délivrer, expliqua Dreampop. Mais pour développer le programme, il nous manque des éléments. Notamment un crucial, une clé.

Je sentis que je n'allais pas aimer la suite.

— D'après nos informations, chaque membre de l'Union en détient un exemplaire, qu'il porte en permanence sur lui : une puce qui contient les codes d'accès à Eudaimonia, déclara Deathrock.

J'éclatai de rire.

— Vu les récents évènements, ils ont dû rassembler une armée pour les protéger. Vous ne les approcherez pas comme ça ! m'exclamai-je.

Mes compagnons échangèrent un regard qui n'arrangea pas mon humeur. Je croisai les bras.

— Quoi encore ? sifflai-je.

— L'Union possède une faiblesse que nous avons découverte.

— Laquelle ?

— Toi. Et Will.

J'ouvris la bouche pour répliquer quelque chose qui ne vint jamais. Je la refermai et toisai tour à tour mes camarades.

— Pardon ? dis-je.

Tom prit un air embarrassé.

—Sam, il faut que tu comprennes… nous… Nous t'avons cherché pendant des semaines. Nous ne savions pas où tu étais détenue, le Consortium dispose de nombreux bâtiments. Il y a un mois, nous avons reçu un courrier anonyme, qui contenait une adresse et des codes d'accès. La lettre n'était signée que d'un W. Sam, c'est grâce à ces informations que nous avons pu te libérer.

W. Comme Will. Je me remémorai les regards qu'il m'avait jetés lorsqu'on m'avait capturée, la manière dont il m'avait caressé les cheveux en s'excusant. Je frissonnai, mais plus de peur et de dégoût que d'une autre émotion.

— Ce sinistre individu a préféré sauver ses amis plutôt que de m'empêcher de tomber dans la Source, rappelai-je à mon frère. Il voulait me laver le cerveau pour que je sois bien docile pour… pour… j'ignore quoi et je refuse de le savoir !

— L'amour, c'est compliqué, lança Deathrock.

— Épargnez-moi vos commentaires dignes d'un feuilleton de quatre sous et trouvez un plan moins risqué ! rétorquai-je.

—Nous n'en avons pas d'autres. Il nous faut cette clé, et tu es l'unique moyen de l'obtenir, souffla Tom.

Je me pris la tête entre les mains. Je sentais mes cheveux rasés, un autre souvenir de l'Union. Je passai la paume sur la plaque de métal dans ma nuque.

— Laissez-moi réfléchir un moment, s'il vous plaît.

Ils quittèrent la pièce, je demeurai seule avec la *Tédesplen*. Je caressai le blindage et repensai à nos voyages. Certains avaient été heureux, d'autres moins. J'avais envie de revoir plusieurs personnes, de retourner dans des mondes visités. Le Sanctuaire de Morneséjour me manquait, je me demandais ce que Faith ou le docteur Jackson devenaient. J'espérais que les Miracliens et les chasseurs de vampires avaient remporté leur combat.

Je poussai un profond soupir en songeant à tous ces gens que je ne rencontrerai jamais, ces endroits qui resteraient hors de ma portée si nous permettions à l'Union de gagner. Fini de fuir et se cacher, il était temps de se battre.

*

Contacter William se révéla d'une simplicité enfantine. Grâce au réseau de Dreampop et Deathrock, quelqu'un l'avait abordé dans la rue pour lui glisser un billet comportant une adresse, une heure et la lettre S en signature.

En accord avec mes compagnons, j'avais choisi comme lieu de rendez-vous un parvis fréquenté, qui servait de point de rencontre à beaucoup de jeunes. Effectivement, malgré la nuit bien avancée et la pluie qui tombait, une vingtaine de garçons et de filles s'amusaient sur des vélos et des planches à roulettes. Ils utilisaient une rampe de béton, des escaliers, ou tout autre obstacle que la ville mettait sur leur route pour leurs acrobaties. Je les observai un moment, admirant l'habileté d'une demoiselle qui maintenait sa bicyclette en équilibre sur une roue, puis me rappelai ce que Dreampop avait dit.

Quelques mois auparavant, l'esplanade aurait été noire de monde. Aujourd'hui, beaucoup l'avaient désertée pour Eudaimonia. Je serrai les poings et espérai de tout cœur que la hackeuse et le professeur avaient dit vrai, et qu'Eleutheria arrêterait tout cela.

Un dirigeable me survola. Je levai la tête et écartai ma capuche pour mieux voir la banderole qu'il traînait. Eudaimonia, encore et toujours.

Un mouvement à côté de moi me fit sursauter. Une silhouette enveloppée dans un long manteau clair s'approcha.

— Bonsoir, William, le saluai-je.

— Samantha, répondit-il.

Il s'immobilisa devant moi et dansa d'un pied sur l'autre en m'étudiant. Son regard s'attarda sur mon crâne rasé, à peine couvert d'un fin duvet.

— Je suis désolé pour vos cheveux. Le bleu vous allait très bien. J'ai essayé de raisonner le docteur Amok mais elle voulait les couper.

Je haussai les épaules.

— Ça repousse, rétorquai-je d'un ton tranchant.

Je n'avais pas envie de m'aventurer sur ce terrain. Pas envie de repenser à ma captivité. Malgré moi, je passai la main sur la plaque à la base de ma nuque. Pour me donner une contenance, je croisai les bras et observai Will. Il s'agita, mal à l'aise sous mon examen. Je remarquai à la lueur des réverbères que ses traits étaient tirés et son teint blême.

— Je m'attendais à un peu plus d'enthousiasme de votre part. Après tout, vous avez gagné. Nous n'avons plus de machine, nous devons nous cacher alors que vous régnez sur cette ville et bientôt sur ce monde, lançai-je.

Ce fut à son tour de hausser les épaules.

— Tout n'est pas comme je l'espérai, avoua-t-il.

— Permettez-moi de ne pas compatir à votre triste sort.

Il esquissa un sourire fatigué.

— Ça m'a manqué, les piques, soupira-t-il. Ça me rappelle le bon temps à Casetti, quand vous me traitiez de moule avariée et d'ahuri de la lune.

Malgré moi, j'émis un petit rire avant de me reprendre.

— J'ai toujours admiré votre esprit, Samantha, votre combativité et votre volonté.

— Et pourtant, vous avez cherché à les briser.

Il ne répondit pas et resta silencieux un long moment. Un dirigeable avec une banderole d'Eudaimonia nous survola. Nous la suivîmes du regard.

— Parfois, on commet des erreurs qu'on regrette par la suite, murmura Will.

Il m'étudia, je ne baissai pas les yeux.

— Vous emprisonner était une chose horrible. Je n'aurais pas dû laisser mes compagnons vous infliger ceci.

C'est pourquoi j'ai averti votre frère pour qu'il puisse venir vous délivrer.

Il semblait sincère. Je notai tout de même qu'asservir une population entière grâce à cette fichue réalité virtuelle ne lui posait aucun problème moral.

— Je suppose que je dois vous remercier, alors, lançai-je.

— Vous ne me devez rien, répondit Will. Au contraire, j'ai une dette envers vous.

Je le fixai, tentant de discerner le vrai du faux dans ses paroles. Un homme à la démarche titubante s'approcha de nous.

— Un p'tit crédit, m'sieur dame, pour un pauvre gars comme moi ! Un crédit pour Eudaimonia !

Il tendit vers nous une main suppliante. Will hésita, avant de tirer de sa poche une carte.

— Tenez, mon brave. Il y a de quoi vous connecter une heure là-dessus.

— Oh, merci, mon bon seigneur !

Avant que Will ait pu réagir, le clochard le serra contre lui. Will se dégagea prestement et repoussa le miséreux.

— Allez-vous-en !

— Merci m'sieur, encore merci ! s'exclama le mendiant.

Il s'éloigna en zigzaguant. J'étais restée de marbre. Il m'avait fallu plusieurs secondes pour reconnaître mon frère sous le déguisement. Ginger et Dream avaient accompli du travail exceptionnel. Will reporta son attention sur moi.

— Pourrais-je un jour regagner votre confiance ? s'enquit-il.

L'avidité que je perçus dans sa voix me mit mal à l'aise. Je passai la main sur ma nuque et repensai à toutes nos rencontres avec l'Union. Certes, William ne s'était pas vraiment opposé à moi. En réalité, c'était moi qui le frappais en général. Cela dit, il n'avait jamais esquissé le moindre geste pour tempérer ses camarades ou pour m'aider. Je gardais encore le souvenir de mon plongeon dans la Source.

— La confiance… C'est compliqué au vu des récents évènements.

Je désignai ma nuque.

— J'ai cette chose que je ne peux enlever et ça me démange.

Il se tourna et abaissa son col, révélant la même plaque fichée à l'arrière de son crâne.

— Je suis comme vous. Les autres ont insisté et j'ai cédé. Au départ, j'ai trouvé ça désagréable, mais je me suis habitué à cette interface. Tout s'arrangera, au final. Je plaiderai votre cause auprès de mes compagnons. Si vous vous rendez, je suis sûr qu'ils feront preuve de clémence. Nous pourrons créer tous ensemble un monde meilleur.

Sa voix s'échauffait. Je me contentai de hocher la tête, le visage neutre. À nouveau, le discours bien huilé de l'Union empiétait sur ce qu'il pensait vraiment.

— Je dois rentrer, déclarai-je.

Je me détournai. Il m'attrapa la main. Je pris sur moi pour ne pas me débattre violemment.

— Vous reverrai-je ? m'implora-t-il.

Je souris avec amertume.

— Je ne sais pas, William. Cela ne dépend que de vous et des choix que vous ferez dans le futur.

Je me dégageai et m'éloignai. Il ne me retint pas. Je vérifiai que personne ne me suivait et rejoignis mon frère à plusieurs rues de là, en compagnie de Deathrock et Dreampop.

— Tu l'as ? demandai-je.

Il me tendit fièrement une plaque au bout d'une chaîne.

— J'ai même réussi à la remplacer avec notre copie.

— Parfait. Alors quoi maintenant ?

Tom m'examina.

— Ton visage est mouillé.

— C'est la pluie. Rentrons nous mettre à l'abri, avant que l'Union ne comprenne ce que nous avons fait.

*

L'Union réalisa bien sûr la supercherie et prit les mesures qui s'imposaient. Les contrôles s'amplifièrent, les descentes de la milice du Consortium aussi. La prime sur nos têtes augmenta, l'Union offrait maintenant dix années de connexion à Eudaimonia. Malgré tout, Deathrock et Dreampop soutenaient que nous nous trouvions bien à l'abri et mes compagnons paraissaient les croire.

Cette belle confiance vola en éclat quatre jours après ma rencontre avec William. J'étais avec M. Nutter dans la pièce qui accueillait la *Tédesplen*. Le vieil homme chantonnait en polissant des rouages. Il avait réussi à mettre la main sur un moteur d'hélicoptère et pensait qu'il pourrait rebâtir une partie du générateur dimensionnel grâce à cela.

L'alarme qui retentit nous causa un violent sursaut. Je lâchai le tournevis que je tenais et me levai d'un bond. La porte s'ouvrit à la volée. Heureusement, il ne s'agissait que de mon frère.

— Ils sont là, vite, il faut fuir.

Le professeur se redressa, le visage blême.

— Non ! Je n'ai pas fini de réparer la *Tédesplen* ! Je ne peux pas partir !

Deathrock entra à la suite de Thomas.

— Trop tard !

— Hors de question ! décréta le savant.

Il s'agrippa au blindage de la machine.

— Vous ne comprenez pas ! gronda Tom. S'ils nous capturent, ils vous nous connecter de force à Eudaimonia et ne nous laisseront sortir que quand nous serons capables de clamer « gloire à l'Union ».

— Non ! s'entêta l'inventeur.

Deathrock jura, il saisit le vieil homme et le chargea sur

son épaule. Tom me prit par le bras. Sonnée, j'avais de la peine à marcher. Mes jambes tremblaient.

— Vite, Sam, me pressa mon frère. Ils ne doivent pas nous attraper.

J'avançai dans le couloir, poussée par Tom. Ginger se trouvait au bout, près d'une porte massive.

— Dépêchez-vous ! s'exclama-t-elle.

— Où est Dreampop ? s'enquit Deathrock.

Lady Astley se décomposa.

— Elle n'est pas avec vous ?

Un hurlement de terreur nous répondit. Deathrock posa le professeur à terre et fit mine courir en direction des cris. Tom lui agrippa le poignet.

— Non ! Nous devons fuir. Se faire capturer maintenant ne servira à rien.

Un éclair de douleur traversa le visage buriné de Deathrock, mais il acquiesça. Nous nous engageâmes dans le tunnel. Tom referma le battant blindé derrière nous. L'issue de secours était sombre et humide. Nous marchâmes en silence. Mon cœur cognait fort dans ma poitrine. À chaque seconde, je redoutais que les sbires de l'Union ne déboulent.

Nous finîmes par atteindre l'extérieur. Deathrock passa le premier et nous signifia que la voie était libre. Je me coulai au-dehors. Nous nous trouvions au rez-de-chaussée d'une tour à demi effondrée. Un peu plus loin brillaient des gyrophares. Des hélicoptères survolaient la zone.

— Ne traînons pas, nous intima Deathrock.

Nous fuîmes, avançant dans l'ombre des bâtiments écroulés. J'avais l'impression que les échos de nos poursuivants se rapprochaient de minute en minute, mais nous arrivâmes enfin à l'autoroute sans qu'ils nous arrêtent. Nous la traversâmes pour rejoindre la décharge où nous avions atterri pour la première fois dans ce monde.

— On sera à peu près en sécurité ici, déclara Deathrock

alors que nous nous engagions dans les allées de déchets.

J'espérai qu'il avait raison, mais je ne pouvais m'empêcher de penser à Dreampop et à la *Tédesplen*. Une fois de plus, l'Union remportait la bataille. Le professeur posa la main sur mon bras.

— Ne t'inquiète pas. Eleutheria nous délivrera.

*

Cette nouvelle défaite, combinée à la capture de Dreampop et la perte de la *Tédesplen*, impacta notre moral. Le professeur notamment se montra très affecté. Nous avions trouvé refuge dans une sorte de caverne au sein des débris. J'espérai que la proximité d'autant de pièces de machines dériderait le vieil homme. Hélas, il demeurait des heures assis à la lisière de notre tanière et regardait la pluie tomber.

Deathrock broyait du noir lui aussi. Je connaissais son attachement pour la jeune femme. Il fallut toute l'énergie de Ginger pour le tirer de son marasme. Lady Astley ne se laissa pas abattre et força Deathrock à activer tous ses contacts. Beaucoup refusèrent de lui parler, la situation était devenue trop risquée pour eux. Certains restèrent fidèles. Electro et Batcave, ceux qui avaient aidé à ma libération, nous amenèrent des vivres et du matériel. Ils nous informèrent que les patrouilles sillonnaient maintenant toute la ville. Plusieurs s'aventurèrent dans la décharge, mais aucune ne nous trouva. Au milieu des déchets, nous étions trop bien cachés.

Mon frère broya du noir durant deux jours avant se reprendre suite une conversation animée avec Ginger. Il se mit à arpenter le dépotoir. Il rapportait de ses excursions des pièces et des proies. Finalement, le rat n'était pas si mauvais, pour peu qu'on le fasse griller.

Pour ma part, j'alternais entre peur et colère. Je craignais à tout moment que l'Union ne me capture de nouveau pour m'envoyer à Eudaimonia, et j'enrageais à cause de notre impuissance. J'aurais voulu tenter quelque chose, n'importe quoi.

Je tins deux semaines enfermée dans cette fichue décharge, à tourner en rond sans rien faire, avant de craquer. Un soir, alors que nous nous rassemblions autour du feu, je me plantai devant Deathrock.

— Emmène-moi en ville avec toi, demandai-je.

Il me lança un long regard.

— C'est trop dangereux. Ta tête est mise à prix.

— La tienne aussi. Nous sommes tous des fuyards. Par pitié, laisse-moi t'accompagner. Je sens que je vais devenir folle si je reste ici une journée de plus.

Deathrock chercha l'appui de mon frère et Ginger. Thomas hésita et gratta sa barbe naissante.

— Je ne sais pas, Samantha. Et s'ils te capturent ?

— Ça vaut pour n'importe lequel d'entre nous et ça ne t'empêche pas de sortir chasser tous les soirs. J'irai, un point, c'est tout.

Je croisai les bras sous la poitrine et défiai les autres de m'arrêter. Deathrock soupira.

— De toute manière, quand elle râle, pas moyen de lui faire entendre raison. C'est bon, gamine, tu viendras avec moi.

Il tint parole. Nous partîmes la nuit suivante. J'éprouvai un aiguillon de peur en traversant l'autoroute qui séparait la décharge de Polis, mais alors que nous nous engagions dans les extérieurs de la ville, l'excitation me gagna. J'agissais enfin !

Je m'attendais à ce que nous nous rendions dans le centre pour rencontrer des informateurs. Au lieu de cela, Deathrock m'emmena dans des quartiers mal famés. Je regardai autour de moi, mal à l'aise.

— Où va-t-on ? demandai-je.

— Dans un bar clandestin, qui possède un accès pirate à Eudaimonia, répondit-il. On retrouve Batacave là-bas. Il dit qu'il a des nouvelles de Dreampop.

L'espoir faisait vibrer la voie de l'homme. Je posai la main sur son bras.

— On la délivrera.

Il opina et s'enferma dans le silence.

Bien que moins délabré que les extérieurs, l'endroit où nous nous trouvions était sinistre. Les néons crasseux de boutiques glauques éclairaient misérablement les rues. Nous croisâmes plusieurs bandes louches, qui nous observèrent en coin et plusieurs patrouilles de miliciens, qui nous contrôlèrent.

La première fois, je me retins à grand-peine de trembler. Je réalisai vite que la couverture de Dreampop tenait toujours et je me détendis un peu. Deathrock, quant à lui, restait impassible.

Alors que nous nous engagions dans une nouvelle avenue, un groupe vêtu de blanc arriva en sens inverse. Des fanatiques d'Eudaimonia. Deathrock et moi reculâmes contre le mur d'une maison. Peur et colère m'emplirent à leur vue.

— Du calme, me souffla Deathrock.

Je les laissai passer et exhalai un profond soupir.

— Ils envahissent de plus en plus la ville, nota Deathrock. Bientôt, on les trouvera partout.

— Mettons un terme aux agissements de l'Union. J'espère que Batcave aura des informations.

Deathrock se contenta d'acquiescer. Nous finîmes par atteindre au bar où il devait rencontrer son contact. Une enseigne fatiguée proclamait *Au Mouton électrique*. Deathrock poussa la porte et nous entrâmes. L'ambiance à l'intérieur était lourde. Une musique agressive résonnait, des clients neurasthéniques tournèrent la tête vers nous. Nous allâmes nous asseoir à une table au fond. Je lorgnai autour de moi avec inquiétude.

— Je ne vois pas Batcave.

— Patience, m'intima Deathrock.

Je préférai obéir. Nous attendîmes un moment avant que

les portes ne s'ouvrent. Je tendis le cou pour distinguer qui arrivait. Je reconnus les nouveaux venus avec un violent choc. Miss Sharp et lord White. Derrière eux se déploya une garde de miliciens. Je me levai d'un bond et me préparait à courir vers la sortie de secours. Deathrock me saisit fermement par le bras

— Eh ! Qu'est-ce que tu fabriques ? m'exclamai-je.

— Tais-toi et fais-moi confiance ! gronda-t-il.

Sa poigne me broyait. Je me débattis, mais il me traîna sans ménagement vers nos ennemis.

— Voici la fille, comme convenu, lança-t-il.

— Quoi ? m'étranglai-je.

— Parfait. Et voilà votre amie, déclara miss Sharp.

Sur un geste de sa part, les sbires firent avancer une silhouette à la tête recouverte d'un sac. Ils l'enlevèrent. Je reconnus la tignasse rose et ébouriffée de Dreampop. Les hommes de l'Union la détachèrent, elle courut se jeter dans les bras de Deathrock. Les gardes se saisirent de moi. Je luttai.

— Deathrock ! Non ! criai-je.

— Désolée gamine, murmura-t-il.

Il me tourna le dos et sortit du bar. Je donnai des coups de pied à mes agresseurs, on m'enfonça une aiguille dans le cou. Tout devint noir.

*

Je rouvris les yeux. Un plafond blanc, une odeur chimique. Je tentai de me relever. Des liens m'entravaient. Une vague de panique me traversa. L'Union m'avait capturée, encore.

— Eh bien, eh bien. Une nouvelle fois, nous nous avez fait transpirer, déclara Miss Sharp.

Je tournai la tête. Les quatre se tenaient là à côté de moi. Je réprimai la bouffée de haine qui m'envahit et les toisai.

— Je pourrais m'excuser, mais je ne le pense pas.

— Sale gamine, siffla le docteur Amok. Elle a causé de

la peine à Will.

Je fixai le jeune homme. Il affichait une mine piteuse et attristée.

— Je pourrais également dire « désolée », mais…

— Silence, me coupa miss Sharp.

— Elle est maligne, nota lord White avec un sourire. C'est aussi notre faute si elle nous a fait tant courir. Nous vous avions mal jugée, Mlle Wiseman.

Je lui adressai un regard dubitatif.

— Vous ne réalisez pas à quel point vous êtes importante. Les autres se battront becs et ongles pour vous sauver, ce qui vous rend inestimable et fait de vous l'âme de ce groupe.

Miss Sharp me caressa le front.

— Nous avons envoyé un message à vos camarades, leur demandant de se livrer s'ils tenaient à vous revoir en vie.

— Ils ne viendront pas, crachai-je.

— Peut-être. En attendant, vous repartez à Eudaimonia.

— Non, non, non ! hurlai-je.

Je me tournai vers Will et jouai ma dernière carte.

— C'est ça que vous désirez ? Une femme bien obéissante au cerveau lavé ? Ne m'avez-vous pas dit que vous appréciez mon esprit, souhaitez-vous qu'ils me brisent ?

William me regarda, fixa ses compagnons, puis se détourna.

— Branchez-la, ordonna miss Sharp.

— Noooooooon !

Mon cri se perdit dans un tourbillon blanc.

Je rouvris les paupières. J'étais à Londres, dans la boutique de M. Peel. Je chancelai et me frottai les tempes. J'avais l'impression d'émerger d'un mauvais rêve.

— Ah, Samantha, veuillez prendre ces rouleaux de tissu et les ranger s'il vous plaît.

Je me massai le crâne, comme si je sortais d'un long sommeil.

— Samantha ? Quelque chose vous gêne ?

— Je… non, tout va bien, répondis-je.

Je saisis le rouleau en question et le posai sur l'étagère appropriée. Je bâillai. J'avais dû m'assoupir quelques instants. Je secouai la tête pour me réveiller. Je devais encore terminer les comptes de la journée. Le carillon de la porte retentit. Une jeune fille vêtue d'une jolie robe bleue et d'un tablier blanc entra. Elle m'avisa et fronça les sourcils.

— Encore là ? Je croyais t'avoir dit de ficher le camp. Ta mère ne sera pas contente.

Je la regardai sans comprendre.

— Bon, aux grands maux, les grands remèdes, soupira-t-elle.

Elle fondit sur moi et m'administra une gifle tonitruante. Je chancelai. La douleur cuisante m'arracha un gémissement, tandis que la mémoire me revenait. J'étais de nouveau dans Eudaimonia.

— Alice ? m'exclamai-je.

— Ah quand même. Il faut filer, tu es en danger.

Elle me tira au-dehors. Le brouillard noir était de retour.

— Fais-moi le plaisir de botter les fesses de ce machin, s'il te plaît, m'intima Alice.

La brume m'entoura. Je suffoquai.

— Bats-toi, Samantha ! cria Alice alors que les nuages sombres m'emmenaient loin d'elle.

Je me défendis becs et ongles, je m'accrochai à mes souvenirs. Le professeur Nutter, mon frère, Ginger, la *Tédesplen*. La Terre, Sinik, Morneséjour, le Londres vampirique, Summerfall, Élysée, Casetti, Devil's peak, le *HMS victoria*, les zombies, la Source. Nos voyages. Je ne pouvais pas laisser l'Union prendre tout ça. Un mot commença à prendre forme dans ma tête, un mot tout simple, dont je comprenais maintenant le sens.

— Eleutheria ! clamai-je. Liberté !

Tout devint blanc.

Je rouvris les paupières. J'étais de retour dans le monde réel. Miss Sharp m'agrippait fermement par le bras, Will venait de me débrancher et s'affairait à me détacher. Face à moi se tenait la Ligue au grand complet, accompagnée de Deathrock et Dreampop. Je voulus crier à mes camarades qu'il s'agissait d'un piège, ma gorge n'émit qu'un gargouillis rauque.

— Je vous avais dit qu'ils se rendraient, me susurra miss Sharp à l'oreille.

— Personne ne peut lutter contre nous car nous représentons le Bien, et il triomphe toujours des ténèbres, pérora lord White.

Le docteur Amok se contenta d'éclater de rire. Mes compagnons ne se laissèrent pas impressionner, moi je commençai à trembler. Nous avions échoué et je comprenais ce qui allait m'arriver. J'étais condamnée à devenir un jouet pour ces détraqués.

— Fuyez, implorai-je Tom et les autres d'une voix faible.

Je n'avais même pas la force d'insulter Deathrock, ce traître qui m'avait vendu. Eudaimonia s'emparait déjà de moi.

— Et t'abandonner ici ? Hors de question, répondit Tom.

— Nous avons un compte à régler avec ces sinistres individus, gronda Ginger.

— Rendez-nous la *Tédesplen* ! s'écria le professeur Nutter. L'Union rit.

— Et qu'escomptez-vous faire ? Vous avez perdu. Nous tenons votre précieuse Samantha. Un geste déplacé de votre part, et elle repart à Eudaimonia.

— Que proposez-vous, alors ? l'interrogea mon frère.

— Servez-nous loyalement et elle restera en vie. Aidez-nous à conquérir le monde et nous la libérerons.

Tom se tourna vers les autres.

— Cela vous semble-t-il acceptable ? demanda-t-il.

— Absolument pas ! s'exclama Ginger.

M. Nutter opina. Tom fixa l'Union et se fendit d'un

sourire que je connaissais bien, celui qu'il arborait quand il avait réussi un mauvais coup. Un fol espoir m'envahit.

— Voyez-vous, votre plan souffre d'un léger défaut.

— Lequel ? s'enquit miss Sharp d'un ton froid.

— Dream ? Pourrais-tu expliquer à nos génies du Bien ici présent où ils se sont trompés ?

La hackeuse acquiesça et tira d'une de ses poches une puce.

— Vous la reconnaissez ?

— La clé volée. Mais elle ne vous a été d'aucune utilité. Nous avons changé les codes dès que nous avons compris sa disparition.

Dreampop sautilla comme une gamine contente d'elle.

— Oui mais nous n'avons jamais eu besoin de cette clé !

Je haussai les sourcils et fusillai mon frère du regard. Dire que j'avais dû prendre des risques pour l'obtenir !

— Elle servait à détourner votre attention de notre vrai but. Le projet Eleutheria.

— Cette chimère ridicule ? ricana le docteur Amok. Liberté. Quel mot stupide.

— Moins stupide que vous, en tout cas ! Vous vous êtes laissé berner.

Dreampop afficha un sourire ravi et enfantin. Elle échangea un clin d'œil avec le professeur et étouffa un petit rire.

— Ma capture était prévue, chantonna-t-elle. Je savais que vous me brancheriez à Eudaimonia. J'avais implanté dans mes plaques de connexion la première partie d'un code, destiné à corrompre votre réalité.

Je sentis la poigne de miss Sharp se resserrer sur mon bras.

— Le reste du programme était dans la plaque de Sam. Vous l'avez activée lorsque vous l'avez enfermée. Etudiez vos logs, vous remarquerez qu'Eudaimonia a commencé a changé. Vous vous êtes fait blouser !

Will se détourna et pianota sur un des claviers. Il lâcha une exclamation.

Le docteur Amok le rejoignit et cracha une bordée de jurons. Lord White jeta un coup d'œil inquiet du côté de ses deux compagnons.

— Elle a raison ! Quelque chose est en train de se passer. Nous… nous perdons le contrôle ! s'écria Will.

— Ce qui m'amène à la conclusion de ma démonstration. Professeur, si vous le voulez bien…

Monsieur Nutter tira de sa poche un boîtier, muni d'un petit clavier.

— Quoi ? Mais le personnel de sécurité vous a fouillé à l'entrée ! éructa miss Sharp. Vous n'auriez pas dû pouvoir conserver cette chose !

— Ne sous-estimez pas le charme de Ginger et l'attrait d'un joli pot de vin, ricana Tom.

Miss Sharp pressa un communicateur.

— Gardes ! s'exclama-t-elle.

— Inutile. Ils ne vous entendent pas, déclara Deathrock.

Miss Sharp lui lança une œillade venimeuse.

— Et vous, arrêtez-les !

— Je ne travaille plus pour vous voyons. Je ne l'ai jamais fait.

Il s'avança et passa un bras autour des épaules de Dreampop. Miss Sharp écumait de rage, Amok et Will tambourinaient frénétiquement sur leur console, lord White regardait la scène sans y croire.

— Ma parole, il faut se charger de tout soi-même ici ! gronda miss Sharp.

Elle tira d'un repli de son manteau un révolver et le pointa sur moi.

— Un geste de plus et elle meurt.

— Dans tes rêves ! cracha le professeur Nutter.

Il appuya sur un bouton de son boîtier. Un grésillement emplit la pièce et l'Union tomba au sol, comme des poupées désarticulées. Je restai interdite un moment, avant de chanceler.

Tom se précipita pour me rattraper. Dreampop vint tout de suite à mon chevet. Elle saisit un appareil et effectua une série de mesures.

— Tout va bien, elle est juste sonnée.

Je me redressai, me dégageai de l'étreinte de mon frère et le toisai, lui et mes compagnons.

— Si je comprends bien, vous m'avez une nouvelle fois menti et vous m'avez utilisée comme un appât, déclarai-je d'un ton dangereusement calme.

— Ce n'est pas tout à fait ce que tu crois…, commença Tom.

— Vous m'avez utilisée comme un appât !

— Oui, mais nous n'avions pas le choix !

— Vous m'avez utilisée comme un putain d'appât ! hurlai-je.

Je me mis à pleurer. Tom m'attrapa et m'attira contre lui.

— Eh bien, elle râle déjà, grogna Deathrock.

— Je suis désolé, me souffla Tom. Nous devions te tenir dans l'ombre, sinon ils auraient su. Ils te surveillaient grâce à la plaque dans ta nuque.

Je regardai les membres de l'Union, qui gisaient au sol.

— Qu'est-ce qui leur est arrivé ? demandai-je.

— Nous avons pris le contrôle de leur puce, expliqua Dreampop. Les gardes aussi sont hors service, comme tout le personnel du Consortium. Pour le moment, je les ai projetés dans la partie d'Eudaimonia que nous maîtrisons grâce au programme Eleutheria.

Eleutheria. Ce mot que j'avais hurlé dans le cauchemar où j'étais piégé.

— Nous comptions sur ta force de caractère pour que tu résistes. Eleutheria devait se déclencher quand tu te rebellerais, dit Dream.

— Et si je ne l'avais pas fait ?

— Samantha, me gronda gentiment mon frère. Tu ne t'es jamais conformée, tu n'allais pas commencer aujourd'hui.

Le compliment contenu dans la réponse ne diminua que très légèrement ma colère à l'encontre de mes compagnons. Encore un plan foireux de leur composition qui aurait pu tourner vinaigre !

Je fixai à nouveau l'Union.

— Qu'est-ce qui va leur arriver ? m'enquis-je.

— Ça dépend de toi, expliqua Tom. Ils sont à notre merci. Tu as le plus souffert entre leurs mains, il te revient de décider de leur sort.

Je m'assis et poussai un profond soupir. Ma première impulsion fut de les éliminer. Ils avaient essayé de m'assassiner à plusieurs reprises, ils m'avaient trahie, enfermée dans une réalité virtuelle. Ils méritaient de mourir. Je serrai les poings à m'en faire mal, avant de me forcer à respirer profondément. Non, je n'étais pas comme eux. Je ne pouvais pas les tuer.

— Dans Eudaimonia, qu'est-ce qu'ils ressentent ? demandai-je.

— Leur rêve. Ils croient avoir réussi à dominer l'univers, répondit Dreampop.

— Qu'on les y laisse, décrétai-je. Libérerez les autres, mais ceux-là ne doivent pas sortir. Jamais. Branchez-les sur les systèmes de survie ou que sais-je, qu'ils vivent dans leur illusion et qu'ils ne retrouvent jamais le monde réel.

— Je m'en occupe, acquiesça Dreampop.

— Une chose, déclarai-je. Est-il possible d'en ranimer un pour que je puisse lui parler ?

— Euh… oui.

— Alors réveillez-moi celui-là, dis-je en pointant Will.

Dreampop reprit le boîtier au professeur et pianota sur quelques commandes. William ouvrit les yeux et se redressa. Son regard tomba sur moi.

— Samantha ?

— Rebonjour, Will.

Je posai la paume sur sa joue.

— Qu'est-ce que…, commença-t-il.

— L'autre soir, quand nous nous sommes vus, vous m'avez demandé si vous pourriez un jour regagner ma confiance. Je vais vous répondre.

Je m'approchai de lui.

— Dans la Source, vous avez hésité entre eux et moi. Vous ne m'avez pas défendue lorsqu'ils m'ont branchée pour la première fois à Eudaimonia. Vous n'avez pas levé le petit doigt pour nous prêter main-forte à moi et à mes compagnons. Vous dites aimer mon esprit, mais vous étiez prêt à permettre à vos complices de me renvoyer dans cet enfer pour me laver le cerveau. Moi, je vous aurais aidé. Tout comme mes amis ont refusé de vous abandonner à la merci des zombies. Si les rôles avaient été inversés, je sais maintenant que nous serions morts sur cette route. Nous sommes des voleurs, des menteurs, occasionnellement des pilleurs, mais jamais la Ligue des ténèbres ne s'abaissera au niveau de l'Union des parfaits. Je vous laisse vivre votre rêve.

— Samantha, commença Will.

— Rebranche-le, ordonnai-je à Dreampop.

Elle obéit et Will retomba, inerte. Je me redressai. Mes yeux étaient secs. Je parcourus mes compagnons du regard.

— Allons-nous-en d'ici.

*

La *Tédesplen* était comme neuve et nous attendait. Thomas avait retrouvé son fauteuil au poste de commandement, Ginger et le professeur étaient assis sur leurs sièges. J'étais la dernière à monter.

Deathrock et Dreampop se trouvaient là, sur le toit de l'immeuble, anciennement propriété du Consortium. Pour ne pas changer, il pleuvait et nos deux amis se tenaient tous les deux sous le même parapluie.

— Alors c'est vrai, vous partez, demanda Dreampop. Vous ne voulez vraiment pas rester.

— Certain, répondis-je. Et vous ? Sûrs de ne pas venir ? Il y a de la place à bord pour vous.

— Allez, Dream ! lança l'inventeur depuis l'habitacle. Ensemble, nous pourrons accomplir des merveilles.

À vrai dire, la perspective d'une alliance entre la jeune asiatique génie de l'informatique et le vieux savant fou m'inquiétait un peu. J'avais peur que nous n'y résistions pas. Mais Dreampop secoua la tête et prit la main de Deathrock.

— Non, nous avons beaucoup de travail dans ce monde, déclara-t-elle.

Deathrock acquiesça.

— C'est quand même drôlement gentil au professeur Nutter de nous avoir laissé un rayon de la mort. Ça risque de nous être utile. Et lady Astley, merci encore d'avoir mis le nez dans les comptes et les papiers du Consortium et de nous avoir permis d'obtenir des sièges au conseil.

— De rien ! répondit l'intéressée. Ce fut un plaisir.

J'observai nos amis. Dreampop et ses camarades avaient réussi à nettoyer Eudaimonia de toute l'influence néfaste de l'Union. Seule demeurait infectée la partie où nous avions enfermé nos némésis. Les dirigeants du Consortium que nos ennemis n'avaient pas tué ou rendu fous avaient refait surface, uniquement pour trouver que Dreampop et Deathrock avaient été nommés au conseil d'administration et qu'ils entendaient bien changer certaines choses. Un dur combat s'annonçait, mais je me fiais à eux pour démêler cet écheveau. De toute manière, cette bataille n'était pas la nôtre. La Ligue des ténèbres, et moi la première, avait déjà trop donné. Je passai la main sur ma nuque. La plaque avait disparu, mais la cicatrice resterait toute ma vie.

— Vous pouvez partir tranquilles, nous veillerons à garder l'Union sous contrôle, affirma Dreampop.

— Merci, dis-je.

Je saluai une dernière fois nos amis, avant de monter dans la machine. J'exhalai un profond soupir. Mes camarades me regardèrent avec inquiétude. Je les rassurai d'un sourire.

— Tout va bien. C'est juste que j'ai hâte de reprendre les voyages.

— Moi aussi ! s'exclama Ginger.

— Alors en route, proposa Thomas.

Je m'assis sur mon siège. Le bruit familier des moteurs retentit. Je réalisai à quel point tout ceci m'avait manqué : l'odeur d'huile chaude et de métal, le ronronnement de la *Tédesplen*, mes compagnons à leur place dans la cabine de pilotage.

— Une envie particulière ? demanda mon frère en se tournant vers moi.

— Un endroit où il y a du soleil.

Ginger applaudit à cette suggestion, tandis que le professeur déclara que, tant qu'il pouvait construire un rayon de la mort, tout lui convenait. Nous plongeâmes dans le gris de l'Entremonde.

ÉPISODE BONUS : LA CHAMBRE FORTE

J'ai longtemps hésité quant à dévoiler ce qui va suivre.

Mes compagnons et moi avions juré de ne jamais en reparler et d'oublier jusqu'au moindre détail de ces événements. Cela dit, le souvenir vient me titiller depuis que j'ai décidé de coucher nos aventures sur le papier.

J'écris donc cette histoire sur quelques feuilles volantes, que j'inclurai peut-être dans mes mémoires, selon mon humeur et la tournure des événements.

Après que notre alliance forcée avec l'Union des parfaits contre les zombies, et avant leur trahison lors de l'épisode de la Source et notre affrontement au sujet d'Eudaimonia, nous avons recroisé nos Némésis lors d'une occasion, dont la mémoire reste hélas cuisante, bien que j'ai tenté maintes et maintes fois de la gommer.

*

Le gris de l'Entremonde se dissipa devant nous et la *Tédesplen* atterrit.

— Ils sont là, les affreux ? cracha le professeur Nutter en étreignant son rayon de la mort.

Je tendis le cou pour observer l'extérieur. Dehors s'étirait une étendue poussiéreuse, où ne poussaient que quelques buissons rachitiques. Au loin, je distinguai des montagnes d'une teinte rougeâtre.

— Je ne sais pas, ça m'a l'air désert, commentai-je.

— Non, regardez, déclara Ginger.

Elle pointa du doigt la droite. Le professeur se rua dans la direction indiquée.

— Où sont-ils ? rugit-il.

— Du calme, le tranquillisa Ginger. L'Union n'est pas là. Cela dit, j'ai repéré une ville.

Effectivement, une centaine de yards plus loin, je discernai des bâtiments qui se dressaient au pied d'une colline. Le bourg se prolongeait sur le monticule et culminait en une imposante construction.

— Que fait-on ? s'enquit Tom en s'approchant.

— Je ne sais pas pour vous, mais moi j'irais bien boire un verre, décréta Ginger.

Inutile de discuter avec lady Astley quand sa voix prenait ces inflexions intéressées. De plus, le professeur Nutter fixait la ville avec une expression furieuse.

— Je suis sûr qu'ils se cachent là-bas ! gronda-t-il.

Je posai la main sur son épaule, à la fois pour le calmer et pour l'empêcher de se ruer au-dehors sans préparation. J'échangeai un regard avec mon frère.

— Bon, allons-y alors.

Nous prîmes des armes, je me vêtis d'une chemise et d'un ample chapeau afin de me protéger du soleil. Le professeur Nutter embarqua sa collection de rayons de la mort, Ginger enfila une jolie robe et Tom sa meilleure veste.

La chaleur n'était pas aussi accablante que ce que j'aurais cru, car une agréable brise soufflait. Nous réduisîmes la *Tédesplen* et Ginger la passa autour de son cou. Nous nous mîmes ensuite en chemin.

Il nous fallut une bonne heure pour atteindre les premières maisons. De solides baraquements de bois, peintes dans des teintes vives, se dévoilèrent à nos yeux. Alors que nous nous engagions dans les rues, nous croisâmes quelques personnes, vêtues de tenues qui n'auraient pas vraiment dépareillé dans les rues de notre Londres d'origine. Tom se décrocha presque la tête pour suivre des yeux un groupe de jeunes femmes. En réponse, Ginger lui administra un solide coup de coude dans les côtes.

— Regardez ! s'exclama le professeur.

Il pointa du doigt un attroupement un peu plus loin dans la rue. Nous nous approchâmes et je distinguai un cheval d'un genre tout à fait particulier.

— Incroyable ! s'écria M. Nutter.

Je ne pus qu'opiner, car devant moi se dressait un destrier mécanique attelé à une charrette. Je m'approchai de quelques pas pour admirer le jeu d'engrenages et de pistons, ainsi que les moteurs dont je distinguai les cheminées d'échappement.

— Impressionnant, commenta Tom.

Ginger le prit par le bras et indiqua du menton plusieurs hommes occupés à charger des caisses à l'arrière de la charrette. Quelqu'un me bouscula, me tirant de l'observation du cheval mécanique.

— Reste pas dans le passage, gamin, grommela celui qui venait de me pousser.

Le déplaisir qu'on m'ait une nouvelle fois prise pour un garçon fut amplifié par le sourire de Tom et Ginger, qui avisaient un bâtiment derrière moi.

— Eh bien, nous avons trouvé la taverne, je crois.

Ils lorgnaient vers les portes ouvertes de l'établissement, laissant voir des tables, des chaises ainsi qu'un bar généreusement garni de tireuses à bière. Tom prit galamment le bras de Ginger et les deux se dirigèrent vers la taverne. Je soupirai et attrapai le professeur Nutter. Je dus m'y reprendre à plusieurs fois avant de le sortir de son étude du cheval mécanique.

Le temps que j'y parvienne, Tom et Ginger s'étaient déjà installés à une table. Je les y rejoignis en ronchonnant un peu pour le principe. Je n'aimais guère quand mes compagnons écumaient ainsi les débits de boisson. L'alcool n'arrangeait pas leur penchant pour les idées farfelues et les plans fumeux.

Le troquet était propre. Ses boiseries lustrées ainsi que ses verres et bouteilles rangés derrière le comptoir me firent une impression favorable. Un homme au fond jouait d'un piano asthmatique. À part nous, une seule table était occupée dans un coin par des gaillards à la mise semblable à ceux à l'extérieur. Une fille de salle, vêtue d'une robe froufroutante et d'un corsage fort échancré, vint vers nous. Elle adressa un large sourire à Tom, qui répondit par un clin d'œil.

— Messieurs, dames ! Que puis-je pour vous ?

— Quatre pintes de votre bière de luxe, déclara Ginger en posant une bourse sur la table.

Bien évidemment, celle-ci avait été dérobée à un passant. Le meilleur moyen d'obtenir des devises locales, selon Ginger.

— Oh ?? Quelque chose à fêter ? s'exclama la serveuse.

— Notre arrivée en ville, répondit Tom avec prudence.

— Ah ?! Vous aussi vous venez chercher la fortune ! déclara-t-elle.

Elle nous adressa un clin d'œil et fila préparer nos boissons.

— La fortune ? releva Ginger dès qu'elle se fut éloignée.

Je remarquai les notes gourmandes dans sa voix.

— La troupe de dehors, ils ressemblaient à ces orpailleurs américains, souffla Tom.

J'acquiesçai et regardai le groupe au fond du troquet. Ils étaient attablés autour d'une carte dont ils discutaient avec animation. J'étudiai leur paquetage posé à leurs pieds. De drôles d'outils, qui n'auraient pas dépareillé chez le professeur Nutter, en dépassaient.

Un vrombissement attira mon attention. Je tournai la tête. La fille de salle versait nos bières à l'aide d'une tireuse au mécanisme complexe Elle revint vers nous avec les consommations.

— Fascinant, commenta Edmund Nutter.

— Mon grand-père s'intéresse de très près à vos inventions, déclarai-je à la serveuse.

Elle se rengorgea avec fierté.

— Ah ça pour sûr, les machines de Blue Gulch sont connues dans tout le pays !

— Bien évidemment, convint mon frère.

Il leva sa chope et but. Je l'imitai. La bière se révéla bien plus fraîche que tout ce que j'avais jamais goûté.

— Avec les gisements de manaschiste qu'on a découverts dans les montagnes, c'est sûr que les inventeurs s'en donnent à cœur joie.

— On ne saurait leur donner tort, répondit le professeur Nutter.

— Mais les meilleurs moteurs au manaschiste, c'est ceux de la maison Chester.

— La maison Chester ? releva Ginger.

— Oui, vous avez dû la voir en arrivant : une baraque perchée tout en haut de la colline. C'est le siège de la compagnie. Ils construisent des machines et des automates. Nos tireuses viennent de chez eux. Des machines du tonnerre, je peux vous le dire !

— Ça doit être un atelier impressionnant, déclara Ginger.

— Oh non, la manufacture ne se trouve plus ici depuis quelques années. Désormais, y'a plus que le vieux qui vit dans le manoir. Mais il continue à diriger l'entreprise. Il paraît qu'il a plusieurs ateliers, cachés dans la maison, et qu'on y accède par des couloirs qui bougent tous seuls.

Elle poussa un soupir dramatique.

— Pauvre Jebediah. Il est un peu toqué quand même. On raconte que seuls les ingénieurs de la maison Chester ont le droit de venir le voir, et qu'il a amassé des richesses phénoménales chez lui. Des trésors du monde entier, tout ça enfermé dans une chambre forte, totalement inviolable.

— Des richesses ? demandèrent en chœur Tom et Ginger.

— Une chambre forte inviolable ? s'enquit le professeur.

Je levai les yeux au ciel, sentant venir les ennuis. Enfin, au moins, M. Nutter avait oublié que nous risquions de croiser l'Union des parfaits une nouvelle fois.

*

Je regardai les murs d'enceinte de la demeure Chester, qui se dressaient devant nous. La nuit était sombre, le ciel nuageux ne laissait entrevoir la lune que par intermittence. Je me demandai, pour la millième fois au moins, ce que je fichais ici.

Je m'agitai dans ma cachette — un buisson rachitique où nous étions tous les quatre dissimulés — ce qui me valut un coup de coude de la part de mon frère.

— Reste tranquille, veux-tu ! siffla-t-il.

Je grommelai des insultes.

— Taisez-vous ! trancha Ginger.

Le silence retomba, uniquement troublé par le hululement d'une chouette. Quelque chose bruissa à ma droite, je sursautai. Une ombre passa, à la maigre lumière de la lune, je reconnus un coyote. Les habitants de Blue Gulch nous avaient avertis que ces animaux traînaient beaucoup en bordure de la ville. Ils ne présentaient aucun danger et cherchaient juste de la nourriture. Dans le pire des cas, le rayon de la mort du professeur Nutter suffirait à régler le problème. Les minutes s'étirèrent. Je soupirai et sentis le regard de Tom et Ginger posé sur moi. Je ravalai les commentaires acerbes qui montaient.

— Ce sera encore long ? murmurai-je à la place.

— Un peu de patience, répondit mon frère.

De la patience, je commençais à en manquer. Pour passer le temps, je me remémorai le plan. Il était simple, plutôt bien conçu et, en apparence, parfaitement huilé. C'était bien là ce qui m'inquiétait.

Nous nous trouvions depuis près de deux semaines à

Blue Gulch. Sous le prétexte d'une future expédition dans les montagnes à la recherche de manaschite, nous nous étions installés à l'auberge du coin. Ginger s'était fait embaucher comme serveuse, Tom comme manœuvre aux ateliers Chester. Le professeur et moi avions un peu traîné dans la bourgade, aidant à réparer les machines et discutant avec les prospecteurs de manaschiste. Tout ceci nous avait permis d'amasser un joli pécule et d'effectuer des recherches sur la maison Chester et sur le vieux Jebediah.

Si l'on en croyait les rumeurs, sa chambre forte abritait des trésors merveilleux. On parlait de statuettes en pierres précieuses, de bijoux en or et autres métaux rares, de curieuses météorites, de monceaux d'argent et d'étranges artefacts. Les richesses promises attiraient bien sûr Tom et Ginger, mais je soupçonnais que le côté inviolable de la pièce piquait également leur intérêt. Quant au professeur Nutter, l'idée de mettre la main sur des aérolithes ou des reliques suffisait à le motiver.

Au fil des conversations avec les locaux, nous avions réussi à dessiner un plan du manoir Chester : la chambre forte en occupait le cœur. Pour y accéder, nous devrions d'abord passer la muraille d'enceinte, puis déjouer l'attention des chiens mécaniques qui gardaient la propriété. Il nous faudrait ensuite nous frayer un chemin à travers les couloirs, qu'un système réagençait toutes les deux heures — je me demandais d'ailleurs comment Jebediah Chester arrivait à s'y retrouver. Dans ces mêmes couloirs patrouillaient des automates, sentinelles lourdement armées. S'y trouvaient aussi d'autres pièges dont les habitants de Blue Gulch avaient entendu parler, sans pouvoir nous livrer plus d'informations à ce sujet.

Tom avait rapporté des ateliers Chester le nom des ingénieurs et les heures auxquelles ils allaient voir le vieux Jebediah. Ces renseignements, couplés à des nuits de surveillance autour de la maison nous avaient permis de calculer les tours de ronde des gardes mécaniques, ainsi que les heures auxquelles l'intérieur de la demeure se réagençait.

Une fois ces indications récoltées et le déroulement des opérations établi, il ne nous restait plus qu'à le mettre en application. Je m'agitai une nouvelle fois dans notre cachette.

— Bon sang, Samantha, arrête de te tortiller comme un ver de terre ! me gourmanda mon frère.

— Je n'y peux rien, je suis nerveuse, rétorquai-je.

— Pas de raison, tout se passera bien ! répliqua-t-il.

Je m'abstins de lui remémorer toutes les occurrences où il avait prononcé ce genre de paroles et où notre plan génial s'était soldé par une fuite éperdue, le plus souvent avec une armée de locaux aux fesses. Je préférai l'attaquer sur un autre sujet.

— Ça ne vous inquiète pas qu'en deux semaines, nous n'ayons pas croisé l'Union ?

Un grognement de rage du savant me répondit.

— Du calme, Edmund, déclara précipitamment Ginger. Ils ne sont pas là. Tenez, prenez une sucrerie.

J'entendis la mastication du professeur Nutter, alors qu'il mettait en pièces d'innocents bonbons.

— Tout de même, insistai-je. Nous tombons sur eux à chaque fois. Pourquoi pas dans cet univers ?

— Ils ont peut-être lâché l'affaire, avança Tom. Ils se sont rendu compte que nous étions des gens très sympathiques au final, et qu'ils n'avaient pas intérêt à nous combattre.

Je n'étais guère convaincue par cette réponse. Certes, notre alliance contre les zombies s'était révélée bénéfique, et je devais admettre que Will et moi avions formé une équipe efficace. Mais je ne les voyais pas renoncer à nous mettre des bâtons dans les roues.

— J'ai mené une recherche, Sam. Personne n'a repéré d'étrangers correspondant à leur signalement, me rassura Ginger.

Je haussai les épaules. Pourquoi pas, après tout. L'Union nous avait fichu la paix sur plusieurs mondes que nous avions traversés, peut-être ne s'étaient-ils pas attardés sur cette planète-ci… De toute manière, mes compagnons ne me permirent guère d'approfondir ces réflexions.

— Ça commence ! souffla Ginger.

Un vrombissement retentit, venu du manoir. Le sol vibra sous mes pieds. Je devinai que les mécanismes qui pilotaient les couloirs modifiaient l'agencement de ces derniers. Le bruit et les tremblements cessèrent, remplacés par des échos de bottes. Je lorgnai en direction des remparts. Deux silhouettes portant des lanternes arrivèrent. Leur pas raide ne laissait aucun doute sur leur nature de machine.

Les automates se croisèrent, continuèrent d'avancer, puis, dans un bel ensemble, pivotèrent dans notre direction. Le faisceau de leur lampe balaya l'endroit où nous nous tapissions. Aucun de nous ne bougea. Les sentinelles reprirent leur marche. Je réalisai que j'avais retenu mon souffle et exhalai profondément.

— Allons-y, décréta Ginger.

Nous sortîmes de notre cachette et courûmes en direction du mur d'enceinte. Je me plaquai contre lui et attendit.

— Professeur, c'est à vous, murmura Tom.

Le savant ne se fit pas prier. Il retira le sac qu'il portait sur le dos et en tira quatre paires de drôles de chaussures, qu'il nous tendit. Je pris les miennes avec une certaine appréhension. Non pas que je n'ai pas confiance en mon mentor, mais cette histoire de chaussures à ressorts m'inquiétait.

Je fixai les lanières de cuir autour de mes bottes et vérifiai qu'elles me serraient bien les mollets. J'effectuai quelques pas, et sentis les ressorts et les vérins travailler.

— Vous êtes sûrs que c'est une bonne idée ? murmurai-je.

— Mais oui, répliqua Tom.

— Tu vas voir, ce sera follement amusant ! s'exclama le professeur.

À la faible lueur de la lune, je distinguai son sourire dément, ce qui ne contribua pas à me rassurer. Nous attendîmes que l'astre se cache de nouveau, avant de franchir la muraille. Une fois n'était pas coutume, je laissai mon frère jouer les éclaireurs.

Tom recula de quelques pas et commença sa course d'élan. Ses foulées s'élargirent et s'étendirent, jusqu'à ce qu'il arrive devant l'obstacle. Là, il se ramassa et sauta. Les ressorts lâchèrent un claquement. Je retins mon souffle. Tom passa sans encombre. J'entendis un léger choc de l'autre côté, suivi du bruit de cavalcade.

— C'est bon ! lança-t-il.

Je pris à mon tour de l'élan, me mis à courir et bondis. Le vent de la nuit ébouriffa mes cheveux. Je vis le sol disparaître, planai durant une fraction de seconde, avant que la gravité ne reprenne ses droits et que la terre ne se rapproche à toute allure. Je contins de justesse un hurlement et me réceptionnai sans trop de dégât. Le professeur Nutter avait accompli un travail remarquable.

Tremblante, je retirai néanmoins les chaussures à ressorts dès que possible. Ginger passa derrière moi, suivie de M. Nutter. Je craignis un moment que le savant peine à sauter suffisamment haut, ou qu'il éclate d'un rire dément, mais rien de tout cela. Edmund Nutter bondit avec une certaine grâce, avant d'atterrir juste à côté de moi.

— Encore ! s'exclama-t-il.

— Plus tard, transigea Ginger.

Elle l'aida à défaire les attaches de ses chaussures.

— Et maintenant ? demandai-je.

— Nous devrions rencontrer les chiens mécaniques, m'informa Tom.

Si l'on en croyait les racontars sur la maison Chester, des molosses de métal gardaient le parc qui entourait la demeure. Comme pour donner raison à mon frère, des grondements retentirent dans l'ombre. J'aperçus la luminescence de plusieurs paires d'yeux.

— Tom ? lança Ginger.

— J'y suis presque, répondit mon frère.

Il avait sorti de son sac un moteur et plusieurs miroirs. Il nous tendit les glaces, à moi et Ginger. Nous filâmes les disposer sur la pelouse. Pendant ce temps, les chiens continuaient d'avancer. Je me dépêchai de placer les réflecteurs et retournai vers Tom et le professeur.

La lune se dévoila et ses rayons éclairèrent la carapace métallique des molosses. Comme le cheval que nous avions vu lors de notre arrivée, le créateur de ces choses avait reproduit à la perfection la forme de l'animal. Je ne pouvais détacher mon regard de la gueule hérissée de crocs.

— Tom ? Professeur ? lançai-je d'une voix incertaine.

Mon frère et le vieil homme s'échinaient sur la machine. J'entendis M. Nutter jurer. Ginger et moi reculâmes et tirâmes nos pistolets à éclairs. J'ignorais s'ils fonctionneraient sur les mâtins, mais je préférais me préparer.

Un vrombissement annonça la mise en route de la machine du savant. Un jet de lumière s'en éleva. Il frappa l'un des miroirs, rebondit sur la surface lisse, avant de se propager à un autre, et ainsi de suite.

Les chiens mécaniques arrêtèrent leur progression. Leurs yeux phosphorescents demeuraient fixés sur le ballet des rayons lumineux. Captivés, ils avaient oublié notre présence. Je poussai un soupir. Le dispositif du professeur marchait !

— Mouais, ça aurait quand même été plus simple avec des explosifs, déclara le vieil homme avec une pointe de mécontentement dans la voix.

— Voyons, c'est plus élégant ainsi, répondit Ginger. Et surtout, ça évite de trop attirer l'attention sur nous.

Nous ramassâmes nos affaires et nous tournâmes vers la masse sombre du manoir. Devant nous se dressait une vaste construction, qui se déployait en plusieurs ailes. Je me remémorai le plan que nous avions pu établir. Il était parcellaire, issu des bribes d'informations que nous avions réussi à récolter. Tom et Ginger se montraient toutefois confiants et affirmaient qu'il suffirait à nous mener au cœur de la demeure.

— Allons-y, décréta Ginger.

Nous filâmes en direction de la propriété, Tom repéra une porte, que Ginger crocheta. À temps, car le moteur du dispositif cessa de fonctionner. Les chiens mécaniques sortirent de leur torpeur et se remirent à gronder.

Le battant s'ouvrit et nous entrâmes. Juste avant de me faufiler à l'intérieur, je crus voir un mouvement sur les murailles et entendre un vrombissement. Je me figeai. Quoi ? Les sentinelles revenaient déjà ? Je restai à l'affût une brève seconde, le temps de vérifier qu'aucun automate ne risquait de nous tomber dessus. Le silence et l'absence de mouvement sur le mur d'enceinte me rassurèrent. Je rentrai dans la maison Chester.

Ginger et Tom allumèrent les lanternes au manaschiste que nous avions achetées à Blue Gulch. Leur lumière crue me révéla un couloir qui n'aurait pas dépareillé dans un manoir anglais de notre temps. Le sol disparaissait sous une épaisse moquette, des peintures recouvraient les murs. Tom ouvrit la marche et nous avançâmes. L'endroit était plongé dans l'obscurité et le silence le plus complet.

Malgré tout, je m'inquiétais. Quelque chose n'allait pas.

— Détends-toi, Sam, m'intima mon frère.

Plus facile à dire qu'à faire. Ma main ne lâchait pas la crosse de mon pistolet à éclairs.

Nous arrivâmes à un croisement. Tom et le professeur consultèrent le plan et décidèrent d'obliquer à gauche, vu qu'il semblait que c'était là le chemin le plus rapide pour parvenir au cœur de la maison. Je doutai de l'utilité d'une carte dans une maison où les couloirs changeaient de place, mais mes camarades n'étaient pas ouverts à la discussion à ce sujet.

Nous partîmes donc dans la direction indiquée et marchâmes le long d'un passage jusqu'à une autre intersection.

M. Nutter et Tom se placèrent au carrefour et y marquèrent une nouvelle halte pour étudier la carte. Lady Astley et moi restâmes en arrière, surveillant bien les alentours.

Alors que nos compagnons se penchaient sur le morceau de papier, un hululement retentit. Je sursautai et tirai mon arme. Je réalisai bientôt que le cri était en réalité une alarme.

— Mais qu'est-ce que…, commença Ginger.

La fin de sa phrase mourut dans un concert de vrombissements et les hurlements de métal qu'on tordait. Le sol trembla sous mes pieds, je dus m'accrocher au mur pour ne pas tomber.

— Tom ! s'exclama Ginger.

Trop tard. Sous nos yeux horrifiés, le couloir pivota. Tom et le professeur Nutter disparurent tandis que le corridor où nous nous trouvions changeait d'emplacement, pour donner sur un salon où trônait un piano. Derrière nous, le passage s'était mué en un mur. J'échangeai un regard atterré avec Ginger. Nous avions déclenché une alarme et étions désormais piégés dans le manoir.

*

Je regardai le couloir qui venait de disparaître et la salle qui s'ouvrait devant nous. J'effectuai quelques pas, admirant le piano à queue d'un bois noir lustré qui renvoyait la lumière de nos lanternes. De l'autre côté de la pièce s'ouvrait un nouveau couloir.

Je n'étais guère surprise de me retrouver ici. Tout se passait trop bien jusque-là, ce n'était pas dans nos habitudes de tout réussir sans anicroche. J'étais presque rassurée par cet accroc à notre plan sans faille. Enfin, presque seulement.

Je passai la main sur le mur, cherchant un quelconque mécanisme.

— Mais qu'est-ce qui s'est passé ? s'exclama Ginger.

— Je ne sais pas exactement. J'ai entendu une sorte d'alarme et les coursives se sont réagencées. Ça doit être une défense d'urgence.

— Pourtant, nous n'avons touché à rien !

— Peut-être, mais le fait est qu'on est coincées et qu'on ferait mieux de ne pas paniquer si on veut filer d'ici ! répliquai-je.

Ginger respira profondément.

— Oui, tu as raison, se lamenter ne servira à rien.

Je constatai avec soulagement que lady Astley reprenait le dessus. J'allais avoir besoin de sa ruse et de son intelligence. Ginger retira les gants de daim qu'elle portait et examina les parois, puis le sol de la salle où nous nous trouvions. Après un moment d'étude, elle repéra une trappe dans une plinthe au mur. Sortant son matériel de crochetage, elle l'ouvrit et dévoila un mécanisme complexe. Je m'approchai et m'accroupis pour mieux y voir.

— Tu y comprends quelque chose ? demanda-t-elle.

J'observai les rouages et pistons qu'elle avait mis au jour. Je secouai la tête.

— C'est simplement l'un des engrenages de la machinerie qui fait bouger l'ensemble. Je ne peux pas faire grand-chose avec ça. Il faudrait dégoter un panneau de contrôle.

— Eh bien, allons-y, alors, déclara-t-elle.

J'allais répondre quelque chose, un bruit, venu d'un couloir en face, m'interrompit.

— Ginger ! soufflai-je.

Nous tendîmes l'oreille. Rien. J'avançai de quelques pas et le bruit reprit. Cette fois, pas de doute, quelqu'un approchait. Je perçus l'écho de lourdes bottes qui martelaient le sol, mais avec la réverbération du son sur les murs, impossible de savoir s'il provenait du couloir que nous venions de quitter ou de celui qui s'ouvrait devant nous.

Lady Astley réagit avec rapidité et présence d'esprit. Elle m'attrapa par le bras et me tira derrière le piano à queue, où elle me força à m'accroupir. Elle éteignit la lampe.

Un faisceau de lumière s'encadra dans la coursive d'en face et balaya le salon. Deux silhouettes sombres apparurent. À leurs yeux scintillants et à leur démarche raide, je reconnus des automates, comme ceux qui montaient la garde sur le mur.

Je retins mon souffle. Les êtres mécaniques traversèrent la pièce et filèrent dans le couloir opposé. Nous attendîmes que les pas décroissent et que la lumière disparaisse pour oser sortir de notre cachette.

Je me redressai, les jambes tremblantes. Ginger ralluma sa lanterne et inspecta les alentours. Mis à part les deux couloirs, le salon ne possédait aucune autre ouverture. Nous empruntâmes donc la deuxième entrée, pas question de revenir sur nos pas et de risquer de tomber sur les sentinelles mécaniques.

Nous longeâmes le corridor un bon moment, avant qu'un grondement familier ne retentisse. Lady Astley et moi nous plaquâmes contre un mur, nous tenant par le bras pour ne pas être séparées. Le couloir se mit en mouvement, devant nous, le décor changea. Nous découvrîmes une salle immense, munie d'une verrière, sous laquelle s'étalait une piscine. J'aperçus une sorte de céphalopode géant dans le bassin et, aux prises avec les tentacules de la bête, mon frère et M. Nutter.

— Tom ! m'écriai-je.

Je cherchai à me ruer dans leur direction, Ginger me retint. Bien lui en prit, car le corridor continua sa rotation, la pièce disparut, remplacée par un mur. Lady Astley me lâcha enfin et j'allais tambouriner sur la paroi.

— Tom ! Professeur ! criai-je.

— Silence ! m'intima Ginger. Tu veux nous faire repérer, ou quoi ?

Je dus me ranger à la sagacité de ses propos. Je m'efforçai de me calmer, mais il me sembla entendre au loin des clameurs et des éclaboussures. Une explosion résonna et ébranla le sol.

— Bon, je crois qu'Edmund a les choses en main, décréta Ginger.

Je perçus les échos d'un rire dément, ce qui me rassura un peu, avant que je me remémore l'urgence de notre situation. Je regardai derrière nous. Le couloir ne s'étendait plus sur les ténèbres que nous avions quittées, mais débouchait sur une nouvelle salle. Avec prudence, nous nous approchâmes. Un pépiement joyeux salua notre arrivée. Ginger leva sa lanterne. Nous nous trouvions dans une sorte de serre, où poussaient d'immenses fougères et autres plantes tropicales. Dans les branches nichaient des oiseaux. Au départ, je crus qu'il s'agissait là d'espèces exotiques, puis notre lampe accrocha des reflets métalliques sur le plumage de l'un d'eux.

— Des automates…, s'ébahit Ginger.

L'endroit était de toute beauté. J'admirai ces créations, aussi vives et prestes que les originaux. Je tendis la main. Un merle mécanique se percha sur le bout de mes doigts, lâcha un trille, puis repartit se fondre dans la végétation.

— Impressionnant…, murmurai-je.

Nous examinâmes la pièce. Les oiseaux volaient autour de nous. Nous nous frayâmes un chemin à travers les plantes, jusqu'à ce que Ginger pointe triomphalement une portion du mur.

— Là ! s'exclama-t-elle.

Effectivement, caché derrière les larges feuilles d'une fougère, je distinguai un coffret encastré dans la paroi. Il ne fallut que quelques minutes à Ginger pour le forcer. En attendant, je fis le guet et regardai les volatiles avec inquiétude. Mais la nuée d'oiseaux ne fit pas mine de nous attaquer et demeura perchée dans les branches.

— J'y suis, déclara Ginger.

Je lui tendis la lanterne et me penchai sur le mécanisme qu'elle avait révélé. Comme je le craignais, celui-ci se révéla fort complexe. Étaient disposés sur un cadran de laiton des dizaines de boutons et de molettes. Je remarquai que de fines lignes gravées les reliaient. Je restai là, à étudier l'ensemble pour y trouver une logique.

— Alors ? m'interrogea lady Astley.

Ne comprenant pas comment tout ceci fonctionnait, je pressai un commutateur au hasard. J'entendis un grondement, puis plus rien. Je tournai une molette. Le sol vrombit sous nos pieds, le couloir d'où nous venions disparut, remplacé par un autre passage, d'où émanait une chaude lumière. Ginger se releva pour voir où il menait. Elle poussa un cri.

— Change ! Vite ! s'écria-t-elle.

Je ne mis pas sa parole en doute et actionnai une molette. La pièce bougea à nouveau. Ginger se rassit et essuya la sueur qui coulait le long de son front.

— Que s'est-il passé ? lui demandai-je.

— Ce malade a construit un dragon ! s'exclama-t-elle.

Je haussai un sourcil. Notre balade à dos de reptile à Devil's Peak m'avait ôté l'envie de rencontrer encore l'un de ces lézards. Je reportai mon attention sur le panneau de commande.

— Ginger ? Tu peux monter la lanterne, s'il te plaît ?

Ma camarade s'exécuta. Je me permis un sourire de triomphe. Les lignes tracées sur le laiton avaient bougé.

— C'est un plan, déclarai-je en pointant les stries.

Ginger plissa les yeux, étudia un instant l'agencement, avant d'opiner.

— Ces deux passages ont changé. Et regarde, ce point marqué d'une plume. Je crois que c'est nous.

Effectivement, elle avait raison. Ce bouton devait représenter la volière où nous nous trouvions. Je parcourus du doigt les rayures, avant de m'arrêter sur un commutateur légèrement différent des autres : plus gros et taillé dans une forme qui évoquait une gemme précieuse.

— La chambre forte, compris-je.

— Tu peux faire fonctionner ça ? demanda Ginger.

— Je pense, oui, répondis-je.

Maintenant que j'avais saisi la logique qui sous-tendait ce plan, je me sentais tout à fait capable de manœuvrer les couloirs.

— Tu pourrais nous permettre de sortir ? s'enquit lady Astley.

— Probablement.

J'échangeai un regard avec Ginger. Le bon sens aurait voulu que nous nous enfuyions au plus vite. Mais voilà, la fuite aurait signifié laisser M. Nutter et mon frère derrière. Et puis, je devais admettre que ce manoir avait piqué mon intérêt. Je brûlais maintenant de savoir quelles merveilles nous réservait la chambre forte.

— Tu crois que le professeur pourra retrouver son chemin avec ça ? demanda Ginger en pointant le panneau.

— C'est un génie. Si moi, son assistante, ai réussi, nul doute qu'il trouvera la solution lui aussi.

— Alors en route ?

— En route !

Il me fallut plusieurs essais avant de bien maîtriser le mécanisme. Les boutons mettaient en marche une section des moteurs, les molettes contrôlaient les couloirs. Je commis plusieurs erreurs, et faillis nous ramener à la pièce du dragon. Les commandes étaient sensibles, je devais les manœuvrer avec délicatesse.

Je finis par y arriver, et nous progressâmes dans le manoir. Ginger jouait le guet. À plusieurs reprises, je dus changer l'agencement avec précipitation, pour éviter plusieurs gardes et une armée de castors à vapeur.

Petit à petit, nous nous rapprochions de la chambre forte. Quand notre point marqué d'une plume voisina celui en forme de pierre précieuse, je m'arrêtai. J'échangeai un regard avec Ginger. Elle me sourit.

— Vas-y, me pressa-t-elle.

J'actionnai le dernier bouton et la molette. La salle se

déplaça et une lumière chaude envahit la volière. Ginger et moi nous redressâmes un peu, attendant de voir si une sentinelle mécanique n'arrivait pas pour nous occire. Mais rien ne vint. Avec prudence, nous sortîmes du couvert des arbres. Devant nous s'ouvrait une vaste pièce, baignée dans une lueur dorée. Nous avions trouvé la chambre forte.

*

Ginger et moi avançâmes dans la pièce, aussi excitées que le professeur Nutter dans un magasin de confiseries. Je découvris une vaste salle, dont les murs émettaient la lueur dorée que j'avais vue au-dehors. Une pyramide, haute de facilement treize pieds, en occupait le centre.

Je m'approchai, restant sur mes gardes, car le manoir Chester nous avait prouvé qu'il contenait son lot de pièges. J'effectuai le tour du tétraèdre, mais ne décelai pas d'entrée au premier abord. Un deuxième examen, plus attentif cette fois, me révéla la jointure d'une charnière sur l'une des faces. J'osai suivre la ligne du bout des doigts. Elle se prolongeait sur le sol, jusqu'à un panneau de contrôle dissimulé dans l'un des murs. Ginger le déverrouilla et dévoila un complexe mécanisme, semblable à celui qui manœuvrait les couloirs.

J'observai un instant les rouages et engrenages que je distinguai, mais ne touchai pas aux boutons et manettes. Il y avait là un code qui me dépassait, et je craignais qu'une mauvaise manipulation nous attire de gros ennuis, du style du dragon mécanique de tantôt.

— Tu penses pouvoir ouvrir la chambre ? m'interrogea Ginger d'un ton plein d'espoir.

Je regardai le boitier, à la recherche d'une quelconque indication, mais ne trouvai rien. Dépitée, je secouai la tête.

— Pas sans le professeur et ses outils, répondis-je.

— Et pas de serrure à crocheter…, se lamenta lady Astley.

Nous nous assîmes contre l'un des murs, à côté du panneau de contrôle. Notre bel enthousiasme était retombé. Je regardai la pyramide inviolable d'un air morne.

— Que fait-on, du coup? demandai-je.

— On pourrait attendre pour voir si Tom et Edmund arrivent jusqu'à nous.

— Bonne idée.

Nous patientâmes donc, durant un laps de temps qui me parut s'étirer sur une éternité. De lointains grondements et autres bruits étouffés nous parvenaient par intermittence. Mais du savant ou de mon frère, aucune trace.

Ginger n'y tint plus et finit par se redresser.

— On ne peut plus rester comme ça. Soit on sort, soit on tente quelque chose.

Elle fixa méchamment la chambre forte, comme si celle-ci portait la responsabilité de tous nos maux. Je me levai à mon tour et entamai une troisième inspection, cherchant un détail que j'avais laissé de côté. J'en trouvai un, sous la forme d'une minuscule rainure au bas de la pyramide. Elle était si fine qu'elle m'avait échappée lors des premiers examens. Je la suivis, jusqu'à un autre panneau dissimulé dans un mur en face. Ginger se chargea de l'ouvrir. Je m'attendais à mettre au jour un panneau de commande, quelle ne fut pas ma surprise quand la paroi pivota et dévoila un couloir.

Après un bref regard échangé avec Ginger, nous nous y coulâmes. Le passage débouchait dans une pièce aux dimensions respectables. Au centre trônait une gigantesque cuve, vide pour l'instant. Une trappe permettait d'y accéder. À côté de la citerne se dressait une énorme machine, munie de valves et de pistons en tout genre. Je m'approchai et contemplai l'ensemble.

— Qu'est-ce que c'est, Sam? s'enquit Ginger.

— On dirait un genre de pompe, répondis-je.

— Le système d'inondation! s'exclama lady Astley.

— Pardon ? relevai-je.

Ginger me prit les mains, d'un air excité.

— C'est un ingénieur que j'ai fait boire qui me l'a mentionné. Le pauvre était tellement rond que j'ai eu du mal à comprendre ce qu'il me baratinait. Jebediah Chester aurait bâti un système d'inondation de sa chambre forte. Au cas où un voleur pénètre quand même et actionne une alarme, des gallons d'eau se déverseront sur lui.

Elle pointa du doigt la machine.

— Ceci permet de vider l'eau.

Je regardai les moteurs, puis la cuve.

— C'est insensé, pourquoi risquer d'endommager les richesses qu'il garde là ?

— Nous parlons d'un homme qui a construit une maison aux couloirs mouvants et une armée de castors mécaniques. Le bon sens n'entre pas en ligne de compte ici.

Un point pour elle, dus-je reconnaître.

— Mais je suis sûre que c'est ça : l'ingénieur m'a dit que le vieux Jebediah avait breveté son invention et qu'elle servait aux mines d'extraction de manaschite, pour accéder aux zones inondées, insista Ginger.

J'opinai, sans être totalement convaincue.

— Tu réalises ce que ça signifie, Sam ? pépia Ginger, au comble de l'excitation.

— Non, mais je pense que je ne tarderai pas à le savoir.

— Cette cuve est reliée à des canalisations, qui donnent dans la chambre forte ! On peut rentrer !

Je levai les yeux au ciel.

— Par « on », tu veux dire « Samantha », et tu espères que je vais crapahuter là-dedans ?

— Eh bien oui, répondit Ginger, pas le moins du monde dérangée par mon ton acerbe.

Elle me prit par les épaules.

— Je resterai en renfort, si jamais le mécanisme se

déclenche quand tu es dans le conduit, tu seras ramenée dans la cuve. Je te repêcherai. Tu me fais confiance, n'est-ce pas ?

J'acquiesçai, mais de mauvaise grâce.

— Et puis, tu n'as pas envie de réussir quelque chose sans Tom et le professeur ? Imagine un peu leur tête quand ils verront que nous avons ouvert la porte toutes seules, sans leur aide.

Ce dernier argument sut me faire fléchir. Je regardai la cuve et allai inspecter le point d'entrée. J'étais mince et agile, je pourrais m'y faufiler.

— Et s'il y a une grille à l'autre bout ? demandai-je.

— Je t'ai appris les bases du crochetage, répondit Ginger. Tu peux y arriver.

Malgré moi, la curiosité et l'excitation commencèrent à me gagner. Je me débarrassai de ma veste et de mon équipement, pour ne garder qu'un couteau, une petite lanterne et le matériel de crochetage de Ginger. Je grimpai jusqu'à la trappe en haut de la citerne et me laissai tomber à l'intérieur. Une forte odeur d'humidité me prit à la gorge, mais l'air était respirable.

— Tout va bien ? s'enquit Ginger de l'autre côté.

Sa voix sonnait déformée par le verre. Je lui adressai un signe pour lui signifier que je gérais la situation, et commençai ma progression.

Je m'accroupis et rampai dans le conduit, éclairant mon chemin avec ma lanterne. Heureusement pour moi, je n'ai jamais eu peur des espaces clos. Le passage serpenta et monta. Je me demandais où il m'emmenait quand j'atteignis enfin une trappe, fermée pour l'heure par un complexe verrou. On allait voir si lady Astley s'était montrée bonne professeur et moi élève assidue.

Je sortis le matériel et débutai le crochetage. Il me fallut de longues minutes pour venir à bout des charnières, j'étais loin de posséder la dextérité de Ginger. L'élève ne dépasserait pas le maître de sitôt. Cela dit, au bout d'efforts acharnés, la trappe s'ouvrit. Je réprimai un cri de triomphe et me hissai à l'intérieur de la pièce ainsi révélée.

La chambre forte me tira un hoquet ébahi. Elle baignait dans la même lumière dorée que l'extérieur, et les rumeurs ne rendaient pas justice à l'amoncellement de trésors qui se trouvait ici : des bijoux qui n'auraient pas dépareillé à Élysée, des rouleaux de soieries que les dames de Casetti se seraient arrachés, des armes en tout genre que Faith aurait appréciées. Je distinguai de curieux artefacts, des peintures, des pierres précieuses, des lingots d'or et d'argent.

Tout ceci me donna rapidement le tournis. Je me mis à rire sans pouvoir me contrôler. Nous avions réussi ! J'étais au cœur de la chambre forte réputée inviolable.

Je perçus soudain une présence derrière moi. Je me retournai. Un homme se tenait là. Je ne réfléchis pas et frappai. D'abord un coup de pied dans la rotule, puis un bon direct à la mâchoire. L'intrus tomba à la renverse avec un cri. Je me précipitai sur lui.

— Samantha ! Samantha ! Du calme !

Je m'arrêtai net en reconnaissant le nouveau venu.

— William ? m'étranglai-je. Mais qu'est-ce que vous fichez ici ?

*

Will et moi nous tenions face à face, nous observant en chien de faïence. Je distinguai une traînée de sang sur sa lèvre. Il s'essuya d'un revers de manche et tacha ainsi sa belle chemise de coton clair.

— Bon sang, Samantha, vous n'y allez pas de main morte… C'est Achille qui vous a appris ce coup ?

— Non, mon frère, et à travers lui, tous nos ancêtres irlandais. Maintenant, répondez à une question simple : qu'est-ce que vous fichez ici ?

Il embrassa d'un geste l'intérieur de la chambre. L'éclairage accrocha des reflets dorés sur le bracelet de transport du docteur Amok.

— Comme vous, apparemment, m'informa-t-il. Je viens pour piller ce coffre-fort.

J'étais partagée entre le rire et un profond agacement.

— Il faut croire que nous ne pouvons pas faire un pas sans vous trouver sur notre route. Vous avez vraiment le chic pour tout gâcher !

— Je pourrais vous retourner le compliment ! rétorqua William, piqué au vif.

J'avais très envie d'abattre une nouvelle fois mon poing sur le visage de cet importun, mais la curiosité me titilla et se révéla plus puissante.

— Une chose m'intrigue, commençai-je, comment se fait-il que personne à Blue Gulch ne vous ait vus ? Nous ne sommes pas stupides, malgré ce que vos camarades et vous semblez penser. Nous avons effectué des recherches et vérifié que vous n'étiez pas dans les parages. Pourquoi n'avons-nous trouvé trace de vous nulle part ?

William resta silencieux, m'étudiant un bref instant, avant qu'un sourire n'éclaire ses traits.

— Ah ! Vous étiez à Blue Gulch ? Ça explique pourquoi nous ne vous avons pas rencontrés.

Je haussai un sourcil pour l'inciter à poursuivre.

— Nous aussi, nous vous avons cherchés. Mais nous nous trouvons dans un campement de prospecteurs de manaschite à l'extérieur de la ville. C'est là que nous avons entendu parler de Jebediah Chester et de la chambre. Un ingénieur qui avait trop bu nous a révélé pas mal de choses sur cette demeure.

J'étouffai un grognement. À coup sûr, il s'agissait du même qui avait renseigné Ginger. Ou alors la maison Chester avait un sérieux problème d'alcoolisme dans ses rangs.

— Bon, et après ça, vous avez monté une expédition

pour piller le coffre-fort, n'est-ce pas ? m'enquis-je.

— Oui, acquiesça Will. Nous avons passé les murailles avec un planeur motorisé. Nous nous attendions à rencontrer les chiens mécaniques, mais rien. J'aurais dû deviner à ce moment-là que vous vous trouviez dans les parages.

— Moi aussi, grinçai-je.

Je me rappelai cette ombre vue dans les jardins et ce vrombissement entendu juste avant que nous rentrions dans la maison. Finalement, je n'avais pas rêvé, l'Union des parfaits était bien en embuscade.

— Et ensuite ? pressai-je William.

— Nous sommes entrés dans le manoir, et nous avons avancé. Tout se déroulait bien, jusqu'à ce que nous tombions sur des automates. Nous avons tenté de fuir, mais je ne sais pas trop ce qu'il est advenu. Le docteur Amok a balancé une de ses inventions, qui a arrêté les androïdes en les piégeant dans une sorte de bulle bleue, et à partir de là, tout s'est détraqué, les couloirs se sont mis à bouger sans que nous comprenions pourquoi. J'ai actionné mon bracelet de transport plusieurs fois, dans l'espoir de retrouver l'extérieur, mais j'ai déboulé ici.

Il m'adressa un franc sourire.

— On dirait bien que je ne peux plus me passer de vous…

Je récompensai son envolée lyrique par un regard meurtrier. Je l'attrapai par le col de sa chemise.

— Idiot ! le vilipendai-je. C'est vous qui avez déclenché l'alarme ! C'est votre faute si nous sommes piégés dans ce manoir !

Will parvint à se dégager de ma poigne et à se relever. Il recula, et son dos heurta l'une des vitrines, celle qui contenait des soieries précieuses. J'avançai sur lui, il leva les mains en signe de défense.

Un hurlement strident nous interrompit. Je me figeai. Le bruit de verrous qui se tournaient me fit sursauter. Un très mauvais pressentiment m'envahit. J'allai vers les vitrines et tentai d'en forcer une. Fermée. Hermétiquement.

— Oh, oh, commentai-je, comprenant ce qui allait arriver.

Un grondement emplit la chambre. Des trappes s'ouvrirent du plafond et déversèrent sur moi des trombes d'eau. Les flots me ballottèrent de toute part, je cognai plusieurs vitres, avant de réussir à reprendre le dessus, et me mis à nager en direction de la trappe et du conduit d'évacuation des eaux. Je constatai avec horreur qu'un volet l'obstruait maintenant. Je cherchai mon matériel de crochetage et ne le trouvai pas. La panique m'envahit. J'allais me noyer !

Quelque chose me percuta. William. Il bricolait son bracelet. J'agrippai le jeune homme, juste au moment où il actionnait son téléporteur. Je plongeai dans les ténèbres.

Nous réapparûmes sur un dallage froid. Je crachai le liquide que j'avais avalé.

— Samantha !

Je tournai la tête pour découvrir Ginger, debout devant moi. Elle nous fixait avec un air mi anxieux, mi interrogatif.

— Mais qu'est-ce qu'il fiche là, lui ? s'exclama-t-elle en désignant William.

— Plus tard, tranchai-je. L'alarme dans le coffre s'est déclenchée.

— Mais, comment ? demanda Ginger.

J'adressai un regard mauvais à mon comparse de l'Union. Je devais néanmoins reconnaître que je l'avais poussé contre cette vitrine. Et puis, sans son téléporteur, je serais sûrement morte noyée.

— Je t'expliquerai. Pour le moment, il faut sortir, je crains que les renforts ne rappliquent vite.

Ginger opina.

— Will, est-ce que votre téléporteur peut nous emmener à l'extérieur ?

Le garçon fixa le bracelet à son poignet, mais secoua la tête.

— Non, la charge est à plat, il s'agissait de mon

dernier saut.

— Ce ne serait jamais arrivé avec la *Tédesplen* ! lança Ginger, paraphrasant ainsi le professeur Nutter.

— Plus tard, la coupai-je. Filons d'ici !

*

Des pas résonnaient dans le couloir qui menait à la salle de la chambre forte. Ginger et moi nous plaçâmes en embuscade près d'une paroi et tendîmes l'oreille. Will resta prudemment derrière nous, ce qui ne me plut guère.

— Allez voir de quoi il retourne, lui ordonnai-je.

— Mais… pourquoi moi ? geignit-il.

— Parce que tout ceci est de votre faute et que j'ai un pistolet à éclairs braqué sur vous, rétorquai-je.

Je joignis le geste à la parole et tirai mon calibre, pour le pointer dans sa direction. Will aurait pu faire de même et sortir l'arme à sa ceinture. Il se contenta de soupirer, de hausser les épaules et de m'obéir. Il fila dans le couloir et revint quelques instants plus tard.

— C'est bon, la voie est libre, souffla-t-il.

Je ne lui faisais guère confiance, mais après tout, il avait besoin de nous pour quitter cette maison de fous en vie.

Après un coup d'œil échangé avec Ginger, signifiant que nous allions toutes deux surveiller William, nous remontâmes le couloir. Je retrouvai la pièce avec les oiseaux mécaniques et me précipitai vers le panneau de contrôle.

— Qu'est-ce que c'est ? s'étonna Will.

— Le moyen de nous faire sortir d'ici.

Je manœuvrai les boutons et manettes. Le sol vibra, la salle et les corridors attenants pivotèrent.

— Pourquoi est-ce que je n'ai pas compris plus tôt le fonctionnement de ce manoir ? s'ébahit Will.

— Parce que je suis plus futée que vous, déclarai-je.

Cette affirmation se trouva quelque peu mise à mal quand une musique criarde retentit dans la pièce.

— Mais qu'est-ce que c'est que ça ? gémit Ginger.

Elle recula pour se dissimuler derrière une plante, alors qu'une troupe de quatre automates, vêtus d'uniformes rouges et bleus, entrèrent, portant tambours et flûtiaux. Abasourdis, nous les regardâmes sans réagir. Nous réalisâmes trop tard que leur allure de fanfare cachait des armes.

— À couvert ! s'écria Will.

Je lui obéis alors que des balles sifflaient à mes oreilles. Les musiciens avancèrent vers nous. Je roulai sur moi-même pour me décaler et tirai une salve de mon pistolet à éclairs. Les machines ralentirent, avant de repartir de plus belle et de foncer dans ma direction. Will fit feu. Son arme lâcha une bulle irisée qui immobilisa l'un des androïdes. William me redressa.

— Par là ! m'indiqua-t-il.

Il m'entraîna dans un couloir.

— Ginger ! appelai-je, cherchant ma compagne des yeux.

— Ici !

Je la vis dans un autre couloir en face. Elle battit en retraite quand des tirs éraflèrent l'endroit où elle se tenait.

— On se retrouve dehors, Sam ! clama-t-elle en détalant.

Je restai seule avec Will, qui m'attira dans le corridor. Les musiciens mécaniques homicides se lancèrent à notre poursuite. Nous dûmes traverser deux salles avant que la mélodie ne décroisse. J'observai la pièce où nous nous trouvions : une bibliothèque aux murs recouverts d'étagères. Malheureusement, je n'eus guère le temps d'investiguer les titres de la collection.

Je mis au jour le panneau de contrôle et manœuvrai la salle, laissant derrière nous l'orchestre tueur. Mais cette fois, pas de triomphe hâtif. Will et moi patientâmes, prêts à manipuler les commandes au moindre bruit suspect. Rien ne vint.

— Bon, commentai-je.

Je regardai le plan sur la console et calculai qu'il nous faudrait cinq déplacements pour rejoindre l'extérieur. J'actionnai une première fois la bibliothèque et attendis d'éventuels ennemis. Le silence me rassura, et je répétai l'opération une deuxième fois. Toujours rien. À la troisième occurrence, je commençai à prendre confiance, encouragée par le sourire que William affichait.

C'est alors qu'une explosion massive secoua le manoir, me jetant à terre. Les murs tremblèrent, une avalanche de bouquins me recouvrit, accompagnée par des lambris du plafond. J'émergeai à grand-peine du tas de livres, en même temps que Will. Une odeur de brûlé se mêlait à un parfum étrange de caramel mou.

— C'était signé docteur Amok, ça, grommela William.

— Ou Edmund Nutter, commentai-je.

J'allai voir au panneau de contrôle. Comme je le craignais, il ne fonctionnait plus.

— Tonnerre de merde ! jurai-je.

— Qu'est-ce qu'on fait ? me demanda un William désemparé.

Je résistai à l'envie de lui proposer d'aller se faire cuire un œuf. Je risquais d'avoir besoin de lui. Je repérai le plan et mémorisai le chemin vers l'extérieur.

— On reste discrets et on avance, décrétai-je.

Nous nous élançâmes dans les passages. Will, son pistolet à bulles à la main, ouvrait la marche, suivant mes indications. Nous dûmes à deux reprises nous cacher afin d'éviter des sentinelles mécaniques. Alors que nous arrivions dans une nouvelle pièce, une verrière qui donnait sur une salle de bal, un beuglement retentit. Will et moi nous plaquâmes contre un mur. Une silhouette nous dépassa en hurlant, avant de disparaître dans un couloir.

— Mais c'était…, commençai-je.

— Lord White, me confirma Will.

— Et il était…

— Entièrement et complètement nu, mis à part ses souliers, oui.

Nous échangeâmes un regard.

— On le suit ? demandai-je.

— Il vaudrait mieux, acquiesça William.

Nous partîmes dans la direction où il s'était évanoui. Le corridor serpenta un moment, avant de déboucher sur une véranda qui abritait bon nombre de plantes tropicales. De lord White, nulle trace, mais, à travers les fenêtres, je reconnus avec un vif soulagement le jardin extérieur. Nous étions presque tirés de ce manoir de fou !

— C'est fermé, annonça Will après avoir essayé la poignée de la porte qui menait vers le dehors. Pouvez-vous la crocheter ?

— J'ai plus simple, affirmai-je.

J'empoignai un pot de fleurs vide et le jetai contre les vitres, qui se brisèrent dans un effroyable fracas.

— Direct et brutal. Ann aurait approuvé votre solution, déclara William.

— Je prends modèle sur mon frère pour ce genre de cas, répondis-je. Mais ne traînons pas, j'ai peur d'avoir ameuté du monde.

Nous enjambâmes avec prudence les échardes de verre et sortîmes. Là, un chaos indescriptible régnait : une partie de la pelouse brûlait, des sentinelles mécaniques tentaient de contenir l'incendie, tandis que d'autres essayaient de colmater des brèches sur le toit. J'avisai un bout du mur d'enceinte qui s'était effondré. J'entraînai Will dans cette direction. Nous gravîmes les éboulis, dont je me doutais qu'ils étaient l'œuvre du professeur Nutter ou du docteur Amok.

Enfin libérés de la maison Chester, nous dévalâmes la colline, en direction de Blue Gulch. Alors que nous passions devant un bosquet, Will me tira par le bras et m'indiqua un rai de lumière qui filtrait de sous le couvert des arbres. Nous nous avançâmes avec prudence et je poussai un soupir de soulagement en trouvant là Tom, Ginger et Edmund Nutter, qui faisaient face à l'Union des parfaits. Je notai ensuite que tout ce petit monde semblait avoir vécu un moment assez pénible.

Lord White était tout aussi nu que lorsque nous l'avions vu, et tentait de se cacher tant bien que mal avec la veste d'Ann Sharp. Cette dernière était trempée comme une soupe, ses longs cheveux pendouillaient autour de son visage et elle affichait l'air malheureux d'un chat persan qui vient d'essuyer une averse. Le professeur Nutter et le docteur Amok se toisaient avec animosité. Ils disparaissaient presque sous une épaisse couche de suie. Les vêtements de Tom étaient en lambeaux, comme si quelqu'un s'était attaché à les découper en lanières pas plus larges qu'un *inch*. Quant à Ginger, ses habits portaient des traces de brûlures et morsures, et elle avait perdu l'une de ses chaussures.

— Mais que s'est-il passé ? clamâmes-nous en chœur.

— Des singes exhibitionnistes…, gémit lord White.

— Un kraken d'eau douce, sanglota Ann Sharp.

— Les bombes de cet idiot ! cria Amok.

— Les grenades de cette harpie ! cracha le professeur Nutter.

— Un robot cuisinier fou, expliqua Tom.

— Des dragonnets qui m'ont prise pour leur mère, conclut lady Astley.

Je le regardai, puis échangeai un regard avec Will. Sans avoir besoin de parler, nous comprîmes que nous partagions la même opinion : nous nous en étions vraiment bien tirés !

— On forme une fine équipe, n'est-ce pas ? me souffla-t-il.

— Non, car tout ceci est de votre faute ! lui assénai-je.

Il leva les yeux au ciel.

— Allons, nous ne sommes pas si méchants…

Je nourrissais quelques doutes quant à cette affirmation.

— En attendant, bons ou mauvais je m'en fiche, tout ce que je désire, c'est un bain chaud ! lança Ann Sharp.

— Moi je voudrais surtout aller dormir, soupira Ginger.

— Et moi, j'aimerais oublier jusqu'au dernier détail de cette soirée ! clama le professeur Nutter.

Une fois n'était pas coutume, l'intervention de mon mentor nous apparut comme la voix de la sagesse.

— On pourrait peut-être faire comme si rien ne s'était passé, risqua lord White.

Le silence s'étira quelques secondes, avant que Ginger ne le rompe.

— Passé quoi, au juste ? demanda-t-elle avec une ombre de sourire.

La Ligue des ténèbres et l'Union des parfaits se dévisagèrent, avant que tout le monde ne hoche la tête. Nous tournâmes les talons et partîmes chacun de notre côté, pressés de gommer de notre mémoire ce cuisant échec.

— Il faut croire que la rumeur avait raison, au final, déclara Ginger. Cette chambre forte était bel et bien inviolable.

— Elle n'est pas inviolable vu que j'y suis entrée, rétorquai-je.

— C'est juste. Dommage que tu n'aies rien réussi à en ressortir.

— Je suis déjà ressortie en un seul morceau. C'est plus que ce que vous trois pouvez clamer !

Ma remarque moucha mes camarades. Le professeur Nutter jeta un coup d'œil vers la maison sur les hauteurs.

— Quel étrange endroit, tout de même.

Nous opinâmes. Le vieil homme se gratta le menton.

— Vous pensez que moi aussi, je pourrais construire mon armée de singes mécaniques ?

Fin de la saison 2

AUTOUR DE LA SAISON 2

Episode 9 : L'Ecole des héros

J'ai découvert l'art de la gladiature avec Brice Lopez et son équipe de combattants Acta il y a quelques années. Loin de l'image brutale et barbare qui lui colle à la peau, la gladiature était un véritable sport et un spectacle. Les mises à mort étaient bien moins nombreuses qu'on pourrait le croire. Les gladiateurs n'étaient certes pas des hommes libres, ils appartenaient au propriétaire de leur *ludus* (les *ludus* étaient des écoles de gladiateurs), mais ils étaient considérés comme des sportifs de haut niveau et comme un investissement de valeur, car un bon gladiateur pouvait rapporter beaucoup d'argent à son *ludus*. Ils recevaient un entraînement et une alimentation particulière. C'étaient des combattants entraînés et redoutables.

Leurs armes étaient étudiées non pas pour tuer, mais pour garantir le spectacle : les *armaturae* (l'armement que portaient les gladiateurs) s'opposaient, de manière à ce que le combat soit le plus visuel possible. Les gladiateurs étaient adulés par la foule, mais aussi méprisés en raison de leur statut social. Un peu comme les footballeurs d'aujourd'hui, si on y réfléchit.

Sous la houlette de Brice Lopez, j'ai eu l'occasion de combattre plusieurs fois en *provocatrix* (gladiateur avec un casque, un grand bouclier, une *manica* de cuir pour protéger le bras droit, une *ocrea* pour protéger le genou et le tibia gauche, et un *pugio* pour attaquer).

Outre la richesse technique qu'offre la gladiature – et qui fait battre mon petit cœur de pratiquante d'arts martiaux – j'ai été emportée par la puissante fascination qu'elle génère. J'ai combattu dans les arènes d'Arles et dans un petit théâtre romain en Normandie. Nos combats, bien qu'amateurs, ont magnétisé les foules, qui se sont pressées pour voir nos affrontements (et je ne vous raconte pas les passions déchaînées par les combats des professionnels comme Brice et son équipe).

Alors imaginez maintenant un Colisée débordant d'une foule venue acclamer ses combattants préférés… Dans la Rome antique, posséder une école de gladiateurs était un signe de grande importance sociale et un vrai privilège.

De tout ceci est née l'idée de l'école des héros.

J'aime la gladiature, mais j'aime aussi beaucoup la mythologie grecque et romaine. J'adore ce panthéon avec ses dieux menteurs, voleurs, névrosés, qui couchent à droite et à gauche. Je me suis dit que, si ces dieux avaient vraiment existé, ils auraient adoré jouer avec les humains, les faire combattre pour leur gloire et pour leur amusement.

Les scènes rejouées dans l'arène figurent parmi mes mythes préférés. J'y ai ajouté les panthéons celtes et nordiques parce que, avouons-le nous, les dragons, c'est cool.

Je remercie grandement Brice Lopez et son équipe pour nous avoir accueillis, et permis de visiter les arènes d'Arles (ce qui a grandement étoffé mes descriptions). Si vous avez l'occasion, allez voir combattre Acta, ça vaut vraiment le détour. Merci aussi aux copains et copines du *Ludus Gallicus* de me permettre régulièrement de combattre et d'échanger.

Merci à Sylvie Sabater, mon illustratrice, rencontrée au cours d'un stage de gladiature. Comme quoi, se taper dessus à coups de bouclier, ça crée des liens.

Si vous passez par Rome, un petit tour au Colisée s'impose. Croyez-moi, c'est magnifique.

Si le sujet des gladiateurs vous plaît, je peux vous

conseiller deux documentaires, l'un est produit par National Geographic, l'autre fait partie de la série « Civilisation » (vous pourrez d'ailleurs y voir l'équipe d'Acta en action).

Et comme le dirait Brice Lopez : *Pugnate* !

Episode 10 : Sur le fil de l'épée

Après le combat de gladiateurs, vous découvrez dans cet épisode une autre de mes passions : l'escrime. Ceux qui suivent mon site et mes articles « escrimes pour les écrivains » savent que je pratique avec mon compagnon les AMHE, acronyme barbare pour Arts Martiaux Historiques Européens.

Ce nom étrange signifie que nous repartons des traités anciens pour essayer de retrouver les mouvements et techniques de l'époque. Aurélien et moi nous concentrons sur l'école bolonaise, issue de Bologne et qui a fleuri tout au long du XVIe siècle. La tradition bolonaise regroupe plusieurs auteurs, dont le plus connu est Achille Marozzo, qui prête ici son nom au maître d'armes qui initie Samantha.

L'école bolonaise permet d'apprendre à manier de nombreuses armes : de la pertuisane à l'épée à deux mains, mais l'arme principalement utilisée est la *spada da latto*, ou épée de côté. Celle-ci pouvait être maniée seule ou avec une dague, une cape, ou un petit bouclier.

L'escrime italienne renaissance est à la fois extrêmement gracieuse et visuelle, terriblement efficace... et complexe à maîtriser ! Si le sujet vous intéresse, si vous voulez plus d'information, n'hésitez surtout à me contacter, je serais ravie de vous parler de la tradition bolonaise.

Casetti m'a quant à elle été inspirée par, Bologne, Venise et Florence, ville dans lesquelles j'ai eu la chance de séjourner et dont je recommande la visite. La place centrale et le palais de Casetti ont été créés d'après le Palazzo Vecchio de Florence (demeure des Médicis, une vraie merveille à visiter).

Si vous aimez votre fantasy parfum « renaissance », je vous conseille vivement la lecture de *Gagner la guerre*, de Jaworski, une splendeur stylistique. Vous pouvez aussi lorgner du côté d'*Abyme* de Matthieu Gaborit, de *l'Archipel des Numinée* de Charlotte Bousquet (gros coup de cœur pour *Matricia*) ou des *Salauds gentilshommes* de Scott Lynch. Plus cape et épée, mais très sympa aussi, il y a les *Lames du cardinal* de Pierre Pevel.

Episode 11 : La Lumière sur Devil's Peak

L'urban fantasy est un genre qui a le vent en poupe, et à force d'en voir partout, j'ai moi aussi eu envie de m'y lancer.

La fantasy urbaine, qu'est-ce que c'est, d'abord ? C'est un genre à mi-chemin entre le fantastique et la fantasy classique, qui combine des éléments de fantasy (de la magie, des créatures fantastiques), mais dans un contexte moderne.

Comme pour chaque genre, il y a des « passages obligés » : le merveilleux toujours présent, mais invisible aux humains, le monde des fées existant en parallèle, le mélange entre magie et technologie, un bestiaire qu'on retrouve presque à chaque fois (loups-garous, vampires…). J'ai eu envie de respecter ces codes, tout en m'amusant un peu avec les clichés de la lutte entre la lumière et l'obscurité. Ici, les ténèbres protègent les créatures féériques en les dissimulant aux regards, tandis que la lumière ne cherche qu'à tout éradiquer, afin de pouvoir briller en paix.

J'ai créé le personnage de Faith parce que je voulais une figure féminine capable de donner la réplique à Sam et à son mauvais caractère. Je pense avoir plutôt pas mal réussi mon coup.

En tout cas, Faith me plaît bien, et il se pourrait qu'on la revoie…

Côté liste de lecture, je vous conseille *Les Dossiers Dresden*, par Jim Butcher (urban fantasy avec de bons clins d'œil aux films noirs de la grande époque). Louen du blog M. Tentacules vous propose les écrits de Michelle Mead, notamment *Vampire Academy*, *Succubus* et *Cygne Noir* pour les personnages attachants, et l'histoire d'amour bien menée. De Patricia Briggs, vous pouvez lire la série *Mercy Thompson* et *Alpha et Omega*, pour ses superbes personnages. M. Tentacules vous recommande aussi de Jenna Black, *Morgane Kingsley*, pour son triangle amoureux novateur et bien mené. Sinon, jetez aussi un coup d'œil à *Rachel Morgan* de Kim Harrison, ou à *La vampire* de Christopher Pike. En littérature jeunesse, j'ai bien aimé la série *Mortal Instruments*.

Ces dernières années, la fantasy urbaine s'est pas mal illustrée du côté des séries. On peut penser à *Charmed* qui a ouvert la voie, mais qui a malheureusement assez mal vieilli. *Buffy* me semble aussi un incontournable, qui a en plus su garder son charme.

J'aime beaucoup la série *Grimm*, qui a su construire une mythologie et un univers au fil des saisons. Sinon, vous pouvez aussi jeter un coup d'œil à *Warehouse 13*, *The Fades*, *Lost Girl* ou *Sleepy Hollow*.

Episode 12 : La Foudre des Skelj

Le space opéra… Ses vaisseaux, ses batailles dans l'espace, ses planètes immenses, son souffle épique… Je devais faire un épisode dans cette veine-là !

Je pense que les fans auront reconnu mon influence principale pour cet épisode : *Stargate SG1*, avec ses aliens, ses mystérieuses civilisations avancées, ses artefacts, mais aussi ses décors à base de forêt canadienne.

J'ai découvert cette série lors de sa première diffusion en France, mon frère et moi la regardions ensemble, j'adorais ce mélange de science (un peu) et d'aventure (beaucoup).

Vous aurez peut-être reconnu un wookie en la personne du docteur Jackson. Parce que j'estime que les wookies sont des créatures mal jugées et peu reconnues à leur vraie valeur, et que si on leur donnait leur chance, elles pourraient tout à fait être archéologues. Mais je m'égare…

Et parce que Sam a récupéré une épée dans l'épisode 10, il lui fallait une armure qui allait avec. Energétique, s'il vous plaît ! Parce que j'adore le concept, et les armures en général (mais les vraies armures, pas les pseudos bikinis). Je ne joue pas aux jeux vidéo (manque de temps), mais celles de *Mass Effect* sont vraiment impressionnantes.

Je visualise le siège des Skelj comme le siège des ingénieurs, dans *Alien* et *Prometheus*, et quant au bond PRL, c'est bien évidemment une référence à *Battlestar Galactica*.

Ceux qui aiment le space opéra peuvent bien sûr se replonger dans les *Stargate SG1*, ou *Atlantis* (Série critiquée par certains fans, mais que j'avais bien aimé. Par contre, je ne recommande pas *Stargate Universe*). Vous pouvez aussi jeter un coup d'œil à *Firefly*, *Babylon V* ou *Farscape* (à voir pour le travail époustouflant sur les maquillages et les animatronics).

Côté films, bon ben *Star Wars* est un incontournable. *Le 5ème élément* était très sympathique visuellement, et retranscrit bien cette impression de magie et d'aventure. Le récent *Guardian of the Galaxy* a aussi de bons éléments de space opera et est vraiment très drôle.

Pour les livres, je recommande *John Carter de Mars*, pour les classiques. Dans les publications récentes, j'aime beaucoup la série des *Honor Harrington* de David Weber, notamment pour son personnage féminin très fort et pour son ambiance militaire (qui m'a, je dois le dire, assez influencée).

En anime, on pense tous à Leji Matsumoto (Albator en tête), mais jetez un coup d'œil à *Cowboy Bebop*, si vous ne connaissez pas.

Episode 13 : L'Union des ténèbres

Les zombies… Un genre assez à la mode ces dernières années, entre les films, les livres, les BD, comics, mangas et les zombies walk.

Sans être une fan intégrale des histoires de zombies, j'avais envie de me lancer, et surtout de voir comment je pouvais confronter mes héros d'origine victorienne à ces créatures, qui ne sont vraiment entrées dans la culture populaire que dans les années 30 (donc, bien après le départ de Londres de Sam, Tom, Ginger et Edmund Nutter).

Je ne peux pas ne pas citer Romero, le maître du film de Zombie. *La nuit des morts-vivants* est vraiment un classique à voir.

J'avoue que pour cet épisode, j'ai relu Herbert West de Lovecraft (qui est en quelque sorte une des premières histoires de zombies), ainsi que les livres de Max Brooks : *Guide de survie en territoire Zombie* et *World War Z* (j'ai tenté de regarder le film, avant de décrocher. Trop d'incohérences pour moi).

J'ai bien sûr regardé *The Walking Dead*, les fans auront bien sûr reconnu mon petit clin d'œil, mais j'avoue avoir décroché au bout d'un moment. J'ai eu l'impression que la série servait plus à explorer les petits tracas domestiques des personnages qu'à vraiment raconter une histoire de zombie. Et puis, certains des personnages se comportent de manière vraiment idiote, et ça, ça m'énerve. Heureusement qu'il y a Daryl et son arbalète.

Si vous voulez vraiment une bonne frousse, je vous conseille *28 jours plus tard,* très bon au niveau de l'ambiance horrifique et de la psychologie des personnages. Vous pouvez aussi jeter un coup d'œil à *REC*, si possible seul chez vous, dans le noir, histoire de pouvoir sursauter au moindre bruit suspect.

Ceux qui trouvent que le genre zombie se prend parfois trop au sérieux pourront se ruer sur *Shaun of the Dead*, *Bienvenue à Zombieland* et *Cockneys Vs Zombies* (pas vu, mais j'en ai entendu du bien). Ils pourront aussi fouiller le net à la recherche de nanars qui raviront tous les cinéphiles.

Et si vous voulez une ambiance zombie chez vous, j'ai la bande-son idéale : l'album *Zombie Influx* de Nox Arcana, qui a beaucoup tourné durant l'écriture de cet épisode (merci à Rachel pour la découverte !)

Episode 14 : La Source

Pour cet épisode, j'ai eu envie de changer un peu d'ambiance et de tenter une ambiance asiatique, et de jouer un peu sur les clichés sur la spiritualité orientale qui délivrerait des réponses toutes faites, prêtes à l'emploi.

Les fans de Pratchett auront bien sûr reconnu quelques clins d'œil. Les phrases des sages dans le sanctuaire sont empruntées au vieux Song Fu dans *Naheulbeuk* (parce que le Grand Trilobite, c'est quand même bien trouvé).

Pour le visuel, j'ai pas mal pioché dans les films du genre *Tigres et Dragons, Heroes* ou *Detective Dee*. J'avoue que l'anime *Seirei no Moribito* m'a aussi pas mal influencée pour l'ambiance, la manière dont je vois les costumes et les décors.

Les auteurs orientaux ne sont hélas pas très connus (et pas toujours traduits) en France. Sur ma liste de lecture, il y a Juge Dee (l'adaptation était assez sympa), *le roman des trois royaumes* et *Voyage vers l'Ouest* (adapté pas mal en manga, anime, et assez récemment avec la série *Into the Badlands*).

Episode 15 & 16 : Eudaimonia / Eleutheria

Ambiance cyberpunk pour ces derniers épisodes de la saison 2 ! Ici, mes références ont été multiples. Je ne peux bien sûr pas nier l'influence de Philip K. Dick, et notamment de *Blade Runner/Do androïds dream of electric sheeps*. Le roman, comme le film de Ridley Scott, ont eu sur moi un énorme impact, à la fois pour les thématiques et le côté visuel.

Autre grosse influence : *Ghost in the Shell*, les deux films, comme l'anime *Stand Alone Complex*. J'adore ce film et cette série pour l'esthétique, la qualité de l'animation et pour tous les thèmes philosophiques et les réflexions qui le sous-tendent.

J'ai aussi pioché pas mal du côté d'*Akira, Ergo Proxy, Lain* et *Psycho Pass*, pour rester dans les références japonaises.

Cet épisode doit beaucoup à William Gibson (*Neuromancien* et *Mona Lisa* s'éclate, pour les hackeurs), à John Brunner (*Tous à Zanzibar*, glaçant), à Silverberg (*Les monades urbaines*, très, très dérageant lui aussi), mais aussi à Dantec (Le monde sombre et corrompu de *Babylon Babies*) et Richard Morgan (Pour sa trilogie *Takeshi Kovacs*, dont le personnage principal est une inspiration de Deathrock).

Côté films, et bien, il y a *Matrix* pour la réalité virtuelle, l'adaptation des œuvres de Bilal (*Immortal* et *Tycho moon*). Il faudra que je jette un coup d'œil à *Johnny Mneumonic* un de ces quatre. Je conseille aussi le film *Elysium*, qui mêle film d'action avec des thématiques plus cyberpunk.

J'ai aussi pioché pas mal du côté des jeux pour nourrir les descriptions, notamment chez *Shadowrun, Half-Life, Deus-Ex : Human revolution* ou *Mirror's Edge*. Comme d'habitude, vous pouvez jeter un coup d'œil à mon tableau Pinterest.

Episode bonus : La chambre forte

Pour cet épisode, j'avais vraiment envie d'une ambiance steampunk un peu western et d'un autre savant fou, pour concurrencer le professeur Nutter.

Ma source d'inspiration principale est la maison Winchester, construite par la veuve de l'inventeur de la fameuse carabine. Persuadée que les esprits de ceux tués avec les armes de mari reviendraient la hanter, Sarah Lockwood Winchester avait décidé de bâtir autant de pièces dans sa maison que de personnes tuées.

Les travaux durèrent près de 38 ans et s'arrêtèrent à sa mort. La maison compte aujourd'hui 160 pièces. Mais pas de castor mécanique, ou de dragon, et aucun calamar tueur aux dernières nouvelles.

A propos de l'auteur

Catherine Loiseau est née en 1985. Le virus de l'écriture l'a prise à 16 ans et ne l'a pas lâchée depuis.

Elle s'est tout de suite orientée vers les littératures de l'imaginaire, avec une préférence pour la fantasy. La faute à qui ? Peut-être à sa mère qui lui lisait des contes de fée. Ou la faute à Asimov, Tolkien, Lovecraft, Pratchett, Martin, Marion Zimmer Bradley, Mercedes Lackey, Brandon Sanderson, Pierre Pevel, Johan Heliot, Matthieu Gaborit et tous les autres.

Elle partage ses loisirs entre l'écriture (bien entendu), mais aussi le dessin, la couture de vêtements (plus sombres les uns que les autres), et l'apprentissage de l'escrime renaissance italienne.

Retrouvez toute son actualité, ses publications, ainsi que des bonus de la Ligue des ténèbres sur son site :

http://catherine-loiseau.fr/